U0643869

好奇的追寻

阿特伍德随笔集
1970—2005

OCCASIONAL WRITING

CURIOUS
PURSUITS

上海译文出版社　　　［加］玛格丽特·阿特伍德 —— 著　钱思文 —— 译

目录

第一部
1970—1989

1970—1989

二十世纪七十年代初，我住在伦敦，一片叫作帕森斯绿地的地区——现在已经高档化了，当时还在过渡期，天冷的时候厨房里的水还会结冰。长到脚踝的大衣配长靴和压花绒布迷你裙是最时尚的装扮；在依旧热闹的国王路上可以买到全套。那一年发生了一场电力罢工和一场环卫罢工；对这两场罢工伦敦人似乎都挺欢迎的。

我就是在这里完成了一本叫做《权力政治》的诗集，开始动笔写小说《浮现》，用的是一台德语键盘打字机。紧接着我在法国（一间转租房，在圣特罗佩附近的一个镇上），用一台租来的法语键盘打字机写作，一边和导演托尼·理查森合作，把我的第一本小说《可以吃的女人》改写成剧本。随后不久，我又在意大利——又是一间转租房——用一台意大利语键盘打字机写完了《浮现》。并不真正懂得打字也是有好处的：在不同语种打字机之间过渡要容易一些。

之后我回到多伦多，做了两年的大学职员——约克大学和多伦多大学——同时和一家叫做阿南西印刷屋的小型文学出版社合作。为他们编辑了诗歌书目；另外还编写了《生存》，一本关于加拿大文学写作的书——这个主题之下第一本面向普通读者的作品。这本书在当时的加拿大立刻取得了巨大成功，同时也"引发争议"。所有这些因素合在一起，加上持续不断的女权主义热潮，让我经常遭受攻击。

在那之后不久，我和同是作家的格雷姆·吉布森一起住到了一个农场里。我们在那儿生活了九年，劲头十足地干着农活，虽然没能收获多少经济回报。我们有一片很大的菜园，自制了许多罐头，甚至还腌起了德式酸菜，这项活动在家附近的任何地方都不应该开展。我们养了奶牛、鸡、鹅、绵羊、鸭子、马、猫和狗，还有孔雀和其他动物。其中许多都上了餐桌，欢乐的美餐不时被装着自制啤酒的瓶子在地窖里爆炸的声音打断，还有格雷姆的孩子们询问盘子里装的是不是他们的苏珊。

一九七六年我们有了一个孩子，到了要上学的时候，我们意识到这孩子每天得要坐两个小时的校车，于是便搬进了城里。这段时期我们在爱丁堡住了一年，因为格雷姆是苏格兰—加拿大作家互访项目的加拿大代表。爱丁堡超越了伦敦，一年之中发生了卡车司机罢工、通往伦敦的火车隧道塌方，和一次除雪车罢工。我们吃下了许多抱子甘蓝、三文鱼，还有羊毛。

这段时间我第一次在德国办了巡回售书。我们还在去澳大利亚阿德莱德艺术节的路上绕了一个大圈，带着十八个月大的孩子去了伊朗（沙阿在八个月后就会被推翻）、阿富汗（在我们离开之后大约六个星期就爆发了内战），还有印度，我们在泰姬陵参观的时候，孩子在阿格拉的一家酒店里学会了爬楼梯。

二十世纪八十年代于我而言是积极活跃的，事后证明对全世界也意义重大。这个十年开始的时候，苏联似乎稳如泰山，理应还会延续很长时间。但它已在阿富汗陷入了一场代价高昂、损失惨重的战争，而柏林墙也在一九八九年轰然倒塌。一旦根基脱落，一些权力架构的崩塌之迅速着实令人震惊。但在一九八〇年，谁都不曾预见到这个结局。

我的这段时期开始得相当平静。我正在尝试，第二次且并不成功的尝试，写作那本后来会成为《猫眼》的书，同时也在构思《使女的故事》，虽然对于这后一部作品我是能不碰就不碰：它看起来实在太没有成功的希望，而且故事设想也太离奇了。

我们一家这会儿住在多伦多唐人街的一栋排屋里，房子翻新的时候把许多内墙都拆除了。我没法在里面写东西，因为屋里太嘈杂了，所以我会骑着自行车往西走，去葡萄牙区，在另一栋排屋的三楼写。《牛津加拿大英语诗歌集》刚刚编完，书页散满了整个楼面。

一九八三年秋天，我们去了英格兰，租下一栋诺福克的牧师住宅，据说客厅里有修女的鬼魂出没，餐厅里有一位快活的骑士，厨房里则是一个无头女人。我们什么也没看见，不过倒确有一位快活的骑士在找洗手间的时候迷了路，从隔壁的酒吧误闯进来。电话装在屋外，是投币式的，电话亭同时还兼做土豆储藏室，我会攀爬越过这堆蔬菜，来处理——比如说——收录在这本书里的厄普代克作品评记的校订工作。

我在一间渔夫小屋改造成的度假屋里写作，和阿加牌暖气机以及已经动笔的一部小说艰难搏斗。这让我第一次生出了冻疮，但小说只能被迫放弃，我发现自己把时间线搞得一团糟，找不到解决的出路。

随后我们去了西柏林，在那里，在一九八四年的春天，我开始写起了《使女的故事》。我们游历了一些地方，去了波兰、东德，还有捷克斯洛伐克，这些地方帮助形成了书里的氛围：极端主义独裁统治，身上的装束再怎么不同，恐惧和沉默的气氛是共同的。

我在一九八五年的春天写完了这本书，当时我在塔斯卡卢萨的亚拉巴马大学担任访问讲席教授。这是我在自动打字机上按正确的格式写的最后一本书。每完成一章，我就会把原稿传真给我在多伦多的打字员，认认真真地重打一遍，我还记得传真机即时传送的魔法让我惊奇不已。《使女的故事》一九八五年在加拿大出版，一九八六年在英格兰和美国面世，在引发其他各式骚动之外，还入围了布克奖短名单。

一九八七年我们有一部分时间在澳大利亚度过，在那里，我终于能够认真着手写作《猫眼》，这部让我苦苦挣扎了好几年的小说。书中风雪最大的场景是在悉尼温暖和煦的春天里完成的，还有笑翠鸟在后门廊上啾啾叫着要人喂汉堡。这本书一九八八年在加拿大付印，一九八九年在美国和英格兰出版，也同样入围了布克奖短名单。就是在这个时候，萨尔曼·拉什迪被下达了处决的教令。当时又有谁知道，这第一阵风吹草动，日后掀起的不是什么波澜，而是一场飓风呢？

在这期间，《使女的故事》在电影行业的幽曲小道里逐渐推进，最终呈现出了完整的形式，由哈罗德·品特编剧、沃尔克·施隆多夫导演。电影一九八九年在东西柏林首映，正是柏林墙倒塌的时候：还能买到墙体的碎片，有颜色的那种更贵一点。我去参加了庆祝活动。同样的那些守卫，在一九八四年的时候还是那么冷冰冰的，现在却咧嘴笑着，和游客交换雪茄烟。东柏林的观众对电影的反响更好。"过去我们就是这样活着的。"一位女士轻声对我说。

我们是多么的欣喜若狂，在一九八九年那段短短的时间里。从无可能变成现实的奇观场面让我们多么的头晕目眩。对于即将踏入的勇敢新世界，我们的想法又是多么的错误。

归途

凌晨三点，渥太华和北湾之间的17号高速，十一月。我望着灰狗巴士几乎什么也看不见的窗外。渥太华车站的咖啡还有余味，我在那里被困了四个小时，因为多伦多的某个人看错了时刻表；我坐着写信，尽量不去看几名女服务员赶走一个瘦小干瘪的醉汉。"我天南海北哪儿都去过哪，小丫头，"他在被服务员强行披上外套的时候说，"我去的地方你见都没见过。"

巴士频繁倾斜转弯，车头灯照亮了沥青、撒了化雪盐的路缘，还有深色的树林。我猜想我们会经过那间汽车旅馆，据说是在伦弗鲁镇外的高速路边——但是哪一边呢？——而且我还要步行，可能得走上一英里，带着两个行李箱，里面塞满了我的书，走到哪儿拖到哪儿，因为说不定这里一间书店也没有，但在多伦多又有谁知道呢？一辆卡车经过，被压扁的"加拿大产内容"落满路面，事后警察搞不懂我究竟在那做什么，现在我自己也想弄明白。明天早上九点（九点！）我预定要去伦弗鲁的一间高中办一场诗歌朗读会。在伦弗鲁玩得高兴，多伦多的朋友在我启程前说，语气里带着的，我猜是一丝挖苦。

我想起了夏天，法国的一座游泳池，一个我认识的人仰面漂在水上，解释着为什么不应该让加拿大的银行经理把七人画派的作品挂在墙上——这是错误的印象，满眼大自然，没有人烟——一群身份各异的欧美人满腹狐疑地听着。

"要我说，加拿大，"其中一个拖长了音调说，"我觉得应该把它送给美国，这样就好了。就除了魁北克，它应该送去给法国。你应该搬到这里来住。是不是，你其实已经不在那里生活了。"

　　我们终于到了伦弗鲁，我走下巴士，踏进六英寸厚的新雪。他错了，假如真有一个我生活的地方，那就是这里。17号高速是我的第一条高速，我出生六个月就沿着它走，从渥太华到北湾再到蒂米斯卡明，从那里又经由一条单车道的土路进入丛林。在那之后，一年两次，冰雪融化的时候向北，开始结冰的时候向南，中间的日子就在帐篷里度过；或是在父亲搭的小木屋里，小木屋建在花岗岩角上，走一英里水路能到达一个魁北克的村庄，那个村庄十分偏远，在我出生前两年才通了路。我已经路过和即将经过的城镇——安普赖尔、伦弗鲁、彭布罗克、乔克里弗、马塔瓦，每个镇上靠着伐木业的利润和以为森林永远不会耗尽的幻想建起来的姜饼屋似的古老宅院——它们是地标，是驿站。不过那已经是三十年前的事了，高速公路升级了，现在还有了汽车旅馆。对我而言，熟悉的只有夜色和树林罢了。

　　我直到十一岁才完整地上了一年学。对于这段关于我童年的描述——住在森林里、与世隔绝、四处流浪——美国人通常不会像加拿大人那么惊讶：毕竟高级杂志广告里介绍的加拿大就应该是这样的。听说我从没住过因纽特人的冰屋，我父亲也不像已经停播的（美国）广播节目里的普雷斯顿中士那样大喊"上啊，哈士奇！"，他们有些失望，但除此之外都觉得我的话十分可信。惊到竖起眉毛的是加拿大人。或者更确切地说是多伦多人。仿佛我是他们自己觉得不光彩、不真实，或是根本无法相信曾经发生过的过去的一部分。

　　以前我从没在高中开过朗读会。一开始我害怕极了，老师在介绍的时候我嚼着抗胃酸咀嚼片，一边回想自己读高中的时候，我们对来访的大人物做的那些事情：没礼貌的窃窃私语、吵闹，如果能逃脱处罚的话还会扔橡皮筋和回形针。他们肯定从来没有听说过我，也不会有兴趣：我们的高中教学里没有加拿大诗歌，几乎也没有其他任何关于加拿大的内容。高中前四年我们学了希腊、罗马、古埃及，还有英格兰的王朝，到第五年的时候，我们在一本主要讲小麦的暗蓝色书本里学到了加拿大。一年当中有一次，一个颤颤巍巍的老人会过来，念一首关于乌鸦的诗；念完之后他会卖自己的书（和我即将要做的事情一样），用蜘蛛腿一样细长的字迹给书签名。这就是当时的加拿大诗歌。我在想我看起来是不是也像他一样，脆弱，不合时宜而且多余。他们真正的活动——真正的活动——难道不是今天下午的足球赛吗？

提问时间：您有想要传达的信息吗？您的头发确实就是这样的吗，还是做了发型？您的构思从哪儿来？写作要花多长时间？这是什么意思？您会觉得不自在吗，像这样把自己的诗读出来？我会不自在的。加拿大人的身份认同是什么？我能把我写的诗送去哪里？我想发表。

这些问题都是有答案的，有些答得短，有些答得长。让我吃惊的是他们居然问了，他们想要讨论：在我的高中是不会有提问的。而且他们还写作，他们中的一些人。难以置信。我年轻的时候不是这样的，我想着，觉得自己很老。

在迪普里弗我住在一个我母亲那边的远亲家里，他是一个科学家，长着不近人情的蓝眼睛，轮廓分明的前额拱起，还有母亲那边的亲戚们个个都有的新斯科舍省鹰钩鼻。他带我参观了他工作的原子研究场；我们穿着白色的大褂和袜子，以防受到辐射，站在14英寸的镶嵌玻璃后面，看着一只金属抓手搬运看起来完全无害的东西——铅笔、金属罐头、一张纸巾。"在里面待上三分钟，"他说，"你就没命了。"无形的力量令人着迷。

在那之后我们查看了河狸在他家房子上搞的破坏，他还给我讲了一些外祖父的故事，那是汽车和广播还没有出现的年代的故事。我很喜欢这些故事，所有的亲戚我都会向他们打听，它们给了我一条纽带，哪怕再脆弱，却能让我连接过去，连接起一种由人、人际关系和历代祖先，而不是由物品和景象所组成的文化。这次旅程让我听到了一个新故事：外祖父彻底失败的麝鼠养殖场。养殖场有一道围绕沼泽地仔细修葺的围栏，当时的想法是这样更容易把麝鼠聚集到一起；但我的表亲说，被他关在围栏外面的麝鼠从来都比外祖父赶进围栏里的多。一个农户在上游倾倒了一些苹果树杀虫喷雾，麝鼠被全数消灭，生意也失败了；不过当时大萧条来袭，麝鼠市场本来也已经跌破了底价。那道围栏如今还在。

有关外祖父的故事大多都是成功的，但我把这个故事也加进了我的收藏里：当家族图腾难以寻觅的时候，关于失败的故事就有了它的位置。"你知道吗，"我对表亲说，告诉了他一个最近从外祖母那里收来的传说，"我们的一位女祖先曾经被人当成女巫而被浸到水里？"这件事情发生在新英格兰；她究竟是沉到水底证明了自己的清白，还是像女巫一样浮了起来，并没有留下记录。

他家客厅窗外，渥太华河对岸，那密实的树林，是属于我的地方。或多或少算是。

夜里下了冻雨；我把行李箱放在雪橇上，在薄冰上拖着走了两英里，赶到下一场诗歌朗读的地点。

我到了北湾，因为雨夹雪迟到了一个小时。那天晚上我在秘密共济会的会堂里开朗读会，在一个地下室里。组织朗读会的大学老师们很紧张，觉得不会有人来，北湾以前从来没有办过诗歌朗读。这个镇上人人都看过那部电影，我对他们说，你们不用担心，而且事实上朗读会的前十五分钟他们一直在忙着加椅子。这里来的不是学生，而是各式各样的人，老的，少的，一个以前和我们一起在魁北克住过的母亲的朋友，一个叔叔在湖的尽头经营钓鱼营地的男人……

下午我接受了本地电视台的采访，采访我的男人脊背挺直，西装紧绷。"这是什么东西，"他态度冷淡地拎着书角晃着一本我的书，向观众展示他对诗歌不感兴趣，阳刚气十足，"儿童读物？"我提议说假如想知道书里写了什么，他或许可以试着读一读。他火冒三丈，说自己从来没有被这样侮辱过，就连杰克·麦克莱兰来北湾的时候，他都没有这么态度恶劣。电视台没有播采访，改播了一个关于蔬菜面条的专题节目。

在那之后，在三十场诗歌朗读会之后。我在纽约读了一首写到户外厕所的诗，不得不解释户外厕所的意思（还有两三个人事后偷偷摸摸地走上来说他们也曾经在户外……）。遇到了一个从没见过奶牛的人；事实上他从来没有出过纽约城。然后和他讨论加拿大和美国究竟有没有区别。（我去过的地方你见都没见过……）在底特律，努力地解释，在加拿大，出于某些奇特的原因，并不是只有其他诗人才会去参加诗歌朗读会。（"你是说……像我们的妈妈这样的人也读诗？"）听一个人对我说或许我作品里称得上"优势"的是吸引人的"区域性"特质 —— "你知道的，就像福克纳一样……"

在安大略省的伦敦，那一年的最后一场朗读会，说不定也是，我心想，我的最后一场朗读会，我已经开始觉得自己像台留声机了。一位女士："所有这些民族主义出现之后，我从没觉得自己这么不像个加拿大人。"另一位女士，年纪很大了，眼神敏锐得让人吃惊："你是借助比喻思考的吗？"另一个人："什么是加拿大的身份认同？"大家似乎都在思考这个问题。

如何才能把所有这些，在你我的脑中维系到一起。因为我生活的地方也是所有人生活的地方：不只是一个地点或一个地区，虽然这么说也没错（我还可以加上温哥华和蒙特利尔，我在这两个地方各住了一年，还有埃德蒙顿，我在那里住了两年，还有苏必利尔湖和多伦多……）。它是一个由影像、经历、气候，以及你自己和你祖先的过去所共同组成的空间，说出口的话语，每个人的长相，以及他们对你的行为作出的反应，重要的和琐碎的事情，它们之间的联系并不总是清晰。形象是外在的，它们存在着，是我们与之共同生活且必须应对的东西。但是判断和联系（这是什么意思？）必须在脑内做出，它们由文字构成：好的，坏的，喜欢，讨厌，是去，是留，要不要继续在这里生活。对我而言写作在某种程度上就是这样一件事情：探索我事实上究竟生活在哪里。

我认为，与大多数国家相比，加拿大更是一个人主动选择住下来的国家。我们要走很容易，也有很多人这么做了。可以去美国和英格兰，课堂上教的这两个国家的历史比我们自己的历史更多，我们能够融入其中，成为永久的游客。在加拿大一直有一种长期存在的倾向，拒绝相信自己的现实经历是真实的，认为只有在"真正"的地方，比如纽约、伦敦，或者巴黎，生活才能变得有意义或有价值。这同时也是一种诱惑：在法国那座泳池的对话不能不说是冷静客观的。问题永远都是，为什么留在这儿？而且还不得不回答了一遍又一遍。

我并不认为加拿大比其他地方"更好"，同样也不认为加拿大文学"更优秀"；我生活在加拿大，阅读加拿大文学，只有一个简单的原因：它们是属于我的，包括其中所有与地域相关的意识和观念。拒绝承认你来自哪里——其中必然包括面条男人和他的敌意，以及反民族主义女士和她的疑虑——是无异于截肢的行为：或许能够借此自由飘荡，成为世界公民（还有哪个别的国家以此作为理想？），却要付出手、腿或是心的代价。找到自己的所属之地，就能找到自己。

然而还有另一番来自外界的景象和真相，我必须去适应。这片领地，这件被我称为"我的"之物，属于我的时间或许不多了。少有哪个国民比加拿大人更加热忱地推销自己的国家，这也是反复探求的加拿大身份认同之中的一部分。当然也有买家，像大家说的那样，愿意开采我们的资源；买家总是有的。需要关注的是我们渴望兜售的急不可待。开发资源和开拓潜力是不同的两件事：前者源于贫乏，仰赖于金钱，而后者源于内在，其原因我只消犹豫片刻，便会称之为爱。

评《潜水入沉船》

这是艾德里安娜·里奇的第七部诗歌集，也是极其出色的一部。第一次听作者本人朗读的时候，我觉得头顶仿佛遭受猛击，一会儿是碎冰锥，一会儿是更像钝器的东西：斧头或者锤子。占据主导地位的情绪似乎是愤怒和仇恨，这些当然是存在的；但后来我在阅读诗歌的时候，它们却唤起了一种远远微妙得多的反应。《潜水入沉船》是一本不多见的书，不但强迫你对它做出评价；同时也强迫你对自己做出评价。是一本作者冒了险，同时也逼着读者冒险的书。

假如艾德里安娜·里奇不是一个优秀的诗人，她很容易会被归类成又一个言辞激烈的女性解放运动成员，用论战替代诗句，用简化的信息取代复杂的含义。但她确实是一个优秀的诗人，她的书并不是宣言，虽然其中包括宣言；她的书也不是声明，虽然书中做出了声明。相反，这是一本关于探索，关于旅程的书。在与诗集同名的鲜明诗作中，她所潜入的沉船，载满了已经过时的神话，尤其是关于男人和女人的神话。她的旅程通向已经存在于过去的东西，为了找到自己，找到神话传说背后的真实，"是沉船而非沉船的故事／是事物本身而非神话"。她所找到的东西半是宝藏半是陈尸，同时她发现，自己也是其中的一部分，一件"半毁的设备"。作为探索者她是冷静超然的；带着刀刃辟出通道，切开构造；带着相机记录一切；还有那本神话之书，一本迄今为止仍然让像她这样的探索之人无处容身的书。

这份追寻——追寻神话背后的东西，追寻有关男人和女人，有关那个**我**和那个**你**，那个**他**和那个**她**的真相，或者更笼统地说

（书中提到的各类战争和迫害），没有权力和掌握权力的群体——以一种尖锐、清晰的方式，通过本身也成为神话的隐喻，在整本书中呈现出来。在最为成功的部分，诗句如梦境般流动，既直白吐露又委婉含蓄，既巧妙伪装又遮蔽隐藏。似乎真相并不只是打开一扇大门时所找到的东西：它本身就是一道门，而诗人始终在将过不过之间。

书中的场景丰富多样。第一首诗，《试图与一个男人对话》，发生在沙漠里，这片沙漠不仅是匮乏贫瘠的不毛之地，除必需品之外的一切东西都已被丢弃，而且还是爆炸试验的场所。诗中的"我"和"你"放弃了先前生活中所有可有可无的东西，包括"遗书"和"情书"，冒险开始改造沙漠；但显然"布景"已经"被判了死刑"，而爆炸也并非外在的威胁，而是来自内部。诗人察觉到他们是在自欺欺人，"谈起危险／仿佛危险不是我们自己／仿佛我们是在试验别的什么东西"。

如沉船一样，沙漠也已经存在于过去，无法救赎却仍然能够得到理解，就像《在黑暗中苏醒》的场景一样：

> 性事的悲剧
> 就在我们身边，一片林地
> 斧头已经为它磨得锋利……
> 什么也无法拯救这一切。我独自一人，
> 　　　　踢着最后的腐烂原木
> 它们带着奇妙的生命
> 　　　而不是死亡的气息
> 思索着原本究竟
> 　　　可能变成什么模样。

鉴于诗人认为沉船、沙漠和林地已经无可挽回，那么诗中女性，她，没有权力的群体的任务，便不是集中精神与场景融为一体，而是救赎自己，创造一片新的天地，让自己得以诞生：

> ……你的母亲去世了而你
> 　尚未出生
> 你的双手紧抓住你的脑袋
> 　将它拖向生命的
> 刀刃边缘
> 　你的意志和正在锻炼技术的
> 助产士的意志
> 　　　　　　　——摘自《两者合一的镜子》

完成这项任务时所面临的困境（毕竟诗人身边仍然围绕着过去已被判了死刑的景象和它所导致的"破坏的证据"）是诗集关注的主要议题之一。试图清晰地观察并记录所目睹的东西——强奸，战争，谋杀，各类侵犯和破坏——占了诗人工作的一半；为了做到这一点，她需要第三只眼，能够"清楚"看见痛苦的眼。另一半的工作则是做出回应，回应的内容是愤怒；但这是"预见的愤怒"，我们希望它能出现在去爱的能力之前。

对我而言，这些诗歌在忠于自己、作为语词和图像的架构的时候，在拒绝成为标语口号的诱惑的时候，在没有向我说教的时候，最具说服力。"词语是我的目标/词语是地图。"里奇写道，而我更喜欢它们作为地图时的样子（尽管里奇很可能会说目标和地图两者是互相依存的，而且我多半也会赞成）。我对比如《强奸》等作品，以及涉及越战等作品的感受没有那么强烈——虽然它们的真实性无可否认——我更喜欢诸如《来自一名幸存者》等作品，还有《八月》和它令人恐惧的最后一幕：

> 他的头脑太简单，我无法继续
> 做他做的噩梦
>
> 我自己的噩梦正在变得更加清晰，它们
> 　　　通向
> 远古时期
> 一座看起来像是被鲜血照亮的
> 　　村庄
> 村里所有的父亲都在哭喊：
> 　　我的儿子是我的！

　　真相得到陈述是不够的；它必须化作图像、想象，而里奇在实施这一转化的时候令人难以抗拒。在这么做的时候，她最能展现她的个性。读者能体验到她最出色的影像、最出彩的神话，没有其他人能像这样写作。

评《安妮·塞克斯顿：信中的自画像》

　　安妮·塞克斯顿是同代之中最重要的美国诗人之一。批评家对她诗作中强烈的"忏悔式"特征既有赞扬也有指责。起初，很容易就能对她置之不理，上世纪五十年代对于崭露头角的青年女作家常常不为所动，认为只不过是又一个整天关在家里快被逼疯的神经质家庭主妇想要写作。但要一直对她视而不见并不容易。她确实是个家庭主妇，也确实神经质——她在信中对这两点都非常肯定——但她有能量、才华和理想。尽管直到二十九岁才正式开始写作，但在十八年诗歌生涯结束的时候，她已经出版了九部作品，收获了诗歌所能给予的所有世俗成就。获得了一座普利策奖，出席了国际诗歌节，还挣得了一份大学教职——尽管她本人从没上过大学，同时吸引了广泛的读者。一九七四年，在没有直接原因的情况下，她在马萨诸塞州韦斯顿的家中自杀身亡。

　　在结束自己的生命前，她一直想让这本书信集成书。她任命了一位遗稿保管人和一位传记撰稿人，而且在成年以后不断收集并保留了大量的物品——干花压花、舞伴记录卡、明信片和快照。她还留下了用碳纸复写的信件复本，这本书的编辑们不得不阅读了五万件各类材料，然后才选出了这相对的一小部分。你读完之后的第一反应就是冲向焚化炉，不是要烧掉这本书，而是烧掉自己留下的垃圾堆。我们之中真的有人，愿意在自己死后，让陌生人读我们写给高中男朋友的肉麻求爱信、琐碎的流言蜚语和私密的情书吗？出于某种与她最后的自杀行为或许并非无关的原因，安妮·塞克斯顿这样做了。她小心保存的往来书信，是她花去大半生时间为已故的自己修筑的纪念碑的一部分。如果能够停住时间，并把自己也关在里面，那未来不管什么不知名的怪物就都没法抓住你了。而安妮·塞克斯顿对于未来有着深深的恐惧。

诗人写的信并不一定比银行经理的信有趣多少，但安妮·塞克斯顿是一位非凡的书信作者。虽然，正如她的编辑们煞费苦心所表明的一样，她常常难以接近，有时几乎无法共处，但她把最好的自己留在了通过书信建立的交往之中。她很可能觉得，有了书信的距离，与人打交道会更容易。无论如何，她所执笔的信——即便是写给据说她不喜欢的人——也充满魅力，富有创意，亲密而有活力，虽然有时太过急于取悦，甚至趋迎奉承。当然，其中许多信件是写给其他作家的，其间满是文学掌故，以及让历史学家欢欣不已的细枝末节，但抓住读者注意力的并不是这些，而是那委婉曲折、跌宕起伏，引人入胜的书信表达本身。

然而这并不是安妮·塞克斯顿的声音；这只是她的一种声音。她本人也一直习惯于将自己一分为二——"好安妮"和"坏安妮"——信是"好安妮"写的。一个更加忧郁的声音写就了她的诗歌，还有另一个声音则负责她一生之中标志性的盛怒、妄想发作、精神崩溃、不知羞耻地玩弄他人和酗酒。她对朋友非常苛刻，永不知足地渴求关注，尤其是认可和关爱。她是恣意张扬的浪漫主义者，几乎能够在同一分钟里同时经历极端的愉悦和极度的忧郁。但我们是通过她意志坚强的编辑们——其中一位是她的女儿——了解到她的这一面的，道貌岸然维持体面的诱惑无疑是强烈的，但他们克制住了，这一点值得称赞。在他们手中，塞克斯顿的形象既非女英雄也非受害者，而是一个棱角分明、复杂多面，时常充满爱意，时而又叫人难以忍受的人。

但这些书信本身并不完全是一张"自画像"。正如西尔维娅·普拉斯的书信一样，塞克斯顿的信读起来像是一种遮掩，一副无忧无虑的面具。普拉斯那令人窒息且常常语气呆滞的书信体，和那个写下她卓越诗句的人几乎没有一点关系。塞克斯顿的信件和诗歌更加接近，但两者之间依然有着巨大的鸿沟。即便是在描写她本人的自杀尝试时，塞克斯顿的信件读起来也不像是出自一个想要赴死之人的手笔，反而非常像是一个热情地渴望活着，也渴望热情地活着的人。

对她而言，这份渴望和她最终的自杀并不是互不相容的。尽管她曾经说过，自杀是诗歌的对立面，但她也同样能够将自杀推想为一种手段，用来获得"某种力量……我猜我把它看作是逃脱死亡的一种方式"。（不出所料，她很快又回到现实，接着写道，"不管我对它有再多有趣的设想，自杀也只不过是避免痛苦的一种方法。"）

自杀既是对于活着的人发出的谴责，也是挑战他们的一道难题。正如诗歌一样，自杀是一件已经完成的作品，并且拒绝回答对其终极原因的质问。这一行为的不幸后果是让作者的生命变得模糊不清，唯独留下死亡之谜。

这样的情况如果发生在安妮·塞克斯顿身上将是一种遗憾。这些信件应该被人阅读，不仅是为了其中必然包含的有关她自杀的线索，更是为了它们的勃勃生机和坚定信念：并非为了死，而是为了生。

夏娃的诅咒——或者说，我在学校所学到的

曾经一度，我今天是不会被请来给你们演讲的。那并不是在很久以前。一九六〇年，在我读大学的时候，人人都知道大学学院的英语系是不会聘用女性的，无论她们资质如何。我上的学院倒是聘用女性，只是不会让她们很快地升职。我的一位老师是塞缪尔·泰勒·柯勒律治①研究领域受人尊敬的权威。她在成为柯勒律治领域受人尊敬的权威很多年后，才有人发觉有必要把她从讲师的岗位上提拔上来。

幸运的是，我本人并不希望成为柯勒律治方面的权威。我想当作家，但作家，就我所见到的而言，赚的还不如讲师多，于是我决定去念研究生。即便我真的有过要在学术上有所造诣的雄心抱负，在一位教授问我是不是真的想去念研究生……难道不会更情愿嫁人的时候，也都转而变成怨恨了。我认识几个完全可以选择用婚姻取代事业的男人，但其中的大多数人，出于客观机缘，或者也是出于主观意愿，一直就像我的一个朋友一样，出了名的有始无终。

"等我三十岁的时候，"他有一次对我说，"就必须在婚姻和事业之间做出选择。"

"这话什么意思？"我问他。

"这个嘛，如果要结婚，我就必须有事业。"他回答。

而我却被要求二者选一。许多事情随时代而改变，我希望这也是其中之一。那个时候，没有哪个思路正常的大学会举办名叫"女性谈女性"的系列讲座。就算真的要就这一主题讲些什么，多半也会请来一位著名心理学家，一个男性，来探讨女性天生的

受虐倾向。为女性提供大学教育，哪怕被认为是正当的，也是基于这能让女性成为更有聪明才智的妻子和更见多识广的母亲。女性问题方面的权威往往都是男性。他们被认定掌握着这方面的知识，就像掌握着其他所有的知识一样，而理由仅仅只是他们的性别。如今局面扭转，女性被认为理当掌握这些知识，仅仅是因为她们身为女性。我只能认为我是基于这个原因才被请来给你们演讲的，因为我在女性问题，确切地说在其他任何问题上都不是什么权威。

我逃离了学术，也绕开了记者行业——这也是我曾经考虑过的职业，但有人告诉我女记者最后通常都会去写讣告，或者是给女性版面写婚礼公告，很符合她们的古老角色，掌控生死的女神、婚床装饰者和遗体清洗人。最终我成了一名职业作家。我刚刚完成了一本小说，所以我想以一个现役小说家的身份来探讨这个广泛的话题。

让我从一个简单的问题开始，这是每个小说家，无论男女，在从事写作的某个阶段都要面对的问题，同时也是每个文学评论家都会面临的问题。

小说的目的是什么？它应该履行什么功能？应该给读者带来什么好处，如果真能带来好处的话？它究竟应该取悦还是施教，还是两者兼有，而如果是两者兼有，让人感到愉悦和让人获得启发之间是否会有矛盾？小说应当探讨假想的可能、真相的陈述，抑或只是一个精彩的故事？它究竟是要关注一个人应

---

① 塞缪尔·泰勒·柯勒律治（Samuel Taylor Coleridge，1772—1834），英国诗人、文评家，英国浪漫主义文学的奠基人之一。——本书中译注均为脚注。原作者注均为篇尾注。

当怎样度过人生，怎样才能度过人生（通常更加局限），还是大多数人如何度过人生？它是否应该告诉我们有关我们社会的一些事实？它能对此避而不谈吗？更具体地说，假如我在写一本由一位女性担任主角的小说；我应该在上述问题上安排多少篇幅？由于批评家先入为主的成见，我又不得不在上述问题上安排多少篇幅？我是否想让主角讨人喜欢，受人尊重，或是获得信任？她能同时满足这三点吗？喜欢她、尊重她，或者相信她的人各自都会带着哪些假设？她一定必须成为一个好的"榜样"吗？

　　我不喜欢"榜样"这个词，一定程度上是因为我第一次听到它的情形。那是，当然是，在大学里，一所整体上由男性主导却有一间女子学院附属其中的大学。女子学院正在物色一位院长。我的朋友，一位社会学家解释说，这位院长一定得是一个好的榜样。"这话什么意思？"我问。好吧，未来的院长不仅必须拥有高学历文凭以及和学生相处融洽的能力，她还必须已婚，有孩子，外貌出众，衣着得体，积极参加社区工作等等。当时我断定自己是个糟透了的榜样。但话说回来，我并不想成为榜样。我想成为作家。一个人显然没有时间同时做这两件事。

　　用榜样的标准来评判未来院长或许将将还能勉强接受，但这也是文学评论家最喜欢的技巧之一，尤其是用来评价书中的女性角色，有时也用来评价女性作家本人，因此就必须对它做相当仔细地审视。我来举个例子：几年前，我读了一篇玛丽安·恩格尔《赫尼曼电影节》①的书评，是一位女性评论家写的。

---

① 玛丽安·恩格尔（Marian Engel，1933—1985），加拿大小说家，代表作《熊》获得加拿大总督文学奖。

小说的主角是米恩，一个即将临产的孕妇，她在书里花了很长时间追忆往事和抱怨眼前。她没有工作。也没有多少自尊心。她无病呻吟、自我放纵、充满内疚，对自己的孩子态度暧昧，对大多数时间都不在场的丈夫也是如此。书评人对这一角色欠缺主动性，以及表面呈现的懒惰和没有条理表达了不满。她想要一个更加积极、更有活力的角色，一个能够将人生掌握在自己手中、行事作风与当时的女权运动开始呈现出来的理想女性形象更相符的角色。米恩没有被视为一个可以接受的榜样，这本书也因此减了分。

我自己的感受是，类似米恩这样的女性要比理想的女性多得多。书评人也许会同意，但也可能会说，通过描绘且只描绘米恩这一个形象——没有提供米恩之外的其他选择——作者是在对女性的天性作出陈述，而这种陈述只会强化原本已经过分显眼的米恩式不良品质。她想看成功的故事，不是失败的故事，而这对于小说作者确实是一个问题。在书写女性的时候，什么才算是成功？甚至成功有可能说得通吗？为什么，比如像乔治·艾略特，虽然她本人就是一位成功的女作家，却从未写过一个以成功女作家为主角的故事呢？为什么玛吉·托利弗非得因为她的叛逆而被溺死不可？为什么多萝西娅·布鲁克的理想主义无处施展，只能投注在两个男人身上，其中一个完全配不上，另一个又有点没头脑？为什么简·奥斯汀的角色们把聪明才智都用在挑选合适的男人而不是创作喜剧小说上？

一种可能的回答是，这些小说将关注点放在通常会发生的，或者至少是能够落在读者认为可信范围之内的事情上；而作者也感到，自己身为女作家，实在太过特殊，因而缺乏可信度。在那个年代，女作家是异端，是怪人，是非常可疑的角色。这种态度在多大程度上延续到了今天，这个问题我留给你们自己去想，与此同时，让我引用几年前一位著名男性作家对我说过的一句话，"女诗人，"他说，"看起来总是鬼鬼祟祟的。她们知道自己是在侵犯男人的领地。"他接着又说了一句，大意是女性，包括女作家，只有一点好处，不过因为这次讲座是要发表的，我就不引用那句相当难以启齿的话了。

回到我的问题上来，对虚构女性角色的塑造……让我从一个不同的角度来谈。文学传统中并不缺少女性角色，小说家对女性看法的来源也和所有人一样：来自媒体，书籍、电影、广播、电视和报纸，来自家庭和学校，还有整体的文化，得到普遍认可的意见。另外，幸运的是，有时也来自与上述各项都相矛盾的个人经验。但我的假想主角可以选择许多文学祖先。比如，我可以谈谈民间传说中的老妖婆形象、德尔斐神谕、命运三女神、邪恶女巫、白女巫、白女神、财富女神、一头蛇发能把人变成石头的美杜莎、没有灵魂的美人鱼、没有舌头的小美人鱼、白雪公主，唱着歌谣的海妖、长着翅膀的鹰身女妖、有秘密或是没有秘密的斯芬克司，变成龙的女人、变成女人的龙，格伦德尔的母亲以及为什么她比格伦德尔更坏[①]；可以讲讲恶毒的后母、可笑的岳母、仙女教母、缺乏母性的母亲、天生就适合做母亲的母亲、疯癫的母亲、杀害亲生骨肉的美狄亚、麦克白夫人和她的污点、夏娃我们所有人的母亲、抚育一切生命的大海，还有耶稣说的"母亲，我与你有什么相干？"，也可以说说神奇女侠、女超人、蝙蝠少女、神奇玛丽、猫女以及赖德·哈格德拥有超能力和电动器官

①　格伦德尔（Grendel）是英国叙事诗《贝奥武夫》中记述的巨人怪物，他的母亲是一个女妖，也是主人公遇到的第二个敌人。

的"她"①，普通凡人被她抱上一下就会丧命；又比如小马菲特小姐以及她和蜘蛛的故事②，小红帽和她与大灰狼的不检点，安德洛墨达③被拴在岩石上，长发公主和她的高塔，披麻蒙灰的灰姑娘，美女与野兽，蓝胡子和他的各任妻子（只有最后一任除外），拉德克利夫女士④笔下受到迫害的纯洁少女逃避诱惑和杀害，简·爱逃离不当行为和罗切斯特先生，德伯家的苔丝遭人勾引又被抛弃；再比如《家中的天使》，手指向上的阿格尼丝，善良女性的救赎之爱，小耐儿在本世纪最虚伪的呜咽声中死去，小伊娃也遭遇类似的结局，让读者长舒一口气，疯言疯语的奥菲利亚沉入聒噪流淌的小溪，夏洛特姑娘带着生命的绝唱驶向卡姆洛特，菲尔丁的阿米莉娅在长达几百页的愁苦和凶险中抽泣，萨克雷的阿米莉娅也做了同样的事情，但作者对她并没有那么同情。还比如欧罗巴与公牛交欢，丽达被迫与天鹅交媾，卢克莱西娅遭强奸受辱并随后自杀，多名女圣人奇迹般地逃脱被玷污的威胁，有关强奸的幻想以及它们与事实上的强奸有多么不同，男性杂志着重刊登金发美女和纳粹，还有从《坎特伯雷故事集》一直到 T. S. 艾略特的性和暴力……以下我引用艾略特……"我认识一个男人，他曾

---

① 亨利·赖德·哈格德（Henry Rider Haggard，1856—1925），英国小说家，以写非洲的冒险故事闻名，尤以《所罗门王的宝藏》(1885)、《她》(1887)最为著名。《她》讲述了剑桥大学教授霍利和他的养子利奥去非洲湮没的克尔国探秘，内容涉及到利奥的一名叫卡利克拉提斯的先祖，此人是两千年前埃及的一个祭司，不知为何，被当时克尔国的至高无上的白人女王"她"——艾莎杀害。霍利和利奥穿过许多危险的区域，最终找到集权势、美丽、残暴于一身的"她"。

② 《小马菲特小姐》是一首经典英语童谣，讲的是小马菲特小姐在森林野餐时遇到了一只蜘蛛，进而发生了一场小小森林冒险的故事。

③ 希腊神话中的女神，因母亲不断炫耀她的美丽而得罪了海神波塞冬之妻安菲特里忒，被父母用铁索锁在刻托经过路上的一块礁石上，后为宙斯之子珀耳修斯所救，成为仙女座。

④ 安·拉德克利夫（Ann Radcliffe，1764—1823），英国女小说家，以写浪漫主义的哥特小说见长。被称为"第一位写虚构浪漫主义小说的女诗人"。

经杀过一个女孩。任何男人都可能杀过一个女孩。任何一个男人都必然、需要、想要，在一生当中杀掉一个女孩。"还可以提一提巴比伦的淫妇，拥有一颗金子般心灵的妓女，恶女之爱，没有金子般心灵的妓女，《红字》，红衣女人，红舞鞋，包法利夫人和她追求的与陌生人激情缠绵，莫莉·布鲁姆①和她的夜壶还有她永远的"我愿意"，克里奥佩特拉和她的伙伴蝰蛇，这层关系让《孤女安妮》的故事有了新的含义。另外还有孤儿，莎乐美和施洗约翰的脑袋，朱迪思和霍洛芬斯的脑袋。还有纯爱杂志和它们与加尔文主义的关系。可惜的是，我既没有必需的时间也没有必要的知识，能以应有的深度和广度探讨所有这些话题，它们也的确值得探讨。当然了，所有这些，都是对女性的刻板印象，来自西欧文学传统和它在加拿大和美国的变体。

　　除了我所提到的之外，还有许许多多变化形式，尽管西欧文学传统主要由男性塑造，但我所提到的女性形象绝不完全都是由男性所创造、传达和消费的。我提到她们的目的不仅是为了说明读者可能遭遇到的女性角色的多样性，更是为了说明她们的多样性。对于女性的描写，尤其是男性所做的描写，绝不仅仅限于"孤独哭泣的人"（一个被动无助的人，不能行动只能受苦），直到十九世纪，这似乎都是主流哲学所鼓励的女性形象。但女性不止这一面，即便是刻板印象之下的女性，即便是在那个年代。

　　文学作品中女性固定形象的道德范畴似乎比男性角色更广。毕竟英雄和反派是有许多共同点的。两者都十分强大，都镇定自若，都采取行动并且面对后果。甚至连超自然的男性形象，上帝和魔鬼，也拥有许多同样的特点。夏洛克·福尔摩斯和莫里亚蒂

① 《尤利西斯》中主人公的妻子。

教授简直就是孪生兄弟，单看装束和行动也很难区分哪个漫威漫画的超人是坏的，哪个是好的。麦克白，尽管不是一个多好的人，却也情有可原，再说了，要不是因为三女巫和麦克白夫人，他绝对也是不会下手的。三女巫的形象是一个典型例子。麦克白的动机是野心，那女巫的动机是什么呢？她们没有动机。就像石头或树木一样，她们仅仅只是存在而已：好的就纯粹的好，坏的就纯粹的坏。男性角色中最接近这种状态的就是伊阿古和海德先生了[①]，但伊阿古至少部分是受到嫉妒所驱使，而海德先生的另一面则是充满人性的杰基尔博士。即使是恶魔也想获胜，但极端类型的女性形象似乎什么都不想要。海妖吃人，因为这就是海妖做的事情。D. H. 劳伦斯故事里那些蜘蛛似的恐怖老妇人——我尤其想到《处女与吉卜赛人》里的老太太——没有被赋予任何令人厌恶的动机，除了劳伦斯所谓的"女性意志"。麦克白杀人是因为他想成为国王，想获得权力，而三女巫则仅仅是在以女巫的方式行动。女巫，就像诗歌一样，不应有意义，只需要存在。追问这些角色的意义，还不如去问太阳为什么升起。

　　这种属于自然力量的品质，好或坏，这种物性的品质，最常出现在有关男性英雄的故事里，尤其是像奥德赛这样描述旅程的类型。在此类故事中，女性形象成为发生在主角身上的事件，主角所参与的冒险。女性是静态的，英雄是动态的。他的经历和冒险在一片风景中展开，而这片风景是由女性和地理特征所组成。这一类的作品仍然非常普遍，任何读过詹姆斯·邦德系列、亨利·米勒，或者更加本土的罗伯特·克罗奇《马头人》的读者都

① 伊阿古是莎士比亚《奥塞罗》剧中的反面人物。海德是英国作家罗伯特·路易斯·史蒂文森《化身博士》中的主人公，也是文学史上首位双重人格形象，即下文中的杰基尔博士。

可以作证。类似的女性文学探险形象则凤毛麟角。或许可以将她们称为女冒险家，仅仅是这个词语本身所包含的意义就说明了她们与男性类型的不同。一个列出一连串女人的男人，比如唐璜，或许会被看作流氓，但却是一个相当令人羡慕的流氓，而女性角色，从摩尔·弗兰德斯到埃丽卡·容《怕飞》中的伊莎多拉·温，却不能在没有大量解释、痛苦和内疚的情况下做同样的事。

我已经提到了"孤独哭泣的人"，被动的女性受害者，承受所发生的一切，唯一的行为就是逃避。也有相似类型的男性角色，但通常都是儿童，比如狄更斯笔下的保罗·董贝①、雾都孤儿，以及多特寄宿学校里受苦受难的学生们。要让成年男性表现出这些特质——恐惧、无法采取行动、感到极其无能为力、泪眼汪汪、觉得陷入困境和无助——他就必须是个疯子或者是少数群体的一员。这种感受通常被视为对男性本质的违背，而同样的感受在女性角色身上则会被当作是对天性的表达。被动无助的男人是非典型的异类；被动的女人则在标准范围之内。虽然强大的、或者至少是积极的英雄和反派都被视为人类理想的实现；但强有力的女性，文学世界中有很多，却通常都会被加上超自然的光环。她们是女巫、神奇女侠或是格伦德尔的母亲。她们是怪物。她们并不完全是人类。格伦德尔的母亲比格伦德尔更坏，因为她被看作是对标准形象更加严重的背离。格伦德尔，说到底不过是又一个贝奥武夫，只是更庞大也更饥饿。

但假如说，我希望塑造一个女性形象，并非自然力量，无论善恶；也不是被动的"孤独哭泣的人"；她能做出决定，采取行动，引起也承受各类事件，或许甚至还有一些野心，一些创造

---

① 《董贝父子》是狄更斯发表于1848年的长篇小说，保罗是商人董贝的儿子。

力。我的文化里有什么故事能给我讲讲这样的女性呢？在公立学校层面并没有多少，这多半也是为什么我一点都不记得迪克与珍妮，虽然对于书里的帕芙和斯波特还有些模糊的印象[1]。但在校外，有漫画书：蝙蝠侠与罗宾，超人（还有路易斯·莱恩，那个永远傻傻等待被救的人），霹雳火和佐罗还有其他许多许多，都是男性。当然了，也有神奇女侠。神奇女侠是亚马孙的公主，和其他亚马孙人一起生活在一座岛上，但是岛上没有男人。她有能挡子弹的神奇手镯，一架隐形飞机，还有魔法套索和超人的本领和力量。她打击犯罪。只有一个问题——她有个男朋友。但是，假如他吻了她，她就会像剃去须发的参孙一样失去所有的超凡神力。神奇女侠始终没有结婚，一直都是神奇女侠。

然后还有《红菱艳》——不是汉斯·克里斯汀·安徒生的童话，而是一部电影，主演是莫伊拉·希勒，有一头漂亮的红头发。整整一代的女孩子都被带去看这部电影，作为生日派对的特别节目。莫伊拉·希勒是一位著名的舞者，然而可惜的是她爱上了乐队的指挥，这位指挥，出于某种当时令我完全无法理解的原因，禁止她在婚后跳舞。这道禁律让她非常苦闷。她想要这个男人，但她也想要跳舞，这个矛盾最终让她一跃跳向迎面驶来的火车。主题思想非常清晰。艺术生涯和好男人的爱两者不可兼得，如果尝试，最后只会以自杀收场。

另外还有罗伯特·格雷夫斯[2]的诗意理论，在他的许多书里都有阐释，尤其是我十九岁时读的《白色女神》。对格雷夫斯而言，男性行动，而女性只是存在。男性是诗人，女性是缪斯，是

①　经典英语早教绘本中的儿童角色，帕芙和斯波特是其中的猫和狗。
②　罗伯特·格雷夫斯（Robert Graves, 1895—1985），英国诗人、小说家、评论家。

白色女神本身，启迪人心却又最终毁灭一切。那么想成为诗人的女性又如何呢？这也是可能的，但这位女性必须通过某种方式成为白色女神，作为她的化身和喉舌，很可能也要像她一样实施破坏。格雷夫斯为女性艺术家提供的模式不是"创造然后被毁灭"，而是"创造然后毁灭"。比跳轨自杀稍微更有吸引力一点，但也差不太多。当然，你总是可以忘了这一切，安顿下来，去生孩子。看起来似乎是一条更加安全的路，而这毫无疑问是整个文化所给出的信息。

　　但社会所提供的最为耸人听闻的警世故事，莫过于真实女作家的生平本身。女作家无法被文学历史所忽视；至少是十九世纪的女作家。简·奥斯汀，勃朗特三姐妹，乔治·艾略特，克里斯蒂娜·罗塞蒂，艾米莉·迪金森，以及伊丽莎白·巴雷特·勃朗宁的地位太过重要，不可能置之不理。但她们的传记作者绝对可以强调这些女作家的古怪和反常，而他们也确实这么做了。简·奥斯汀终身未婚。艾米莉·勃朗特也是，而且很早就去世了。夏洛蒂·勃朗特死于分娩。乔治·艾略特和一个男人未婚同居，没有生育任何孩子。克里斯蒂娜·罗塞蒂"透过裹尸布上的蛀洞观察生活"。艾米莉·迪金森闭门不出，而且很可能是个疯子。伊丽莎白·巴雷特·勃朗宁倒是成功地挤出了一个孩子，但并没有好好把他养大，还沉迷于降神会。这些女性是作家，没错，但在某种程度上她们并不是女人，或者说即便是女人，她们也不是好女人。她们是不好的榜样，或者说她们的传记作者是这样暗示的。

　　"以前我有个男朋友，他管我叫惊奇女侠。"女巫希尔达在最近发表的一篇连环漫画里说。

　　"因为你强大、勇敢还很真诚？"山精问。

　　"不是，因为他对我很惊奇，不确定我究竟是不是个女人。"

如果要在任何一件事情上表现优秀，漫画告诉我们，就必然要牺牲你的女性气质。如果想有女性魅力，就必须把舌头拔了，像小美人鱼一样。

确实，关于埃德加·爱伦·坡的酗酒成性、拜伦的乱伦、济慈的肺结核，还有雪莱的不道德行为也有很多议论，但不知什么原因，这些浪漫的反叛不但让男性诗人更令人感兴趣，也让他们更有男人味。很少有人提到，两个艾米莉、简、克里斯蒂娜和其他女作家以她们的方式生活，是因为只有这样，她们才能获得写作的时间，并养成写作的专注力。十九世纪女作家令人称奇之处不是她们数量稀少，而是她们竟然真的存在。如果你以为这种现象已经烟消云散，就去读一读玛格丽特·劳伦斯的《占卜者》。中心角色是一个成功的女作家，但她显然意识到，自己不能既写书又同时留住一个好男人的爱。她选择了写作，朝那个男人扔去了一只烟灰缸，在书结尾的时候她一个人生活。作家，无论男女，都必须自私，只是为了得到写作的时间，但女性并没有被培养出自私的品质。

关于创作才能的风险，更加极端的版本来自西尔维娅·普拉斯和安妮·塞克斯顿的自杀，以及她们获得的病态关注。二十世纪的女作家不但被看成怪异且缺乏女性气质的人，更被视为注定走向毁灭。通过自己的人生或是自己创作的角色，把孑然一身或者难逃失败的形象演出来，确实相当具有吸引力。万幸，这并不是唯一的选择。如果被逼急了，我们总还是可以想想盖斯凯尔夫人，哈里特·比彻·斯托，甚或是，比如说，艾丽丝·门罗和阿黛尔·怀斯曼，还有其他许多女作家的生活经历，她们似乎能够同时兼顾为人妻、为人母和写作，与这个文化里的其他人相比也没有变得明显残缺畸形。

但《红菱艳》现象还是有几分道理的。女作家在这个社会的处境确实要比男性作家更艰难。这并不是出于什么与生俱来、难以理解的生理或是精神层面的不同：困难是人为造成的，而且这些刻板印象仍然在周围埋伏，随时准备以完整的形态从男女批评家的脑中一跃而出，缠住毫无防备从身边经过的角色或是作者。在道德层面上，对女性的要求依然是她们要比男性更优秀，甚至连女性自己，甚至连女性运动的一些分支也这样认为；假如她们不是天使，假如她们身上刚好存在普通人的不足，就像我们大多数人一样，尤其是假如她们表现出任何优势或者才能，无论是在创作还是其他方面，那她们就不仅仅是普通人，而是还不如普通人。她们是女巫、美杜莎，是毁灭性的、强大的、可怕的怪兽。有粉刺和瑕疵的天使不会被看作凡人，而会被看作魔鬼。一个像我们大多数人在大多数时候所表现的一样反复无常的角色不是可信的创作产物，而是对女性天性的一种诋毁，或者一种说教，说的不是人性的弱点，而是所有女性特有的比脆弱更脆弱的缺点。女性依旧承受着许多社会压力，要做到尽善尽美，而假如她们以除最严格指定方式之外的任何其他方式靠近这一目标，则又会招致许多怨恨。

　　读一读我自己的资料夹就能很轻易地举例说明：我可以给你们讲讲巫师玛格丽特，美杜莎玛格丽特，吃男人的玛格丽特，抓着许多不幸男人的尸体一步步爬向成功。渴望权力的希特勒玛格丽特，怀抱她占领整个加拿大文学领域的狂妄计划。必须阻止这个女人！所有这些传说中的生物都是批评家的创造；这些批评家并不都是男性。（还没有人把我称为天使，但殉道者玛格丽特肯定要不了多久就会出现，尤其是假如我年纪轻轻就死于车祸的话。）

继续摘录下去会相当有趣，但也会显得相当刻薄，考虑到其中有些肇事者就算不在观众席里，也是这所大学的雇员。所以相反地，让我发起一份简单的呼吁：女性，无论作为虚构形象还是作为人，都必须被允许拥有不完美之处。假如我要塑造一个女性角色，我会希望能够展示她拥有所有人类都共同拥有的情绪——憎恶、嫉妒、怨恨、欲望、愤怒和恐惧，同时还有爱意、怜悯、宽容和喜悦——而不必让她被宣称为怪物、污点，或是不良的榜样。如果情节需要的话，我同样也希望她精明、睿智和狡黠，而不用让她被贴上物质女神的标签，或是成为表现女性阴险狡诈昭然若揭的典型例子。很长时间以来，文学作品中的男性一直被视为个体，而女性则只是一个性别的代表；或许是时候把大写的"女"字从"女性"一词中除去了。我自己从来都不认识什么天使、鹰身女妖、女巫或是大地之母。我认识一些真实的女性，她们并不都比男人更友好、更高尚、受了更长时间的苦，也不一定都不如男人那么自以为是和自命不凡。描写她们的故事正日渐变得可行，尽管和往常一样，我们还是很难区分哪些是自己实际看到的，哪些是教育引导我们看到的。谁知道呢？甚至我自己评价起女性来也可能比评价男性更严厉；毕竟，她们要为原罪负责，至少这是我在学校里学到的。

让我用阿格尼斯·麦克菲尔的话来结尾，她虽然不是作家，但对于至少一种文学刻板印象却十分熟悉。"听到男人说起女性是家中天使的时候，我总会，至少是在心里，怀疑地耸耸肩。我不想当家里的天使。我自己想要的也是我想让其他女性得到的：绝对的平等。在达成这一点之后，男人和女人可以轮流当天使。"我会换一种方式来说："男人和女人可以轮流当一个普通人，活出每一个人的丰富个性和变化万千。"

评诺思洛普·弗莱

本文不是对弗莱的客观评价，而是主观描述，一份迷你小传，如果可以这么说的话，来自一个他从前的学生，一个理想是当作家的学生。

而这也是一个十分古怪的理想，在一九五六年的利塞高中。直到一九五六年以前，我一直觉得我会当一个植物学家，或者再不济也要当个家政学者，不过那时候我已经知道后一项是不太可能实现的了：把拉链里层的布料夹得乱七八糟的人没这种命。利塞高中没有任何东西能够向我表明写作对于二十世纪一个在加拿大的年轻人甚至是有可能的。我们确实研读了一些作家，这点并不假，但那些作家既不是加拿大人，而且也已经不在世了。然而天意就像风，并不由人决定它要去的方向，在花了一小段时间不安地回头张望，看看天意的风实际上是不是打算吹在别人身上之后，我接受了命运的安排，试图去搞清楚该怎么开始写作这件事。我想过去上新闻学院；但有人告诉我，女记者除了讣告和女性版面之外什么都不准写；虽然有几个我作品的评论家似乎认为我到头来写的也不过就是这些，但当时我感到有更加广阔的天地正在等着我。简而言之，我要去上大学，在那里我说不定至少还能学会拼写。

幸运的是，我有一个支持我的英语老师，名叫比灵斯小姐。她没有告诉我我写的诗有多差劲（但它们确实是押韵的），而是让我明白，多伦多大学的维多利亚学院是我该去的地方。那里有位名叫诺思洛普·弗莱的先生，她说。我从来没有听说过他，不过那时我几乎什么事情都没听说过。我相信了她的话。

我在一九五七年进了维多利亚学院，那一年弗莱出版了《批评的剖析》，但当时我并不知道。弗莱只是地平线上一个模糊的影子，等我到了三年级，学到弥尔顿的时候才要去应付的东西。而与此同时，我还在为自己花了一整个夏天尝试去读《荒原》却一个字也没读懂的事情焦虑不已。思考着现在再转去植物学系是不是终究太晚了，还开始写一些并不押韵、里面还提到了咖啡杯的诗，这可能和艾略特有关，也可能跟我在咖啡馆里打发的时间实在太多有关；而弗莱，顺便说一句，从来不去咖啡馆。对本科生而言，他有点像是传闻。我们听说和他有关的事情，却很少见到他本人。偶尔能听见他打字的声音。

　　入学第三年，在挣扎度过古英语和乔叟之后，我真的有机会去上一门他的课。那时候的学生要么是上所谓的普通课程，这是三年制的，要么就上四年的荣誉课程，需要选择专攻方向。英语文学荣誉课程的日子是按时间顺序安排的，弥尔顿出现在第三年。诺思洛普·弗莱教弥尔顿。"教"并不是最确切的形容。弗莱说，"要有弥尔顿，"结果你看，就有了。课是这么上的。他站在教室前面，向前迈出一步，把左手放在桌面上，再向前迈一步，把右手放在桌面上，往后退一步，移开左手，再往后一步，移开右手，然后重复这套动作。在他这么做的时候，纯粹的美妙文章，以真实的句子和段落，从他的嘴里脱口而出。他不会像我们大多数人一样说"嗯"，或者不把句子说完，或者修正之前说的。我以前从没听过任何人像他这样说话。就好像在看魔术师从帽子里变出飞鸟一样。让人一直想要绕到他背后，或是去看桌子底下，好弄清楚他是怎么做到的。

　　这就把我们引到了"影响"这个微妙的问题上。有那么一些人，一听说我曾经是诺思洛普·弗莱的学生，就死扯住我的衣角，非得让人把他们的手指掰开才肯罢休。相反地，也有一些人会开始绕到我的左边，希望能瞥见他们确信一定藏在哪里的"吸血鬼的印记"，如果不在我的脖子上，至少也在我的作品里。那些从未占据过"弗莱的学生"这个无比幸福的位置的人，都以为他会对青年作者施加某种奇特的斯文加利一般的影响，接过他们面团似的脑袋，塞进弗莱"体系"的橡皮泥模具，直到成型之后再拿出来。假如这种想法有任何根据的话，那加拿大就该挤满了许许多多精神恍惚的特里比[①]，个个都是"弗莱的学生"，个个都用颤音唱着弗莱的调子。为什么没有呢？

这可能是因为任何真正的作家都只会被本就与自己有相似之处的东西所"影响"。作家是小偷，就像艾略特说的；文学世界里的石蛾幼虫。也可能是因为弗莱并无意去"影响"任何人，尤其是青年作者。他对创作的态度并不是灌输式的。对他的学生，他最不会做的事情就是告诉他们写什么或怎么写，如果被归功为生产出了某种类似诗歌备份零件的东西，没什么会更让他尴尬的了。还可能是因为，如果弗莱的看法是正确的，诗人受其他诗人的影响，小说家受其他小说家的影响，那他唯一能影响的就只是其他文学批评家。这一点他无疑是做到了；那诗人呢？我在某个地方读到过一个词，"一个诺思洛普·弗莱的诗人"，但我并不确定这个词是什么意思。像弗莱那样对于诗歌的广义理解想必能把几乎所有的一切都纳入其中。无论如何，就像他本人说过的，诗人的脾气很坏，尤其是在面对评价体系的时候。想把他们限制在一种体系里，他们就会做些完全不一样的事情来反抗。批评家的

---

① 英国小说家，插画家乔治·杜·莫里耶（George Du Maurier，1834—1896）小说《软帽子》中的人物，讲述一位名叫斯文加利（Svengali）的阴险音乐家，在他催眠般的影响和摆布下，最后竟然把特里比从模特变成著名的歌手。

工作不是告诉诗人要做什么，而是告诉读者诗人做了什么。作家的工作就是写作。这个安排当时在我看来十分恰当，现在也依然如此。

回到一九六〇年，弗莱去了又来，相隔遥远却又相当和蔼。偶尔他会小声咕哝几句，让人知道他居然真的读了我们在这本或那本校园文学期刊上华而不实的情感抒发，但他既没有评论也没有指导，只是给予了普遍的关照，一种文学上的向光性。就像是被一朵向日葵注视着。他并不是一个会被认为唐突的人。在我人生的那个阶段，罗伯特·格雷夫斯远比弗莱更让我心烦意乱。《白色女神》让我出冷汗：我想当诗人，没错，但并不想以残杀我的同胞为代价，而格雷夫斯似乎认为在道义上我非这么做不可。女性要当诗人，他说，只有自愿成为白色女神，柯勒律治写的"死中之生的梦魇"就是一个典型例子。我并没有特别的意愿，要用寒冷把人的血液凝固——我更情愿来上一局精彩的桥牌，不管什么时候都是——虽然我的一部分作品似乎对某些加拿大文学评论家产生了这样的效果，但这并不是有意的。而转头读到弗莱关于艾米莉·迪金森的文章是多么地让人欣慰啊，弗莱所描述的她既不是白色女神，尽管她常常穿成那样，也不是软弱的神经质，而是一个技巧熟练的专业作家，完全知道自己在做什么。这在某种程度上，是一个更加积极的榜样。

因而尽管弗莱并非大家通常所指意义上的那种"影响"，换句话说他并不是石膏铸件的生产商，但他确实影响了另一个更加重要的方面。他的存在让我不但能够抗衡格雷夫斯蜘蛛网般怪异的诗歌创作理论，同时还有加拿大在五十年代末的社会环境。那时的多伦多并不是如今遍布餐厅的闪亮都市，陶醉在自己的时髦倒影之下，而是"猪城"，被蒙特利尔人取笑的地方。城里有一座由固定剧团演保留剧目的剧场，没有芭蕾舞团，也几乎没有像样的布里奶酪。加拿大作家不受一般大众的注意，被书商塞进"加拿大相关"的简陋区域里，和《用枫糖浆做101道菜》的食谱放在一起，被像我这样想要成为作家的势利青年看作是自相矛盾的词语，我们都认为非得跑去英格兰才能让自己的天赋开花结果。平均而言，每年大约有五本由加拿大人创作的小说在加拿大出版，如果能卖到一千册就算是销量出色。这种状况有两个好处。第一是假如你发表了任何严肃文学性质的东西，不管什么都好，都能在某个地方获得书评，还会被加拿大文学的忠实读者读到，这一群体流动频繁，总数大约在二百人左右。第二是女性不会受到歧视。宣称自己想当作家并不会招来针对性别的回应。没有人会说，"做不到的，因为你是女孩。"大家不会说你是在跟莎士比亚和梅尔维尔叫板。而是会反问，"你说你想当什么？"

即便是在大学层面，一同求知的其他同伴多半也会认为你自命不凡或是执迷不悟。然而却有弗莱，他拥有在加拿大获得信任最为必要的资质，国际声誉。弗莱似乎觉得写作是理所当然的事。他似乎并不认为写作是在情感功能上大脑受损的人才会做的事情，而是一项不可或缺的人类活动。他郑重其事地对待我们的理想。在多伦多，在一九五九年，没有比这更鼓舞人心的了。

那些在派对上死死攥住我衣角的同一批人也想知道，我有没有觉得作为弗莱的学生让人非常的，嗯，战战兢兢。通常我会说是或不是，根据场合的需要。完整的解释要花更长时间。奇特的一点一直是，我们可以深深敬佩一种思想，却未必会对一个人感到畏惧。我倒是更怕那位哲学教授，他上课的时候闭着眼睛，还永远能察觉到教室里多了一个人。不过，要被像弗莱这样动不动就难为情的人完全吓倒是很难的。要被一个如此拼命努力不让人胆怯的人吓倒也是很难的。弗莱，在不幸要与自己的学生在讲堂之外面对面的时候，会从断句完美的文章转而陷入一种让人放心又词不达意的嘟囔。"你怕它们，它们也一样怕你。"我的父母以前一直这样说黄蜂之类的东西。这句话也可以用在弗莱身上。我是有多么怕他，我记得，我还写作并发表了一篇戏仿文章，把原型批评应用到艾佳艾斯电视广告上，反复出现的家庭主妇形象抗击黑暗又凶狠的污垢形象的永恒战斗。我是还没毕业的本科生，可是，如果不是还没够毕业的水准，又来当什么本科生呢？重要的是我并不担心遭到反击。我猜想弗莱几乎会和我一样觉得这篇文章很有趣，事实可能是也可能不是这样。或许他觉得我说对了。

但也很有可能，我所描述的弗莱，由于我父母来自新斯科舍省而染上了主观色彩。让其他人感到恐惧的事情不会让我怯步。面无表情的发言，说反话讽刺，一成不变的语调，还有话里有话的玩笑，对于来自安大略的学生或许很怪异，但对我则再熟悉不过了。这在海洋四省司空见惯。清教主义在这里演化出奇特的形式，其中部分精彩出色，大多数都不同寻常，而海洋四省的人也绝对不会把缺乏引人注目的表现误解为缺乏决心、投入、勇气或是热情。发现弗莱来自新不伦瑞克的时候我恍然大悟。虽然和我所有的亲戚都住过的新斯科舍并不完全一致，但也足够接近了。一九三〇年代新斯科舍省的一个笑话说，新斯科舍最主要的出口就是头脑。弗莱便是其中之一。

我去澳大利亚的时候，澳大利亚人不停地问，"为什么澳大利亚没有诺思洛普·弗莱？"，就好像我这一代的加拿大人常常会问为什么没有加拿大的《白鲸》，还有一八四〇年代的美国人总是会问为什么美国没有沃尔特·斯科特。这个问题问得很好，但还有一个更好的：为什么有这么一个加拿大的诺思洛普·弗莱？或者，具体来说，这样一个人，在本世纪前半叶，在新不伦瑞克的蒙克顿出生，在魁北克的舍布鲁克长大，究竟是如何存活下来的？

很难对不熟悉这些地方的人解释我为什么这么惊讶。让我们这么说吧，一个等待转世投胎成为重要文学批评家的灵魂会选择别的时间和地点，因为那样实现这个目标可以不用这么难。加拿大，从文学角度来看，几乎是一片空白。传统是有的，没错，但奇怪的是它总是消失不见，不得不被每一代人持续地重新发现。总是需要开展一定程度的挖掘。那些眼珠转个不停的加拿大民族主义分子（和我这样眼神笨拙又呆板的人不一样），最近几年来，一直在各种与加拿大相关的事情上指责弗莱：大陆主义、国际主义，忽视他们，等等。但在我看来，在加拿大文学这片新近获得浇灌的土地上，几乎所有影响深远的见解，包括眼下时髦的"区域主义"，至少在某种形式上，都发源于，或者完全成型于诺思洛普·弗莱的额头上，早在他还在尽职尽责地为《加拿大论坛》和其他声量微弱的期刊写加拿大诗歌评论的时候，这份工作或许帮助弗莱形成了他的构想，关于想象力以及围绕在其周围的社会之间的联系。弗莱当然是一个社会思想家，他的努力从来都致力于不但是作者而更是读者的评价。对一位教育工作者来说，还有比一个在广义上几乎没有人知道该如何阅读的国家更理想的场所吗？

然而，确实有拥有相当等级和技巧的诗人深埋在加拿大文学的底层，而弗莱也为他们尽了全力，尤其是 E. J. 普拉特。但这些诗人对他的影响呢，或者他们共有的宇宙观呢？弗莱的有些文章读起来就像是 A. M. 克莱因会写的东西，如果他成了批评家的话；同样的《亚当命名野兽》主题在他们身上多少都有。有人把弗莱对文学属性和种类的标注称为"死板分类学"，这只能说明，除了其他结论之外，他们至少从没见过两个分类学家展开争论。他们也从来没有思考过，不管是用拉丁语命名还是没有任何命名，袋鼠都一样是袋鼠。但弗莱对于命名的推行，对于相互关联的体系的推行，在我看来正是对于加拿大式情况的加拿大式回应。被困在一片谁也没能梳清条理的广阔空间里，于是他开始着手编制地图，描绘版图，探索事物彼此之间的联系，提炼出意义。诗人用自己的时间和空间这么做，而弗莱则将其扩展到了文学整体，但背后的动机——因内斯和麦克卢汉，那些多伦多大学的其他超体系思想家也是同样——在本质上是相同的。弗莱的核心隐喻是空间性的，且范围非常广大。同时代的美国或英国评论家根本不会有任何类似的想法。英国人还在做着他们惯常的社会分类，提出细微差别，把作品分配进社会阶梯的各个等级，美国人则完全钻在被选中的诗歌的发动机里，研究到底是按下了哪个小玩意才让作品取得了成功。有人告诉我，转喻和提喻是最新的两种；但我非得弄清楚它们是什么意思的日子早已过去了。

这就让我回到了最开始说的一点。如今已过去二十多年了，明天我还得搭飞机去温尼伯，在那里会有人问我如何让读者持续翻页以及作品中男性形象不佳的问题。假如我是美国人我就不一定要去；假如我是英国人我就可以把这些全都安排在伦敦，被问到的问题也会不一样；但这是加拿大，过去是，现在也依然是，一个完全不同的地方。不过这是题外话了。我的下一个反问是，我和弗莱有什么关系，既然现在我已经不再是他的学生了？有没有任何东西，这么说吧，从他身上传给了我？而假如有的话，这些东西对于一个作家，一个被困在实际问题里，从一个情节挣扎到另一个情节，一个角色到另一个角色，一场签售到另一场签售，一家电视台到另一家电视台，并且每年秋天都要和大段翻滚的通俗口语面对面的作家来说，会有很大的帮助吗？

嗯，作为弗莱曾经的学生并不能帮我回答这些问题。当有人问你，在节目里，在直播中，为什么你是这样一个悲观主义者，为什么你不写些更加快乐的结尾的时候，你可以在心中暗想，"因为我是在用讽刺的方法写作，笨蛋。"这话不能大声说出来，当然了——弗莱对于通用文学论述语言的梦想还没有进入重金属摇滚乐电台——但至少，当夜深人静，躺在假日酒店的床上辗转反侧，没能找出该如何才能调低房间的温度，又被上节目时未曾想到的机智回应纠缠不休的时候——你至少还能小声地告诉自己。

当一切陷入最低谷，你写这本书的初衷和书出版之后的结果看起来完全脱节，似乎有一长队的人想要你在他们的书前面写点东西——比如"生日快乐爱你的安妮"之类的东西——抗议说你不是安妮也无济于事的时候——你总是可以告诉自己，对于文学的追求是一项重要的人类活动。

相信这一点有时是一种信念之举。但诺思洛普·弗莱相信这一点，而且他是明白的。

写作男性角色

我非常高兴你们象征性地请了一位女性来做今年的海吉讲座①，虽然你们原本可以选一个比我更让人尊敬的人，但我意识到可供选择的人数是有限的。

关于我不够让人尊敬这一点我是有可靠根据的：事实上，我的根据就是不列颠哥伦比亚省维多利亚大学的男性学者，不久前我在那里接受了一次广播访问。"我做了一个小调查，"那位相当友好的男性采访人说，"对象是这里的教授们。我问他们对你的作品有什么看法。女教授的回答都很肯定，但男教授说他们不确定你是不是值得让人尊敬。"所以我要预先提醒你们，你们将要听到的一切在学术上都不值得尊敬。我在这里所描述的观点来自一个现役小说作者，新寒士街多年的居民，而不是来自我花四年时间在哈佛求学所想要成为的维多利亚主义者；但维多利亚主义确实会不知不觉地渗透进来，正如你们已经看到的。所以我甚至都不会提转喻和提喻，除了现在，只是为了让你们刮目相看，让你们清楚我知道这两种手法的存在。

当然，以上所有，都是为了让听众中的男性成员明白，虽然演讲用了这个题目，但他们不用感觉受到威胁。我认为，作为一种文化，我们已经到了需要给予男性积极鼓励的阶段。今晚我就要启动一个类似的个人计划。我这里有一些金色的五角星，一些银色的五角星，还有一些蓝色的五角星，当然都是想象出来的。只要你觉得不害怕，今晚能够真的到场，就能得一颗蓝色五角星，如果你想要的话。不害怕到听了笑话真的会笑的人得一颗银色五角星，一点也不觉得受到威胁的人得一颗金色五角星。另一

44

方面，说"我太太真的很爱看你的书"的人，得一个黑叉。像加拿大广播公司的一位男制作人前不久对我说的那样说，"我们中的一些人很不高兴，因为我们觉得女性正在占领加拿大文学圈"的人，得两个黑叉。

"为什么男人会觉得受到女人威胁？"我问过我的一个男性朋友。（我喜欢这个美妙的修辞手法，"我的一个男性朋友"。这个词常被女记者拿来使用，在她们想说一些尤其刻薄的话但又不想自己承担责任的时候。这个词也让人知道你确实有男性朋友，而不是一头那种会喷火的神话怪兽，激进女权主义者，带着小剪刀到处走，如果有男人给你开了门就踢他们的小腿。"我的一个男性朋友"也会让——我们还是承认吧——表达出来的意见更有分量。）所以我的这个男性朋友，顺便说一下他确实是存在的，随口加入了如下的对话。"我是说，"我说，"男人大多数时候都块头更大，他们能跑得更快，更能掐死人，而且平均而言也掌握更多金钱和权力。""他们害怕女人会嘲笑他们，"他说，"削弱他们的世界观。"然后我又在一场我主持的仓促诗歌研讨会上问了一些女学生，"为什么女人会觉得被男人威胁？""她们害怕被杀。"她们说。

从这一点我断定，男人和女人确实不同，哪怕只是在施加威胁的程度和范围上。男人才不只是一个穿着滑稽衣服和护裆的女人。男性的思考方式不同，除了在高等数学之类的问题上。但他们也并非异样或次一等的生物。从小说家的观点来看，这一发现有着广泛的影响；而你们也能够注意到我们正在接近今晚的话

① 加拿大滑铁卢大学定期举办的讲座，始创于1970年，广泛邀请学者或创意领域的名人作为主讲人。

题，尽管是用一种螃蟹般的、踏着小碎步、迂回曲折而且十分女性化的方式；但无论如何还是在接近。但首先，小小地岔个题，一定程度上是为了说明，当有人问你恨不恨男人的时候，正确的回答是"哪些男人？"——因为，当然了，今晚的另一大意外是男人并不都是一样的。只有一些男人有胡子。除此之外，我从来都不是那种用轻视的口吻提起男人，把他们全部归成一类的人；我从来不会说，比如——像有些人说过的那样——"往身上套个纸袋他们就都是一样的"。我会把阿尔贝特·施韦泽①放在一头，希特勒在另一头。

但想一想，如果没有男人的贡献，今天的文明会是什么样？没有电动地板打蜡机，没有中子弹，没有弗洛伊德心理学，没有重金属摇滚组合，没有色情文学，没有回归的加拿大宪法……我可以一直不停地说下去。而且和他们一起玩拼字游戏非常有趣，需要吃掉剩菜的时候他们也能派上用场。我曾经听过一些万分厌倦的女性表达这种观点，只有一个死掉的男人才是好男人，但这远非正确。好男人或许难觅，但你要这么想：就像钻石一样，不管有没有经过打磨，都是物以稀为贵。像对普通人一样对待他们！一开始这可能会让他们感到惊讶，但迟早他们的优良品质会显露出来的，在大多数情况下都会的。好吧，考虑到统计数据……在一些情况下。

这不是岔题……下面这个才是。我在一个科学家的家庭里长大。父亲是森林昆虫学家，他喜欢小孩，并且顺便说一句，他并不觉得受到女性的威胁，我们度过的许多欢乐时光都是在听他解

---

① 阿尔贝特·施韦泽（Albert Schweitzer, 1875—1965），著名学者，人道主义者，于1952年获得诺贝尔和平奖。

46

释蛀木虫的习性，或是把松毛虫从汤里挑出来，因为他忘了给它们喂食，它们就满屋子乱爬找叶子吃。被这样养大的结果之一就是，在学校操场上，我在面对想用虫子、蛇和类似的东西吓唬我的小男孩时很有优势；另一个结果是，稍晚一点的时候，我逐渐喜欢上了十九世纪伟大的博物学家，现代昆虫学之父亨利·法布尔的作品。法布尔，和查尔斯·达尔文一样，是十九世纪如此大量出产的有天赋又痴迷于此的业余博物学家。他从事调查研究是出于对这门学科的热爱，并且和如今许多生物学家往往用数字而非单词组织语言不同，他是一个充满热情又讨人喜欢的作者。我愉快地读着他对蜘蛛生命的描述，他用蚁狮做的实验，试图证明它们也能思考。但激起我兴趣的不只是法布尔的题材；更是他本人的性格，如此精力充沛，对一切都如此喜悦，如此机敏多谋，如此乐于遵循自己的研究方向，不管它可能会引向何方。接收到的意见他会纳入考量，但只会相信自己亲身检验过的东西。想象他铁锹在手，出发前往一片满是羊粪的牧场，搜寻神圣粪金龟和她产卵习惯的秘密，让我快乐不已。"我看得目不转睛。"他惊呼着，把一个小东西拿到亮光下，不像神圣粪金龟通常用来吃的粪球那样圆圆的，而是巧妙的梨形！"啊，那忽然闪现的真相带来的至高快乐，"他写道，"其他还有什么能与你相比！"

而在我看来，我们正是应该以这种精神来对待所有的问题。假如粪金龟值得如此，为什么不是稍微更复杂一点的对象，人类男性呢？不可否认这样的类比存在一些缺陷。比如，两只粪金龟非常相似，但就像我们已经提到的，男性包含许多种类。还有，我们在这里应该是要讨论小说的，多嘴啰嗦一句大家都知道的事，小说不是科学论文；换句话说，小说无法宣称自己是在呈现那种可以通过反复实验加以论证的事实真相。虽然小说作者陈述事实也得出结论，但这和法布尔对母蝎交配行为的论述不是一个等级，尽管一些批评家的反应就好像它们是同一件事一样。

注意我们已经落在了沼泽中心，也就是问题的症结所在：假如小说不是科学论文，那它是什么？我们对于小说之中男性角色的揭示当然取决于我们认为自己要应付的是个什么东西。我相信你们都听过盲人摸象的故事。用"批评家"替换"盲人"，"小说"替换"大象"，你们就明白了。一个批评家摸到了小说家的生平，断定小说是伪装的精神自传，或者伪装的个人的性恐惧，或者类似的东西。另一个抓住"Zeitgeist"（或者"时代思潮"，对那些不够走运、从来无需被迫用德语通过博士学语言考试的人来说），评论王政复辟小说、感伤小说、政治小说的崛起或是二十世纪的异化小说；又一个发现语言的局限与所能表达的内容有关，或者某些作品呈现出相近的模式，空气中充满了神话创作、结构主义和类似的让人感到快乐的东西；再一个去了哈佛学到了人的境况，我最喜欢的理论之一，非常有用，想不出其他东西可说的时候就可以提它。然而大象仍然是大象，迟早会厌倦了让盲人摸索它身上的部位，于是便舒展身体，站起身来，朝着完全不同的方向慢慢走开。这并不是说批评活动徒劳无益或者微不足道。看看之前我对粪金龟所说的话——它们同样保留了不为人知的秘密——就知道我认为针对大象的描绘是有价值的行为。但描述大象和生一头大象出来是完全不同的事情，而小说作者和批评家在处理小说的时候也带着一系列相当不同的预想、问题和情绪。

"你从哪里来？"一个相当知名的男性角色在一部包罗万象、我肯定你们都很熟悉的叙事散文中说。"我在地上到处游走，往返而来。"他的对手回答。小说家就是这样。我们当然不希望继续这个类比——与一些意见相反，批评家不是上帝，小说家也不是魔鬼，尽管我们可以说，从布莱克的作品来看，创造的活力更有可能从阴间地府而不是理性秩序的上层世界中涌现。让我们就这么说吧，在地上到处游走、往返而来似乎是所有小说作者都曾以这样或那样的方式做过的事情，而小说本身，与冒险故事及其变体不同，则是人类文明之中，当代现实人类世界与语言和想象力相互碰撞的交点之一。这并不是要将小说限定在左拉式的自然主义之内（即便左拉自己也不是一个左拉式的狭隘自然主义者，任何读过《萌芽》走向胜利的最终章节的人都可以作证），而是要表明，部分内容被写进小说是因为它们就存在于现实世界里。如果十九世纪的捕鲸船上没有鞭笞，《白鲸》里也就不会有鞭打的场景，且收入这一场景也不仅仅是梅尔维尔身上施虐受虐倾向的表现。但假如书里除了鞭刑什么也没有的话，我们可能就有理由感到疑惑了。

因此我们必须认定，男性角色在部分女性创作的小说中做出的不值得赞扬的行为，不一定是因为小说替作者说出了对于异性的偏颇看法。有没有可能是……我要犹犹豫豫、轻声地说，因为像大多数女性一样，我一想到会被人叫作——我甚至都不知道怎么说出口——被叫做厌恶男人的女人……就觉得害怕……但有没有可能是，部分男性在我们乐于视为现实生活的地方的行为……有没有可能并不是每一个男性都一直行为端正？有没有可能一些皇帝真的没有穿衣？

这对你们而言可能是在提出一个毫无新意的观点。其实不然。如今的小说家要做的"到处游走"之一是参加麦可兰德与斯图尔特出版社的"毁掉一个作家"巡回活动，在加拿大各地到处游走，和媒体圈的人士谈话，而他们要从事的一些"往返而来"

则发生在阅读自己作品的书评之后。为了便于讨论，让我们假装媒体人士和报纸评论员，就算不是和普通读者，至少也是和官方提倡的意见氛围有些关联；换句话说，当前被认为是时兴的，因此也是可以安全地公开表达的东西。如果是这样，那么眼下官方所提倡的意见氛围正表现出一种趋向男性哀嚎的显著转变。

让我带你们回到几年前，凯特·米利特《性政治》的时代，在它之前的原型是莱斯利·费德勒的《美国小说中的爱与死》①。两部作品都是基于对小说内部两性之间关系的分析，也都对部分男性作者对于女性过分简单和刻板印象化的负面描写打了黑叉。嗯，这很有意思，但被逼急的虫子已经翻身了。现在我们开始给男性批评家（公平的说，也有一些女性评论家）眼中的女性作者对于男性的不利描写打黑叉了。我的这一结论主要是基于对我本人作品的评价，这是自然的，因为这是我看到最多的，但我也在其他地方注意到了。

好了，我们都知道并没有所谓无价值观小说写作这种东西。创作并不是发生在真空里，小说家要么描述，要么揭露他或她所生活的社会里的某些价值观。从笛福到狄更斯再到福克纳，小说家始终都在做这一件事情。但有时候我们会忘记文学批评也是一样。我们都是环境中的有机体，在诠释阅读内容时，我们依据的是自己如何生活以及自己渴望如何生活，这两者几乎从不一致，至少对大多数小说读者而言是如此。我认为小说的政治解读在批评文章主体中占有一席之地，只要我们正确认识它的话；但全面对立只可能是对文学的伤害。举例而言，我的一个男性朋友——

---

① 莱斯利·费德勒（Leslie A. Fiedler，1917—2003），美国犹太裔批评家和作家，后现代文学批评的领军人物之一。《美国小说中的爱与死》是他的代表作，颠覆了美国小说的传统评价观念。

就为了让你们知道我有不止一个男性朋友——写了一本小说，其中有个场景描写男性站着在户外小便。唔，据我所知，这是男人已经做了很多年的事，而且从积雪堆上用小便"写"下的字迹来看他们还在继续这么做；只不过就是一件日常发生的事情。但一位女诗人却发表文章严厉指责了我的朋友，认为这篇作品不仅不可原谅地显露出加拿大中部的特质——看得出来她是从不列颠哥伦比亚来的——同时还认为它属于不可原谅的大男子主义。我不确定她想到了什么样的小说解决方案。或许她希望我的朋友完全不要提到小便这件事，从而避免生理差异这个令人不悦的问题；或许她希望男人坐在马桶上执行这项机能，以此展现平等的态度。又或者她希望他们站着在户外小便，但同时又对此感到愧疚。又或者，以今天这样的区域主义，如果他们是往太平洋里小便的话就完全没关系了。你可能认为这一类的批评很荒唐，但它们在我住的新寒士街上一直在发生。

对女性小说家来说，这意味着如果她们以很多时候男性事实上的行为方式来刻画他们的举止，一些男性就会觉得反感。仅仅是避免把他们写成强奸杀人犯、儿童猥亵犯、战争贩子、施虐狂、渴求权力、冷酷无情、刚愎自用、自命不凡、愚蠢可笑或者不道德还不够，尽管我确信我们都同意这样的男人确实是存在的。即便把他们写得敏感又善良，她还是很容易被批评为把男性描绘得"软弱"。这类文学批评想要的是惊奇队长，却不要他作为比利·巴特森的另一面；差一点都不行。

原谅我强调这些明摆着的话，但在我看来，小说里一个好的角色，换句话说，被成功塑造的角色，和现实生活里一个"好的"人，意思是在道德上高尚的人物，是完全不同的。事实上，一本书里有一个始终行为端正的角色，对书本身很可能意味着灾难。但小说家却受到很多公众压力要去塑造这样的人物，而且这种现象并不新鲜。我可以回溯到塞缪尔·理查森，《帕梅拉》和《克拉丽莎》之类的逃脱强奸文学经典的作者。两部作品里都包含相对善良贞洁的女性和相对好色且思想肮脏的男人，而这些男人碰巧也都是英国绅士。没有人指责理查森对男性太刻薄，但有些英国绅士认为他们被人抹了黑；换句话说，不安全感主要来自阶级而非性别。理查森顺了他们的意，写出了《查尔斯·格兰德森爵士》，在这部小说里着手为英国绅士的形象正名。开头还是很有希望的，反派实施了意图强奸的绑架，目标是那无价的金罐子，女主角的童贞。不走运的是，查尔斯·格兰德森爵士登场亮相，把女主角从比死亡更加不幸的命运中营救出来，并邀她前往自己的乡间住所；在这之后大多数读者都告别了这部小说。但即便是糟糕的电影我也总会看到最后，且既然我是认识的人当中唯一一个真正看到这本小说第九百页的，就让我告诉你们后面发生了什么。查尔斯·格兰德森爵士展现出他的美德，女主角对他十分仰慕。就是这样。哦，然后还有一场求婚。想读吗？当然不想，所有那些抱怨女作家书里的男人形象的男性批评家也不想。我的一个朋友——这位朋友不是男性，却是一名有见地的读者和评论家——说她评价文学必不可少的标准是，"它是活的还是死的？"一部基于让他人满足虚荣心、支撑形象，或是迎合情绪的小说是不太可能写活的。

　　让我们简单看一下文学究竟做了些什么。比如，《哈姆莱特》是对男性的诋毁吗？《麦克白》是吗？任意一个版本的《浮士德》呢？男性在《摩尔·弗兰德斯》里的行为又如何呢？在《汤姆·琼斯》里呢？《感伤之旅》写的是个典型的窝囊废吗？因为狄更斯塑造了奥立克、葛擂硬、多特男童学校、费金、尤利亚·希普、斯蒂福思，还有比尔·赛克斯，我们就必须断定他讨厌男人吗？梅瑞狄斯在《理查·弗维莱尔》和《利己主义者》之类的小说里不留情面地批评男性，对女性则相当赞赏。这意味着他相当于阶级背叛者吗？迷人的伊莎贝尔·阿切尔在詹姆斯《一位女士的画像》里没能跟一个和她条件相当的男人配成一对又说明什么？然后还有《德伯家的苔丝》，善良温和、惨遭迫害的苔丝，以及两位男性主角，一个卑鄙下流，一个自命清高。我再提一下《安娜·卡列尼娜》和《包法利夫人》，稍微来点文化跳跃；既然都说到这儿了，或许也可以顺便谈谈亚哈船长，虽是令人印象深刻的文学创造，却几乎不会是任何人心中可以接受的榜样。请注意，所有这些角色和小说都是由男性创作的，而不是女性；但没有人，据我所知，曾经指责这些男性作者对男人太刻薄，尽管他们倒是被指责过各种其他问题。或许其中所包含的原理就和讲种族笑话一样：在团体内部没问题，但若来自外界就成了种族主义，即便讲的笑话可能完全相同。如果一个男人以负面的方式刻画一个男性角色，这是人的境况；而假如一个女人这么做，她就是对男人不怀好意。我认为也可以在一定程度上把这句话反过来用在女性对于女性作品的反应上。举例来说，我猜想我会因为在《人类以前的生活》里写了伊丽莎白和穆丽尔姨妈的角色而至少受到一些女性主义者的谴责，因为这两个人都不会让人想和她们共处一室。但一点都没有。到这本书出版的时候，就连女性主义评论家也多少已经厌倦了她们自己的期望；她们不再要求所有女性主角都温暖而坚强，聪明老练又敏感开放，能干，如大地母亲一般慈爱热情却满怀尊严和气节；她们愿意承认女性也可能会有瑕疵，普天下女同胞的姐妹情谊，虽然令人向往，却尚未完全在这个地球上建立。不过，在与由女性创作的作品相关联的女性形象问题上，女性历来还是比男性更严厉。或许是时候废除使用榜样的评价方式，重新回到人的境况，这一次也承认事实上人的境况可能不止一种。

顺便一提，我们可以列出充分的理由——如果愿意的话——来支持以下结论，从历史上来看，与男作家相比，女作家在自己的书里对男性更宽容。任何由女性撰写的重要英语小说中，都找不到近似《黑暗之心》里库尔茨先生那样的堕落天使和邪恶怪物的角色；最接近的，我觉得，就是那位臭名昭著的赛门·勒格里（但我说了是重要小说）。通常的角色都介于希斯克利夫和达西先生之间，两人都有缺点，但都被描绘得讨人喜欢；或者，援引十九世纪最伟大的一部英语小说，乔治·艾略特的《米德尔马契》，介于干瘪又嫉妒心重的卡苏朋和充满理想却误入歧途的利德盖特医生之间。这本书的神奇之处在于乔治·艾略特不仅能让我们明白嫁给卡苏朋有多么可怕，更让我们明白成为卡苏朋是多么的可怕。在我看来这是一个值得效仿的范例。乔治·奥威尔说过，从内部观察起来，每个男人的人生都是失败的。如果我说了这句话，会是性别歧视吗？

当然了，维多利亚时代的人拥有一些我们所没有的有利条件。首先，对于今晚我们讨论的这类问题，他们并不像我们所被迫感受到的那样不自在。虽然承受着来自他们那个时代的礼节先生和礼节夫人的持续压力，不能写出一句可能会让十八岁少女脸颊泛红晕的话——实际上这个要求在今天或许会授予作者很大的回旋余地，但他们对于描写恶行并称其为恶行并不会感到迟疑，或是让一大群滑稽和丑陋的形象在读者面前招摇过市，也不会担心此类描写有可能被解读为对于这个或那个性别的侮辱。维多利亚时代的女性小说家还有一系列其他优势。写性事是不可能的，因此她们在塑造男性角色时，不去努力从男性角度描绘对性的感受也没关系。不只是这样，小说在当时被认为是面向女性的，这意味着它经过了一段时间才被视为一种严肃的艺术形式。最初的一些英语小说是由女性创作的，占到大多数的读者也是女性，甚至连男性小说家都相应地让作品内容有所倾斜。当然也有许多例外，但整体而言，我们可以说小说在几乎两个世纪里都有明显的女性偏向，这或许能够解释为什么有更多的男性作者将女性刻画为中心主角而不是相反。女性小说家的优势（而不是沃尔特·斯科特式的浪漫传奇作者）非常明显。如果小说针对女性，那女性就掌握了内情。

在那之后小说作为一种形式已经有了许多改变和扩充。但是，大家最常问我的其中一个问题仍然是："你写的是女性小说吗？"必须留意这个问题，因为，像许多其他问题一样，其含义会根据提问者和被问者的身份而变化。"女性小说"可以指流行文学小说，比如那种封面上有护士和医生的，或者有那种翻着白眼的女主角，穿着古装，头发在风中乱舞，站在歌特城堡或者南部大宅或者其他罪恶可能出现、希斯克利夫还在西班牙苔藓中埋伏的地方。也可能是指主要读者被假定为女性的小说，这可能会包罗相当多的作品，因为除了路易斯·拉摩的西部冒险和特定种类的色情作品之外，各类小说的主要读者也都是女性。还可以指女性主义宣传小说。或者可以指描写男性—女性关系的小说，这同样也覆盖很大的范围。《战争与和平》是女性小说吗？《飘》呢，虽然里面有一场战争？《米德尔马契》呢，虽然里面有人的境况？有没有可能是，女性并不担心让人看见自己在读那些可能被认作是"男性小说"的书，而男人却仍然认为，如果他们太过认真地去看一些由女性拼缀起来的据说是心怀恶意的词语组合，一些他们需要的东西就会从身上脱落？从我最近在世上的到处游走和为了在许多扉页上签上我的名字而在书店所做的往返来判断，我可以说这种看法正在逐渐式微。越来越多的男性愿意站在队伍里并且被人看见；越来越少的人会说，"这是为了我太太的生日买的。"

但是，当我的老朋友和同党，可敬的皮埃尔·伯顿在电视上问我，为什么我最近的书《肉体伤害》里的男人全都懦弱无能的时候，我差一点就出口伤人了。我展现出女性著名的同情心，请不要把这跟意志薄弱混淆，只是漫无目的地说了几分钟的废话。"皮埃尔，"我原本应该说，"你觉得对于性关系当中的男人，谁比较可能有更多经验：你还是我？"这话并不像听起来那么不客气，甚至还有几分道理。女性作为一个群体有相对较多的经验储备可供汲取。她们当然有自己和男人相处的经验，但同时还有朋友的，因为，没错，女人讨论男人——除了丑闻综合征之外——确实多过男人讨论女人。女性愿意向其他女性倾诉自己的弱点和忧虑；男性则不愿和其他男性谈这些，因为对他们而言外面仍然是个狗咬狗的世界，没有一个男人想对一群长着尖牙的潜在竞争对手露出软肋。假如男人要对任何人谈起他们和女人之间的问题，通常要么是心理医生，要么——你猜是谁——对其他女人。无论是读还是写，女性都可能比男人更加熟悉男人事实上如何对待女人；因此一些男人认为是诋毁他们形象的东西，女性可能觉得只不过是实事求是，或者甚至过于手软。

但回到皮埃尔·伯顿的论断上来。我非常仔细地斟酌过《肉体伤害》里的男性角色。其中有三个，女主角真正和他们睡过，还有第四个主要的男性角色她没有。一位女性小说家和评论家指出，书里有一个好男人而没有好女人，她说得很对。其余的男人并不"坏"——事实上他们作为文学作品中的男性角色算得上是相当亲切且有魅力，比库尔茨和伊阿古好得多——但那个好的男人是黑人，或许这是为什么那些抱怨"对男人刻薄"的人忽略了他。在套用榜样模式评论作品的时候必须读得很仔细；不然便可能陷入尴尬的境地，就像这样。

好了，说回新寒士街的实际问题。让我们假设我正在写一本小说。首先：这部小说会有几个视角？如果只有一个视角，它是属于男人、女人还是海鸥？让我们假设我的小说会有一个视角，并且那双让我们看到小说中世界展开的眼睛来自一位女性。紧接而来的便是对书中所有男性角色的看法都必须经由这位中心角色的感知体系。且这个中心角色也并不一定正确或者公平。同时而来的还有其他所有角色都会——出于必要——居于次位。如果掌握一定的技巧，我还可以通过对话和字里行间的暗讽，反射出另一套与中心角色不同的观念，但这会带来强烈的偏向，使角色A成为说真话的人，却永远无法听到角色B和角色C在独处时的真实想法，也许是在户外小便，或者是在做其他男人做的事情的时候。然而，假如我使用多点视角，情况就会改变。这样我就可以让角色B和角色C也独立思考，而且他们的想法并不总是和角色A对他们的看法相一致。如果我想的话，我还可以再加上另一个视角，来自全知全能的作者（这当然不是"我"，不是今天早晨吃了麸皮麦芬、现在正在做这个演讲的同一个我），但是作为小说里的又一个声音。全知全能的作者可以自称知道角色身上连他们本人都不知道的事情，并从而也让读者知晓。

接下来我必须决定的是采用何种基调，运用何种风格写作。对《呼啸山庄》的仔细研读会表明，希斯克利夫永远不会被人看见在挖鼻孔，或甚至是擤鼻涕，搜遍沃尔特·斯科特的作品也不会发现有厕所出现。而另一方面，利奥波德·布鲁姆在几乎每一页纸上都一门心思地在忙着这些平淡无奇的生理需求，而我们也觉得他讨人喜欢，没错，同时也觉得可笑而且可悲，但他原本就不是"憧憬的爱恋"。利奥波德·布鲁姆要从凯瑟琳的窗户爬进屋子十有八九会滑倒。哪一种才是对"男"字大写的"男人"更加准确的描绘？或者，是不是每个男人都像沃尔特·米蒂一样，既有平凡、局限和琐碎的自我，也有英雄的梦想，而如果是这样，我们应该写哪个？我并不支持其中任何一方，只是想说二十世纪的严肃小说家通常会选利奥波德，而可怜的希斯克利夫则被贬去了哥特传奇。如果某个特定的二十世纪严肃小说家是位女性，她多半也会选利奥波德，包括他所有的陋习、白日梦和渴望。这并不是说她讨厌男人；只是表明她对于他们不穿斗篷的样子感兴趣。

好了。假如我已经决定小说里至少会有一名男性角色作为叙述者或主角（两者并不一定相同）。我并不想让我的男性角色异常邪恶，像海德那样；我更想要杰基尔医生，一个本质上善良但有特定缺点的人。这当下就存在一个问题；因为，就像史蒂文森也明白的，与善相比，描写恶并让它显得有意思要容易得多。如今什么是对于好男人的可靠看法？让我们假设我所说的男人仅仅是不坏；换句话说，遵守主要的法律，不欠债，帮忙洗碗，不会打老婆或者猥亵孩子，等等。让我们假设我想让他拥有一些真正好的品质，积极正面意义上的好。他该怎么做？而我又如何才能让他——不要像查尔斯·格兰德森爵士那样——在小说里显得有趣？

我猜想在这一点上小说作者的关切与社会是一致的。曾经，在我们根据——远比现在频繁——一个人在多大程度上达到或

58

是未能达到某个预先规定的性别榜样来定义他们的时候，判断"好男人"或"好女人"指的是什么要容易得多。"好女人"是实现了我们对于女性理当如何以及应该如何行事的观念的人。"好男人"也一样。对于什么才算男子气概以及如何才能取得这种气概有着特定的设想——大多数权威人士同意它并非与生俱来，而是必须以某种方式赢得、获取，或是被人领进门；勇敢和英雄主义的行为非常关键，能承受痛苦而不退缩，或是能喝上千杯也不醉，或者随便什么。无论如何这是有章可循的，男人与男孩之间有一道分界线可以跨越。

诚然男性性别榜样有许多劣势，即便是对男人来说也是如此——并不是每个人都能当超人，许多人只能是克拉克·肯特——但确实也有一些积极的而且在当时是有用的特点。我们用什么东西取代了这一系列标准呢？我们知道女性处于剧变和动荡的状态之中已经有一段时间了，而运动会产生能量；许多现在可以被用来形容女性的东西曾经都是不可能的，许多可以去思考的东西一度是无法想象的。但我们为男性提供了什么？他们的领地，尽管仍然广大，却正在萎缩。在小说中的男性角色身上所发现的困惑、绝望、愤怒和冲突并不仅仅存在于小说里。它们也存在于真实世界中。"做一个人，我的孩子"和"做一个男人"听起来还是不一样的，虽然它确实也是值得争取的目标。与空想派的传奇作者不同，作为小说家的小说家以眼前有什么作为出发点。在我们讨论男性的时候，眼前所有的，是一种变化的状态，新旧观念彼此交叠，简单的规则不复存在。一些激动人心的生命形式可能会从所有这一切之中显现出来。

与此同时，我认为女性必须认真对待男性的关切，就像她们希望男性认真对待她们的关切一样，既是作为小说家也是作为地球上的居民。我们太常遭遇这样的态度，认为只有女性个体感受到的痛苦才是真正的痛苦。对我而言这和认为只有劳动阶级的人才是真实的，中产阶级的人就不是等等诸如此类的观念是等同的。当然实际获得的痛苦不同于幼稚的自艾自怜，而且没错，女性害怕被男性杀害的依据比男人害怕遭人嘲笑的依据在更大程度上具有真实性，统计数据就更不用提了。形象受损和颈项受损并不完全是一回事，但也不可低估：我们都知道男性曾因此杀害自己或他人。

　　我并不是在呼吁让女性重回逆来顺受的状态，甚至都不是那种女性支撑、培育、迎合和巩固男性自我而男人却不用礼尚往来的情况。理解并不一定就是纵容；而且可以指出的是女性已经"理解"了男人几个世纪了，部分是因为生存所需。假如对方手持重炮，最好还是能提前预测他可能的行动。女性，就像游击队员一样，发展出了渗透敌后而非正面迎击作为更受偏好的策略。但将"理解"作为操纵的手段——事实上是一种对于被理解对象的轻视——并不是我想看到的。然而，一些女性已经没有兴致再给出任何形式的任何理解；她们的感受和瑞内·雷维克很像：属于理解的时间已经过去了，她们想要力量。但我们无法从"人类"的定义中剥去任何人性的部分而不让自己的灵魂面临严重风险。让女性将自己定义为无能为力而把男性定义为无所不能将会落入一个古老的圈套，逃避责任且扭曲现实。反过来也一样；描绘一个女性已经与男性在权力、机会和行动自由上平等的世界，也将是类似的自我弃权。

　　我知道我并没有就写作男性角色给出任何具体的说明；我怎么能呢？记得，每个男性都是不同的。我唯一给出的只是一些提醒，指出来自现实世界和评论家的挑战。但仅仅出于困难并非不去尝试的理由。

　　在我还年轻，还看很多漫画书和童话故事的时候，我常常希望得到两件东西：一件隐身斗篷，好让我能到处跟着别人，听他们在我不在的时候都说些什么，以及能把我的思想传送到别人脑里，但同时仍然保留我自己的认知和记忆的能力。你们可以发现，我天生就是写小说的料，因为小说家在写下每一页的时候都是在实现这两种幻想。如果要投射思想，把它投射到和自己有一些相似之处的角色身上会更容易，这或许是为什么我从女性角色视角写的内容比从男性视角更多。但男性角色更是一种挑战，而现在我人到中年，并且更加勤奋，我毫无疑问会尝试多写几个。如果写作小说——以及阅读小说——有任何可取的社会价值，那多半是它们让你不得不去想象成为其他人会是什么样。

　　而这，正日益是我们每一个人都需要知道的。

想知道成为女性是什么感觉

《东镇女巫》是约翰·厄普代克自远近闻名的《兔子富了》之后的第一本小说，也果不其然是一部出人意料且绝妙非凡的作品。与他的第三本小说《马人》一样，这部作品也是对巴洛克现实主义的背离。这一次，同样，厄普代克将神话故事移植到了美国小镇，但这一次他成功了，这可能是因为，就像在他之前的莎士比亚和罗伯特·路易斯·史蒂文森一样，他发现以邪恶和坏念头作为主题，要比善良和智慧更能引人入胜。

厄普代克的标题常常相当平实，而《东镇女巫》也正如标题所言。确实就是关于女巫的书，真正的女巫，能飞天、飘浮、对人施魔法、祭出有效的爱情魔咒，她们就住在一个叫做东镇的镇上。之所以是东镇而不是西镇，是因为，就像我们都知道的，凛冽的东风一旦吹起准没好事。东镇据称位于罗得岛则是因为，就如作品本身所指出的，罗得岛是安妮·哈钦森的流放地，这位清教女性先驱因为身为女性却不服从正统教会学说而被男性先驱们从马萨诸塞湾的殖民地赶了出来，这种女性反抗的品质在女巫身上多到用不完。

这些不是一九八〇年代的女性力量女巫。她们对治愈地球、与伟大女神精神交流，或是获取内在力量（而不是施加于人的力量）一点兴趣也没有。这些是坏女巫，内在力量对她们而言毫无助益，除非能用来摧毁别人。她们是十七世纪新英格兰派系的精神后裔，热衷参加魔鬼夜宴，往蜡像上插针，亲吻恶魔的屁股和阳具崇拜；不过这最后一项——因为是厄普代克的作品——所以是有限度的崇拜。伟大女神仅仅以大自然它本身的形式呈现，或者说，在这本书里，是大自然"她"本身，书中人物无论作为女性还是女巫，都被认为与她有着特殊的亲近。然而，这个大自然远不是华兹华斯笔下丰满的慈母胸脯。她，或者说它，长着猩红的牙齿、利爪和癌细胞，往好了形容是既可爱又残忍，往坏了说则仅仅只是残忍。"自然杀戮不断，而我们说她很美。"

这些中产、小镇、在其他方面都非常普通的女人是如何获得巫师力量的呢？很简单。她们没有了丈夫。三位主角都离了婚，而且都是美国小镇社会对离婚女性常见看法的化身。究竟是离开丈夫还是被抛下"根本没有区别"，这一点对许多遭到抛弃、被迫独自抚养孩子的女性而言是闻所未闻。离了婚，然后，随着前夫的形象干枯萎缩，被藏进脑海、厨房和地窖，她们就可以自由地做自己了，厄普代克对这一行为心存顾虑，就像他对大多数流行语和心理学风潮的看法一样。

做自己包含艺术活动，尽管只是小打小闹的那种。亚历山德拉捏陶瓷地母像，在本地手工艺品店里售卖，简拉大提琴，苏吉给周报写蹩脚的八卦专栏，用的分词像耳环一样虚悬着。三人都只是业余爱好者，但她们的"创造力"却和其他更有建树的女艺术家以同样的眼光受到看待。在书中担任齐声合唱的东镇居民认为，她们具有"特定的杰出才华，一种内心沸腾，就像产生了艾米莉·迪金森的诗文和艾米莉·勃朗特杰出小说的其他修道院小镇所包含的一样"。

不过，任何一位艾米莉都不太可能喜欢这怪异三姐妹所沉迷的性爱大回环。她们在不止一个意义上都是姐妹，因为小说巧妙地设定在美国近代史上一个准确的时刻。女性运动已经出现了一段时间，刚好足够让其中的部分短语从纽约渗透进东镇这样的地方小镇的外围黑暗，女巫们在气氛轻松的社交妙语中随意抛出"沙文主义者"之类的词汇。而在公共的男性世界里，越战在幕后上演，女巫的孩子们在电视上收看，反战运动人士在地窖里制造炸弹。

但女巫们并不会让自己忙于"事业"。起初，她们只是焦躁而厌烦；用不怀好意的流言自娱，使出恶作剧的花招，引诱婚姻不幸的男人，这在东镇有大批供应；因为假如女巫坏，太太们就更坏，而男人都已被掏空了内脏。"婚姻，"其中一位丈夫认为，"就像两个人被关起来读一篇课文，一遍又一遍，直到词语都变成了疯狂。"

然而恶魔出现了，全世界对于女性倦怠的最佳解药，外表阴沉，并不特别俊朗，却绝对神秘的陌生人达瑞尔·范·霍恩，他收藏波普艺术，还有让人一望便知的大名（英语发音谐音恶魔长角）。这下恶作剧变成了妖术，真正的罪恶发生了，还有人丧了命，因为范·霍恩（谐音长角）的角成了争端的根源——根本不是男人不够分，不够让女巫的大锅煮起来。而当范·霍恩被一个新来的小女巫抓进了婚姻，蝾螈的眼睛就真得拿出来了。

对严肃小说家来说，这听起来可能像个没什么希望的故事框架。厄普代克是进入了二次童年，回到罗丝玛丽婴儿的世界了吗[①]？我并不这么认为。首先，《东镇女巫》写得太出色了。像范·霍恩一样，厄普代克也一直很想知道成为女性会是什么感觉，而女巫们为他的这一幻想提供了很大的发挥空间。尤其是亚历山德拉，她最年长，最丰满，最善良，与大自然也最接近，适合用

①　美国著名小说家和剧作家艾拉·雷文 (Ira Levin, 1929—2007) 的恐怖小说《罗丝玛丽的婴儿》。

来传达作者最令人惊叹的部分明喻。从出身传统来看，厄普代克或许比其他任何在世的美国作家都更加亲近新教徒的观点，即大自然是上帝写下的语言，但却是用象形文字写的，因而需要无休止的翻译。厄普代克的行文，在这部作品中比其他作品更明显，是一大堆引人联想的隐喻象征和彼此参照，不断指向一个始终暧昧不明的意义。

　　他所描述的巫术与纵欲和死亡都紧密相关。魔法是面对不可避免的腐朽时的希望。房屋和家具会霉烂，人也一样。菲莉希亚·加布里埃尔的形象，作为受害者的妻子，曾经"正统学院派"美式啦啦队甜心的堕落余像，令人信服得可怕。身体以充满爱意的细节得到描绘，直至最后一绺毛发、疣疮、皱纹和嵌进牙缝里的一点食物。没有人比厄普代克更擅长传达性爱的伤感，汽车旅馆风流韵事的忧郁——"亲切可爱的人类笨拙"，亚历山德拉是这么叫它们的。这是一本重新定义魔幻现实主义的书。

　　书中也有空间展示精湛的写作技巧。逆向之舞被写成了一场网球赛，其中球变成了球棒，紧接着是恶魔夜宴和浴缸加大锅疗程，这部分写得尤其迷人。传统恶魔典故的学子在这些转换之中能与厄普代克享受到同样的乐趣。范·霍恩，举例而言，部分是恶魔般的诱惑者，提供浮士德的契约，渴望着灵魂，部分是炼金术士—化学家，部分是弥尔顿式的撒旦，内心空洞；但他同时也是个脚步踉跄笨手笨脚的木头人，最喜欢的漫画书是——还用问吗？——《惊奇队长》。

　　《东镇女巫》有许多内容是讽刺，部分是文学戏谑，一些是绝对的泼妇行为。或许任何进一步分析的尝试都会像是用猎象的枪来射酥皮点心：厄普代克无需含义，只应存在。但同样，我也不这么认为。一种文化对于巫术有何见解，无论是玩笑还是认真，都与其对性和权利的看法大有关联，尤其是对两性之间的权力分配。女巫被烧成灰烬不是因为她们有人同情，而是因为她们受人畏惧。

科顿·马瑟和纳撒尼尔·霍桑之外，最伟大的美国巫术经典著作是《绿野仙踪》，而厄普代克的作品读来就像一次改编。在原著中，一个善良的小女孩和她的亲密伙伴，由三名不健全的男性陪同，前往寻找一个最后被证明是骗子的魔法师。《绿野》中的魔法师确实拥有超人的力量，但男性形象却没有。厄普代克的奥兹国是现实的美国，身处其中的男性所需要的却比自信多得多；没有好女巫格林达，多萝西式的天真少女是个"没用的废物"，并且也得到了应有的报应。最后，是东镇的三位女巫重新回到了相当于堪萨斯城的地方——婚姻，或许乏味又暗淡，但至少是熟悉的。

《东镇女巫》可能而且多半会被解读为不过是名叫"怪妈妈"的美国长期连续剧的又一篇章。女性像大自然—会魔法—强大—邪恶—是妈妈的一套之前就广为流传过，有时还伴着烧焦的味道。倘若这片土地上已经传来了关于巫术的闲谈，那猎巫行动还会远吗？厄普代克没有给出身为女性而不受责备的方法。怒火将会烧起，"强烈抵制"的词语会说出口；但任何说出它来的人都应该看看这本书里的男人，一边宣示着个人的空虚，一边，在幕后，集体把越南炸成废墟。这是男性的魔法。男人，女巫们说，不止一次，因为自己生不了孩子而满腔怒火，甚至连男性婴儿的正中都有"那好斗的空位"。当真是沙赞！

火星人可能会惊叹美国人对抛掷权力足球的爱好。每个性别都以惊人的频率猛力向对方投掷，每个性别认为对方具有的力量都比对方自以为的更强，书中角色也兴高采烈地加入这场游戏。目的似乎是逃避责任，回到孩子般的状态，哈克贝利·费恩式的"自由"。女巫想从恶魔身上得到的是不会有后果的玩乐。而恶魔唯一能够真正给予的只有诱惑；热水浴池是有代价的，魔鬼也一定会取走他应得的报酬；随着创造而来的是不可逆转，还有负罪感。

厄普代克相信"姐妹情深力量大"，并照着字面意思对它进行想象。假如姐妹情谊真的拥有力量会怎样？姐妹们会用她们的"力量"做什么？而且——鉴于人类天性，厄普代克对此的看法并不乐观——接下来会怎样？幸运的是这些女巫只对"个人问题"而非"政治"感兴趣；不然她们可能会去做些不轻浮的事情，比如发明氢弹。

《东镇女巫》更像是一次尝试而非终点。和其中的角色一样，作品热衷形态转变，读来一瞬间像克尔恺郭尔，下一瞬间像斯威夫特《一个小小的建议》，再下一秒又像阿奇漫画，还加进了一些约翰·济慈。这种奇特的风格是作品魅力的一部分，因为，无论如何，它就是非常迷人。至于女巫们，有强烈的根据表明她们就是东镇——意思是美国——自身幻想的产物。如果是这样，最好对此有所了解。这是阅读这本书的严肃理由。

其他理由则关乎写作技巧和创新，细节的准确程度，女巫们十足的活力，以及最重要的，魔法的实用性。用来找到合适丈夫的那些尤其有用。想找个有钱的换换花样？先在燕尾服上洒上你的香水和珍贵体液，然后……

《丛林中的艰苦岁月》序

读者们，我希望，会原谅我以自己和苏珊娜·穆迪的交集来开始这篇序言。我不是学者也不是历史学家，而是小说和诗歌作者，我们这类人在阅读方面是出了名的主观。

我在四十和五十年代初长大的时候，苏珊娜·穆迪的《丛林中的艰苦岁月》就放在我家的书架上，而给书架掸灰是我的工作。它和大人的书放在一起，但我总还是会注意到，因为作者姓氏里两个交错相叠的字母O，用一九一三年的圆体印刷风格突出在封面上。我记得曾经打开书看扉页的插画——一栋白雪覆盖的小木屋——但当时并没有去读。一来它不是小说，而我对小说之外的书不感兴趣。二来，父亲告诉我这是一本"经典"，我会"有朝一日发现它读起来很有趣"。我一般都会避开被这样描述的书。还有一点，这本书讲的是在丛林小木屋里的生活。我自己童年的大部分时间都是在木头的或者其他材质的小屋里，在丛林中度过的，一点都不觉得这念头有什么奇特。我更感兴趣的是中世纪城堡，或者，另一方面，镭射枪。《丛林中的艰苦岁月》，我觉得，会是平淡无奇的东西。

我和这本书的第二次相遇是六年级，书中的一部分出现在了我们的读本里。是穆迪的烟囱失火，房子也烧着了的段落。这听起来像是真的：烟囱因为堆得太满而着火是我童年时代的烦恼之一。可是，六年级读本里的每个作者出现在我们面前的时候，都披着指定阅读的暗灰色斗篷，我很快就忘了苏珊娜·穆迪，转投其他事宜，比如简·奥斯汀。

我第三次经历苏珊娜·穆迪则完全是另一回事。那时我是哈佛英语文学系的研究生，当时那里是荣格派的温床，我做了一个真切的梦。我写了一部关于苏珊娜·穆迪的歌剧，而她就在那儿，独自一人站在纯白的舞台上，像拉美莫尔的露琪亚那样歌唱。我几乎完全不识乐谱，但不是忽视预兆的人：我匆忙奔向图书馆，加拿大相关的书都被放在书架最深处，在巫术和鬼神研究底下，拿出了《丛林中的艰苦岁月》和穆迪夫人后来的作品《拓荒生活》，全速读了起来。

起初我觉得潜意识并没有给我好的提示。尽管书里描述了许多充满戏剧性的事件，句子却是维多利亚时代的，用类似狄更斯的半玩笑手法写成，在写到日落时又转为华兹华斯般的狂想，还带着一层贵族的气氛，让我年轻的灵魂受到了冒犯，关于用人问题的旁白和许多已经定居的移民的下等状况也是。

然而影子是轻慢不得的，苏珊娜·穆迪开始在我的脑中萦绕不去。大约一年半之后我动手写了一系列诗歌，后来集成了书，《苏珊娜·穆迪日记》，如今毫无疑问已被强行塞进过许多青少年的喉咙。将我不断带回这个主题——以及苏珊娜·穆迪本人作品的——是那些暗示，说出来的和徘徊在字里行间、刚刚好没有说出来的含义之间的空白，还有穆迪认为自己应该思考和感受到的东西以及她事实上的思考和感受之间的冲突。我的诗很可能就是关于这些矛盾张力的。她的书也是。

几年后，我根据《拓荒生活》里一场著名的谋杀案写了一个电视剧本，再后来又就一八一五到一八四〇年间的社会历史写了一本小书；这两段经历都促使我不得不稍加努力去了解苏珊娜·穆迪作品的背景和氛围。它们也让我用更新的眼光看待穆迪本人。在丛林中的小木屋里生活对我而言是寻常而快乐的，对她而言却显然是，而且也必须是，相当不同的。我感受到的文化冲击是抽水马桶,她的则是蚊子、沼泽、没有足迹的荒野,以及有熊出没的念头。在某些方面,我们是彼此的对立面。

合在一起将苏珊娜·穆迪送到上加拿大的力量也吹动了许多其他人。一七六〇年,随着攻占魁北克,英国获得了两个加拿大,上加拿大和下加拿大(这样命名是因为,虽然上加拿大在下加拿大的"下面",但前往两地的通路都是圣劳伦斯河,上加拿大在更上游)。随后发生了美国革命,一大批大英帝国保皇党移民拥入上加拿大。接着又发生了一八一二年美英战争和欧洲的拿破仑战争。这些战争的结束让大量士兵重新成为英国的潜在劳动力,结果导致了广泛的失业。而高地清洗和爱尔兰大饥荒的影响也尚未消除。英国的许多穷人转而将移民前往殖民地视为一种解决方案,至少能为他们提供改善处境的希望,这种想法受到英格兰统治阶级的鼓励,同时还有在一路上等着他们的轮船主、商人和土地投机商。小册子、定居者指南和其他形式的宣传大量涌现,将上加拿大描绘成气候与英国非常相似的田园乐土,勤劳和美德在那里必将获得回报。

无论是受骗上当还是出于生活必须的压力而迫不得已,七百五十万人在一八〇〇年到一八七五年间从英国远渡重洋。一八三二年,五万移民进入上下加拿大。上加拿大的人口在这一世纪前三分之一的时间里增加了七倍。"一八三〇年",正如穆迪所说,"加拿大成了富人追寻希望和穷人谋求财富的重要地标"。

苏珊娜·穆迪并非来自贫穷家庭,而是有教养的中上层中产阶级;但许多来自像她这样家庭的人也在这时选择了移民。英国家庭里小儿子太多,穆迪家也是其中之一,许多出身上流或接近上流社会的人看到了一个机会,能在殖民地成为他们自认为已经

70

有资格成为的阶层：拥有土地的贵族。苏珊娜·穆迪，她的姐姐，后来成为《加拿大定居者指南》作者的凯瑟琳·帕尔·特雷尔，还有弟弟塞缪尔·斯特瑞兰德三人都做了这样的选择。

他们事先可能会有的期待可以从《年轻的移民；又名，加拿大印象》中有所了解，这是凯瑟琳·帕尔·特雷尔在一八二六年，在她和苏珊娜真正前往加拿大的六年前写的一本童书。在书里，理想的移民家庭，像穆迪一家一样是中产阶级，他们迅速购得一间繁荣的农场，在友善仆人的帮助下照料经营，女性还从事一些小范围的家禽喂养和园艺。他们很快建起一栋舒适宽敞、有四间卧房的寓所，白天在那里监督指导各项事务，晚上则习练音乐技巧，和同样出身良好的邻居进行"社交谈话或是正派娱乐"。

而现实，在苏珊娜·穆迪和凯瑟琳·帕尔·特雷尔真正与之遭遇的时候，则远远是另一回事。上加拿大最"英国"的土地，肥沃和相对温暖的尼亚加拉半岛已经有主。在一段相当舒适的头等舱横渡航行，远离船底穷人所在的臭气熏天、拥挤不堪且光线不足的恐怖下等舱后，他们在格罗斯岛登陆之时第一次体验到了加拿大的滋味，他们发现，对于许多下等舱乘客来说，新世界意味着令人发指的社会阶层平等。"万岁！兄弟们！……咱可都能当绅士啦。"苏珊娜·穆迪听见一个爱尔兰劳工这么喊道。之后她会在许多地方遇见这种态度：粗俗的用人要和他们同桌吃饭，先到的定居者用轻蔑的眼光看她，从美国来的"新保皇派"骗了她，她傻傻借给他们的东西全都有借无还。她意识到像她这样的名门子弟遭受了相当大的恶意：他们全家搬进一间房子的时候，发现地板被水淹了，果树被剥了树皮，还有一只死臭鼬被塞在烟囱里。后来，等到有时间反复思考的时候，她开始明白这些人可能不喜欢她的地方：没错，英国的阶级体系有时是相当压抑的。

但当时这只是立在她前进道路上的许多障碍之一。

还有其他的。华兹华斯宣称"从来不曾背弃/任何爱她的心"的大自然，从树林茂密的加拿大看起来，和英格兰哪怕最为崎岖陡峭的部分也大不相同。苏珊娜·穆迪在景观、风光和自然美景方面尽了最大的努力，但还是明显更加偏爱从远处欣赏加拿大的大自然，比如说，从行驶中的轮船甲板上。靠近了，就很可能会有蚊子、烂泥、车辙、沼泽和树桩。另外，还有冬天，和她以前经历过的完全不一样。其他还包括在没有拖拉机帮助的情况下开垦荒地的噩梦，还要从看起来心怀不满的土地里拽出那么几棵蔬菜。

最重要的，是她自己缺乏经验，是她自己对于发现被迫要经历的艰苦和劳动的不适应。她的第一个家，在科堡附近，没有实地看房就租下了，以为是"惹人喜爱的消夏住所"，结果却是连门都没有的单间棚户，穆迪乍看之下还以为是猪圈。第二个家在更加偏远的穷乡僻壤。在丛林生活七年后，穆迪已经掌握了一些定居者太太所必需的技能——比如，她会用蒲公英根煮咖啡，烤出看来不像煤渣的面包——但是，尽管事后对林地之家感伤怀旧，当时她却非常高兴能从丈夫升级为贝尔维尔治安官中获益，向荒野道一声"别了"。

我们也应该记住，在丛林中度过的那几年是她的生育年龄；在那个还没有现代医学的年代，医生，就算能找到一个，也帮不上多大的忙，她的孩子最后并不是每一个都活了下来。穆迪对这个话题闭口不谈，但她曾经相当令人心寒地说过，她从未真正在加拿大有过家的感觉，直到把几个孩子葬在了这里。她或许慢慢"爱上"了乡村小屋和新的国家几分，但要实现这一点，她不得不经历了"一种极其强烈的仇恨，强烈到让我渴望去死，或许死亡才能做到把我们永远分开"。她写书的目的，她不止一次地提醒我们，是劝说其他英国上流社会的人不要重蹈她的覆辙。加拿大边疆，她说，是属于工人阶级的，他们足够强壮，能够承受得了。酗酒、欠债、衰落和"绝望的毁灭"更有可能成为移居而来的绅士的命运。

如今我们已不再需要这样的警告，那《丛林中的艰苦岁月》又能为现代读者提供什么呢？其实有很多。它虽不是小说，却是一部声称会讲述明确真相的作品——确切来说就像早期小说所标榜的一样——书的结构也像小说。它有情节，将旅程和磨难相结合，跟随移民—旅行者邂逅一片新的土地，应付在那里发现的奇怪居民和风俗，克服从霍乱到饥荒的各种困难。从这个角度来看，《丛林中的艰苦岁月》可以被视为属于一种独特的游记写作传统——这一传统的巅峰之作或许就是埃里克·纽比的《走过兴都库什山》——书中胜过旅途之苦难、住所之肮脏污秽和饮食之恶劣的，只有旅者自认自己居然会决定踏上这段旅程本身的荒谬愚钝。它还有一丝不苟刻画的环境：与严峻而广袤地形的对抗在当时是，也即将成为在加拿大写作中占据显著地位的主题。它还有角色；"角色素描"，包括对话，是穆迪夫人尤其擅长的内容，"布莱恩，暗中的猎人"经常被当作一个短篇收入选集。但书中最复杂和捉摸不定的角色就是她本人。

假如凯瑟琳·帕尔·特雷尔的沉着踏实是我们希望自己在这种境遇之下所能做到的样子，那苏珊娜·穆迪就是我们背地里偷偷怀疑自己实际上会变成的样子。一次又一次，她超越了年龄和地位所赋予的偏见，但一次又一次她重新陷了回去。她不知道怎么把事情做好，她犯错误，她怕奶牛，她出门游湖的时候赶上暴风雨。可（当然就像我们一样！）她并不是个十足的傻瓜；她在紧急情况下能够保持冷静，她有与生俱来的体面，尊重天然的美德和礼貌，她还很有幽默感，能笑话自己的无能。

还有另一种方法来阅读穆迪，那就是把她和三位其他女作家放在一起，她们都是最早在上加拿大创作出任何看起来像是文学的东西的作者之一。其中一位自然是苏珊娜·穆迪的姐姐，特雷尔夫人。另一位是安妮·兰顿，她在斯特金湖附近定居，写了《一位贵族女性在上加拿大》。第四位没有定居，但相当彻底地穿越了全境：安娜·詹姆森，《加拿大冬日调查和夏日漫步》的作者。她们都是贵族女性，都用批评却并非完全严厉的眼光审视日益扩大的殖民地，都表明性别并不是评估一类或另一类成就时唯一要纳入考量的因素：阶级地位赋予这些女性一种文学上的优势，在与那些并未同样受过良好教育却碰巧身为男性的其他公民相比的时候。

事实上，如果将加拿大与美国的早期文学相对比，就会出现一种奇特的情况。我们可以涵盖，比如，从一六二五到一九〇〇年的美国文学，而不用花多少时间在女作家身上，除了安妮·布拉德斯特里特和艾米莉·狄金森。注意力都集中在那个时代"伟大"且占压倒性多数的男性美国作家身上：梅尔维尔，坡，霍桑，惠特曼，梭罗。英语加拿大在这个时期完全没有产生此类经典——这在后来才会发生——但如果要做任何文学研究的话，女性就无法忽视。或许女作家在加拿大占据相对优势的原因可以在两地最初有人定居的不同时代中找到：美国是在新教主义的十七世纪，英语加拿大则是十九世纪，书信和日记的年代，大批女性都已经能够读写的年代。无论如何，这种情况一直持续到了今天：声名卓著且公认才华出众的女作家所占的比例，无论散文还是诗歌，在加拿大都比在其他英语国家更高。在魁北克也是同样的情况，当地最早从事写作的一部分人是修女，为了让印第安人皈依基督教才来的加拿大（顺带一提，加拿大的第一部英语小说也是在魁北克写成的，作者也是女性）。

　　苏珊娜·穆迪并没想过要写一部加拿大经典，也不会期待或是享受被人称为现代女性运动的先驱；她是她所属社会的产物，并且对女权主义的许多观念都不会赞同。但正如其他人，包括T. S. 艾略特所指出的，文学作品所获得的意义并不仅仅来自它自身的创作背景，也来自它此后又被置入的背景。苏珊娜·穆迪对自身奋斗、失败和生存的叙述让现在的我们产生共鸣，部分是因为我们也创作出了属于自己的奋斗、失败和生存的文学。她不是女超人，但她用某种方式应付了过来，活下来写下了自己的经历，甚至还成功地从磨难之中挤出了一种智慧。

被他们的噩梦纠缠

　　《宠儿》是托妮·莫里森的第五本小说，也是又一项卓越的成就。毫无疑问，莫里森的多才多艺，以及技巧和情感的跨度似乎没有止境。如果对她作为杰出美国小说家的地位——无论是在她所处的时代还是其他任何时代——还有任何疑问，《宠儿》也能将其打消。用四个字或不到四个字来形容，令人心惊。

　　在《宠儿》中，莫里森远离了她近来一直关注的当代场景。这部新作设置在内战结束后，所谓的重建时期，大量无端暴行不受限制地被施加到黑人身上，这些黑人中既有因《解放黑人奴隶宣言》获得自由的，也有此前得到解放或是花钱赎身的。但书中也有来自更久远年代的闪回，那是奴隶制仍在南方持续引发担忧的时代，小说中离奇而悲惨事件的种子也在当时种下。故事地点也同样分为两地：辛辛那提附近的乡间，主要角色最后落脚的地方，以及肯塔基一座蓄奴的种植园，具有讽刺意味的叫作甜蜜之家，主角们在小说开篇的十八年前从这里逃了出去。

　　书中有许多支线和叙事声音，但核心属于塞丝，一位三十五六岁的女性，和女儿丹芙、婆婆贝比·萨格斯一起住在俄亥俄的一间农舍里。《宠儿》是非常有机统一的小说，很难在不泄露情节的情况下加以讨论，但必须在一开始就说，在其他一切之外，它是一个鬼故事，因为这间农舍也是一个悲伤、怀恨且愤怒的鬼魂之家，那是塞丝幼女的鬼魂，她在十八年前，两岁大的时候，在骇人听闻的情况下被割断了喉咙。我们始终不知道孩子的全名，但我们——还有塞丝——把她认作宠儿，因为这是她墓碑上刻着的字。塞丝想让殡仪馆刻"亲爱的宠儿"，却只有能

76

力支付一个单词的代价。代价是和墓碑刻字工上床十分钟。在小说开头讲述的这件事情是整本书的基调：在奴隶制和贫困的世界里，人是商品，一切都有代价，且代价非常残暴。

"谁能想到一个小小的婴儿能心怀这么多愤怒？"塞丝心想，但它真的就能：打破镜子，在蛋糕糖霜上按小手印，摔碎碗碟，在一片片血红的光线中现身。小说开篇时，鬼魂完全占领了房子，逼走了塞丝的两个小儿子。年老的贝比·萨格斯，在一生为奴和获得自由的短暂喘息之后——那是儿子黑尔，塞丝的丈夫，靠周日额外劳动攒钱为她赎来的——放弃了挣扎，离开了人世。塞丝和她的回忆生活在一起，几乎所有的回忆都是糟糕的。丹芙，她十多岁的女儿，讨好婴儿的鬼魂，因为自从他们家受到邻居排斥之后，就再没有其他人能和她玩了。

小说对于超自然元素的处理并不是以《鬼哭神嚎》那般"看我让你汗毛竖起"的方式，而是美妙动人的写实，就像《呼啸山庄》里凯瑟琳·欧肖的幽灵一样。书里所有的主要角色都相信有鬼，因此有这么一个鬼魂存在不过是自然的事。正如贝比·萨格斯所言："这个国家没有一座房子不是从地板到房梁都塞满了黑人死鬼的悲伤。我们还算幸运，这个鬼不过是个娃娃。要是我丈夫的灵魂回来这儿呢？或者你丈夫的？少跟我说了。你个走运的。"实际上，塞丝情愿有鬼魂存在而不是没有。那是，毕竟是，她深爱的孩子，任何关于她的迹象都比什么都没有强。

这荒诞的家庭平衡因为保罗·D的到来而打乱，他是"甜蜜之家的男人"之一，来自塞丝的过去。甜蜜之家的男人是庄园里的男性奴隶。他们的主人加纳先生完全不像赛门·勒格里；相反他是在最好的情况下才会碰到的奴隶主，对他的"财产"很好，信任他们，在运营他的小种植园时允许他们自主选择，并且不顾邻居将所有黑人男性都称为"男孩"的要求，称呼他们为"男人"。可是加纳先生死了，体弱多病的加纳夫人请来了丈夫的男性亲戚，人称"学校老师"。这个戈培尔似的典型，邪恶歹毒又自恃聪明；是优等民族的拥护者，会去测量奴隶的脑袋，把结果列成表格来证明他们更接近动物而非人类。跟着一起来的是他两个讨人厌的施虐狂侄子。从那时起甜蜜之家每况愈下，奴隶们设法逃跑、发疯或是被杀。塞丝，在一段让《汤姆叔叔的小屋》里踏过浮冰的场景看起来像是上街散步的艰苦跋涉之后，逃了出来，仅仅是勉强逃了出来；她的丈夫黑尔则没有。保罗·D也逃了出来，但途中有过一些非常不愉快的遭遇，包括在十九世纪的佐治亚州和其他黑奴一起被铁链拴住服劳役，一段着实让人感到恶心的经历。

通过书中不同的叙事声音和记忆，包括塞丝的母亲，臭名昭著的奴隶船横渡大西洋的幸存者，我们透过作为交换物品的众多奴隶的生平体验了美国奴隶制，既有最好的情况——其实并不太好——也有最坏的情况，就像能想到的一样坏。尤其是，它被视为人类迄今为止设计出来的最为恶意的反家庭制度之一。奴隶没有母亲，没有父亲，被剥夺了朋友、孩子、亲属。这是一个人会忽然消失，再也没人看见的世界，不是因为事故或秘密行动或恐怖主义，而是作为日常的法律政策。

奴隶制也作为一个范例，向我们展示出大多数人在被给予凌驾他人之上的绝对权力之时会如何表现。第一个结果，无疑，就是开始相信自己真的高人一等并以此为自己的行为开脱。第二个结果则是将受统治者的劣等当成异教般迷信。傲慢成为七宗罪之首，被认定为其他所有罪孽的源头，并不是一个巧合，而这宗罪，顺带一提，塞丝也未能幸免。

在一部充满黑人躯体的小说里——无头的，吊在树上的，被炸成人干的，锁在木棚子里好让人强奸的，或是淹死之后漂到下游的——"白人"，尤其是男人给人的印象不好，这并不让人意外。惊恐万状的黑人孩子认为白人"没有皮肤"。塞丝则认为他们长着"生了青苔的牙齿"，而且如果必要的话，会随时乐意去啃他们的脸，或是做更可怕的事，就为了不要让青苔牙齿更加生气。有几个白人的行为比较接近正派。比如艾米，逃跑的年轻卖身白奴，在逃往自由的路上帮了分娩的塞丝，这个形象同时也提醒读者，雇佣童工、薪资奴役和家庭暴力普遍存在且得到接受的十九世纪不仅让黑人饱受苦难，对除了最优越阶层之外的所有白人也是一样。还有在贝比·萨格斯获得自由后帮她找到住所和工作的废奴主义者。但即便是这些"善良"白人的正派之举也有不情愿的一面，甚至连他们也难以把自己正在帮助的人当作发育完全的人类看待，不过若是把他们描绘成完全没有仇外心理和优越感，很可能会与时代不符。

托妮·莫里森非常小心，没有把白人都写得很坏，也没有把黑人都写得很好。塞丝的黑人邻居，比如说，就需要为他们喜欢嫉妒和找别人当替罪羊的偏好付出代价，而保罗·D，尽管要比例如艾丽斯·沃克小说《紫色》里打女人的男人善良很多，却也有他的局限和缺点。但另一方面，考虑到他所经历的一切，他没有成为杀人狂就是个奇迹。真要说起来，在这种处境之下，他还有点太讨人喜欢了。

时间回到现在，小说第一章，保罗·D和塞丝尝试建立一个"真正的"家庭，感觉受到排挤的婴儿鬼魂随之怒不可遏，却被保罗·D更加坚强的意志给赶了出去。看起来是这样。可紧接着，出现了一个陌生、美貌、货真价实有血有肉的年轻女人，大约二十岁，似乎不记得自己从哪来，说起话来像个小孩，有着奇怪的沙哑嗓音，手上没有纹路，对塞丝抱着强烈的、如饥似渴的兴趣，还说自己的名字叫作宠儿。

超自然研究者会欣赏对这一转折的处理方式。莫里森将对民俗的了解——比如说，在许多传统中，死者除非被人召唤，否则无法从棺材里还阳，而让它们得以继续存在的正是活人的情感——与高度原创的手法融合。让读者不断猜测；宠儿比任何一个角色的视野都要复杂得多，而且她还做到了千人千面。她是揭露和自白的催化剂；通过她，我们逐渐明白，最初的孩子宠儿不仅是如何，更是为什么会遭到杀害。同样也是通过她，塞丝最终实现了属于她自己的一种自我驱魔，获得了自我接受的平静。

《宠儿》用反极简主义的文笔写成，句子时而丰富、优美、怪异、粗略、抒情、婉转、口语化且直达要点。以下，举个例子，是塞丝对甜蜜之家的回忆：

> "……猛然间，甜蜜之家到了，滚哪滚哪滚着展现在她眼前，尽管那个农庄里没有一草一木不令她失声尖叫，它仍然在她面前展开无耻的美丽。它看上去从来没有实际上那样可怖，这使她怀疑，是否地狱也是个可爱的地方。毒焰和硫磺当然有，却藏在花边状的树丛里。小伙子们吊死在世上最美丽的梧桐树上。这令她感到耻辱——对那些美妙的飒飒作响的树的记忆比对小伙子的记忆更清晰。她可以企图另作努力，但是梧桐树每一次都战胜小伙子。她因而不能原谅自己的记忆。"

在这本书里，另一个世界真的存在，魔法真的有效，而书中的句子也能够传达这一点。如果你能相信第一页——莫里森的表达权威让你不得不信——就会对整本书入迷。

《宠儿》的卷首语来自《圣经》中的《罗马书》第九章第二十五节："那本来不是我子民的，我要称为'我的子民'；本来不是蒙爱的，我要称为'蒙爱的'。"单独考虑的话，这似乎偏向于怀疑，比如说，宠儿究竟在多大程度上真正被爱着，或者塞丝自己在多大程度上被她的同胞抛弃。但这段话的含义不止于此。在这个段落所在的章节里，先知保罗像约伯一样思考上帝对待人类的方式，尤其是地球上随处可见的罪恶和不平等。保罗继续谈到外族人，迄今为止都是遭到鄙视和排斥的，现在也被重新定义为可以接受了。这个段落所宣告的，不是拒绝，而是和解与希望。经文继续说："从前我在什么地方对他们说，'你们不是我的子民。'将来也要在那里对他们说，'你们是永活上帝的儿女。'"

托妮·莫里森非常聪明，也是非常出色的作家，绝对不会不将这一背景隐含其中。如果真有她本人对于小说中事件的评论，对于当代世界"学校老师"们衡量分隔和排斥行为的最终回应的话，那这就是了。书的引言就像乐曲的调号，而《宠儿》是用大调写就的。

创作乌托邦

《使女的故事》是怎么写出来的？答案可以是，一部分是用一台租来的德语键盘电动打字机在西柏林一间没有电梯的公寓里，一部分是在亚拉巴马州塔斯卡卢萨的一间小房子里写成的——后一个地方，有人带着某种自豪向我宣布，是美国按人均算的谋杀之都。"天哪，"我说，"说不定我不该待在这里。""哦，你们不用担心，"他们回答，"他们只朝一家人开枪。"但尽管这两个地点提供了，怎么说呢，一种特定的气氛，但情况不止如此。

《使女的故事》，我必须说明，为了听众中那一个可能还没读过的人——平装本已经出了，作为惊险刺激的恐怖小说非常便宜，只要4.95美元——场景设在未来。这让一些人上了当，以为它是科幻小说，但在我心里并不这么认为。我定义的科幻小说是小说里发生的事情在今天是不可能的——需要依靠，比如说，先进的宇宙旅行、时空穿梭、在其他星球或银河系里发现绿色怪兽，或是包含尚未开发出来的各种技术。但在《使女的故事》里，没有一件事情不是人类在过去某个时候已经做过，或者可能是在其他国家正在发生，或者包含还没开发出的必需的技术。我们已经做过，或者正在做，或者明天就可以开始做。没有不可想象的事情发生，我的未来社会所基于的预想趋势也已经启动。因此我认为《使女的故事》不是科幻小说，而是推想小说；而且，更加准确地说，是乌托邦小说的否定形式，如今被称作反乌托邦。

乌托邦通常被想成是一个虚构的完美社会，但事实上这个词本身的涵义并不是"完美社会"。它的意思是"不存在的地方"，并且被托马斯·莫尔爵士以讽刺的方式用作他本人在十六世纪关于政府的虚构论述的题目。或许他希望表明，虽然他的乌托邦比他那个时代的英格兰更加符合理性意识，却不太可能在书本以外的任何地方找到。

乌托邦和反乌托邦都和社会规划有关；乌托邦是好的社会，反乌托邦是坏的。对作者而言，这么做的乐趣，和童年时代用沙子筑城，用橡皮泥捏恐龙丛林，或是给纸娃娃画出一整套衣服是一样的。但在乌托邦里，你能规划所有的一切——城市、法律制度、习俗，甚至语言的方方面面。反乌托邦的不良规划是乌托邦优良规划的反面——也就是说，我们作为读者应该能推论出什么是好的社会，通过全面详细地看到它不是什么样的。

乌托邦—反乌托邦作为一种形式，往往只会在以一神论为基础的文化中产生——或是类似柏拉图的体系，基于对善的单一理念——并假定一条以目标为导向的单一时间线。以多神论和环状时间为基础的文化似乎不会产生这些。为什么要花时间精力去改善社会，或者甚至是去设想一个得到改善的社会，如果你已经知道一切都会转一圈又回来，就像洗衣机里的衣服一样？而且又该如何定义一个与"坏"相对的"好"的社会，如果你认为好和坏是同一事物的不同侧面？但犹太基督教，作为直线发展的一神教——一个上帝加一条故事线索，从创世记到启示录——却产生了许多虚构的乌托邦，以及许多在这个地球上建立真实乌托邦的努力，清教徒前辈移民的冒险尝试就是其中之一——"我们应当成为山巅之城，成为照亮万国之光。"以上是引用的原话——马克思主义则是另一个。在马克思主义中，历史取代上帝成为决定因素，社会阶级取代了新耶路撒冷，但随时间而变，朝着完美方向前进却同样得到假设。在每个现代乌托邦的背后，都潜藏着柏拉图的《理想国》和启示录，现代反乌托邦也并非不受不同文学版本的地狱影响，尤其是但丁和米尔顿，而他们的版本反过来又直接回溯到《圣经》，这部西方文学不可或缺的素材书。

托马斯·莫尔爵士的《乌托邦》原著有一长串衍生产物，我在披荆斩棘度过高中、大学，后来又度过研究生院的时候读了不少。这份清单包括斯威夫特的《格列佛游记》，十九世纪威廉·莫里斯的《乌有乡消息》，其中的理想社会有点像是艺术家聚居地；H. G. 威尔斯的《时间机器》，其中的下层阶级真的会吃掉上层；巴特勒的《埃里汪奇游记》，在书中犯罪是一种疾病而疾病是一种犯罪；还有W. H. 赫德逊的《水晶时代》。在我们自己的世纪里，经典有赫胥黎的《美丽新世界》，贝拉米的《回顾》，以及，当然了，《1984》，就举几个例子。由女性创作的乌托邦也值得注意，虽然并没有那么多。比如说，夏洛特·珀金斯·吉尔曼的《她的国》，以及玛吉·皮尔西的《时间边缘的女人》。

乌托邦常常带有讽刺意味，讽刺的对象是任何一个作者当前生活的社会：也就是说，乌托邦的优越布局让人对我们留下坏印象。反乌托邦常常更像严重警告而非讽刺，现世投下的黑暗阴影延伸到未来。它们是如果我们不努力好好干的话就会发生在我们身上的事情。

这种生活的哪些方面让这些作家感兴趣呢？毫无意外，他们的关切到头来和社会大同小异。当然有吃饱穿暖这些表面上的问题，半裸和素食主义经常出现。但主要的问题是财富的分配，劳动关系，权力架构，对弱势群体的保护，两性之间的关系（如果有的话），人口管理，城市规划，常见形式是对下水道和污水管的兴趣，儿童抚养，疾病及其伦理，精神失常同上，对艺术家的审查，还有诸如乌合之众和反社会分子之类的东西，个人隐私及其侵犯，对语言的重新定义，以及司法制度的执行。以及，任何类似的有需要的执行。这是极端乌托邦的特征，在一头，而极端反乌托邦则在另一头，这两种社会里都没有律师。极端乌托邦是精神共同体，成员之间不可能有任何真正的不同意见，因为所有人都拥有相似且正确的思维方式；而极端反乌托邦则是绝对的专制，不存在争议的可能。也就是说，在乌托邦里根本不需要律师；反乌托邦则不允许有律师。

不过，大多数乌托邦—反乌托邦以及大多数人类社会都处在两者之间，而这些小说的作者在其中展示出了非凡的创造力。两性之间的关系体现出或许是最广泛的范围。一些乌托邦选择一种思想健康的群交；其他的，比如 W. H. 赫德逊的《水晶时代》，选择蚂蚁般的体系，其中的大多数公民都性别中性，每间大乡村宅邸只有一对夫妇真正繁衍后代，通过这种方式来降低出生率。还有其他，比如玛吉·皮尔西的，允许男人几乎平等地参与儿童抚养，让他们靠荷尔蒙注射进行哺乳，这个选择或许不会令人欢欣鼓舞，但至少有新颖的优点。另外还有赫胥黎宗教仪式般的团体性交和从瓶子里培育的婴儿，斯金纳的箱子，还有各种不那么重要的科幻小说，作者都是男性，我要赶快补充一下，其中的女性会吞噬她们的伴侣，或是让他们瘫痪，在他们身上产卵，就像蜘蛛一样。极端反乌托邦里的性关系则通常表现为某种形式的奴役，或者，如同奥威尔作品里那样的极端性压抑。

也就是说，细节各不相同，但乌托邦—反乌托邦作为创作类型是一种手段，先在纸面上试验，看看如果真有机会将这些设想付诸真正的实践，我们会不会喜欢。此外，它也迫使我们重新审视对于"人类"这个词有怎样的理解，而且最重要的是，我们说"自由"这个词指的是什么意思。因为乌托邦和反乌托邦都不是没有限制的。乌托邦是对于秩序强烈欲望的极端例子；是"应该"这个词语的失控泛滥。而反乌托邦，前者噩梦般的镜像，则是镇压异议的渴望被带到了非人和疯狂的地步。两者都不能称之为包容，但对想象力而言都必不可少：假如我们想象不出什么是好，什么是理想，假如我们表达不出自己想要什么，就会得到自己不想要的东西，铺天盖地。对我们时代的悲伤注解是，我们发现相信反乌托邦比相信乌托邦容易得多：乌托邦我们只能想象，而反乌托邦我们已经有了。但如若我们太过努力强行去实施乌托邦，反乌托邦很快就会紧跟而来；因为假如有足够多的人与我们意见不一，我们就只能清除，或压制，或恐吓或操纵他们，然后就成了《1984》了。原则上，乌托邦只有在名副其实并留在乌有之乡的时候才是安全的。是参观游览的好地方，但我们真的希望在那里生活吗？这或许是此类故事的终极寓意。

所有这些都是作为背景，好让你们知道我在开始投入《使女的故事》之前很久就已经完成了指定的阅读。还有其他两组指定读物我想提一下。第一组与二战文学有关——我上高中时读了温斯顿·丘吉尔的回忆录，更不用说隆美尔的传记，沙漠之狐，还有其他许多军事史的大部头。我读这些书部分是因为我在阅读方面兴趣广泛，而书就在那儿放着；父亲是个历史迷，这些书堆得到处都是。再则，我也读了各种关于极权主义政体的书，包括现在的和过去的；其中最显眼的一本叫作《正午的黑暗》，作者是亚瑟·库斯勒。（这并不是我高中时的唯一读物；我也在读简·奥斯汀和艾米莉·勃朗特，外加一本尤其让人毛骨悚然的科幻小说，名叫《多诺万的脑袋》。那时候我什么都读，现在也一样；在其他什么都没有的时候，我会读飞机上的航空杂志，我必须要说，我已经看厌了那些关于亿万富翁企业家的文章了。不觉得是时候读点其他类型的虚构故事了吗？）

我阅读领域中这个所谓的"政治"方面后来又得到了加强，通过去许多国家旅行，在那些国家，说得委婉一点，某些我们认为是自由的东西并没有得到普遍实施，也通过与许多人交谈；我尤其记得遇见的一位曾在战时参加法国抵抗运动的女士，和一位在同一时期从波兰逃离的男士。

另一组指定阅读与十七世纪清教徒的历史有关，尤其是最后到了美国的那些。在《使女的故事》前面有两句献词。其中一句献给佩里·米勒，是我在令人畏惧的哈佛研究生院的教授，他几乎一手要为让美国清教徒再次成为文学研究中的一个领域负责。我不得不修读了许多这类东西，而且需要"填补漏洞"好通过我的综合考试，而这是我在本科时没有学过的一个领域。佩里·米勒指出，与我之前接受的教育相反，美国清教徒来到北美并不是为了寻求宗教容忍，或者说不是我们所指的宗教容忍。他们想要的是自由奉行他们的宗教，但并不特别热衷于让任何其他人自由信仰自己的宗教。在他们值得注意的成就当中就有驱逐所谓的异端分子、绞死贵格会，以及广为人知的巫术审判。我能说出这些关于他们的坏事是因为他们是我的祖先——在某种程度上，《使女的故事》是我写的关于自己祖先的书——而第二份献词，给玛丽·韦伯斯特，真的完全就是献给这些祖先的。玛丽是有名的女巫，或者说至少她是因为巫术受审并被判了绞刑的。但那是在发明会弄断人脖子的绞刑架下落板之前——他们只是把她挂了起来让她吊着，等到第二天早晨来把尸体放下的时候她还活着。根据双重追溯条款，不能因为同一罪行处决一个人两次，因而她又继续活了十四年。我觉得假如我要因为写这本书而伸长了脖子冒险，最好还是把书献给一个脖子特别硬的人。

新教主义的新英格兰是神权国家，不是民主国家；《使女的故事》中提出的未来社会也有神权国家的样貌，所依据的原则是没有一个社会能完全远离其根源。没有沙皇制的俄罗斯在前，斯大林主义的俄罗斯就将是不可想象的，诸如此类。此外，独裁专政最猛烈的类型从来都是以宗教为名实施暴政的那些；甚至连法国大革命者和希特勒之类的人都曾努力资助宗教武装并认可他们的思想。真正高水准的暴政需要的是不容置疑的想法或权威。政治分歧是政治分歧；但与神权国家产生政治分歧就是异端，而有大量洋洋自得的自以为是被用到了针对异端分子的根除行动上，正如历史通过十字军东征、强迫改信伊斯兰教、西班牙宗教裁判所、英格兰血腥玛丽女王时期的火刑柱，以及此后历年来的其他例子所证明的。正是有鉴于历史，十八世纪美国的宪法主义者才实施了政教分离。同样也是有鉴于历史，《使女的故事》里的领袖们才将它们重新合一。

所有的小说都始于"要是……会怎样？"的问题。具体的"会怎样"每一本书都不同——要是约翰爱玛丽会怎样，要是约翰不爱玛丽会怎样，要是玛丽被一条巨大的鲨鱼吃了会怎样，要是火星人入侵会怎样，要是你发现了一份藏宝地图会怎样，等等——但总有一个会怎样，要由小说来回答。《使女的故事》的"会怎样"可以如此表述：要是这种情况可能发生在这里会怎样？这个情况会是什么样？（我从来没有相信过任何关于俄国人接管一切的小说。要是他们都没法让自己的冰箱正常工作，老实说也就不会有多大的机会。所以对我来说，这不是一种可信的情况。）

或者说假如你想控制美国，建立一个极权主义政府，因为对于权力的欲望就是如此呢？你会如何着手去做？怎样的条件对你有利，你会提出什么口号，挂起什么旗帜，才能吸引那必须的百分之二十的人口，少了他们的话没有一个极权主义国家能够持续掌权？假如提出共产主义，接受的人不太可能很多。一个自由民主派的独裁，甚至连脑筋稍微有点迟钝的人都看得出在用词上的自相矛盾。尽管也有许多不光彩的行为——让我们实话实说——以伟大神圣民主的名义得到实施，但它们通常都秘密进行，或是伴随大量言语粉饰加以遮掩。在这个国家，如果想要接管政权的话，更有可能的是尝试某种版本的清教父权。这绝对会是最佳方案。

但真正的独裁统治并不会在好的时代到来。它们会出现在坏的时代，大家情愿把部分自由让给某些人——任何人——能够控制局面并向他们承诺更美好未来的人。让希特勒和墨索里尼成为可能的不景气时代是经济方面的，还有一些额外的附加，比如由于第一次世界大战期间的高死亡率，与女性相比男性的人数不足。为了让我的未来社会成为可能，我提出了稍微复杂一点的设想。经济不景气，没错，由于全球控制范围缩小，导致市场萎缩，廉价原材料来源减少。但同时这也是环境灾难普遍发生的时期，这带来了多项后果：由于化学和辐射损伤，引发了更高的不孕不育比例（这一点，顺便说一句，已经发生了），以及更高的出生缺陷比例，这一点同样也在发生。怀上和生下一个健康孩子的能力将变得稀缺，并随之得到重视；而我们都知道谁会得到最多——在任何社会里——稀少又珍贵的东西。那些在顶层的人。因此我所提出的未来社会，像此前的许多人类社会一样，为其中受到优待的男性成员分配了多名女性。这一做法有很多先例，但我的社会，既是源于清教主义，当然需要来自《圣经》的认可。

他们很幸运，《旧约》中的男性族长们都是出了名的一夫多妻；他们选来作为基石的文献是拉结和利亚的故事，雅各的两位妻子，以及她们的生子竞争。在自己无法再生育时，她们强迫各自的使女为雅各作妾，把她们的孩子当作自己的，从而为代孕母亲提供了《圣经》中的正当理由，如果当真有人需要理由的话。这五个人——或者说两个人——共同创造了以色列的十二支派。

女性的位置，在基列共和国里——国名来自雅各向岳父拉班承诺会保护他两个女儿的那座山——女性的位置只限于家里。我作为作者的问题是，鉴于我的社会把所有女性都重新塞回了家里，他们又是怎么做到的？如何才能让女性回到家里，因为现在她们已然在家门外面到处跑，有工作，普遍投身各种事业了？很简单。只要闭上眼睛向后退上几大步，来到并不太遥远的过去——十九世纪，确切地说是——剥夺她们投票、拥有财产和保有工作的权力，外加禁止公开卖淫，好让她们没法在街角晃荡，嘿，这就成了，女性回到了家中。为了防止她们使用运通金卡坐飞机快速逃跑，我让她们的信用卡在一夜之间被冻结了；说到底，假如人人都用电脑而现金已经过时——我们当前的发展方向——要单独选出一个群体多简单哪——所有六十岁以上的，所有长绿头发的，所有女性。在我的未来社会的众多可怕特征里，这一点似乎让绝大多数人感同身受。他们热爱的、友好的、受过良好培训的信用卡会起来反抗他们！这是噩梦般的场景。

这就是我希望你们会认为是如脊椎一般贯穿《使女的故事》的不间断逻辑的核心部分。我在写这本书的时候，以及写完之后的一段时间，都保留着一本报纸剪贴簿，包含与这本书所基于的前提相适应的各种素材——什么都有，从关于北极熊体内发现高比例氯化联苯的文章，到希特勒为党卫军提供合法妻子之外的孩子生母，目的是生育后代，到全球各地的监狱状况，到电脑科技，再到美国犹他州的地下一夫多妻制。就像我说过的，书中提到的事情无一没有先例。但这些素材本身并不会构成小说。小说永远都是关于一个个体，或者多个个体的故事；从来不会是关于广义大众的。因此写作《使女的故事》时真正的问题，和写作其他任何小说时所牵涉的问题是一样的：如何让故事在人性和个人层面变得真实。乌托邦写作大量频繁陷入的陷阱是写成了专题论文。作者对污水系统或是传送带过于感兴趣，在这些事物的美妙之处得到阐释的同时，故事却陷入了停滞。我希望我故事中的事实和逻辑背景始终是背景；我不希望它们取代前景。

优秀的姨妈

J姨妈，我的三姨妈也是最年轻的姨妈，带我去了我的第一场作家研讨会。那是在蒙特利尔，一九五八年，我十八岁的时候。当时我已经创作了几首厉害的诗；至少我自己觉得它们很厉害。诗里有腐烂的树叶、垃圾桶、香烟头，还有很多杯咖啡。几个月前，我中了T. S. 艾略特的埋伏，尽全力应付才让他住手。当时我还不知道，现如今，称他为T. S. 笨蛋已经是理所当然的事。

我没把这些乌七八糟的诗给母亲看，她是三姐妹中的老大，因而也是最务实的，她得照料其他人。她是家里的运动员，喜欢马、滑冰和其他任何能让人从家庭责任中逃脱的快速运动。母亲这辈子只写过一首诗，是在八九岁的时候；开头是"我有一些翅膀，它们是迷人的东西"，然后，像她一贯的那样，继续描写之后的飞行速度。我知道假如我强迫她去读我随心所欲的烟头和咖啡渣诗，她会说它们很不错，这也是她对于其他令人困惑的问题的标准回应，例如我日益死气沉沉的衣柜。穿着也不是她关心的重点。

但据母亲的说法，J姨妈写过的诗多到数不清。她是个浪漫的人，因为她曾经得胸膜炎进了疗养院，在那里做了许多花朵图案的贝壳胸针；我在圣诞节的时候收到过几次这样的宝贝，在还是孩子的时候，装在神奇的小盒子里，里面还垫着棉絮。小盒子，棉絮：这不是母亲的风格。J姨妈不得不当心自己的身体，就我所知，她有着似乎是与写作相伴而来的体弱多病。她会为电影里伤感的部分掉眼泪，和我一样，在童年时代还对新斯科舍的安纳波利斯山谷想入非非，这是她们所有人长大的地方。她的中间名是卡门，为了惩罚在她们看来她对于这个名字的过分骄傲，两个姐姐给家里的猪也起名卡门。

J姨妈轮廓丰满，近视（和我一样），把自己描述成多愁善感又容易被说服的人，虽然这不过是源于实用的杜撰，在那个时代，出于各种有用的目的，女性所采取的自我否定式伪装的一部分。在薰衣草色扑闪的外表下，她意志坚强，她们三姐妹都一样。正是她的这种刚柔并济吸引了我。

所以我给J姨妈看了我的诗。她读了，没有笑我，或者说没有在我眼前笑；尽管以我对她的了解，我觉得她完全不会笑。她知道什么是当作家的理想，虽然她的理想被M姨父——他是银行经理，和他们的两个孩子耽搁了。很久以后，她自己也会在研讨会上演讲，担任专家小组成员，紧张地出现在谈话节目上，那时她已经写了五本自己的书。在那之前，她给主日学校每周一期的校报写儿童故事，等待时机。

她把我阴郁的诗寄给了远房表亲林赛，他是达尔豪斯大学的英语教授。他说我有前途。J姨妈把他的信给我看，高兴得眉开眼笑。这是我得到的第一份正式的鼓励。

J姨妈带我去的作家研讨会是加拿大作家协会办的，这在当时是加拿大唯一的作家团体。我知道它的名声——和F. R. 斯科特作品里一样的茶会组织，"膨胀的木偶散播虚情假意的自我吹嘘/威尔士亲王的肖像顶在头上。"传闻说里面全是上了年纪的业余作者；我不太可能见到任何人留着三天没刮的胡子，穿着黑色高领套头毛衣，或是看起来有哪怕一丁点像塞缪尔·贝克特或者欧仁·尤内斯库，他们差不多就是我对于真正作家的概念。但J姨妈和我都实在太渴望接触到任何带有文字世界意味的东西了，于是情愿到加拿大作协来碰碰运气。

一次在会上，我们选择去听一个研究范妮·伯尼的专家宣读一篇论文。我瞪大了眼睛环顾房间：有许多在我看来已届中年的女性，穿着印花裙子——和J姨妈的裙子没什么不同——和小西装，但没有一个看上去符合我对作家的印象：苍白、邋遢、红着眼睛。然而这是加拿大，不是法国，我还能指望什么呢？

在此之前我只见过一位加拿大作家本人，名叫威尔逊·麦克唐纳。他出现在我们高中的礼堂里，年老瘦弱，一头白发，凭记忆背了几首关于滑雪的思想健康的诗，还学了乌鸦的样子。我大概知道让-保罗·萨特对他会有什么看法，还担心我自己最后也可能会变成那样：被人推出来面对一群互扔口水纸团的十几岁小恶棍，一边学鸟叫。不可能既做一个真正的作家同时又做一个加拿大人，这一点是明确的。一旦有可能，我就要跑去巴黎，变得让谁也看不懂。

与此同时，这会儿我就在蒙特利尔，和J姨妈一起等着研究范妮·伯尼的专家。我们都很紧张。觉得自己有点像是间谍，像潜入的卧底；于是我们就像卧底一样开始偷听。就在我们后面坐着一位女士，我们认得她的名字，因为经常有她关于被雪覆盖的云杉树的诗在蒙特利尔日报上发表。这会儿她没有在谈云杉树，而是在谈前一天监狱里发生的绞刑。"对他来说真是太可怕了，"她说，"他难受极了。"

我们竖起了耳朵：她认识被判刑的囚犯本人吗？如果是这样的话也太惊悚了。但继续听下去，我们意识到难受的不是那个被绞死的人；而是她丈夫，监狱的神父。

数道鸿沟在我脚边展开：这位女士诗歌中的感伤与她生活中的现实之间的鸿沟，她生活中的现实与她对此认识之间的鸿沟；绞死人的人和被绞死的人之间，以及为被绞死的人提供安慰的人，和为绞死人的人提供安慰的人之间的鸿沟。这是我第一次感觉到，在茶杯、户外活动和各色各样不同树木的表象之下，加拿大——即便是这部分文学和文雅的加拿大，让年轻的我如此蔑视的——也比我此前所认为的要有问题得多。

但这一点我早该知道了。

在童年之初，我还不认识任何亲戚，因为他们都住在新斯科舍，两千英里之外。我父母在大萧条期间离开了新斯科舍，因为那里没有工作。等我出生的时候，第二次世界大战已经开始，没有人会在没有公务原因或者汽油优惠券的情况下长途旅行。虽然姨妈们本人并不在身边，在精神上却绝对在场。三姐妹每周都互相写信，晚饭后，母亲会大声把信念出来，念给父亲听，从而也念给我和哥哥听。它们被称为"家书"。家，对母亲而言，从来都是新斯科舍，从来都不是我们当时可能正在生活的地点；这给了我一个模糊的概念，觉得自己被放错了地方。不管我实际上住在哪里，那里都不是家。

因此我一直都知道姨妈们的最新动态，以及表亲、远房表亲，还有许多其他人，他们各有自己的位置，但是关系更远一些。在新斯科舍，最重要的不是你做什么或者甚至是你认识谁。而是你来自哪个镇，和谁是亲戚。两个以前素未谋面的海洋省份人之间的任何对话都会这样开始，然后一直继续，直到双方都发现事实上他们有亲戚关系。我是在一个由隐形人组成的大家庭里长大的。

给我印象最深的不是隐形姨妈们现在的样子，而是她们的过去。那时她们还是孩子，穿着本世纪第一个十年那种不真实的浆洗过的花边褶裙，戴着软趴趴的缎子蝴蝶结发饰，或者是十几岁的少女，在黑白照相簿里，穿着奇怪的衣服——钟形帽，穿到膝盖以上的摩登外套，站在古董汽车边上，或在岩石和海边摆姿势，穿着遮住半条腿的条纹泳装。有时她们会搂在一起。还有说明文字，是母亲写的："我们仨"，"美人出浴"。J姨妈童年时代很瘦，黑眼睛，情绪饱满。K姨妈，三姐妹里排行第二的那个，看起来衣着合体、生气勃勃。我的母亲，长着前拉斐尔派的大眼睛、波浪鬈发和模特的颧骨，是三姐妹中的美人，她对这种看法并不在乎：她当时是，现在也依旧是，在衣着方面出了名的没品味，这是她慢慢培养起来的观念，这样她就不用一个人去买衣服了。但三姐妹都长着一样的高鼻梁；罗马鼻，母亲说。我仔细翻阅这些照片，为一式三份、一模一样的鼻子的想法而着迷。当时我自己没有姐妹，姐妹情谊的神秘感对我很有影响力。

相册是隐形姨妈们的一种存在形式。她们在母亲的故事里甚至更加鲜活，因为，虽然远不是诗人，但母亲是讲故事的高手，还极其善于模仿。她关于"家"的故事里的角色对我而言就像书里的人物一样熟悉；而且，因为我们住在偏僻的地方还经常搬家，他们比大多数我真正遇到的人都更加亲切。

演员永远都是那几个。首先是我严厉的、令人肃然起敬的外祖父，一位赤脚医生，驾着马拉雪橇在土路上四处飞驰，冒着暴风雪，深更半夜帮人接生，还会威胁要用马鞭抽他的女儿们——尤其是母亲——因为真实发生或是想象之中的过失。我不知道马鞭是什么，因此这种惩罚还有新奇这一额外的吸引力。

接着是我注意力涣散、喜欢玩乐的外祖母，还有K姨妈，比母亲小一岁，但聪慧得多，意志也坚强，母亲是这么说的。然后是J姨妈，多情伤感，常常受冷落。她们三个是"女孩子们"。接着，稍晚一点，"男孩子们"，我的两个舅舅，其中一个把自己做的炸药藏在一段原木里，炸飞了乡村校舍的火炉盖，另一个体弱多病，但常常让所有人"笑破肚皮"。还有一些次要人物：雇来的女孩子们，被不喜欢有她们在的母亲和K姨妈用诡计逼走，雇来的男人们，在给奶牛挤奶的时候用奶喷她们；奶牛们自己；一头猪；两匹马。那两匹马其实并不是次要角色；虽然没有台词，却有名字、个性和历史，还是母亲冒险恶作剧的搭档。迪克和内尔是它们的名字。迪克是我的最爱，它被送给母亲时是身体衰弱、饱受虐待、供人租来骑乘的马，是母亲让它恢复了健康和美貌的光彩。这是让我感觉称心满意的那种大团圆结局。

关于这些人的故事能够满足所有要求：情节，动作，悬念——虽然我知道结局会怎样，因为之前已经听过了——还有惊悚，因为总有被外祖父发现，威胁要用马鞭伺候的风险，尽管我并不相信他真的用马鞭抽过任何人。

他会发现什么呢？几乎任何事情。有许多事情他本不应该知道，许多事情女孩子们不应该知道却还是知道了。而假如他发现她们知道了会怎样？大量的事情，在这些故事和那个家里，都取决于隐藏；取决于你说了或是没说什么；取决于说出来的内容和本意的不同。"如果你说不出什么好话，那就什么都别说。"母亲说，这话意味深长。母亲的故事是我对于读懂言外之意的第一课。

母亲在这些故事里作为主角出现，她不害怕身体活动，会走在篱笆上，还有谷仓的房梁上，抽马鞭级别的罪过——却很害羞。害羞到会躲在谷仓后面不敢见来访的客人，而且也去不了学校，直到K姨妈到了年纪能带她一起去。在勇敢和害羞之外，她还有火爆的脾气。"像爸爸。"她说。这在我看来倒不大像是真的，因为我想不起任何例子。母亲发脾气一定值得一见，就像女王倒立一样。但我基于信任接受了这种说法，还有她其余的传说神话。

K姨妈并不害羞。虽然她比母亲小一岁，却根本看不出来："我们更像双胞胎。"据母亲所说，她是个有着钢铁般神经的孩子。她是带头挑事的人，会想出计谋和方案，并带着毫不留情的高效率付诸实施。母亲会被拉进来，不管她情不情愿：她说自己意志力太弱，无力反抗。

"女孩子们"必须做家务杂活，在把雇来的女孩子赶走之后要做的就更多了，K姨妈是个干活努力、批评起别人的家务也非常苛刻的人。在后来的故事里，K姨妈和母亲同时举行婚礼；仪式前一天晚上她们互相大声朗读少女时代的日记，然后把它们烧了。"我们打扫了厨房，"K姨妈的日记里写道，"其他人干的活算不上一流。"母亲和J姨妈重新说起这件事时总会发笑。对她们而言这是，就像马修·阿诺德会说的，关于K姨妈试金石般的标准对白。

但K姨妈的故事还有下文。她是高材生，在多伦多大学拿到了历史学硕士学位。外祖父一直认为母亲是个反复无常、贪图享乐、轻浮散漫的人，直到她靠在学校教书存下了钱，自己供自己上了大学；但他一直都准备好要资助K姨妈在牛津拿一个高等学位。然而她谢绝了，选择嫁给本地安纳波利斯山谷的一个医生，生了六个孩子。这么做的理由，母亲暗示说，和姨婆温妮有关，她也有硕士学位，是第一个从达尔豪斯获得硕士学位的女性，却终身未婚。温妮姨婆受到了惩罚——这在当时被认为是惩罚——不得不一直在学校教书，在全家团聚过圣诞节的时候露面，看起来愁眉苦脸。在那个年代，母亲说，假如到了一定的年纪还没结婚，就不太可能嫁得出去了。"你不会去想不结婚，"J姨妈在很久以后告诉我，"这件事情没有任何选择。就是人人都要做的。"

而这会儿我的K姨妈就在相册里，穿着绸缎结婚礼服，戴着和母亲一样的面纱，后来，又和所有的六个孩子一起，打扮成《有一位老奶奶住在鞋子里》的样子，参加苹果花节的游行。和书里的故事不同，母亲的故事没有明确的道理，而这个故事要讲的道理比大多数其他故事都更加模糊。哪个更好？头脑聪明去上牛津，还是生六个孩子？为什么不能两者兼得？

在我六七岁，哥哥八九岁的时候，战争结束了，我们开始去新斯科舍探亲，每年夏天或者隔年的夏天。不去不行：外祖父得了一种叫冠状动脉血栓的东西，血栓不止一处，实际上，他随时都有可能过世。虽然他非常严厉并且在我看来行为严重不公平，但很受爱戴和尊敬。这一点大家都同意。

这些探亲之旅非常累人。我们从安大略到新斯科舍，一路上要在魁北克、佛蒙特和新不伦瑞克的战后高速公路上用亡命飞车的速度疾驰，每次连续开好几个小时，所以到的时候通常是半夜，人人都又累又乏，脾气很差。探亲期间我们必须在外祖父白色的大房子里轻声细语，表现优异，和一大堆几乎不认识的亲戚互相见面。

但所有事情中最让人受不了的是把这些真实的人——比他们本该有的样子小那么多，老那么多，远远没有那么生动——装进我所拥有的传奇故事里。外祖父并没有在乡间策马飞奔，大声吼着吓唬人和救婴儿的命。相反，他刻木头小人，每天下午都会打盹，在果园里散个步或者和哥哥下盘棋就累得要休息。外祖母也不是不胜其烦却滑稽有趣的五个孩子的母亲，而是外祖父的看

99

护人。奶牛已经没有了，漂亮的马呢，迪克和内尔？

我感觉受了骗。我不希望J姨妈和K姨妈是成年人，是我表亲们的妈妈，在厨房里掰着豆荚。我希望她们回到应该有的样子，像照相簿里那样留着波波头，穿着短裙，耍花招戏弄雇来的女孩子们，被雇来的男人们喷牛奶，生活在抽马鞭的威胁之下，干不出一流的活。

一次我和两位姨妈一起去了一趟文学远足。

那是七十年代早期，我过了三十岁，已经出版了几本书。J姨妈的丈夫去世了，她从蒙特利尔搬回新斯科舍来照顾我年迈的外祖母。我去看望她们的时候，姨妈和我决定开车去附近的布里奇顿，拜访一位名叫欧内斯特·巴克勒的作家。他写了一本叫作《山与谷》的小说，山是北山，谷是安纳波利斯谷。他在美国取得了些成就——当时，在加拿大，这是必定会引来敌意和妒忌的保票——但因为他是个性情古怪、离群索居的人，因此敌意和妒忌的程度也有所缓和。不过他在美国的成功并没有在加拿大得到复制，因为他在多伦多的出版人是联合教会的绝对禁酒主义者，办首发式派对供应果汁是出了名的。（现代化最终还是来了，派对上加了雪莉酒，在一间单独的房间里发放，想喝的人可以偷偷摸摸地溜进去。）这些出版商发现巴克勒的书里有我母亲所谓的"不正当行为"，便把它藏进了仓库里。当真想买一本的话，就跟要从梵蒂冈带出色情书刊差不多。

我在刚满十几岁的时候读了这本书，因为有人把它送给了我的父母，觉得他们会喜欢，鉴于书是关于新斯科舍的。母亲的评论是在她长大的岁月里情况不是书里这样的。我偷偷把书藏到了车库的房顶上，房顶是平的，我在那里迅速找到了书里的不正当行为，然后又读完了整本。这很可能是我在《白鲸》之外读过的第一本面向成年人的小说。

因此我对欧内斯特·巴克勒的书有着美好的回忆；到七十年代的时候我已经和他有了通信往来。于是我们就去和他本人见面。J姨妈一脸兴奋，因为欧内斯特·巴克勒是个真正的作家。K姨妈开车。（J姨妈从不开车，据她所说，在她为数不多的几次尝试中，有一次刮掉了车上的门把手。）

K姨妈对这一带很熟悉，在经过的时候会指给我们看有意思的地方。她记忆力很好。就是她曾经告诉我一件其他所有人都已经忘了的事情，包括我自己：在五岁的时候，我曾经说过，我将来要当作家。

但这次开车的时候，她的心思在其他和过去有关的事情上。"这棵就是那个住在白房子里的男人上吊的树，"她说，"这是谷仓被烧掉的地方。他们知道是谁干的，却拿不出任何证据。那个男人在里面用猎枪崩了自己的脑袋。"这些事情可能是好几年或好几十年前发生的，却依旧在这里流传。看来这座山谷要比我猜想得更加接近《山与谷》。

欧内斯特·巴克勒住的房子大概已经五十年没有动过了。客厅里还放着马毛沙发、椅背套和柴火炉。欧内斯特·巴克勒本人极其讨人喜欢而且万分紧张，非常希望能让我们玩得高兴。他不断地跳来跳去，滔滔不绝，还一直跑出门到厨房去，然后又重新跑回来。我们主要都在谈书，还有他打算让附近整个地区都侧目的计划，用共线电话打到外祖母家找我，假装我们两个有私情。"这可够让老太婆们有话聊了。"他说。每次他打电话的时候，人人都会偷听，这是当然的，但并不只是因为他是本地的名人。所有人的电话他们都偷听。

我们告辞之后，J姨妈说："这可太棒了！他说你满脑袋好主意！"（他确实这么说了。）而K姨妈的评价是："那个人喝醉了。"我们三人之中，她是唯一一个搞清楚巴克勒为什么如此频繁往厨房跑的人。但他对此遮遮掩掩也是可以理解的：在山谷里，有喝醉的人，除此之外还有体面的人。

同样：有写书的人，除此之外还有体面的人。一定程度的写作是允许的，但只在界限之内。关于儿童和四季更迭的报纸专栏没问题。性、脏话和酗酒则是不能容忍的。

我自己，在某些山谷的圈子里，也日益变得不能容忍。随着我更为人所知，当地读我作品的人也更多了，不是因为他们认为我写的东西有哪里特别优秀，而是因为我跟他们有关系。J姨妈津津有味地告诉我，她如何藏在客厅门后面，偷看一个邻居丢脸地来找我的外祖母。丢脸的部分是关于一本我的书：她怎么能，邻居愤慨不已地问外祖母，让自己的外孙女出版这样不道德的垃圾？

但山谷里血浓于水。外祖母平静安详地凝望着窗外，议论了几句他们正在享受的秋季好天气，看得J姨妈在门后倒抽一口气。我的母亲和姨妈一直觉得外祖母维护自尊的精彩场面令人无法抗拒，很可能是因为她有那么多的尊严需要守护。

就是这位邻居，同一个人，在还是孩子的时候，在第一次世界大战期间的某个时刻，带坏了我的姨妈们，引诱她们从红黏土河岸上滑下来，穿着白色蕾丝的小灯笼裤。然后鼻子紧贴着窗玻璃，看她们被打屁股，不只是因为从河岸上滑下来，还因为撒谎不承认。当时外祖母走过去一把拉下了窗帘，现在她也在做着同样的事。不管她本人对于我小说里的不检点内容有什么看法，她都没有说出来。也从来没有对我提过。

对于这一点，我默默地感谢她。我觉得任何从事写作的人，但尤其是女性，尤其是在一开始，都会觉得她是在顶着巨大且在很大程度上没有言明的压力，对于期待和端庄得体的压力。女性所感到的这种压力，最强烈的是来自家庭内部，在家庭是一个坚强整体的时候更是如此。有些事情是不应该说的。别说话。如果说不出什么好话，那就什么都别说。母亲的另一句格言足够与这句话抗衡吗？"做你认为正确的事，别管其他人怎么想。"再说这些意见无关紧要的其他人包括家庭成员吗？

第一本真正的作品出版的时候，我很担心不受认可。我并不太担心父母，他们已经颇有风度地挺过了我的其他古怪行为——用三叶虫和蝾螈手工染花的裙子，在啤酒屋的尝试，垮掉一代的男朋友——虽然过程中他们很可能好几次咬住了舌头才没有发言。无论如何，他们住在多伦多，在那里各种各样的不正当行为已经变得普遍多了；而不是新斯科舍，在这里，这些事情并不太说起，情况也更局限些。相反，我担心我的姨妈们。我以为她们会觉得我令人羞耻，哪怕是J姨妈。虽然她曾经历过一些我早期的诗，咖啡杯和烂叶子是一回事，但那本书里有的可不只是没洗的碗碟和盖料的粪肥。至于K姨妈，对其他人粗制滥造的家务活和酗酒习惯如此颇有微词的她，又会怎么想？

让我惊讶的是，姨妈们的反响极好。J姨妈觉得这太棒了——一本真正的书！她说她满心骄傲。K姨妈则说某些事情在她这一代没有做到，但我这一代可以，而且我也更有能力去做。

这样的接受对我远比应有的意义更加重要，对于一门心思追求艺术的二十六岁的自我。（我当然不应该受姨妈们的影响不是吗？）然而，就像母亲的故事所要讲的道理一样，这究竟意味着什么我还远远没有搞清楚。它或许是一种按手礼，某种东西从一代传给了另一代。得到传承的是故事本身：什么是大家已经知道的，什么是可以说的。什么是意在言外的。一种讲故事的许可，无论故事可能走向何方。

又或许这意味着我也得以加入了这部魔法般静止却又不断在延续的相册传奇。不是三个外貌迥异的年轻女性穿着上个时代的衣服，长着一模一样的罗马鼻子，彼此搂着站在一起，而是会有四个人。我也被接纳进家里了。

序：盲读

　　每当有人要我谈是什么构成了一个"好"故事，或者是什么让一个写得很好的故事比另一个"更好"，我就会开始觉得非常不安。一旦开始为故事，或是任何类型的写作列清单或是设计规则，就必然会有某位作者恰巧出现，轻轻松松打破你或其他人曾经设想出来的每一条抽象规则，并在过程中让你惊叹不已。在谈到写作的时候，应该是一个用起来很危险的词。它是对于创造精神迂回、求新、大胆和任性的一种挑战。或迟或早，任何用这个词的时候太不受约束的人，很可能最终都会把它像笨蛋高帽一样顶在头上。评判好的故事不是通过向它们施加某种成套的外部衡量标准，好像评判秋季市集上的巨大南瓜那样。而是通过它们留给我们的印象。而这将取决于大量主观的难以解释的东西，我们把它们全部拢到一起，放在喜好的普遍标题之下。

　　所有这些或许能够解释为什么，在我坐下来通读这一大堆故事，为这本作品集从中进行挑选的时候，是带着疑虑的。有那么多故事可选，而且它们全部，像他们说的，都是能发表的。我知道这一点是因为它们都已经发表过了。在过去的一年时间里，不知疲倦、全心投入的系列丛书编辑，香农·拉文内尔，读遍了她所知道的每一本杂志里的每一个短篇，不管杂志大还是小，有名还是无名，覆盖美国和加拿大——一共有超过两千篇。从中她选了一百二十个，我要再从其中选出二十个。可我该怎么去选呢？我的标准是什么，如果真有什么标准的话？我要如何从仅仅是更好之中分辨出最好？我怎么知道呢？

　　我选择以"盲读"的方式来读这些故事，也就是说香农·拉文内尔把作者的名字用墨水涂黑了。在此之前，我并不知道这些小小的黑色长方形会将编辑的艺术从审慎的工作转变为欣喜的乐趣。阅读这些作者不明的手稿就像逃学：黑色记号笔划了一百下，让我从作者名声的压力中脱身。不用关心谁应该被收进书里，因为他或她的整体价值，或是此前在评论界所获得的欢呼。不必担心谁如果没被收录可能会觉得受到怠慢。我斟酌、衡量、计算的一面——即使是最一丝不苟和公正无私的编辑也有这一面——被安全地封存起来，任由我不受阻碍地沉迷于这些无主的书页。拿起一个新的故事就像在玩小孩子的钓鱼玩具。你永远不知道会得到什么：可能是一块塑料，也可能是一件美妙的东西，一份礼物，一个宝藏。

除了对作者的价值一无所知以外，我还可以不去理会任何关于领域的考量。我无法知道，比如说，一个由女性讲述的故事是否来自一名女性作者，一个由男性讲述的故事是否来自男性作者；一个关于中国移民的故事是不是由一位有中国背景的作者所撰写，一个关于十九世纪加拿大诗人的故事作者是不是加拿大人。我最近听到一种主张，说作者只应该从他们自己的视角，或是从他们所属的某个群体的观点出发来讲故事。从某个"其他人"的观点来写故事是一种盗用，擅自挪用并非自己所得来，也没有所有权的素材。男性，比如说，不应该以女性的口吻写作；尽管女性不该用男性身份写作这一点并没有被提得那么频繁。

这种看法可以理解，但最终会适得其反。它不只把乔治·艾略特、詹姆斯·乔伊斯、艾米莉·勃朗特和威廉·福克纳等作家宣判为小偷和冒充的骗子，顺便说一句，还有这本书里的若干作者；同时也从一种根本的方式上抑制了想象力。说我们不能从"其他人"的观点写作，距离说我们也不能这样阅读只有一步之遥，从这里再延伸到此种立场：谁也无法真正理解其他人，因此我们不如就别努力了。遵循这种推论的思路得出符合逻辑的结论，我们就都将陷入只会一遍又一遍反复阅读自己作品的境地；我个人觉得地狱也就是这样了。想必阅读的喜悦和惊叹并非来自于故事是谁讲的，而是故事讲了什么，以及是如何讲的。

盲读是个耐人寻味的比喻。盲读的时候，我们看到除了作者之外的一切。他或她或许时而可见，通过一种风格技巧，一个其他谁也不可能写到的地点，一个招牌的情节转折；但除去此类线索之后他或她仍是匿名的。读者被困在故事的声音之中。

故事的声音，作为声音的故事

在认识我们的人的家里，我们被请进来坐下，凉水或是柠檬汽水被端上了；而当我们坐在那里恢复精神的时候，人们继续着他们的对话，或是处理日常的琐事。渐渐地我们拼凑起了一个故事，秘密、骇人、恐怖的故事。

托妮·莫里森，《最蓝的眼睛》

只有故事才能比战鼓和勇敢的武士的战绩更长久……只有故事……让我们的子孙后裔不会像失明的乞丐一样误打误撞地摔进仙人掌篱笆的尖刺。故事是我们的护卫；没有它，我们是瞎的。护卫属于瞎子吗？不，故事也不属于我们；相反，是我们被故事所拥有。

钦努阿·阿契贝，《荒原蚁丘》

我们关于故事是什么的概念是如何形成的？是什么把"故

事"从区区的背景噪音，从每天环绕我们，流过我们身体，然后被遗忘的音节海浪中区分出来？是什么让一个好故事成为统一的整体，自身就完整且令人满意？是什么让它成为意味深长的隽语？换句话说，在勤奋阅读这叠样张的时候，我所寻找的，或许是在不知情的情况下所寻找的，是哪些品质？

我谈到了"故事的声音"，这个词已经有点成了万能用语；但我在用的时候，指的是更加具体的东西：一种说话的声音，就像音乐中的嗓音，不是在空间、在书页间移动，而是能够穿越时间。当然每一个写下的故事都是，在最终分析的时候，一份声音的总谱。书页上那些小小的黑色记号，如果不被翻译成声响的话，将会毫无意义。即便在默读的时候，我们也是边听边读，除非读的是银行对账单。

或许，在废除维多利亚时代全家读书会的做法，在把从前的保留节目，指定的记忆篇章和朗诵从学校课程里取消的时候，我们让作者和读者都丧失了某种对故事而言必不可少的东西。我们让他们相信散文以视觉大块的形式出现，而不是以节奏和抑扬顿挫；相信文章的构造是平面的，因为书页是平的；相信写作情感不应该是急迫的，好像鼓点，而是更加疏远，像一幅绘制的风景画：是需要深思熟虑的东西。但轻描淡写也可能淡得过分，单声素歌也可能太过单调。今年早些时候，我问一批年轻作者，有多少人曾经出声朗读过自己作品的时候，没有一个人说她曾经这么做过。

我并不是在支持废除视读，只不过是支持重新恢复通过声音朗读，并欣赏其以故事的节奏带领听众的方式。（顺带一提，出声朗读也能拒绝作弊；因为这么读的时候没法省略跳过。）

我们最初的故事通过空气来到我们身边。我们听见声音。

口语社会的孩子在故事结成的网中长大；但所有的孩子都是如此。我们在能读之前先学会听。有些倾听更像是偷听，灾难性的或是充满诱惑的成人世界的声音，在收音机或电视机或日常生活里。常常是无意中听到了我们不该听到的事情，偷听关于丑闻的流言和家庭秘密。从所有这些声音的碎片里，从环绕着我们的耳语和叫嚷里，甚至是从不详的沉默，从意义中没有被填补的空白里，我们为自己拼凑起事件的顺序，一种或多种情节；这些，这么说来，就是发生了的事情，这些是经历了这些事情的人，这些是禁忌的见闻。

我们都曾经当过耳朵长的小孩子，在说不出口的事情说出来的时候，被从厨房里轰走，我们也很可能都当过告密的人，在晚餐桌上说漏了嘴，成年人审查规则不知情的违反者。或许作家就是这样的人：一直没有改掉这种习惯的人。我们仍然是告密的人。我们学会了张大眼睛，却没有学会闭紧嘴巴。

幸运的话，我们也会得到适合让我们的耳朵听的故事，为我们而准备的故事。这些可能是儿童《圣经》故事，整理好也精简过的，险恶的部分都省去了。可能是童话故事，同样美化过，但如果我们非常幸运的话，在这两种情况下都会是直白的内容，杀戮，雷电，烧红的鞋子都留了下来。无论如何，这些故事会有有意识和模式化的形态，不像我们自己给自己拼凑起来的那些。它们会包含高山、沙漠、说话的驴子、飞龙；而且，和厨房故事不同，会有明确的结尾。我们倾向于相信这些故事在真实程度上与厨房故事别无二致。只有等长大了，才有人教会我们，把一种故事看作真实而另一种仅仅只是虚构。也差不多是在同样的时候，我们学会了相信牙医是有用的，而作家不是。

传统上，厨房闲话和出声朗读的人都是母亲或祖母，出生地的语言是母语，而讲给孩子听的那种故事也被称为幼儿园故事或者老妇人的故事。我最近得知，一大批著名作家，在被要求写下对他们文学生涯影响最大的家庭成员的时候，几乎所有的人，无论男女，都选择了母亲，我忽然意识到这并非多大的巧合。或许这正反映出，北美儿童在多大程度上缺少了祖父，另一个巨大的故事宝库；说不定这种情况会发生改变，假如男性开始分担早期育儿的话，那我们就会有老先生的故事了。但在目前的情况下，语言，包括我们最早听说的故事所用的语言，是语言的母体，而不是父体。

过去我常常疑惑为什么——情况似乎是这样——选择从女性视角写作的男性作者比反过来的情况多出那么多。（在这本合集里，举例来说，使用女性叙述的男性作者比相反的情况多出三倍。）但这可能和最早讲故事的声音所属的主要性别有关。

我们最初相遇的两种故事——成型的故事，自己拼凑出来的偶然听到的即兴叙述——构成了我们对于故事是什么的概念，并影响了我们此后带入故事中的预期。或许正是源于这两种故事的碰撞——常常被叫作"真实生活"的东西（被作者贪婪地视为他们的"素材"）以及有时被打发为"区区文学"或者"只会在故事里发生的事情"的东西——独创和鲜活的写作才得以产生。除了正规含义之外一无所有的作者只会写出死的作品，但对页面上内容的唯一借口只有"它真的发生过"的作者也是一样。任何曾被困在公交车上，坐在一个缺乏任何叙述技巧或时间概念却说个不停的人边上的乘客都能为此作证。或者，正如雷蒙德·钱德勒在《简单的谋杀艺术》中所说：

所有的语言都以说话开始，而且是以普通人的说话开始，但是一发展到成为文学手段，它就只在表面上看着像说话了。

表达自己是远远不够的。你必须表达故事。

不确定原理

所有这些并没有让我离为什么选了一个故事而不是另一个，二十个故事而不是剩下的一百个的解释更近一点。不确定原理，在应用到写作上的时候，或许可以这样说：你可以说出为什么一个故事不好，要说它为什么好却难得多。确定小说的品质可能就如确定家庭幸福的原因一样不易，只是情况会倒过来。老话说幸福的家庭都是相似的，不幸的家庭各有各的不幸。但在小说里，卓越存在于差异之中，不然又怎么能让我们惊喜呢？因此阐述起来才困难。

我是这么做的。坐在地板上，把故事四处铺开，在没有特定顺序的情况下通读。把每个读完的故事放进"收"的一堆，"不收"的一堆，或者"可能"的一堆。等到全部读过一遍的时候，"收"的一堆里有大约二十五个故事，"不收"的一堆里数量也差不多，其余的都在"可能"里。

从这里开始就更难了。前十四个"收"的故事一下就被选上了：我知道我对它们不会改变主意。在那之后开始逐渐变化，必收慢慢变成可能，可能很容易就会落到必收的最末尾。为了做出最后的决定，我不得不更加刻意和慎重。我回过头去仔细阅读十四个立即决定收的故事，试图找出它们都有哪些共同点，如果有的话。

它们在内容、基调、背景和叙述策略上大相径庭。有些诙谐，有些忧郁，有些沉思冥想，有些十足悲伤，还有一些激烈狂暴。有些认真探讨众所周知，过去已经探讨过的领域：精神崩溃、情感破裂、爱和死亡。合在一起它们并不代表任何写作流派或提出任何共同的哲理。我开始觉得自己很傻，欠缺标准。难道我又得依赖过去在创意写作研讨会上的那句老话，它适合我的口味吗？

也许，我想，我的标准很单纯。也许我从一个好故事中所想得到的一切，就是孩子在听别人给他们讲的或是无意中听到的故事时所想要的——原来他们想要的很多。

他们希望自己的注意力被吸引，我也是。我永远会读到最后，出于某种清教徒式的、成年人所应有的责任感；但假如我开始坐立不安和跳开页数，思考是否必须出于良心倒回去读中间的部分，这就说明故事已经放弃了我，或者我已经放弃了它。

他们希望感觉自己会受到妥善关照，能信任讲故事的人。对儿童来说这可能仅仅意味着他们知道说话的人不会背叛他们，读到中间的时候把书合上，或者把英雄和反派搞混。成年读者的要求更加复杂，涉及许多方面，但同样也有维持信任的成分。信任必须靠语言维持——即便故事滑稽，用语也必须严肃对待——有关于地点、习性、衣着的确凿细节；有故事本身的轮廓。好的故事可以逗弄读者，只要这一行为属于前奏，而不被用作目的本身。假如递出了承诺，就必须加以履行。藏在帷幔背后的任何东西都必须在最后显露出来，且必须同时做到既出乎意料又不可避免。正是在这最后的一方面，故事（与小说不同）最接近类似于它的两种口头前身，谜语和玩笑。两种，或者说全部三类，都需要同样令人困惑的铺垫，同样出人意料的转折，同样无可挑剔的时机选择。如果我们一下就猜出谜语，或者因为答案说不通而猜不出来——如果我们察觉笑话的包袱就要出现，或是因为讲笑话的人糊涂错过了重点——这就失败了。故事的失败也一样。

但任何曾经讲过，或者试图去给孩子讲故事的人都知道，有一样东西，如果缺了的话其他所有都没用。年幼的孩子没有多少责任感或者推迟期待的意识。他们渴望听故事，但你也必须渴望去讲才行。他们不会忍受你的困乏或是厌倦：如果希望获得他们全部的注意力，就必须把你的注意力也给他们。必须用闪闪发光的眼睛吸引他们，不然就得忍受被掐和咬耳朵。你需要一些《古舟子咏》，一些舍赫拉查德的意味：一种迫切感。这是我必须要讲的故事；这是你必须要听的故事。

迫切并不意味着疯狂。故事可以是安静的，关于哀伤或失去的机会或无言的揭示。但它必须被迫切地说出来。必须带着极度的专注，仿佛说书人的生命全系于此。而假如你是作者，事实也的确如此，因为你作为每一个特定故事的作者的生命，只会和故事本身一样长，一样好。大多数听故事或者读故事的人永远不会认识你，但他们会知道这个故事。他们聆听的行为就是故事的转生。

所有这些是要求得太多了吗？不然；因为许多故事，许多这些故事，都绝佳地做到了。

下至细节

然而它们是用各种各样的方式做到的。在通读这些故事的时候，有人问我："有什么趋向吗？"没有趋向。只有二十个鲜明深刻、令人兴奋且独一无二的故事。

我以为任谁也写不出一个能吸引我注意力超过五分钟的关于在六十年代吸毒的故事，但迈克尔·坎宁安却在《白天使》里出色地做到了——因为叙述者是个小男孩，"在我四年级班上犯罪水平最高的九岁孩子"，几乎所有的事情都是他深爱的十六岁哥哥教他的。故事的感官体验之丰富令人赞叹；故事从失控的疯狂和欢闹，两兄弟在《天才小麻烦》式的克利夫兰家庭生活背景下灌迷幻药让自己神志恍惚（"我们在早餐时偷偷把药片塞进嘴里，在妈妈等培根煎熟的时候"），到悲剧结尾时那近乎无法承受的辛酸之间的转换手法也是。

另一个让我措手不及、选取一个看起来不太有希望的主题却将其彻底翻转的故事是《倦怠之花》。谁能指望把给国防承包商当文员的工作写得有说服力或是有派头呢？但里克·德马里尼斯做到了。结尾向巨大无边的恐惧所投去的充满远见的一瞥，是实实在在、一步一步，透过平淡的日常和小小的厌恶逐渐到来的。这个故事，是那种真正独树一帜的，精巧处理的形式与平淡无奇却又令人惊恐的内容之间的碰撞，让人惊骇不已又略受创伤。

"地狱躺在婴儿时期的他们身边。"格雷厄姆·格林在《不法之路》中说，这两者正是芭芭拉·高迪《迪士尼乐园》的基调。如果《倦怠之花》把军队组织视为超出常人的巨大格局，《迪士尼乐园》则透过腐朽的格劳乔·马克斯眼镜眯着眼看它。发号施令的人物是一位专横跋扈的父亲，痴迷于他那座六十年代早期的核辐射避难所。他和他的狂热，在隔着安全距离观望的时候，可能会很荒唐，几乎是滑稽戏；但距离并不安全。这个男人被他的孩子从下方仰视，孩子们被他囚禁在发臭、阴暗、专制和恐怖的地狱里，被迫扮演这个教官手下的兵。幽闭和诱捕的感受非常强烈。

还有几个其他的优秀故事，关注的是童年的恐惧，有时也有快乐，以及儿童被成人世界毫不顾及他们的巨大双脚踩住时的无力。马克·理查德的《走丢的孩子》，写两个可怜的白人男孩被私奔的母亲遗弃，勉强被他们身为流氓赌棍的舅舅救下，是一个出色的代表。文中对于卑鄙和丑恶面不改色的描述提醒我们，在孩子身上发生的任何事情都会被他们认为是正常的；或者说假如不是完全正常，也是无法改变的。对他们而言，现实和魔法是同一种东西，而他们被迷住了。

戴尔·雷·菲利普斯的《男人为什么爱》里有另一个被魔法迷住的孩子，施魔法的是他脆弱的、患有躁郁症的母亲。与她用来让自己不要支离破碎的各种仪式，以及与男孩为了自我保护而正在自己发明的仪式相对的，是男孩父亲的魔法——幸运、风险、希望和机遇的魔法，象征就是他开得太快的摩托车。

亚瑟·罗宾逊的《火车上的男孩》有点像是一部美妙的、畸形的回忆录。实际上它讲的不是一段童年，而是两段。两个孩子长大了成为父亲，两位父亲误解了自己的儿子，两个儿子用挑剔、难堪、恶心、有意要激怒他们的方式，让父亲难受："在青春期前，爱德华经常注视着镜中自己的脸，研究能用它实现哪些成果。一次他发现，一条牙膏刚刚好巧妙地粘在一个鼻孔下，能够产生一种效果，很容易就能让父亲常犯恶心的胃翻江倒海。结果超出了他的期待。"故事转过来，绕回去，在三代人之间处理不同变化的娴熟手法，一路读来令人愉悦。

其中的两个故事有着近乎寓言的简练和架构。一个是M. T. 沙里夫的《写信的人》，故事不幸的主人公，哈吉，在伊朗革命期间被捕，因为他被怀疑是一个所谓间谍的哥哥，他没法证明他不是。但当局也没法证明他就是，由于他拒不认罪，他们也没法给他定罪，为了给他找事做，就给了他一个工作：用笔墨画上衣服，遮住西方杂志里女人裸露的手、腿、头和脖子。从前，一个路过的托钵僧曾经预言，哈吉最后会住在皇宫里，有妃子和仆役侍奉左右。这段命运最终真正实现的方式让人联想起卡夫卡和东方讽刺寓言的传统。

哈丽特·杜尔的《艾迪：一生》有着集锦的朴素魅力。它违反了我曾经听过的几乎每一条有关短篇结构的原则。它并没有，比如说，集中于对角色的深度探究，或是一段较短的时间，成为生活焦点的一个单独事件。相反它传递了完整的一生，可以说是微缩版的，像苹果般完整圆满又不经解释。

别的故事以其他方式说服或是打动我们。拉里·布朗在《骑上库卜库（这就是了）》里讲了关于一个酗酒妻子的悲伤故事，其锋芒和魄力通过语言的紧迫和气势显露出来，布朗什·麦克拉里·博伊德那喧闹到令人不安的《黑手女孩》也是一样。（书名中的手，一个男人的手，是被裹在塑身内衣里拧了才变黑的。读下去。）道格拉斯·格洛弗在《为什么我决定自杀和其他玩笑》中也运用了女性讽刺和自嘲的幽默。其中有一起用铁锤的谋杀，一次雪中营救，一次用平底锅的尝试营救。雷祖威的《位移》里有一个中国女人，正拼命在美国尽力而为，琳达·霍根《月亮阿姨的小伙子》里的一个土著印第安女人也在做着同样的努力。一个左翼母亲，儿子通过开始信教来反叛她。但这些只是提示。要知道真正的故事，一如往常，必须自己去读。

我必须承认，尽管是盲读，但我确实猜出了三位作者的身份。巴拉蒂·慕克吉的《不再悲伤》甚至都不是猜的，因为我之前已经读过而且一直念念不忘。这是一个精雕细刻、令人感受强烈的故事，讲的是一个印度移民的妻子，在得知搭载她丈夫和儿子的飞机在爱尔兰海上空被恐怖分子炸毁之后的反应。她带着梦游般的投入在这些无谓死亡所洒落的情感废墟中摸索，并最终为自己发掘出神秘意义的过程表达得节制却不吝啬。

读《音乐派对》的时候，我猜这要么是梅维斯·迦兰写的，要么就是一位男性作者对她非常出色的模仿。还有谁会，或者谁能，把一个从萨斯喀彻温来的没有希望的呆子在五十年代早期的法国撒开了到处搞砸闯祸写得如此有说服力，还带着如此高的兴致？结果它就是梅维斯·迦兰写的，让我再次欣赏到她掌握完整全局的纯熟，交织角色命运的技巧，对点滴浮华细节的敏锐眼光，以及她的摄像技术，如果可以这么说的话。看看她是如何，在故事最后，从特写转换到远景的：

> 想起做出决定那一秒的艾蒂，我能发现内心对此的嫉妒。我们其余的人生下来就知道不能这么做，这意味着我们无法前进。当我终于转过头去不看她的时候，是在又一片烛光里，还有容光焕发、神采奕奕的孩子们。现在我在想，我们身上有没有什么东西能让孩子们记住，假如今后他们会彼此提醒的话：有那么一张坐满说英语的人的长桌，还是花骨朵。

我觉得爱丽丝·门罗的短篇用盲文写我也能认出来，即使我不懂盲文。她声音中的力量和独特之处总会泄露天机。《门斯特河之歌》，在我看来，是爱丽丝·门罗的最佳作品之一，而且，在叙述方式上，是迄今为止最奇特的一篇。它自称是关于一个不重要的、多愁善感的"女诗人"——这个词，在这里，是恰当的——住在一座原始、布满牛粪团、不见树木的十九世纪小镇上，由于诗人的甜蜜诗句来自真实生活，这与我们对金色往昔田园牧歌的想法相去甚远。我们对于过去时光的甜美想象被破坏了，并且，同时，还有我们对于故事应该如何推进的观念。同样，诗人自己也在围绕着她的丰富生活的严酷和多面存在中崩溃瓦解，这种生活最终证明对她而言过于巨大也过于真实。或者真是这样吗？她究竟是崩溃瓦解还是合为一体？跨越传统的边界究竟会引向疯狂还是清醒？"她不会把这错当成真实，也不会把任何东西错当成真实，"故事告诉我们，当桌布上用钩针织出的玫瑰飘浮起来的时候，"她就是这样知道自己神志正常的。"

但故事的最后一句话并不属于诗人，而是来自无名的讲述者，一直在跨越时间寻找诗人，或是寻找她零星碎片的"我"。这些最后的话可以看作这本短篇合集，或是写作这种行为本身的引言：

> 人是好奇的。有些人是。他们会被驱使着去查明事情的真相，甚至是微不足道的事情。他们会把情况拼凑起来，即便自始至终都知道自己可能搞错了。你看他们带着笔记本四处走动，刮去墓碑上的尘土，查阅微缩胶卷，只是希望能及时发现这缓缓流动的点滴，建立一份联系，从垃圾堆里抢救出一件东西。

我感谢这本书里所有的作者，感谢他们的故事带给我的愉悦，感谢他们丰富了我自己对于故事是什么，它可以是什么样的认知。

通过聆听其他人的故事，我们学会讲述自己的。

得到男性般待遇的公众女性

《勇士女王》，安东尼娅·弗雷泽最新的历史论文，充满典故，手法奇特，读来引人入胜。假如非虚构作品可被视为对未说出口的提问的详细解答，那么这部作品所回答的问题就是：女性政治和军事领袖是如何侥幸成功做到的？她们是如何得以骗过那些最难说服的军人和其他政客，那些典型的男孩游戏的设计者和玩家——让他们相信自己是值得尊敬的进攻领导者或是驾驭国家大船的船长，尽管她们头发长长且胸部隆起？这类女性数量很少，完全足以证明是普遍中的例外。可这些例外是什么样的？她们的策略，她们的戏法是什么？她们的秘密是什么？

在寻求答案的过程中，弗雷泽集合了一群不同凡响的女性供我们沉思冥想。她从布狄卡本人开始，赫赫有名却又鲜为人知的一世纪英国部落女王，领导了反对罗马人占领和压迫的起义，杀死了大量罗马人，据说还在自己的部队反过来遭遇屠杀时自尽身亡。弗雷泽尽可能对事件做了如实陈述，考虑到相关信息不足且记述各不相同。但她对布狄卡几个世纪以来在历史和文学陈述中的形象变化也有同样的兴趣——从虔诚的爱国者和烈士，子民的母亲，到与女性身份不相称、嗜血的悍妇，再到象征英勇的大英帝国主义，讽刺的是，她本人的起义正是为了反对一个更早期的帝国主义。对她描述的变化所依据的，是什么是男性认为女性应有的行为，以及什么是英国人认为英国人应有的行为；因此布狄卡既做过荡妇也当过圣人。很早以前，这个神话就脱离了它所提及的那位真实女性，此后一直四处飘荡，随时准备像水蛭一样粘上任何一个足够吃苦耐劳、能够挥舞匕首或是宣布参选公职的女人。

弗雷泽接着又写了形形色色来自历朝历代和众多文明的不同女性，她们都曾——无论多么短暂——手握权力的缰绳：芝诺比娅，同样挑战了罗马统治的三世纪帕尔米拉女王；玛蒂尔达皇后，来自十二世纪英格兰的王位继承战争；格鲁吉亚的塔玛拉女王，"高加索之狮"；伊丽莎白一世，激励她的将士与西班牙无敌舰队战斗；西班牙的伊莎贝拉；迷人的安哥拉女王津加，成功地反抗了葡萄牙殖民者；俄罗斯的叶卡捷琳娜大帝；越南的女英雄，征侧和征贰；令人惊叹的占西的拉尼，在印度与英国作战；英迪拉·甘地，果尔达·梅厄，还有许许多多，结尾则是很容易就能与布狄卡首尾相应的玛格丽特·撒切尔。她们的童年，走上领导岗位的道路，她们的个人风格相差巨大，却有一个共同点：全都立即成了神话。男性军事领袖，从各方面来看，身为男性，这就足够了；而女性军事领袖却不能仅仅只是女性。她们是反常事件，因而被认为具有超自然或骇人的特征：天使或恶魔，贞洁模范或是欲望魔鬼，巴比伦大淫妇或是铁娘子。有时她们从自己文化中现有的其他女圣人或女神中获益，有时则不得不努力去对抗这些形象。她们的女性气质既是枷锁也是旗帜。

作为领导人，她们必须，像十年前的女医生一样，比男性更优秀。通过展示更胜一筹的勇气让男性追随者惭愧；通过仅凭一介女流之手就把他们打败让男性对手蒙羞。她们更手段高明，更能言善辩，更咄咄逼人，在有些情况下比男性之中的精英更突出也更善驾驭。总之，她们是一群令人敬佩的人，弗雷泽把她们从自己的神话中解救出来，给了她们作为个人所应有的对待，无论是鲜有人知的还是家喻户晓的，这一点值得祝贺。

然而，尽管她们像点名一样被大量的女性平等拥护者搬出来，在众多伪装下得到呈现——从世纪之交的古装庆典到朱迪·芝加哥的《晚宴》——这些女性却很少与女性整体，或是与改善女性命运的运动结盟。更常见的是，她们让自己置身女性之外，比如伊丽莎白一世，她反对女性统治，却将自己视为由神力安排的例外，或者像叶卡捷琳娜大帝，说着"软弱，愚蠢，哭哭啼啼的女人这个物种"。许多人更喜欢荣誉男性的身份。假如要玩男孩子的游戏，就需要成为男孩子中的一员。

对任何想要从政、开卡车或是从军的女性，这本书都应成为指定读物；事实上，是对想要从事任何事业的女性，除非她选择的领域格外女性化。公众女性会经受与男性不同的意志考验，引来不同性质的批评，被置于不同的神话创作之下，《勇士女王》指出了具体的类型。

我们中那些把政治视为观赏运动的人也会发现这本书非常有益。它十分有助于解释，比如说，玛格丽特·撒切尔在媒体上不同的形象变化，从"阿提拉母鸡"时期到铁娘子马岛战争阶段，再到化身为社论漫画中的布狄卡，带着长鞭和马车，在选举日大获全胜，身后拖着一群矮小的男人。女性领导人似乎发现自己很难维持真人大小。不论好坏，她们都是巨人般的。

第二部
1990—1999

1990—1999

一九九〇年本应是一个崭新时代的第一年。苏联正在解体，德国正在统一，一件我们曾经以为有生之年绝对不会目睹的事情。西方，以及一批与名为"资本主义"或"自由市场经济"的东西相关联的做法和价值观似乎非常成功。我们还没有预见到，随着敌人的消失，西方的道德气球也会漏气：在没有自由的时候去捍卫自由很好，但要真心诚意地推崇购物中心、停车场和把自己吃到撑死的权利却很难。我们在一种奇特的茫然状态中，走近时代变更人工转折点前的最后一个十年，千禧年。然而，正如罗伯托·卡拉索所指出的，英雄需要有怪兽存在，但怪兽没有英雄也能过得很好；而且，在我们不知道的时候，生产怪兽的能量正在这个十年中集结。

写作方面的状况要平静一些，至少就我而言。一九九一年我出版了《荒野指南》，一本一九八〇年代后期创作的小说合集。同一年我们为了寻求写作时间而去了法国。我们没法在整段旅居期间只租一间房子，于是就连续租了三间——秋天一间，冬天一间，春天一间——都在普罗旺斯的卢尔马兰镇上或是周边。就是在这三间屋子里我开始写小说《强盗新娘》，并引申出了这本书里名为《手有斑点的女反派》的文章。我还编了一本由非常短的小说组成的选集，名叫《好骨头》，是一九八三年出版的《黑暗中谋杀》的姊妹篇。书在一九九二年发行，封面设计是我用几期法国版《时尚》杂志贴出来的。（书是给一家小出版社做的，作者拼贴能省钱。）

我们赶在一九九二年夏天之前回到了加拿大。我在一九九三年一月，一列跨越加拿大的火车上完成了《强盗新娘》。父亲在当月月初去世，就在我自己得了严重的猩红热之后，写完这本小说用了极大的意志力。

一本诗集，《早晨在烧毁的房子里》，于一九九五年问世。同样是在这一年我发表了四篇在牛津大学做的系列讲座，主题是加拿大文学和北方。标题是《奇怪的事》，取自罗伯特·塞维斯的诗《火化丹·麦克格鲁》开头的两个词。这首诗接着讲了为淘金而辛苦劳作的男人。可以说这也是辛苦劳作的十年。

我在欧洲巡回售书期间开始动笔写小说《别名格蕾丝》——在瑞士，非常适合弗洛伊德／荣格学说的地点。创作过程在散文《寻找别名格蕾丝》中得到描述。没有写进去的是，一写完这本书我们就去了爱尔兰西部的一个小村子，我不得不通过联邦快递做校订——那时我还没有电子邮件——这意味着我必须在篱笆上挂一块茶巾，好让快递员知道我们在哪。

一个带有三个数字九的年份——除此之外还是一个千年序列的最后一年——应是充满力量的。事实上并没有多少事情发生，这突显出数字以及将时间分成诸如此类的整齐片段的主观武断。尽管如此，这个数字写在字母的左手边还是颇为让人满意的。1999。已经显得何等遥远。

双刃刀：托马斯·金两部作品中的颠覆笑声

《布雷博夫和他的教友们》刚出来的时候，我的一个朋友说，现在要做的就是从易洛魁人的角度去写同一个故事。"

　　　詹姆斯·雷尼，加拿大诗人的困境

　　很久很久以前，准确地说是一九七二年，我写了一本书叫《生存》，是关于加拿大文学的；这在当时是个奇怪的话题，因为还有许多人拒绝承认加拿大文学的存在。在这本书里，有一章题为"第一民族：作为符号的印第安和爱斯基摩人"。这一章审视的是几个世纪以来，非土著人作者出于自身目的，对土著人角色和主题的使用。这一章没有考察由土著人作者创作的英语诗歌和小说，原因很简单，因为当时我没找到这样的作品；非虚构书目我倒是能推荐一个小书单。最接近土著人"想象式"写作的就是土著民族神话和诗歌的"翻译"，它们可能会在作品选集的开头露面，或是作为某种本土童话在研究生读本中出现。（我为什么忽略了波林·约翰生？或许是因为，有一半白人血统的她，出于某种原因并没有被看作真正的土著人作者，甚至在土著人中也是一样；不过如今她的名声正在恢复。）

　　我分析的故事和诗歌中的人物涵盖了全部范围。有印第安和爱斯基摩人被视为更接近大自然并因此更加高尚，被视为更接近大自然而因此更不高尚，作为让白人受害的野蛮人，作为野蛮白人的受害人。在更年轻的作者中有一种强烈的倾向，将土著人认作亲族，或他们"真正的"祖先（这或许不无道理，因为地球上所有人都是狩猎采集社会的后裔）。有许多不同的形容。

其中所缺乏的是风趣。野蛮讽刺和病态幽默有时的确会出现，作为某种白人自我鞭笞的手段，但整体而言几乎所有人对待土著人都用了最大的庄重，仿佛他们要么是让人吓得血液凝固的野蛮人，太过令人畏惧，要么是作为神圣受害者的地位太过不可侵犯，不管是别人对他们，还是由他们本人，都不能做出任何滑稽的反应。此外，似乎谁也不曾问过他们，有没有什么东西是他们感觉好笑的，如果当真有的话。非土著写作中呈现的土著人格外地缺乏幽默感；有点像是维多利亚时代小说中的"好"女人，在男性作者手中获得了同样满眼悲伤、饱经苦难的庄严。

这种情况正在改变。如今土著人也撰写小说、诗歌和剧本，部分由他们创作的文学作品既粗俗又令人捧腹。许多刻板印象正在消亡，一些敏感情绪正被激怒。对于一个没有文学声音，或者至少是没有我们能听见或理解的文学声音的民族，让人自在的一点是，永远不必去听他们是怎么说你的。女性开始如实写下她们背地里谈论的对男人的看法时，男人们觉得非常尴尬。尤其是，他们不喜欢自己更加琐碎的人性小缺点被暴露，也不喜欢被嘲笑。谁都不喜欢，说真的。可当我听说印第安人给一位神父起的外号是"裤裆脸"，原因是他的胡子，这让我陷入了沉思。举个例子，《裤裆脸神父和他的教友们》听起来就完全不一样了，不是吗？

最近，我在不同的"小"杂志上，读到了两篇出色的小说，作者是同一个人，托马斯·金。在我看来它们是"完美"的故事——我是指从叙述上来说它们的时机把握恰到好处，其中的一切都有理由存在，不会让人想要修改或是删去任何一点。另一种形容方法是它们写得非常漂亮。但在这些与其他故事所共有的审美品质之外，它们以相当不同的方式打动了我。

它们攻读者于不备。它们让人不舒服，不是用自己的道德清高往你头上重重一击，而是用幽默滑稽。幽默可以是有侵略性和压迫感的，"让他们知道自己几斤几两"的性别歧视和种族主义玩笑就是如此。但它也可以成为颠覆的武器，对于发现自己身处相当的困境，又没有其他更有形武器的人来说常常就是这样。

鉴于这两个故事还没有出现在合集里（尽管很快就会了），请原谅我概述一下内容。

我想探讨的第一个故事叫作《油漆匠乔和鹿岛屠杀》。发生在旧金山以北的一个沿海小镇。叙述者是一个印第安人；他叙述的对象是一个白人，叫"油漆匠乔"。除了叙述者，镇上没有一个人真正喜欢乔。他说话声音太大而且亲切过头，还有让人难堪的习惯，往排水沟里擤鼻涕，一个鼻孔一个鼻孔地擤："每当他觉得'吸气口'——他是这么叫的——堵住了，就会走到路边，探出身去好不要弄脏鞋子，用拇指堵住一边鼻孔，哼一声，再擤另一边。"但乔真正让人受不了的一点是他的诚实。他知道所有人见不得人的丑事，还用亲切提问的方式，用最大的音量广而告之，比如，"你好啊，塞科德太太，姑娘们还好吗？看起来最近你除了布丁没吃别的啊。嘿，你是又怀上了吗？"或者，"你好啊，康妮，疖子怎么样了？"

当乔得知镇上正计划搞一次古装庆典竞赛，纪念成立一百周年，排演露天历史剧的人还能得到一点经费的时候，情节开始推进。乔满怀公民精神，决定加入竞赛。他的参赛作品是关于小镇的奠基人，一位马修·拉尔森，以及一起很久以前发生的叫作"鹿岛屠杀"的事件，其中有一群本地的印第安人。乔如此形容这起事件："没错，屠杀。拉尔森的两个兄弟被杀了，不过拉尔森活了下来，建起了这个镇。这个地方就是这么开始的。会是很不错的历史剧，是吧？"

这个时候叙述人——我们只称他为"酋长"，因为乔是这么称呼他的——以为屠杀就是电影里常见的那种，也就是由奸诈的印第安人发起，白人遭受严重伤亡但最终获胜。乔请他为这件事情招募印第安人，他并不确定自己的朋友亲戚会喜欢这个提议，却架不住乔："有什么可喜欢的？都是历史。历史的事情不能瞎弄。它并不总是我们想要的样子，但是什么就是什么。改不了。"

开演前，印第安人在鹿岛集合——"就跟以前一样，"叙述者的父亲说——开始排练。乔断定他们看起来不够像印第安人，还从镇上找来了几顶假发和黑色毛线编的辫子。开演的日子到了，乔像模像样地做了开场白。该剧将由，他说，本地之子演员表演。叙述人喜欢这个说法。"哇，乔那家伙真有创意！听起来真专业。"他心想。（我们读者也喜欢，因为这可真是险恶的一笔，也因为它在多个层面上产生了意义转折。它是乔会想出来的低级趣味词语；它利用了"本地"这个词；而这些也确实是本地之子，尽管美国白人常常霸占这个命名，只供他们自己使用。）

第一幕描述了由乔扮演的拉尔森的抵达，受到由叙述者扮演的红鸟的迎接。第二幕以戏剧形式表现印第安人和白人之间不断加剧的摩擦，因为后者侵占了鹿岛，想在岛上搞建设。第三幕是屠杀本身，也就是在这里我们大受震动，观众和读者都一样——因为屠杀并不是印第安人犯下的。它是由白人实施的，在夜深人静时偷袭，残杀睡梦中的印第安人。扮演白人的印第安人开火，发出砰砰的声音。扮演印第安人的印第安人则跳来跳去，把餐厅里的小包番茄酱涂在自己身上当作是血。"保护女人和孩子。"红鸟喊道——许多西部电影印第安人袭击货运火车的场景里，直接从火车一方那里拿来的台词。

印第安演员们演得非常尽兴。不久他们都倒地"阵亡"，苍蝇绕着番茄酱嗡嗡地飞，乔望着他们的尸体自言自语："我厌恶夺走人命，但文明需要强有力的手臂来开疆拓土。永别了，红鸟人。请记住在你们的白骨之上将永久涌现出一个更强大的崭新社区。"

乔的历史剧让观众动弹不得。这完全不是他们心里想的东西！不知怎的，它看起来是令人无法容忍的格调低劣。它说出了——就像乔的习惯一样——一件被认为是难以启齿的事情。用的口吻还是儿童般的直白和坦诚，让人火冒三丈。（正如小镇的酒保之前说的："诚实让多数人紧张。"）镇上的人觉得很丢脸。但是，说到底，乔做了什么呢？他所做的不过是重现历史，通常不被赞美的那部分历史；而这让"历史"观念本身也受到了质疑。

乔的历史剧没有赢得比赛。它被镇长称为"不得体"。获胜的历史剧——讲的是第一届镇议会的创立——完全"得体"也完全无趣。"历史"，我们选择讲述的历史，是我们认为"得体"的那些。印第安人回家了，他们说假如乔什么时候又需要印第安人了，给他们一个电话就行。

故事在开始的地方结束：故事的叙述人仍然是镇上唯一喜欢乔的人。

好了，我们说。我们要如何看待这个看似毫无技巧实则暗有设计的故事？而且为什么我们会像观众一样坐着，觉得被故事惊得目瞪口呆？为什么我们觉得这么像被沙包打了似的？还有——因为他一直没有告诉我们——究竟为什么讲故事的人会喜欢乔？

我认为答案会有所不同，取决于——比如说——读者是白人还是土著。但我以为叙述者喜欢乔有几个原因。首先，乔是彻头彻尾而又不知分寸的诚实，也因为这一点，他是镇上唯一一个可以回顾小镇的创立，看到它是建立在无情杀害早期居住者的基础上，还大声说出来的白人。第二，乔对此并不感伤。他没有把遭到屠杀的印第安人想得非常浪漫，或是在如今他们已经不再构成主要竞争对手的情况下为他们落下鳄鱼的眼泪。他对待历史，用的是与擤鼻涕同样切合实际、不害臊的方式。他也没有感到任何故作清高的内疚。他把行动展示出来，让大家自己评判。

第三，乔对叙述者有很高的评价。"酋长"的称呼对乔来说并不是玩笑。他知道叙述者不是酋长，尽管如此却依然视他如酋长。乔和"酋长"各自拥有让对方珍视的品质。

从"印第安人作为白人小说中角色"的长期北美传统读来，这个讽刺挖苦却又不动声色的精彩故事可被视为某种对费尼莫尔·库柏《皮袜子故事集》或《独行侠与堂托》的迷你戏仿——无畏的白人领袖，喜欢有话就说和确保正义得到伸张，忠诚的印第安助手，提供人力和音效。倘若我们的思维不是已经被一大堆情节远非如此的故事麻痹而变得昏昏欲睡的话，这个故事完全不会有打埋伏一般这么好的效果。

第二个故事带给我们的是对预期更加彻底的偏离。题目叫《一个好故事，那个》，托马斯·金在其中不但给旧故事创造了新偏向，还发明了一种新的叙述声音。《油漆匠乔和鹿岛屠杀》中的"酋长"住在白人的镇上，熟悉他们的语汇和说话方式。《一个好故事》的叙述者并不是这样，他是个老印第安人，尽管曾经去过黄刀镇，但似乎大多数时间都在加拿大的丛林中度过。故事从一开始就很清楚，英语远不是他的母语或首选语言。更像是万不得已才会用的语言。可是，随着他用它来讲故事，他的英语也不可思议地变得生动起来。在其他各项之外，金采用这种创造出来的、截短了的声音，表明了土著人叙述者的节奏。这个说书人会不慌不忙，会重复自己，有时为了强调，有时为了节奏，有时是拖延战术，有时是为了把事情讲清楚。

他的故事是关于讲故事的故事，关于别人指望从他那里听到的故事，关于别人曾经告诉他的那些故事；这同时也是一个关于拒绝讲故事的故事，但我们一直要读到故事的结尾才会明白。

这天他正在"夏宫"里忙着自己的事，他的朋友纳帕伊奥带着三个白人来了：

> 三个人来到我的夏宫，还有我的朋友纳帕伊奥。说话声音很响，那些人。一个块头很大。我敢说可能看起来像大个子乔。可能不像。
>
> 管他呢。
>
> 他们来了，还有纳帕伊奥也是。带来了问候，你好吗，许多好听的话他们带来了说。三个人。
>
> 都是白人。
>
> 太坏了，那些人。

这三个人想干什么？原来他们是人类学家，想要一个故事。起先叙述人尝试用他认识的人的故事来敷衍他们：开杂货店的吉米、比利·弗兰克和死河的猪。但这些不行。

那些人喜欢老故事，我的朋友说，可能是世界是怎么造出来的。好印第安人的故事像这样的，纳帕伊奥说。那些人有录音机，他说。

好，我说。

喝点茶。

别睡着。

很久以前。

那些故事是这样开始的，几乎都是，那些故事，是从时间开始的。

他接下来讲的故事完全不是人类学家寻找的那种。而是滑稽版本的《创世记》，一个白人的故事用印第安音调重新讲给白人听，还加上叙述人自己的评论。

"什么都没有，"他开始讲，"很难相信，可能。"造物主出现了。"只有一个人走来走去。叫他上帝。"上帝厌倦了走来走去，于是开始创造。"可能那个人说，我们要有一些星星。然后他就有了。然后他说，可能我们应该有一个月亮。然后，他们也有了。有人把这些都写下来了，我不知道。有许多东西还需要。"

叙述人热情地开始列出一长串上帝现在"有了"的东西，说的时候既用自己的语言也用英语，其中包括几种动物、一块打火石、一台电视机以及一间"杂货店"。上帝接着创造了"伊芙宁"的花园，还有两个人类，伊芙宁自己——花园显然是她的——还有一个男人，"阿当姆"。"阿当姆和伊芙宁非常开心，那些人。没衣服，那些，你知道。哈，哈，哈，哈。但他们很笨，那时候。刚出来，你知道。"

伊芙宁发现了那棵著名的树，上面长着许多东西，比如土豆、南瓜和玉米。还有"米伊索"，苹果。伊芙宁打算吃一点，可是"那个人，上帝"再次出现在故事里。他脾气很坏还大喊大叫，叙述人说他和一个常常打老婆的名叫哈雷·詹姆斯的男人差不多。"上帝"命令伊芙宁不要碰这些苹果。他很自私，不会分给他们。

但伊芙宁吃了一颗苹果，而且身为一个好女人，还拿了一点来分给阿当姆。后者正忙着写下大摇大摆经过身边的动物的名字。"很无聊的事情。"叙述人说。他对写东西不感兴趣。

我们又一次听到了一长串动物的名单，用了两种语言。可这会儿故事从《圣经》的熟悉路数上偏得更远了，因为北美丛林狼出现了许多次，披着不同的伪装。"乔装打扮，到处乱晃。"

此时叙述人完全转入了他自己的语言，我们这些白脸读者完全看不懂。他甚至还讲了个笑话，可能是关于丛林狼的，但我们要怎么知道呢？而且这到底是个什么故事？这个嘛，它正在变成一个关于丛林狼的故事。"很难对付的，丛林狼。绕着圈子走，偷偷摸摸的。"

伊芙宁立刻意识到，根据地上的脚印，丛林狼到这里来过不止一次。可她还是喂给阿当姆吃了，他是个笨家伙，像个"白人"。伊芙宁本人被明确地指认为印第安人，这是她智慧的原因。

上帝来了，因为苹果被吃而非常恼火。伊芙宁叫他"冷静点，看会儿电视"，上帝却要把伊芙宁和阿当姆赶出花园，"到别的地方去。就像今天的印第安人那样。"

伊芙宁说她没问题，还有许多其他的好地方，可阿当姆却撒谎不说自己究竟吃了多少苹果，还哭哭啼啼。这么做并没有帮上他的忙，他被扔了出来，"就在那些石头上。哎呦，哎呦，哎呦，那个人说。"伊芙宁不得不回来安顿他。

那蛇呢？他被叙述人给忘了，但结尾的时候又回来了。他和苹果一起待在树上，不过他没多少可说的。他发出嘶嘶声的原因是伊芙宁往他嘴里塞了一块苹果，因为他太想对她表示友好。

叙述人的故事以阿当姆和伊芙宁大老远"来到这里"还生了一大堆孩子结尾。"就是这样。故事结束了。"

但托马斯·金的故事是以另一种方式结束的。白人人类学家收拾行李，谁都不太高兴但还是假装满意。"所有那些人都笑。到处点头。往窗外看。发出开心的声音。说再见，今后再见。走得很快，"叙述人最后的精彩陈述是，"我把地板上的丛林狼脚印都擦干净了。"

就算叙述人有"好的印第安故事"可以讲，他也没有说出来。他肯定是不会讲给那些白人人类学家听的，他们被看作鬼鬼祟祟的丛林狼、惹麻烦的人，沉迷于伪装，四处瞎晃。相反，他反过来给了一个他们自己的故事，却改变了其中的寓意。没有伊芙从肋骨中被二次创造，没有撒旦的诱惑，没有罪责，没有"汗流满面才能糊口"的诅咒。其中所展现出来的恶劣行为都来自"上帝"，他贪婪、自私、说话大声大气，还很暴力。亚当愚蠢，而伊芙，慷慨、头脑冷静、热爱和平、哺育生命，凸显而出成为故事的英雄。在讲故事的过程中，印第安说书人得以或多或少地向白人表达出他心目中白人的普遍行为模式。而后者却也不能做什么，因为这种情况是他们自己所寻求的——为了他们自己的利益，因为，我们假设，他们是希望将印第安的故事用作"素材"——而讲故事的规矩又让他们无法从中打断，来抱怨故事的形式或是内容。

《一个好故事》可被视为"聪明的农民"主题的一个变体，

或是靠假装比实际上愚笨很多来"骗过油头滑脑的城里人"；虽然，在这个例子中，城里人的类别也包括白人读者。我们感到被故事"带走"了，在许多方面：我们被带进故事里，因为叙述的声音有着相当的魅力和不动声色的敏锐；但我们也受骗了，就像三个人类学家一样。或许我们上的当比自己意识到的还多。我们要怎么知道所有那些印第安词语真正的意思？我们不知道，而这绝对正是要点之一。叙述者本人不知道"圣梅丽"是什么意思。一报还一报。另一处报复是我们被迫亲自体会，自己的宗教故事被人用一种既不"理解"又不特别带着敬意的方式重新讲一遍，会是什么滋味。《圣经》的"人的堕落"很少被用如此漫不经心的方式讲述。

与此同时，在跨文化焦虑的同时，我们同情的是叙述者而非人类学家，就像在《油漆匠乔》里，我们支持的是不合群的人，乔和"酋长"，反对守旧的小镇居民。托马斯·金完全知道该怎么写小说。

这两个故事讲的都是印第安人被期望"扮演印第安人"，好演绎白人对他们的看法，好作为他们自己之外的象征性议题。而两位叙述者都用他们自己的方式拒绝这么做：前者通过参加一场荒唐的历史剧，动摇了整个"西部开拓史"的神话，后者则通过拒不透露他真正的"印第安"故事，滑稽地颠覆了一个核心且神圣不容更改的"白人"故事。

这位作者还有其他哪些充满创意的叙述转折和令人震惊的观点转换在等待着我们？时间，开启所有故事的时间，会告诉我们的。

注：

托马斯·金出版了以下作品：与谢丽尔·卡弗和海伦·霍伊共同编辑，《文学中的土著人》（多伦多：ECW，1985）；编辑，《加拿大小说杂志》土著小说卷，第60期（1987）;《药河》（小说）（多伦多：企鹅，1990）；编辑，《我所有的亲属：当代加拿大土著人作品选》（多伦多：麦可兰德·斯图尔特，1990);《一个好故事，那个》（短篇系列，创作中）。

九个开头

1. 你为什么写作？

我九次开头写这篇文章。每个开头都废弃了。

我讨厌就我的写作而写作。几乎从来不写。为什么现在写呢？因为我说了我会写。我收到一封信。回了信说不写。然后我去了一个派对，写信的那个人也在。当面拒绝更难。说会写和好心有关，女性被教导要好心；和愿意帮忙有关，我们也被教导要这样。愿意帮助女性，献一品脱的血。跟不索取神圣特权，艺术家"别碰我"的自我保护意识，以及不自私有关。跟和解，尽本分，平息安抚有关。我是受过良好教养的。很难忽视社会义务。说你会就你的写作而写作是一项社会义务。不是对于作品本身的义务。

2. 你为什么写作？

我废弃了全部九个开头。它们似乎都不切题。太坚决主张，太学究教条，太无关痛痒或咄咄逼人，太假装聪明。仿佛我有什么特殊的心绪流露能激励他人，或者什么特别的知识要传授，什么精炼的格言能给那些奋发努力的、那些着了魔的人充当护身符。但我并没有这样的护身符。假如有的话，我自己就不会继续这么奋发努力和痴迷不已了。

3. 你为什么写作?

我讨厌就我的写作而写作,是因为我对此没什么可说。我对此没什么可说,是因为我不记得在写作时发生过什么。那些时间就像从我大脑里切除的小碎片。并不是我自己生活过的段落。我能记得写过东西的房间和地点的细节,环境,在之前和之后做的其他事情,却不记得写作过程本身。就写作而写作需要自我意识;写作本身需要放弃它。

4. 你为什么写作?

关于在写作边缘发生的事情有许多可谈的。可能抱有的某个想法,某种动机,未能付诸实施的宏大设想。我可以讨论负面的评论,对我作品的性别歧视的反应,在电视节目上让自己看起来像个傻子。我可以说说那些没有成功的书,一直没能完成的书,以及它们为什么不成功。那本角色太多的,那本搭了太多时间层次的,在我真正想弄清的是其他东西的时候让我分心的次要内容,视觉世界的某个特定角落,某种声音,一片不擅表达的风景。

我可以谈谈女性身为作者所遭遇的困难。比如说,假如你是女作家,某时,某地,会有人问你:你认为自己首先是一个作家,还是首先是一个女性?要小心。问这个问题的人都厌恶且恐惧写作和女性。

我们中的许多人,至少是我这一代,会遇到老师或男性作者或其他心怀戒备的混蛋,告诉我们女性无法真正写作,因为她们当不了卡车司机或是海军陆战队员,因而也不了解生活更加阴暗的一面，其中也包括与女性发生性行为。他们告诉我们，我们写起东西来像家庭主妇，不然就是把我们像荣誉男性一样对待，仿佛要当一个好作家就要压抑女性的一面。

类似的声明过去常常像纯粹真理一般被提出来。现在它们受到了质疑。有些情况好转了，但并不都是如此。许多年轻女孩在很早的时候就被逐渐灌输了一种缺乏自信的态度，早在写作甚至被视为一种可能之前。当作家需要一定程度的勇气，一种几乎是客观存在的勇气，踩着原木过河的时候需要的那种。马把你抛出去而你又重新骑到马背上的那种。我是靠被扔到水里才学会游泳的。你需要知道自己可能会沉没，并幸存下来。女孩子应该被允许在泥地里玩耍。她们应该从完美的责任中被释放出来。你写作中的至少一部分，应该像玩耍一样转头就忘。

一定比例的失败是写作过程的一部分。废纸篓发展到今天是有道理的。把它想象成是遗忘缪斯的祭坛，你向她献上写得一团糟的初稿，你作为人类不完美的象征。她是第十位缪斯，没有她其他的灵感女神们都无法工作。她赐予你的礼物是拥有第二次机会的自由。或者你需要多少次机会就有多少。

5. 你为什么写作？

八十年代中期我开始断断续续地写日记。今天我又重新翻了一遍，想找点可以挖出来、假装切题的东西应付一下，就不用写这篇关于写作的文章了。但它一点用也没有。里面没有任何内容和我过去六年里作品的实际创作有关。倒是有我对自己的规劝——早点起床，多走路，抵制诱惑和让人分心的东西。多喝水，我发现里面写着。早点睡觉。有关于我每天写了多少页，重打了多少页，还差多少页的清单。除此之外，有的只是关于房间的描述，记录我们做了以及/或者吃了哪些菜，是和谁一起，写出的和收到的信，孩子们值得注意的话，看到的鸟和动物，天气。花园里长出了什么。生的病，我自己的和其他人的。死亡。出生。没有关于写作的。

1984年1月1日。布莱克尼，英格兰。到今天为止，我有大概130页的小说写出来了，小说刚刚开始成形，达到了我认为它确实存在、能够完成，而且可能是值得写的阶段。我在这幢大房子的卧室里工作，还有这里，客厅，有壁炉里木柴的火，还有厨房年久失修的雷博恩炉灶里焦炭的火。像往常一样我冷得受不了，比热得受不了好——今天很阴，对这个季节来说很暖和，潮湿。假如早点起床的话说不定我就能多写一点，但我也可能花更多时间拖延——就像现在一样。

等等。

6. 你为什么写作？

我们学会写作是通过读和写，写和读。作为一种技艺它是通过学徒制习得的，但老师由你自己选。有时他们还在世，有时已经不在了。

作为一种天职，它需要按手礼。接收到天职的人，相应地也要将它传下去。或许你只会通过自己的作品来传递，或许是通过其他方式。但无论如何，你都是群体的一员，写作者群体，一个讲故事的人组成的群体，一直上溯到人类社会的开端。

至于你本人所归属的特定人类社会，有时你会觉得自己在为它说话，有时——当它发展出不公平的形态——在说反对它的话，或是为了一个其他群体说话，受到压迫的群体，受到剥削的，无法发声的。无论哪一种，你身上的压力都会是沉重的；在其他国家也许是致命的。但即便是在这里——"为女性"说话，或是为了其他任何被抛弃的群体说话，都会有许多人在一旁，既有支持的也有反对的，叫你闭嘴，或是说他们想让你说的，或是让你用不同的方式来说。或是留着以后说。排行榜正等着你，但如果屈从于它的诱惑，最终你就会失去深度。

说你自己要说的。让其他人说他们的。

7. 你为什么写作？

为什么我们如此热衷于因果关系？你为什么写作？（儿童心理学家的专题论文，描绘性格形成时期的创伤。相反：看手相、占星和基因研究，指向星象、命运、遗传。）你为什么写作？（换句话说，为什么不转去做点有用的事？）假如你是医生，你可以讲些社会公认有道德教育意义的故事，比如小时候给猫贴创可贴，一直渴望治愈痛苦。谁也没法不同意：可是写作呢？它有什么意义？

一些可能的答案：太阳为什么发光？面对现代社会的荒唐，为什么要做别的？因为我是一个作者。因为我想在时间的混乱中找出规律。因为我必须写。因为一定要有人来做见证。你为什么阅读？（这最后一问很微妙：也许被问的人并不读。）因为我渴望在灵魂的铁匠铺里锻造我民族未被创造的良知。因为我渴望造出一把巨斧劈开内心冰冻的海洋。（这些句子已经有人用过了，但说得很好。）

不知道说什么的话，就练好耸肩。或者说：总比在银行工作好。或者说：找点乐子。这么说的话，别人不会相信你，又或者他们会觉得你无关紧要。不管是不是，你都避开了这个问题。

8. 你为什么写作？

不久前，在工作室清理多余资料的时候，我打开了一个多年没检查过的档案柜抽屉。里面有一捆散页纸，折叠过、有褶皱、脏兮兮的，拿用剩下的细绳捆在一起。那是我在五十年代后期写的东西，高中和刚进大学的几年。有潦草写下的、沾满墨水的诗，关于雪、绝望，还有匈牙利革命。有几个短篇，涉及被迫结婚的女孩子，和神情沮丧、长着鼠灰色头发的高中英语老师——最终成为两者中的任何一个都是当时我对地狱的想象——一根手指一根手指地打出来，用一台让所有字母都染上一半红色的古老打字机。

那就是我，那时候，还在上十二年级，在写完法语作文作业后翻着作家杂志，用打字机打着我阴郁悲伤的诗和我布满尘土的故事。（我热衷尘土。对草坪垃圾和人行道上的狗粪很有眼力。在这些故事里通常都下着湿漉漉的雪，或是下着雨；最起码也有融化的雪泥。假如是夏天，温度和湿度总会高得让人萎靡不振，角色们腋窝上有汗渍；假如是春天，潮湿的泥土会黏在他们脚上。虽然有人会说所有这些不过都是正常的多伦多天气。）

在一些页面的右上角，十七岁满怀希望的我用打字机打了，"仅供北美首版使用权"。我并不确定"北美首版使用权"是什么意思；把它加上是因为写作杂志说我应该这么做。当时我是写作杂志的狂热爱好者，因为没法向其他人寻求专业建议。

如果我是考古学家，在一层层标志着我作家生命不同时代的故纸堆里翻寻，我就会在最底下或是石器时代的那一层——比如大约五到七岁——找到一些诗歌和故事，我此后所有狂热书写的平平无奇的前身。（许多儿童在这个年纪的时候都会写东西，同样还有许多儿童会画画。奇怪的是其中只有没几个孩子会继而成为作家或是画家。）在那之后是一大段空白。八年的时间里，我完全没有写作。接着，忽然之间，其间也没有不可缺少的一环，就出现了一沓手稿。上个星期我还不是作者，下个星期就是了。

我以为我是谁，能就像这样得逞？我觉得我在干什么？我是怎么变成那样的？对于这些问题我仍然没有答案。

9. 你为什么写作？

会有那空白的一页，那件让你着迷的事物。会有那个想要占据你的故事，也会有你对它的反抗。你会渴望摆脱这些，这种奴役，想逃学，做其他任何事情：洗衣服，看电影。会有词语和它们的惰性，它们的偏见，它们的不足，它们的桂冠。你会冒风险也会失去勇气，援助会在你最不期待的时刻到来。会有费时费力的修改，被涂掉、被揉成一团的纸像打翻的垃圾一样从地板上滚过。会有那一句你知道会留下来的句子。

第二天又是空白的一页。你像梦游者一样沉浸其中。发生了一些你事后不记得的事情。你看看自己写下的东西。糟糕透了。

你重新开始。从来不会变得更轻松。

自身解放的奴隶

加夫列尔·加西亚·马尔克斯新作小说标题中的将军是西蒙·玻利瓦尔，"解放者"，他在一八一一至一八二四年间领导南美革命军队进行了一系列辉煌而又艰苦的战役，将西班牙人赶出了曾经的殖民地。在此期间，许多富庶和历史悠久的城市被毁于一旦，大量财富被夺取和挥霍，整个地区的人口被屠杀、饥荒和疾病摧毁，而事后，他如此热切渴望的统一的南美——一个能够制衡并挑战美国的国家——在一系列嫉妒的争吵、阴谋、暗杀、分离、地方积怨和军事政变中坍塌。

倘若玻利瓦尔并不存在，加西亚·马尔克斯就非得把他虚构出来不可了。在作者和题材之间很少有如此契合的匹配。加西亚·马尔克斯以巨大的热忱精神饱满地处理他华丽炫目、常常不可能发生且从根本上带有悲剧色彩的素材，堆叠起一处处令人感官愉悦的细节，在优雅和恐怖、香水和腐败的恶臭、公开仪式的体面言语和私密时刻的粗俗无礼、玻利瓦尔思想的理性清晰和疟疾所引发的强烈情感间交替，却始终追寻着推动主角的主要冲动：对一个独立、统一的南美的渴望。这，用玻利瓦尔自己的话说，是他所有矛盾的线索。

就在当前，帝国瓦解、政治版图被彻底重划的时候，《迷宫中的将军》的主题显得尤为及时。值得注意的是，加西亚·马尔克斯选择刻画的主人公，不是在他取得惊人胜利的时期，而是在辛酸和失意的生命最后几个月。读者感到，对作者而言，玻利瓦尔的故事是一个典范，不只是对他本人所处的动荡时代，对我们所处的时代也是一样。革命常会吞噬它的先驱。

加西亚·马尔克斯的每一本书都是一个重大文学事件。每一本书也都与前一本截然不同，这本由伊迪丝·格罗斯曼成功翻译的最新小说也不例外。故事背景设在过去，但称它为历史小说就太不公平了。它也不是——比如，举个例子，约翰·福尔斯的《蛆》那样的小说——其中有若干真实人物与虚构的角色混在一起。在这本书里真实的元素处于显著位置：其中的大多数人都真正存在过；所有的事件和大多数情况都确实发生过，剩下的也都是基于浩繁的研究：如果有人吃了一颗番石榴，那番石榴就是存在的，在当地和当时的季节。

　　但加西亚·马尔克斯没有按时间顺序进行叙述（虽然书最后的一条注释很有帮助地给出了事件的先后次序）。相反，他让这本书开始在玻利瓦尔将军，一个四十六岁的老人，因为不久就会夺去他性命的不明疾病而变得干瘦枯槁的时刻，被拒绝任命为他亲手帮助建立的新政府总统的时刻。被精英冷落，被下层嘲笑，他离开哥伦比亚城市波哥大，搭驳船沿玛格达莱纳河蜿蜒而行，据称是打算驶往欧洲。

　　他终究没有去成。阻挠他的是闷热难耐和灾难性的天气，敌人的阴谋诡计——尤其是同为革命者的宿敌，弗朗西斯科·德·保拉·桑坦德尔，他朋友们的政治野心，他的病，以及最重要的，他对于往昔荣光的不愿放弃，他从一个城市游荡到另一个城市，一间屋子到另一间屋子，一处避难所到另一处避难所，身后拖着日益困惑和焦躁的随从。一些地方以轻蔑的方式待他，另一些地方则是敬仰；他忍受没完没了的向他致敬的庆典、要他斡旋的请求、宗教节日和官方招待会，不时被自然的残酷干预所打断——洪水、热浪、传染病——还有他本人身体衰弱的一次次最新发作。

他一再被一个他拒绝回答的问题所纠缠：他是否会重新夺回总统职位，以制止可能分裂这片大陆的无政府状态和内战？换句话说，他是否愿意牺牲尚未成熟的民主，以由他本人为首的独裁政府为代价来换取统一？或许他正在等待适当的时机东山再起；但这个时机始终未曾来临。在"他的不幸和梦想之间的飞速竞赛"中获胜的是不幸，在他"迷宫"中心的怪物最终捕获了他。

书本身的结构也如迷宫一般，叙述曲折往复，时间线扭转混淆，直到不只是将军本人，就连读者也分辨不出他究竟身处何时何地。以记忆、空想、梦境或因发烧而出现幻觉形式编入当下的，是许多来自将军早年生活的场景：濒临灾难的战事、光辉的胜利、超乎常人的壮举和忍耐力、纵情庆祝的夜晚、事关重大的命运转折及与女性的浪漫邂逅，女性的数量似乎很多。有他年轻的妻子被深深压抑的形象，她在两人结婚八个月后去世；有他深情的、抽着雪茄的亚马孙情妇曼努埃拉·赛恩斯，曾经搭救他免遭暗杀。但同时也有——据他忠诚的贴身男仆何塞·帕拉西奥斯的说法，如果玻利瓦尔是唐璜，他就是莱波雷洛——三十五段认真的风流韵事，"一夜情的鸟儿们不算，当然了"。

当然了，因为玻利瓦尔不仅是著名的拉丁美洲男子气概的典型代表，也是真正的浪漫时代之子。他的政治幻想由法国革命形成；他的偶像是拿破仑和卢梭。像拜伦一样，他是浪漫讽刺家、宗教怀疑者、藐视社会原则的花花公子——一个能够为追求宏大和辉煌目标做出巨大自我牺牲的人，但在此之外也是个人自我神坛前的膜拜者。将接近每一个新的女人视为挑战；"一旦完成，他[会]……送给她们奢侈的礼物，好让自己不被遗忘，但所带的情感更接近虚荣而非爱慕，他丝毫不会把自己的生命承诺给她们。"

在政治话题上，加西亚·马尔克斯的玻利瓦尔无异于先知。就在去世前，他宣布南美"无从治理，从事革命者宛如疯人耕海，国家将不可避免地落入无法控制的暴民之手，然后被交给几乎没有区别的狭隘暴君"。他预见到债务的危险："我警告过桑坦德尔，如果背上债务，那么我们为国家所做的无论什么好事都会毫无价值，因为我们将不断支付利息直到地老天荒。现在已经很清楚了：债务最终将毁灭我们。"对美国在拉丁美洲事务中的角色他也有话要说：邀请美国参加巴拿马大会"就像请猫参加老鼠的狂欢"。"不要去……去美国，"他警告一名同僚，"它无所不能而且十分恶劣，它关于自由的故事最终将给我们所有人带来苦难的瘟疫。"正如卡洛斯·富恩特斯所言，拉丁美洲的政治模式，以及美国在其中的干预，一百六十年间并没有多少改变。

除了是一本引人入胜的文学杰作，和对一位非凡人物的感人致敬之外，《迷宫中的将军》也是对于无情政治进程的悲伤注脚。玻利瓦尔改变了历史，但改变得并不像他希望的那么多。"解放者"的塑像遍布拉美，但在他本人眼中他是作为失败者而死去的。

安吉拉·卡特：1940—1992

智慧和善良并不总是紧密相连——聪明过人者是出了名的容易被其他人的愚笨惹恼——但在上周日去世的安吉拉·卡特身上却实现了。在英国媒体那儿让膝盖蹭破一层皮的时候，就像作家有时会遇到的那样，她随时乐意拿出创可贴和一杯热茶：好让你不会觉得自己像个爱发牢骚、任性、没规矩的小孩子，她也相当愿意加入几句自己的抱怨。少有作者明白这套程序，它需要圆通和平衡，但安吉拉却非常在行。

她身上令人惊叹的地方，对我而言，是一个看起来那么像仙女教母的人——那过早变白的长发，美妙的肤色，慈祥的、略微闪烁的眼睛，心形的嘴巴——竟会真的那么像仙女教母。她似乎总是就要赐给你什么东西——几件护身符、一些穿越黑暗森林时需要的魔法信物、几句口头咒语，可以用来开启被封印的大门。

你一直在等着她叫你"我的孩子"，但用的是一种心不在焉而非高人一等的口吻。而且鉴于她袖子里藏着无穷无尽的好货色——真相、怪事、可以读的书、小道消息，总的来说就是一大堆东西——你从来不会失望。走的时候永远觉得收到的比给出的多。

但这种天生的宽厚无关传统礼仪。你是在厨房里喝的茶，不是客厅，而且用的是马克杯。有几次我们的对话发生在给各自年幼的孩子喂深盘披萨期间，在远远称不上豪华的地点。她也有点像《爱丽丝》里的白皇后：假如她有发夹的话它们一定会掉出来，一直掉出来。虽然拥有井然有序的头脑，她却生活在一种可以被称为杂乱无章或是复杂纷繁的状态里——看你从哪个角度来看了，也极少对其他人关于应该买什么、穿什么或坐哪里的意见作出让步。

她说话也丝毫不会拐弯抹角。读她的作品就会知道——她是，在其他各项之外，离奇古怪、独具创意、以巴洛克风格写作的人，这一特点在《染血之室》中尤为显著——她的用词混合了精雕细琢的短语、妩媚的形容词、机智的格言警句，以及强烈尽兴、"去他们的"粗俗，在小说《明智的孩子》和《马戏团之夜》中极其明显。

但她完全没有不假思索的嘲笑反射。假如出现了亟需遭遇嘲讽的意见，她会停下来，从方方面面加以考虑。然后露出圣洁却又顽皮的微笑，接着——用她尖细、诧异、奇特的儿童般的声音——扮演魔鬼的拥护者，论证那个理应受到嘲笑的观点，就为了看看其中有没有一点道理。或许游戏是关键词——不是作为无关紧要的玩耍，而是文字游戏，思想的宣泄，角度的转换。在怀疑主义、不务空名的实际，以及隐含其中温和的、有时是听天由命的悲伤之外，她写作中的想象力活泼、多面，不止隐约的哥特派。

她生来就是颠覆的，是"颠覆"这个词语最初根源上的意义：翻转。她对另一面有本能的感受，其中也包括阴暗面，还有另一只手，恶魔之手。只有她才能写出《萨德式女人》，将萨德侯爵行为不检的女主角们解读为早期的女性主义者。另一面同样也是非理性的一面，而她则是——可能以及在某种程度上——以乔治·麦克唐纳等人为典型的苏格兰或凯尔特幻想传统的继承人。她出身背景中的苏格兰元素——她对此非常骄傲——或许也能解释她对于前殖民地的开放态度，比如她热爱的澳大利亚，以及拥有她忠实读者的加拿大。

在一个无论何时只要提起加拿大，最常见的回应都是礼貌的哈欠的国家，这最后一点尤其让我喜欢。尽管对英国具备详尽的——甚至是人类学般的——知识，她却是狭隘地方观念的反面。对她来说，没有什么东西是出格的：她渴望了解每一件事和每一个人，每一个地方和每一个词。她无比享受生活和语言，且陶醉于多样性。

她尽自己所能，让自己去世的过程变得令许多朋友不那么难以承受，这也是她善良的一部分。我希望她哪怕能有一点点明白我们会有多么怀念她。

《绿山墙的安妮》后记

《绿山墙的安妮》是一本你几乎会因为喜欢它而感到惭愧的书，因为有那么多其他人好像也喜欢。假如它那么受人喜爱，你会觉得，它绝不是一本好书，或者绝不会适合我。

像许多其他人一样，我在小时候读了这本书，完全入了迷，甚至都记不得是什么时候读的。我在自己的女儿八岁的时候把这本书读给她听，她后来又自己重新看了，还买了全部的续集——她，就像包括作者在内的所有人一样，都意识到续集并没有达到和原作同样的水平。我也看了电视剧版，尽管有改写和删减，核心故事还是一如既往的有感染力和吸引人。

几年前，和家人在爱德华王子岛度夏的时候，我甚至还去看了音乐剧。剧院的礼品店出售安妮洋娃娃、安妮食谱，还有各种各样的安妮物品。剧院本身大而拥挤；在我们前面有一长排日本游客。在一个尤其和特定文化相关的时刻——一段舞蹈场景，一大群人把粘着鸡蛋的勺子衔在牙齿之间跳来跳去——我在想这些日本游客会如何理解。接着我开始想他们会怎么评价这整个现象。怎么看待安妮洋娃娃、安妮装饰品、安妮的书本身？为什么安妮·雪莉，一个多话的红发孤儿，在他们中间会这么出奇地受欢迎？

可能是因为红头发：这肯定很有异国风情，我心想。或者可能是日本的女性和女孩觉得安妮鼓舞人心：虽然因为不是被盼望和受重视的男孩而面临遭到拒绝的风险，她却成功赢得了养父母的心，并且在书快结尾时还获得了大量的社会认可。但她的成功并没有牺牲自我意识：她不会容忍侮辱，她保护自己，甚至发了脾气也能逃脱惩罚。她打破禁忌。在更加传统的层面上，她在学校努力学习还获得了奖学金，她尊重长辈，或者说至少是一些长辈，还非常喜欢大自然（尽管是更柔和一面的大自然；她的大自然是由庭院和开满鲜花的树林组成的田园世界，不是高山和飓风。）

尝试用不同眼光来看待安妮的优点对我很有帮助，因为作为一个加拿大女性——曾经是一个加拿大女孩——安妮就是自明之理。我这一代的读者，以及之前和之后的好几代，并不认为安妮是"写出来的"。它根本就是始终存在的。很难不把这本书视为理所当然，也几乎不可能把它看成新的，认识到它第一次出版时曾产生过怎样的影响。

很容易把《安妮》看成仅仅是一本十分出色的"女童读物"，故事说的是——目标读者也是——青春期前的孩子。而在一定程度上它也确实是这样。安妮与永远忠诚的黛安娜·巴里深厚的友谊，乔西·帕伊的恨意，教室里的明争暗斗，小事引出大风波的闯祸，安妮过火的虚荣心以及她在衣服和书签上对流行的意识——所有这些我们都很熟悉，既来自我们自己的观察和经验，也来自其他的"女童读物"。

但《安妮》运用了更加阴暗，而且有人也会说是更受尊重的一套文学体系。别忘了安妮·雪莉是个孤儿，《简·爱》、《雾都孤儿》和《远大前程》的开篇章节，还有，更晚一些出现也更接近安妮的、坏脾气、不快乐、面色蜡黄的《秘密花园》里的玛丽，都既帮助形成了安妮·雪莉作为孤儿—女主角的形象，也帮助读者了解到在十九世纪和二十世纪初成为孤儿的风险。要不是获准留在绿山墙，安妮的命运就会是像廉价苦力一样在一批批缺乏同情心的成年人之间转手。在现实世界中，与文学世界不同，她很有可能面临受辱、被强奸、最终怀孕的风险——就像巴纳多孤儿院的许多孤女一样——肇事的是她们被"安置"的家庭里的男人。现如今我们已经忘了，孤儿曾一度遭受蔑视、剥削，还被人害怕，被看成是罪犯的后代或是不道德性行为的产物。雷切尔·林德，在她关于孤儿在接纳他们的家庭里下毒和放火的故事里，只不过是说出了一种普遍接受的观点。难怪安妮以为自己要被"送回去"的时候哭得那么伤心，也难怪玛丽拉和马修会因为收留她而被认为是"怪人"！

但安妮也具有另一项"孤儿"传统：民间故事里不管遇到什么情况都会胜利的孤儿，一个似乎不知从哪冒出来的神奇小子——就像亚瑟王——最终证明具有比身边任何人都远远强得多的品质。

此类文学回响或许构成了安妮故事的结构基础，其本质却不挠地扎根本地。L. M. 蒙哥玛利没有超出她所能利用的传统范围：书里没有人去上厕所，而且虽然我们是在农村，却也没有可见的杀猪场面。然而，即便如此，她仍然恪守自己的美学信条，正如安妮非常喜欢的斯蒂茜老师所说明的，她"除了在我们有生之年可能发生在埃文利村的事情之外什么都不让我们写"。眼下对于"埃文利村"的兴趣部分是因为它看起来是一个"更快乐"、更纯真的世界，早已不复存在且与我们所处的世界非常不同；但对蒙哥玛利来说，"埃文利村"只不过是修改过的现实。她下决心从她所知道的来写：或许不是完整的事实，但也不是完全的理想化版本。房间、服饰和不怀好意的留言几乎照原样描写，人物用方言说话，除去脏字——不过话说回来，我们听到说话的人大多都是"体面的"女性，她们本来也不会说脏话。我对这个世界非常熟悉，从我海洋四省的父母和姨妈给我讲的故事里听过：社区和"家庭"的意识，"被人议论"的恐惧，自鸣得意的正直，对外人的不信任，什么是"体面"和什么不是之间的清晰分野，以及对卖力工作的自豪和对成就的尊重，都在蒙哥玛利笔下得到忠实刻画。玛丽拉对安妮说的——"我相信一个女孩应该自食其力，不管她是否有这个必要"——在一些人听来可能像是激进女权主义，但事实上只不过是海洋省人自力更生的一个例子。我的母亲从小就被这样教导；因而我也是。

蒙哥玛利也以另一种更加深刻的自身经历写作。从现在所知的她的生平来看，我们意识到安妮的故事是她本人的翻版，其中的许多力量和辛酸都得自受到阻挠的愿望满足。蒙哥玛利，同样，也几乎就是个孤儿，在母亲去世后被父亲丢给了一对严厉且喜欢批评人的祖父母，却从未获得她如此慷慨地给予安妮的爱。安妮受到排斥的经历毫无疑问是她本人的；对于接受的渴望也一定是她本人的。还有文学抒情也是；对不公的感受也是；叛逆的愤怒也是。

儿童认同安妮是因为她就是他们常常感到自己所处的状态——无能为力，受到轻视，遭人误解。她像他们所希望的那样反抗，得到他们所想得到的，并像他们自己所渴望的那样受到爱护。小时候我以为——就像所有的孩子一样——安妮是书的核心。我为她加油，为她战胜成年人的胜利，为她阻挠他们的意志鼓掌。然而这本书还有另一种看法。

虽然《安妮》是关于童年的，但它也非常集中围绕于儿童与成人之间复杂难解且时而令人心碎的关系。安妮似乎没有力量，但事实上她拥有一个被深爱的孩子巨大却未被察觉的力量。尽管她在书中经历改变——她长大了——但主要的变化是生理的。正如丑小鸭一样，她变成了天鹅；但内在的安妮——她的道德本质——几乎仍然是一直以来的样子。马修也是，怎么开始就怎么继续：他是那种害羞的、孩子气的男人，让蒙哥玛利从心里喜欢（如同《艾米丽》系列中的表哥吉米一样），他从见到安妮的那一刻起就爱她，在方方面面和每时每刻都支持她。

唯一经历了一点根本转变的角色是玛丽拉。《绿山墙的安妮》讲的不是安妮成为一个善良的小女孩：而是玛丽拉·卡思伯特成为一个善良——且更加完整的——女人。在书的开头，她甚至都不算是活着；正如雷切尔·林德，社区里代表公理的声音所说，玛丽拉不是活着，只是待着。玛丽拉收下了安妮，并非像马修那样出于爱护，而是出于一种冷漠的责任感。仅仅是在书进展的过程中我们才意识到两人之间存在着家庭成员之间明显的相似之处。马修，正如我们一直所知道的，是与安妮"志趣相投"的人，但安妮与玛丽拉的亲切感更深：玛丽拉，同样，也曾"古怪"、丑陋、没人疼爱。同样也曾是命运和不公的受害人。

没有玛丽拉的安妮会——必须承认——令人遗憾的单薄，一个过于健谈的孩子，早熟的可爱之处可能很容易就会使人厌倦。玛丽拉像柠檬汁一样加入了化解的一笔。另一方面，安妮实现了玛丽拉许多隐藏的心愿、想法和渴望，这是她们关系的关键。此外，在与安妮的意志斗争中，玛丽拉不得不直面自己，重新获得失去的或被压抑的东西：她去爱的能力，她全部的情感。在令人痛苦的洁癖和务实之下，她是一个情感强烈的女性，她在马修去世时迸发出的悲痛便是证明。书中最动人的爱的宣言与基尔伯特·布莱斯毫不相干：而是玛丽拉在倒数第二章让人心痛不已的告白：

　　哦，安妮，我知道我对你可能有些苛刻和严厉——但尽管如此，你可千万不能以为我不像马修那般爱你。我想趁现在我还能说的时候告诉你。把发自内心的东西说出来对我从来都不容易，但像现在这样的时候会容易一些。我衷心爱你，就好像你是我的亲骨肉，自从你来到绿山墙你就是我的快乐和慰藉。

我们第一次见到的玛丽拉绝不可能像这样掏心掏肺。只有在恢复了——万分痛苦，万分笨拙地——感受和表达能力的时候，她才能成为安妮自己在很久以前就失去的，而且也是真正渴望的人：一个母亲。然而要爱就要变得脆弱。在书的开头，玛丽拉无所不能，但在结尾，故事结构反转，安妮能给予玛丽拉的远比后者能给予她的要多。

让这本书如此吸引孩子的或许是安妮荒唐的恶作剧，但让它在成人之中引发共鸣的则是玛丽拉的挣扎。安妮或许是我们所有人心中的孤儿，但另一方面，玛丽拉也是。安妮是童话故事愿望达成的版本，是蒙哥玛利所渴望的。玛丽拉则更有可能是她害怕自己最终可能变成的样子：郁郁寡欢，凄凉失落，深陷困境，没有希望，没人疼爱。她们各自挽救了彼此。正是她们在心理学上如此的适配——还有创意、幽默，以及文字的精确——才让《安妮》成为如此令人满足又经久不衰的故事。

序：早年

因为我们是我们时代的伟大声明

正因如此我们可以期待有少数人听。

格温多琳·麦克尤恩在一九四一年九月，第二次世界大战最黑暗的日子里出生于多伦多。她去世于——出人意料且远远太早的——一九八七年，终年四十五岁。

由于家庭变故——母亲因为精神疾病频繁入院，父亲成了酒鬼——她的童年非常艰辛；但要当一个诗人的信念在青春期早期出现，成了她唯一的优点。她十六岁时开始在备受尊重的期刊《加拿大论坛》上发表诗作，十八岁时——尽管有想法更务实的人告诫她不要草率行事——她还是从高中辍学，以追求诗歌事业。

上世纪五十年代晚期并非采取这一行动的最佳时机，若是女性的话尤其如此。在北美流行文化的传统世界里，多丽丝·黛和贝蒂妙厨居于至高地位，父亲母亲的家庭生活是标准常规；对资产阶级的反抗由马龙·白兰度和他在《飞车党》里的全男孩摩托帮所代表。音乐是摇滚或爵士，两者都非常男性化。"艺术家"指的是男性画家；任何鲁莽到将画笔拿在手中的女性都被看成是半吊子。垮掉的一代的作者中有女性的位置，没错，但只是作为顺从的伴侣；对她们的期待是始终做饭、微笑和付房租，不去打扰她们的天才男人。任何类型的女艺术家，在那个仍然非常弗洛伊德派的年代，都被认为是有适应障碍的。男性行动，女性存在，正如罗伯特·格雷夫斯如此令人气馁的表述；而假如女性坚持行动而非存在，最后的结局很可能是把脑袋伸进煤气炉。

对格温多琳·麦克尤恩而言，你会觉得地理位置让所有这些更加不利。多伦多在当时并非世界性的艺术能量中心。蒙特利尔被认为是文化核心区，对说英语和法语的艺术家都是如此，而多伦多被看作清教主义的闭塞之地，一个乏味呆板的地方，吃晚餐都不配酒。有品位的人对它嗤之以鼻，哪怕是、而且尤其是住在那里的那些。殖民主义徘徊不散，一流文化产品被认为是从国外进口的——从欧洲，如果你属于老派；从纽约，如果你自认前沿。

但这对青年作者也有好处，即便是对青年女性作者而言。偏远地区的文化趋势从来不像在中心那样令人压抑地同质化，而在加拿大，就在麦克尤恩之前，有一代女诗人还不知道她们应该只是存在：菲丽丝·韦伯，安妮·威尔金森，杰伊·麦克弗森，P. K. 佩吉，玛格丽特·阿维森。而且写作群体规模很小，处境艰难，急求增援，任何有才华的新人都大受欢迎，尤其是具有像麦克尤恩这般非凡才华的。吊诡的是，这一时期——在不经意的人看来如此令人生畏，如沙漠般荒芜——在写作方面，也是一个青年成功的时代。除莱昂纳德·科恩之外还诞生了达里尔·海因，他在不到二十岁时出版了第一本重要诗集；詹姆斯·里恩尼，来自斯特拉特福的神童；玛丽-克莱尔·布莱，来自魁北克的女神童；杰伊·麦克弗森，在二十七岁时荣获全国最重要的文学奖；迈克尔·翁达杰，b. p. 尼克尔，乔·罗森布拉特，比尔·比塞特——都早早就出了书；还有许多其他人。因此尽管格温多琳·麦克尤恩很早就开始发表作品，她并不是独自一人。

她从诗歌起步也不稀罕。像许多同辈作者一样，她最终撰写了几本小说和短篇集，在写作生涯期间还创作了广播剧、剧本翻译，以及游记；但诗歌最先出现。实际上，六十年代的大多数时间里，诗歌都是加拿大占主导地位的文学形式：少数现有的出版社不愿在新人小说家身上冒险，因为小说出版昂贵，且被认为在加拿大国内读者极为有限，在国外则完全没有。但诗歌可以用大幅报纸的形式出版，或者在当时尚存的五六本"小"杂志中的一本上发表，或者是用非常小的、常常是自行操作的印刷机印刷；或者它们还可以在电台广播——尤其是加拿大广播公司的重点节目——"文选"。或者可以拿来大声朗诵。

我第一次见到格温多琳·麦克尤恩是在一九六〇年秋天，在"波希米亚使馆"，一间咖啡屋——那时已经是咖啡屋的时代——特色是爵士和民歌演唱，以及，在星期四晚上的诗歌朗读。"使馆"有着它那个年代的装潢——格子桌布，蜡烛插在基安蒂酒瓶里；同时也是香烟弥漫的火灾隐患场所。但那是诗歌团体的圣地，而麦克尤恩，当时想必十九岁了，已经是朗读会的常客。她是个身材瘦小、眼神迷离的人，留着黑色的长发，朗读时有一种熟练、迷人、深情的口吻，或许可以略微归功于劳伦·白考尔。孩子般的外表、浑厚的嗓音与诗歌权威的结合令人信服——从麦克尤恩朗读会离开的时候，你会觉得自己听到了一个独特又美妙的秘密。

麦克尤恩作为诗人的主要兴趣在于语言，在于它的必然结果和神话创造。在这方面她也不是唯一：五十年代末六十年代初构成了某种小型的神话时代，尽管当然也有其他影响存在。诺思洛普·弗莱的《批评的剖析》占据文学批评的中心位置，马歇尔·麦克卢汉和他对通俗文化的结构分析强势上升。莱昂纳德·科恩的第一本书叫作《让我们比拟神话》；詹姆斯·里恩尼的杂志《字母表》完全专注于"神话诗歌"模式，或者说"真实生活"和"故事"之间的关联；加拿大诗人无休无止地告诉彼此他们真正需要做的是创造一种"本土神话"。在这一背景下，麦克尤恩对于我们或许可以称之为对现实的神话构造——或是构造神话式现实的兴趣，与她常常称为"咖拿大"的令人失望的平凡经验世界截然不同——似乎并不那么出奇。确实，谁也没有带着与她同样的热情选定古埃及和中东，但她想象中的理想世界并不限于某时某地。总体而言——尤其是在早期诗作中——她将儿童作品、魔法师、冒险家、逃脱术大师、等级森严而又豪华壮丽的过去、神圣的疯狂、"野蛮的"，以及诗歌，与成人世界、唯物主义、官僚主义、现代社会日常琐事、冷漠的清醒、"驯化的"，以及报纸文章相对。

麦克尤恩作品中的一个悖论是她选的主角——用叶芝的用词来说是人格面貌——几乎是始终如一的男性。她说话时用的是女性的声音，一个抒情的"我"，一个男性的"你"，但在使用更加戏剧化的形式，或写作关于英雄人物的诗歌时，中心角色通常都是男性，比如逃脱术大师曼奇尼，或是约翰·富兰克林爵士，或者——在此后的一部重要作品中——阿拉伯的劳伦斯。在源自历史或故事的女性人物真正作为说话人登场时，她们多半是女性中的例外；埃及公主，而非普通埃及女性；亨利·哈格德的《她》，有着超自然的力量。

但这一点其实并不出人意料。当时可供女性扮演的角色缺少活力；而且假如你所感兴趣的是魔法、冒险和探索，而不是，比如说，在两餐之间在花园里安静沉思，那么对男性声音的选择就几乎无法避免。麦克尤恩渴望出去和男孩子一起站在锋利的边缘，而不是和女孩子一起待在厨房里；她为宇宙的危境深深着迷，然而女性宇航员的时代尚未来到来。她或许可以分析女性的处境，然后利用随之产生的愤怒，就像西尔维娅·普拉斯一样；但那样她就会是一个完全不同的诗人了。力量——包括其阴暗面——对她而言都比无力更加有趣。即便是在情诗里，她在其中反复唤起并赞美一位似乎无上超凡的男性人物——类似男性缪斯——实施召唤的人也显而易见；而召唤说到底也是一种魔术，其成功有赖于魔术师的专长和语言能力。吸引她的不是怨愤而是热情，不是下落而是攀登：不是火，而是上升的大火。

格温多琳·麦克尤恩的第一本诗歌选集覆盖她诗歌生涯的前十五年，从五十年代末到七十年代初，勾勒出她早期诗章的璀璨轨迹，继之以她创作才华令人惊讶的迅速发展和蜕变。在这些作品中，她的涉猎范围和技巧，诗歌的力量和智慧有目共睹。这些年间，她在一段惊人的短短时间里创作了一个完整而多样的诗歌宇宙，以及一个强大而独特的声音，时而嬉闹，时而放肆，时而忧郁，时而大胆且深刻。阅读她的作品仍然一如既往：是需要付出许多努力但又令人愉悦的享受，虽然并非没有挑战和阴影。

发牌吧，异教徒，这一夜着实艰难。

手有斑点的女反派：文学创作中的女性不良行为问题

我的标题是"手有斑点的女反派"；副标题是"文学创作中的女性不良行为问题"。或许我应该说，"小说、戏剧和叙事诗创作中"。女性的不良行为存在于抒情诗里，没错，但篇幅不够长。

我在年纪很小的时候就开始思考这个问题。有一首童谣是这样唱的：

> 有个小女孩儿
> 头发打小卷儿
> 就在额头正中间儿；
> 她好的时候非常非常好，
> 不好的时候非常讨人厌！

毫无疑问这是维多利亚时代人中非常流行的天使/荡妇分裂的遗存，但五岁的时候我并不懂得这一点。我把它看成是对我个人具有重大意义的一首诗——毕竟我也是鬈发——它也让我深深领会到了一种极其荣格派的可能：女性拥有杰基尔博士和海德般的双重生活。哥哥用这首诗取笑我，或者说他是这么想的。他确实做到了让"非常非常好"听起来几乎比"讨人厌"还要坏，对小说家而言这种分析仍是正确的。塑造一个毫无缺点的角色也意味着塑造了一个令人无法忍受的角色；或许这就是为什么我对斑点感兴趣。

你们中的一些人可能会疑惑我标题中的"手有斑点"指的是不是老年斑。我的讲座是不是会集中于那个曾经禁忌现在却炙手可热的话题，更年期，少了它任何女性大事记的收集都会不完整？我急于指出我的标题与年龄无关；它指的既不是老年斑也不是青春痘。而是要让人联想起最著名的斑点，邪恶的麦克白夫人手上看不见却也洗不掉的斑点。罪恶的斑点，血的斑点，"洗掉吧，这该死的污点"中的斑点。麦克白夫人染上污点，奥菲利亚纯洁无瑕；两人都遭遇了悲惨结局，却有着天壤之别。

不过在今天，描写一个女性行为不良 —— 是不是 —— 怎么说，有点非女性主义？不良行为难道不该是男性垄断的吗？这难道不是我们理应 —— 不顾现实生活 —— 在如今要设法去相信的吗？在坏女人进入文学的时候，她们在其中做什么，她们是否受到容许，而且，如果真有需要的话，我们需要她们做什么？

我们确实需要类似她们的事物；我的意思是，打破静态秩序的事物。我女儿五岁的时候，和她的朋友希瑟宣布要演一出戏。我们被征召来当观众。大家各自入座，期待着看到什么重要的东西。戏以两个角色吃早餐开场。这个开头很有希望 —— 或许是易卜生式的戏剧，或者是萧伯纳的作品？莎士比亚并不热衷以早餐开场，但其他有天赋的剧作家并没有看不起早餐。

戏向前推进。两个角色继续吃早餐。又再继续吃早餐。她们互相递果酱、玉米片、吐司。各自询问对方要不要喝茶。怎么回事？这是品特吗，说不定，或者是尤内斯库，又或许是安迪·沃霍尔？观众变得不耐烦起来。"你们除了吃早饭还会做其他事吗？"我们说。"不。"她们说。"那这就不是戏，"我们说，"必须有其他事情发生。"

这就是了，文学 —— 至少是以戏剧和小说为代表的文学 —— 与生活的区别。必须有其他事情发生。在生活中我们可能除了某种永恒的早餐之外什么也不会要求 —— 它碰巧是我最喜欢的一餐，也无疑是最给人希望的一餐，因为我们还不知道这一天会选择让什么样的恶行降临到我们身上——但假如我们要在剧院里坐上两三个小时，或是费力地读完一本书的两三百页，我们当然希望有早餐之外的其他东西。

什么样的东西呢？可以是地震，暴风雨，火星人进攻，发现另一半有婚外情；或者，假如作者过于亢奋，所有这些一起发生。或者可以是揭露一个有污点女性的污点。我稍后就会来讲这些不太光彩的女士们，不过首先让我来讨论一些基本要素，它们或许会侮辱你们的智慧，却能抚慰我的，因为它们帮助我集中关注我作为小说创作者正在做的事。如果你们觉得我在做无用功——用鞭子抽一些很久以前就一了百了摆脱了痛苦的死马——那就让我向你们保证，这是因为马事实上并没有死，而是还在世上逍遥，像从前一样充满活力地飞奔。

要问我是怎么知道的？我读邮件。还有，我注意听别人问我的问题，在访谈期间和公开朗读会后。我说的这类问题与小说中的角色应该如何表现有关。不幸的是，普遍的倾向是把这些角色当成求职者、公务员、潜在室友，或是正在考虑是否要结婚的对象来评价。举个例子，我有时会收到的问题——现如今，提问的几乎总是女性——类似这样的，"你为什么没让男人更强一点？"我觉得这应该是由上帝思考才更合理的问题。说到底，并不是我创造了如此容易受诱惑以至于要牺牲永生来换一颗苹果的亚当；这也让我相信上帝——除了其他身份之外，他也是一名作者——就像我们人类作者一样喜欢角色的弱点和糟糕的情节。一般小说中的角色通常都不是让人愿意在个人或工作层面与之打交道的人。既然如此，那我们又该如何着手回应此类创造？或者，从我这一侧，在开始写作时一片空白的书页来说——应当如何着手创造它们？

　　再说了，小说究竟是什么？只有非常不明智的人才会试图给这个问题一个明确的答案，除了说些或多或少明摆着的事实，它是有一定长度的文学叙述，在标题页的反面声称并非真实，却又试图说服读者它是真实的。我们这个愤世嫉俗时代的特征是，假如你写一本小说，大家都会认为那是关于真实人物的，只是略经掩饰；而假如你写一本自传，大家都会认定你是在彻头彻尾地撒谎。这在某种程度上是正确的，因为每个艺术家都是，在其他身份之外，行骗艺术家。

　　我们这些行骗艺术家的确会说真话，在某种程度上；然而，正如艾米莉·狄金森所言，我们不直说。我们在间接中找出方向——因此以下，为方便参考，是一张小说不是什么的淘汰舞会清单。

　　——小说不是社会学课本，尽管它可能包含社会评论和批评。

　　——小说不是政治短文，虽然"政治"——在人类权力架构的意义上——不可避免的是它的主题之一。但假如作者对读者的主要意图是让我们改信什么东西——无论那个什么东西是基督教、资本主义，还是相信婚姻是对少女祈祷的唯一回应，或是女性主义——我们多半都会察觉出来，并加以反抗。就像安德烈·纪德曾经说的："坏文学正是带着崇高的情感才被写成的。"

　　——小说不是指南书；它不会向你展示如何过上成功的生活，尽管其中一些可以这样来读。《傲慢与偏见》讲的是一个理智的十九世纪中产阶级女性要如何套住一个拥有可观收入的合适男人，并且考虑到她处境的局限，这也是她对生活的最佳指望吗？一定程度上是。但不完全是。

167

——最主要的，小说不是道德论文。其角色并不都是良好行为的模范——或者说，假如是的话，我们多半就不会去读了。但它们确实与道德理念有关，因为它们说的是人，而人会给行为举止分好坏。角色评价彼此，读者评价角色。然而，小说的成功并不取决于读者的无罪裁决。正如济慈所言，莎士比亚塑造伊阿共——超级反派——和塑造高尚的伊莫金时同样快乐。要我说伊阿共多半更让他快乐，证据就是我打赌你更有可能知道伊阿共是哪出戏里的角色。

　　——但尽管小说不是政治短文、指南书、社会学课本或正确伦理的样板，它也不只是一件为了艺术的艺术，脱离于现实生活。它不能没有形式的概念和结构，没错，但它的根基在泥泞中；它的花朵，如果有的话，来自原始素材的不加掩饰。

　　——一句话，小说暧昧而多面，不是因为它们任性，而是因为它们试图处理一度被称为人之境况的东西，用的还是一种出了名靠不住的媒介——即语言本身。

　　现在，让我们回到小说中必须有其他事情发生——换句话说，除了早餐之外——这一观念上来。这个"其他事情"是什么，小说家又该如何着手选择？通常这和学校教的相反，在学校里学到的概念多半是小说家有总体方案或设想，有点像是按数字填色。但事实上写作过程更像是在黑暗中与一头全身涂油的猪搏斗。

　　文学批评家从一份精致、整洁，已经写好的文本开始。他们对这份文本提问，再尝试回答这些问题；"这是什么意思？"是最基本也最困难的问题。另一方面，小说家从空白页开始，他们同样向其提问。但提的问题不同。首先，他们不问"这是什么意思？"，而是在小零件的层面工作；他们问，"这个词对吗?""这是什么意思"只有在存在一个有意义的"这"之后才能出现。小说家必须真正写下几个字来,然后才能去摆弄理论。或者,换种方式来说:上帝从混乱开始——黑暗、无形和真空——小说家也是。然后一个个细节地去创造。小说家也是。第七天,上帝停下来斟酌他创造的东西。小说家也是。而批评家则从第七天开始。

批评家审视情节,问,"这里发生了什么?"小说家创造情节,问,"接下来要发生什么?"批评家问,"这可信吗?"小说家,"我怎么才能让他们相信这个?"小说家,响应马歇尔·麦克卢汉的名言,艺术就是能让你得逞的东西,说,"我怎么才能做成这件事?"——仿佛小说本身是某种银行抢劫。而批评家则很可能高呼,用警察实施逮捕的方式,"啊哈!这下你逃不掉了!"

简言之,小说家关心的比评论家更实际;更关乎"怎么做",而较少关乎形而上学。任何一个小说家——无论他或她的理论兴趣——都必须处理以下的"怎么做"问题。

——我要选择讲哪种故事?是,比如说,喜剧、悲剧或情节剧,还是三者全体?我要怎么讲这个故事?谁会在故事中心,这个人是a) 讨人喜欢,还是b) 不讨人喜欢?还有——比听上去更加重要的——故事会有大团圆结局还是没有?无论你写的是什么——什么题材与什么风格,不管是廉价类型还是清高实验——你仍然都要回答——在写作过程中——这些根本问题。你讲的任何故事都必须具备某种冲突,必须有悬念。换句话说:早餐之外的其他东西。

让我们把一位女性放在这个早餐之外的其他东西的中心,看看会发生什么。这下就有了一整套新问题。冲突是否会由自然界提供？我们的女主角是否会在丛林迷路，被卷入飓风，被鲨鱼追赶？如果是的话，故事将会是冒险奇遇，她的任务是逃跑，又或者是与鲨鱼搏斗，展现勇气和刚毅，抑或是懦弱和愚蠢。假如故事里也有男人，情节会向其他方向转变：他会是救星、敌人、战斗伴侣、性感万人迷，或是被女性拯救的人。曾几何时，第一种选项更有可能，换句话说，对读者而言更可信；但时代变了，艺术就是能让你得逞的东西，现在其他的可能性也出现了。

关于宇宙入侵的故事与之类似，威胁来自外部，而角色的目标，无论是否实现，都是幸存。战争故事本身——同上，主要的威胁是外来的。吸血鬼和狼人的故事更复杂一些，鬼故事也是；在这些故事里，威胁来自外界，没错，但造成威胁的事物中也可能隐藏着从主角自身精神中分裂出来的部分。亨利·詹姆斯的《螺丝在拧紧》和布莱姆·斯托克的《德古拉》在很大程度上都是借由此类隐藏情节而变得生动；且两部作品都围绕了一系列女性性别观念。过去所有的狼人都是男性，女吸血鬼通常只是随从；但现在有女狼人了，女性也正在逼近那个吸食鲜血的明星角色。这究竟是好消息还是坏消息我不愿去说。

侦探和间谍故事可以结合多种元素，但没有犯罪、罪犯、追踪，以及结尾真相揭露的话就不成立；同样，曾经所有的侦探都是男性，但女侦探如今也很显眼，为此我希望她们能时不时在马普尔小姐的墓前摆上一团还愿的毛线。我们生活的时代不仅性别融合，体裁也融合，因此你可以把以上所有都扔进一口锅里搅和。

接着还有被归类为"严肃"文学的故事，其重点不是外部威胁——尽管部分威胁可能存在——而是角色之间的关系。为避免永恒早餐的情况，一些角色必须给其他角色造成麻烦。这是问题真正变得棘手的地方。就像我之前说的，小说的根基在泥泞中，泥泞中的一部分是历史；而我们近期历史中的一部分是女性运动，它影响了人们如何阅读，也因而影响了作者在艺术中能侥幸取得的成就。

这一影响中有些是有益的。人类生活中一度被视为非文学或次文学的整片范畴——比如家政成问题的本质，母亲身份中深藏的部分，还有女儿身份也是，曾经禁忌的乱伦和虐待儿童领域——都被带进了区分什么能写什么不能写的边界之内。其他东西，比如灰姑娘的大团圆结局——白马王子的那个——则受到了质疑。（就如一位女同作家对我说的，唯一还让她觉得可信的结局是女孩遇到女孩最后和女孩在一起；但那是十五年前了，就连这朵浪漫玫瑰也已经谢了。）

为了让大家不要过于沮丧，让我在此强调这些完全不意味着你们本人无法在好男人、好女人或者好宠物金丝雀身上找到幸福；就好比塑造不良女性角色并不意味着女性应该失去投票权。假如不良男性角色对于男性意味着同样的事，那所有的男人都会立即被剥夺选举权。我们谈的是在艺术中创作什么能够成功得逞；也就是说，能让人可信。莎士比亚为黑发情人写十四行诗的时候，并不是在说金发丑，而仅仅是在力争反抗只有金发才是美的观念。革新小说倾向于将迄今尚未被囊括的内容囊括进来，这种做法常常让就在它之前的传统显得荒唐。因此结尾的形式，无论团圆与否，都与人如何生活无关——这一领域存在丰富变化（而且，说到底，生活中所有的故事都以死亡终结，对小说而言却并非如此）。相反，它与作家当时正在遵循或拆解何种文学传统有关。灰姑娘那样的大团圆结局在故事中确实存在，当然了，但它们大多已被降格为类型小说，比如言情小说。

总结一下女性运动对文学的一些补益——作者在角色和语言两方面可写的领域均有扩展；权力在性别关系中的作用方式得到敏锐审视，且暴露出其中的大部分都是社会构建；许多迄今为止仍然隐藏的经验领域获得大力探索。然而正如任何出自真实压迫的政治运动——我着重强调真实这一点——至少是在当前运动的第一个十年，也存在"用模具烤曲奇"的倾向：也就是说，照着一个模子写，其中一面还要撒过量的糖。一些作者容易按性别将道德两极化——换句话说，女人性本善而男人性本恶；以忠诚为界来做区分，即和男人睡觉的女人是与敌人同床；根据同族标志评判，也就是说，穿高跟鞋和化妆的女人一看就可疑，穿背带裤的则可以接受；以及制造乐观的借口——即女性的缺陷可归咎于父权体系，一旦后者遭到废除就能自行矫正。此类过度简化在政治运动的某些阶段或许是必要的。但对小说家而言通常都很成问题。除非他们暗地里渴望成为路牌广告。

如果当时正在写作的小说家同时也是女性主义者，她会感到自己的选择有限。所有女主角基本上都要有一尘不染的灵魂——从男性压迫中逃脱或是被其杀害吗？唯一的情节就是《宝莲历险记》，有许多捻着八字胡的反派却没有救人的英雄吗？受苦就证明你是好人吗？（如果是的话——仔细想想这句话——女性吃了那么多苦就是最好的结果吗？）我们面对的情况是女人不能犯错，却只能有不道德的事情发生在她们身上吗？当女性就是比男性更优秀的观点让男人有权兴高采烈且令人愉快地不如女人，一边还宣称他们控制不住、因为这是他们的本性的时候，女性是又一次要被禁闭于维多利亚时代钟爱的雪花石膏底座上了吗？女性就得要一辈子善良正直，在美德的盐矿里做奴隶吗？多么让人忍无可忍。

当然，女性主义分析使得女性角色能够从事某些类型的行为，这些行为在旧制度——前女性主义制度下——会被视为恶劣，在新制度中却值得赞扬。女性角色可以反抗社会约束，且在这之后也不用像安娜·卡列尼娜一样撞向迎面驶来的火车；她可以想不能想的，说不能说的，可以藐视权威。她可以做全新的"坏的好事"，比如抛开丈夫甚至遗弃孩子。但是，这些行动和情感——根据当代的新道德温度计——其实一点也不坏；它们都是好的，实施这些行为的女性是值得称赞的。我并不反对此类情节。只是觉得它们并非唯一。

　　而且必然也有新的不能做的事。比如：是否还容许在任何情况下讨论女性对权力的意愿，因为女性难道不该是天生主张共享的平等主义者吗？能否描写女性或是小女孩常常对彼此实施的卑鄙行为？能否探讨女性版本的七宗罪——提示一下，傲慢、愤怒、淫欲、嫉妒、暴食、贪婪和懒惰——而不被视为反女性主义？又或者仅仅是提到此类内容就无异于协助和怂恿敌人，也就是男性权力架构？我们是不是要，再一次，用警告之手捂住嘴巴，防止自己说出不该说的——尽管不该说的内容变了？我们是不是要，再一次，听妈妈的话，正如她们庄重吟诵的——如果说不出好话，就什么都别说？男人难道不是已经给了女人几百年的坏名声吗？我们难道不该在女性之恶周围建起一堵沉默之墙，或者起码辩解说这都是大爹的错，或者——似乎也是得到允许的——大妈的错？大妈，父权制的工具，鼓励多生孩子，受到某些七十年代女权主义者的严厉责骂；不过在这些女性中的一部分人自己当了母亲之后，又重新被接纳了进来。一句话：女性是否要单一化——每个女人都一样——剥夺自由意志——比如，是父权制逼她这么做的？

或者，换句话说，男人是不是会得到全部生动有趣的角色？文学不能没有不良行为，可所有的不良行为都是给男人留着的吗？是否要一切尽是伊阿古和梅菲斯托费勒斯，而耶洗别、美狄亚、美杜莎、大利拉、里根、高纳里尔、手有血斑的麦克白夫人、赖德·哈格德《她》中强大的超级致命女郎，以及托妮·莫里森并非善类的秀拉则要从视野中驱除？我希望不要。女性角色，起来！夺回黑夜！尤其是，夺回莫扎特《魔笛》中的夜之女王。这是一个伟大的角色，而且也是时候做些修改了。

　　我从来都知道有为女性准备的令人着迷的邪恶角色。我在很小的时候被带去看了《白雪公主和七个小矮人》。别去管小矮人的清教徒职业道德。别去管令人厌烦的家务劳动等于美德主题。别去管白雪公主是吸血鬼——任何躺进玻璃棺材却不腐烂而且之后还重新活过来的人一定都是。事实是，邪恶皇后喝下魔法药水改变外形的场景让我看呆了。何等的力量，何等难以估量的可能！

　　此外，我也在容易受影响的年纪接触了完整的、未经删减的《格林童话》。童话在女性主义者中有一阵子名声很坏——部分是因为它们被清理过了，基于小孩子不喜欢恐怖血腥的错误假设，部分是因为它们被选来适应五十年代白马王子是目标的道德观。因此灰姑娘和睡美人没问题，而包含一大堆腐烂尸体，外加一个比丈夫聪明的女人的《傻小子学害怕》则不行。然而这些故事中有许多最初都是由女性讲述和复述的，这些不知名的女性也留下了她们的痕迹。其中有各式各样的女主角；顺从的好女孩，没错，但也有勇于冒险、足智多谋的女性，傲慢的、懒惰的、愚蠢的、嫉妒的和贪婪的，还有许多充满智慧的女性和形形色色的邪恶女巫，有些乔装改扮，有些则没有，另外还有恶毒后母、邪恶丑姐妹和假冒新娘。这些故事，以及这些人物本身，拥有巨大的生命力，部分是因为它们毫不避讳——在我读的版本里，钉满钉子的木桶和烧红的舞鞋都被完整保留——同时也是因为所有的情绪都得到呈现。单独来看，女性角色存在局限且缺乏深度。但放在一起，她们就构成了丰富的五维画面。

行为不良的女性角色当然也能被用作敲击其他女性的大棒——但行为良好的女性角色也可以，对圣母马利亚的崇拜，她永远比你优秀，以及其他女圣人和女烈士的传说就是证明——只要沿虚线剪下，再去掉一个身体部位，圣人就出现了，唯一真正的好女人就是死掉的女人，所以假如你真的那么优秀，为什么不去死？

但邪恶女性角色也能作为钥匙，打开我们需要打开的门，并作为镜子，让我们在其中看到美丽脸蛋之外的其他东西。她们可以是对道德自由的探索——因为每个人的选择都是有限的，而女性的选择比男性更有限，但这并不意味着女性无法做出选择。这类角色能提出关于责任的问题，因为倘若渴望权利，那就必须承担责任，行动会产生后果。我在这里并非提出议题，只是提出可能；我也不是在下指示，而只是在寻思。如果有一条封掉的路，好奇的人会猜测它为什么会封，如果沿着它走会走到哪里；而在最近一段时间里，邪恶女性正是一条多少有些封闭的路，至少是对小说作者而言。

思索这些问题时，我回想了自己所知的无数文学不良女性角色，试图将她们分门别类。如果写在黑板上的话，我们或许可以搭一个坐标网格：坏女人出于坏理由做坏事，好女人出于好理由做好事，好女人出于好理由做坏事，坏女人出于好理由做坏事，等等。但坐标只是开始，因为涉及的因素太多：举个例子，角色认为坏的，读者认为坏的，以及作者认为坏的，可能都是不同的。但这里请让我将一个完全邪恶的人定义为出于纯粹自私的原因而有意做坏事的人。《白雪公主》里的皇后就符合这一类。

同样还有里根和高纳里尔，李尔王邪恶的女儿们；说不出什么为她们辩解的话，除了她们似乎是反对父权制的。麦克白夫人，另一方面，实施伤天害理的谋杀是出于传统上可以接受的理由，能在公司企业圈子里为她赢得认可的理由——她是在推进丈夫的事业。她也付出了企业家太太的代价——压抑自己的本性，结果精神崩溃了。类似的，耶洗别只是想让闷闷不乐的丈夫高兴；他得不到拿伯的葡萄园就不肯吃饭，于是耶洗别就把拿伯杀了。妻子的关爱，要我说是。围绕这个人物所积累的性别包袱十分惊人，因为在原作中她没做任何与性有一丁点相关的事情，除了化妆。

对于美狄亚的故事，丈夫伊阿宋跟一个新的公主成婚，她随后给新娘下毒并杀死了自己的两个孩子，有各种不同的解读。一些版本中美狄亚是女巫，为了复仇犯下杀婴罪；但欧里庇得斯的剧本却是出人意料的新女性主义。对于身为女性有多艰难做了相当多的描绘，而且美狄亚的动机是值得赞许的——她不希望孩子落入敌手并遭到残忍虐待——这也是托妮·莫里森的《宠儿》中杀害孩子的母亲的处境。也就是说，一个好女人，出于好的理由做了坏事。哈代的德伯家的苔丝因为性方面的问题杀了可恶的情人；同样属于女性是被害人，出于好的理由做了坏事的范畴。（这一点，我猜想，会让这类故事被放在报纸头版的对页，和杀害虐待她们的丈夫的女人放在一起。《时代》最近的一篇文章说，在美国，杀害妻子的男性获得的平均刑期是四年，而杀害丈夫的女性——无论出于何种原因——则是二十年。对于那些认为平

176

等已经到来的人，我让数据作证。)

上述女性角色都是杀人犯。此外还有诱惑男人的女人；这里同样，动机各不相同。我也必须要说，随着性风俗的改变，仅仅诱惑一个男人在罪行等级上已经不会排得很高了。但试试去问一些女性，她们的女性朋友能对她们做出的最恶劣的事情。答案很可能包括抢走性伴侣。

一些著名的女性勾引者实际上是爱国的间谍特工。大利拉，比如说，是更早的玛塔·哈丽，为非利士人工作，以性换取军事情报。朱迪斯，基本上就是引诱了敌军将领霍洛芬斯，然后砍下他的脑袋并装在麻袋里带回了家，被当作女英雄看待，尽管几个世纪以来一直折磨着男性的想象——描绘过她的男性画家数量就是证明——因为她用一种他们不习惯也并不怎么喜欢的方式结合了性与暴力。此外还有一些人物比如霍桑笔下通奸的赫斯特·普林，《红字》中的她，靠着受苦成为了某种性的圣人——我们假设她是因为爱才做了她所做的事情，因此也属于好女人出于好的理由而做了坏事——还有包法利夫人，不仅放纵自己不切实际的性子和追求享乐的性欲，在这么做的时候还花了丈夫太多的钱，从而导致覆灭。好好上一堂复式记账课就能让她转危为安。依我看她是个傻女人，为了不值得的理由做了傻事，因为她看上的男人是个笨蛋。无论现代读者还是作者都不觉得她是坏人，但许多同代人都是这么认为的，翻翻道德正义的力量试图对这本书进行删节的诉讼案件笔录就能明白。

我最喜欢的坏女人之一是萨克雷《名利场》里的蓓姬·夏普。她完全没有标榜善良。她坏，喜欢做坏人，而且是出于虚荣并为了自身利益才这么做的，在这一过程中还欺瞒哄骗了英国社会——这个社会，作者暗示道，理应受到欺瞒和哄骗，因为它伪善自私到了骨子里。蓓姬，就像伊迪丝·华顿《乡土风俗》里的温蒂尼·斯普拉格一样，是女性投机分子；靠自己的机智谋生，把男人当流动银行账户用。许多文学投机分子都是男性——想想托马斯·曼的菲利克斯·克鲁尔，《大骗子》——然而改变性别确实会造成差异。首先，战利品的性质不同。对男性投机者而言，抢得的是金钱和女人；对女性而言则是金钱和男人。

蓓姬·夏普也不是一个好母亲，而这又是一个完全不同的话题——坏妈妈、恶毒的继母和专制的姨妈，就像《简·爱》里的那个，还有刻薄的女老师、腐化堕落的家庭女教师、邪恶的祖母。有许多可能性。

不过我认为今天需要受到谴责的女性行为已经讲得够多了。人生很短，艺术很长，动机很复杂，人性也无尽地令人着迷。许多大门已经半掩；其余的则亟待解锁。禁忌的房间里有什么？对每个人而言都不相同，但都是需要了解，且除非跨过门槛否则就永远无法发现的东西。如果你是男人，小说中的坏女人角色或许——用荣格式的用词——是你的阿尼玛；但假如你是女性，不良女性角色就是你的影子；而正如我们从奥芬巴赫的歌剧《霍夫曼的故事》中所知道的，失去影子的她也将失去灵魂。

当然，邪恶女性在叙事传统中必不可少，也是出于两个更加显而易见的原因。第一，她们存在于现实生活中，因而为什么不应存在于文学中呢？第二——可能也是用另一种方法说同一件事——女性身上不只有美德。她们是完全立体的人；同样也有深藏地下的部分；为什么不该让她们的多面性得到文学表达呢？而且在这一点得到表达的时候，女性读者也并不会恐惧退缩。在阿道司·赫胥黎的小说《针锋相对》中，露西·坦塔芒特，一个摧毁男人的女骗子，却比认认真真、抽抽嗒嗒、让自己的男人沦

178

为湿漉漉的洗澡海绵的女人更受其他女性角色的偏爱。正如其中一人所说："露西显然是一种力量。你可能不喜欢这种力量。却不能不欣赏它本身。就像尼亚加拉一样。"换句话说，令人敬畏。或者，像一位英国女士最近对我说的一样："女性已经厌倦了总是做好人。"

我留给你们一句最后的引言。来自丽贝卡·韦斯特爵士，在一九一二年说的——"英国的女士们……我们身上的恶还不够多。"

注意她把想要的恶放在哪里。在我们身上。

颓废模样

我在一九六四年五月十三日第一次去了欧洲。一个在多伦多茶室里做生意的男灵媒在五个月前对我说我会去。"五月你会去欧洲。"他说。

"不会的。"我说。

"你会的。"他说，一边得意地洗着牌。

我去了。

逃离一团乱麻般复杂的私生活，留下一份被所有人退回的诗歌手稿，一部情况相同的小说处女作，我把在查尔斯街分租房住了一个冬天、写作不为人知的天才杰作、同时白天在一家市场研究公司上班所剩下的钱拼凑起来，向父母借了六百块（那时他们对我关于文学生涯的选择可以理解地多少有些紧张）登上了飞机。到秋天我就要在清早八点半到不列颠哥伦比亚大学的临时活动房里给工程系学生上语法课了，因此我有大约三个月的时间。在这段时间里我打算成为——什么？我并不太确定，但我有个想法，观赏各色重要建筑作品会提升我的灵魂——会填补其中的几个坑洞，除掉几根文化倒刺，可以这么说。这时候，我已经学了六年的英语文学——甚至还有文学硕士学位，因为它我被贝尔电话公司拒绝录用，理由是资历过高——但我从没见过，怎么说呢，世面。巨石阵，比如说。参观巨石阵肯定能提升我对托马斯·哈代的理解。或者对其他人的。无论如何，我在大学的许多朋友都已经跑去了英格兰，打算成为演员之类的。所以英格兰是我的第一站。

事实上我并不清楚自己究竟在做什么。毫无疑问，我几乎完全不了解自己要去的地方，以及从我上次通过查尔斯·狄更斯的书页查看过后它已经改变了多少。一切都比想象中狭小和破败得多。我就像那种到了加拿大便期望在每个街角都见到灰熊的英国人一样。"为什么有这么多卡车？"我心想。狄更斯里没有卡车。甚至连 T. S. 艾略特也完全没有。"我没有想到死亡毁灭了这么多。"我满怀希望地喃喃自语，一边横穿特拉法尔加广场。但广场上的人不知怎地拒绝像我期待的那样脸颊凹陷、哀婉凄凉。他们看上去大多都是游客，和我一样，正忙着互相拍鸽子停在头上的照片。

我的目标当然是加拿大馆，那个年代每一个被飞机晃晕且一文不名的加拿大青年旅客的第一站。在继续下去之前，让我先说几句那个年代的情况。一九六四年是怎样的一年？

在它之前是一九六三年，约翰·肯尼迪如此引人注目的中弹。那是第一场（据我所知）反越战和平游行发生的前一年；距离伟大嬉皮运动爆发大约还有四年，距离七十年代早期女性主义浪潮的开端还有五年。迷你裙尚未到来；连裤袜正在接近，但我认为它还没有把本地人挤出吊袜带和长筒袜。发型方面，一种叫"波波头"的样式受到偏爱；女人把头发卷进插满硬毛的卷发筒，弄成顺滑蓬起的样子，仿佛有人在她们一边的耳朵里插进一根管子，把脑袋像气球一样吹鼓了似的。我也沉迷于这种发式，尽管效果好坏参半，因为我的头发卷得太厉害。在最好的情况下像是一片用草坪滚压机碾过的杂草——依旧弯弯曲曲，但是稍微压平了。在最坏的情况下就好像我把手指伸进了灯座一样。这种外形日后会变得时尚，但当时还没有。因此我喜欢头巾，伊丽莎白女王在巴尔莫勒尔的那种。搭配为了严肃对待自己而戴上的斜眼角质边框眼镜，一点也没有把人衬得漂亮。

现在想想，我行李箱里的东西也没有。（搭便车的背包客尚未占领欧洲，所以还是用的行李箱。）在时尚方面，一九六四年着实不属于我。垮掉的一代的披头族已经远去，而我还没发现浪漫的吉卜赛情人风格；不过话说回来，其他人也没有。牛仔还没有所向无敌，要去诸如教堂和博物馆之类的地方冒险仍然需要穿裙子；灰色法兰绒套头毛衫和娃娃领上衣是我的首选搭配。高跟鞋是大多数场合的标准，而几乎唯一穿上真正能走的只有名叫暇步士的橡胶底绒面鞋子。

于是，我拖着行李箱，踩着暇步士登上了加拿大馆气派的台阶。当时它提供——除了其他设施，比如满满一书架的地质勘察报告外——一间里面有报纸的阅览室。我焦虑地快速翻阅租房广告，因为我当晚没地方住。通过付费电话，我租下了能找到的最便宜的一间，位于一个叫作威尔斯登绿地的郊区。结果发现那里离伦敦地铁能坐到的所有地方都能有多远就有多远，我立刻坐了上去（至少在这里，我心想，看着身边没有定期洗澡、形容枯槁而且/或者牙齿不齐的其他乘客，有一些确实被或者即将被死亡毁灭的人）。分租房的家具闻起来像陈腐悲伤的香烟烟雾，而且肮脏发黑得可怕，以至于我觉得自己掉进了格雷厄姆·格林的小说；还有床单，在我终于躺进去的时候，不只又冷又潮，而且还是湿的。（"北美人喜欢这种东西，"一位英国女士在很久以后对我说，"如果不在浴室里冻僵，他们就觉得自己没有得到英国式体验。"）

第二天，我出发踏上了我自己回想起来似乎是对文化打卡奖杯野心勃勃到让人害怕的追求。买下的数十份手册和明信片标志着我在几个世纪所积累的珍奇摆设中的进展，我把它们收集起来，提醒自己我确实去过我曾经去过的不管哪些地方。以风驰电掣的速度，我瞪着眼傻傻地看过了威斯敏斯特教堂、议会大厦、圣保罗大教堂、伦敦塔、维多利亚和阿尔伯特博物馆、国家肖像艺术馆、泰特美术馆、塞缪尔·约翰逊故居、白金汉宫，还有阿尔伯特纪念亭。在某个时刻我从双层巴士上摔下来扭伤了脚，但即便这样，尽管让我放慢了速度，还是没有让我停下一股脑向前不计后果的追寻。这样过了一星期之后，我的眼睛就像散落的零钱一样滚来滚去，我的脑袋，虽然大了几号，实际上却比之前空了许多。这让我很是费解。

另一件费解的事情是为什么有这么多男人想跟我搭讪。我穿着我的灰色法兰绒小毛衣，根本不像是打扮抢眼的样子。博物馆是通常的地点，我猜一个站定不动、脑袋倾斜九十度的女人身上大概有什么东西让拉客更有可能成功。这些男人谁都没有特别失礼。"美国人？"他们会问，我说我是加拿大人的时候，他们看起来要么困惑要么失望，然后只会试探性地提出下一个问题。在得到否定回答的时候，也只是继续走向下一个向上仰起的脖子。说不定，他们在吸引游客的地点闲逛，依据的理论是女性游客出游也是缘于和他们自己出游时同样的性爱冒险理由，如果他们真的出游的话。但在这一点上当时 —— 或许现在仍然 —— 存在性别差异。尤利西斯是水手，喀耳刻则深居简出，还有宽敞的外屋。

没有给自己注入文化的时候，我在找吃的。在一九六四年的英格兰，这是很难的事，尤其是如果没有多少钱的话。我犯了尝试汉堡和奶昔的错误，当时英国人对此还没有概念：前者是用变质的羊油炸的，后者则加了尝起来像是磨碎的粉笔的东西。最好的地方是炸鱼薯条店，或者，除此之外还有咖啡馆，在那儿能吃到鸡蛋、香肠、薯条，还有豆泥，任意组合。我最终碰到了一些比我在英格兰待得更久的加拿大同胞，他们告诉我一家在苏活区的希腊餐馆——里面竟然有沙拉，几家可靠的酒馆，还有特拉法尔加广场的莱昂斯街角餐厅，有固定价格的烤牛肉吃到饱。这是一大失误，因为加拿大的记者们会让自己饿上一个星期，然后像一群蝗虫一样上那儿去。（莱昂斯街角餐厅没有幸存下来。）

一定是通过这些侨民才让我和艾莉森·康宁汉姆有了来往，我在大学时期就知道她，她现在在伦敦，学习现代舞，和两位年轻女性合住一间南肯辛顿的二楼公寓。就是这间公寓，艾莉森——在听说我床单湿淋淋的威尔斯登绿地居住条件后——慷慨地主动提出把我偷运进来。说"偷运"恰如其分；公寓的主人是一对贵族双胞胎，名叫科克勋爵和霍尔女爵，但他们已经九十多岁了，在养老院里，实际管理公寓的管家宛如一头多疑的龙；因此为了能待在公寓里我必须假装不存在。

在艾莉森的公寓我学到了一些在文化方面很实用的东西，这些年来一直没有忘记：如何分辨烟熏鲱鱼的好坏，比如说；如何使用英式碗盘沥水架；如何在没有其他设备的情况下用锅煮咖啡。我继续观光行程——塞进了切恩道、几间不那么知名的教堂，还有律师学院——艾莉森则排练一出舞蹈，是对《海鸥》的重新演绎，配乐是格伦·古尔德演奏的几段《哥德堡变奏曲》。我听到这段音乐就会见到艾莉森的身影，穿着黑色练功服，带着古风时期希腊女像柱的严肃微笑，在南肯辛顿的客厅地板上把自己弯成了半个百结饼。与此同时，我也没有在艺术的盐矿里偷懒。我的笔记本里已经包含了好几块新的璞玉，奇怪的是，它们没有一个忙着讲欧洲的古老杰作，反而都是关于石头的。

被龙管家逼得太紧的时候，我就会逃出去几天。靠的是我在加拿大买的火车通票兑换的里程——我为旅行成功做到的为数不多的正经准备之一。（为什么没带缓解反胃的咀嚼片，我问自己；

为什么没带强效止痛片；为什么没带晕车药？如今没有它们我根本不会去想离开家。）用这张通票，火车开到哪你就能去哪，每坐一次就会用掉相应的里程。我最开始的旅程相当雄心勃勃。我去了湖区，坐过了头，一直往北到了卡莱尔才不得不折回来；还参加了一趟湖区巴士游，透过香烟烟雾和阵阵恶心欣赏湖泊，而且，尽管惊讶于它们的狭小，却也安心地听说每年都有人淹死在里面。接着我去了格拉斯顿伯里，在参观大教堂之后被一个老太太拦住，从我身上拿走了五块钱来挽救亚瑟王之井，这口井——她说——在她家后院，如果我不为它做贡献的话就会被一家酿酒厂捣毁。我去了有真正人造城堡的卡迪夫，去了诺丁汉和拜伦故居，还去了约克和勃朗特住宅，在那里，通过三姐妹一丁点大的靴子和手套，我惊讶不已地了解到她们的体型比小孩大不了多少。作为一个没有高大身材的作者，这让我很受鼓舞。

然而随着火车通票越用越少，我的行程也变短了。我为什么去了科尔切斯特？去了切达峡谷？去了里彭？原因想不起来了，不过我去了这些地方；有明信片为证。尤利乌斯·恺撒也去了科尔切斯特，所以那里一定有点什么；但驱使我的是节俭而非历史必须：火车通票上的里程我一点也不想浪费。

大约七月份的时候，艾莉森断定法国甚至会比英格兰更能让我提高，于是在我一位哈佛男性友人的陪同下——他正全力躲开带了好几条礼服裙去参加学生考古墓穴发掘的南部人女友——我们搭上了接送乘客去坐渡轮的夜间火车。那是一次平平无奇的英吉利海峡横渡，期间我们的脸色都微微发青。艾莉森勇敢地继续论述知识问题，然而最终还是转过头去，然后，带着舞者漫不经心的优雅，吐在了自己的左肩上。这些是会让人记住的瞬间。

到欧洲旅行的优点

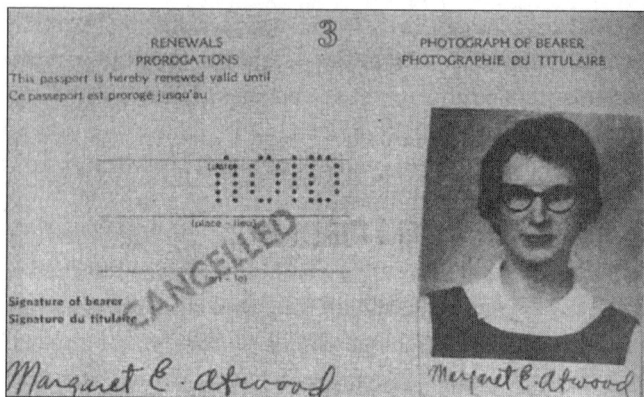

旅行前
（摄影：不明）

旅行中
前拉斐尔派姿势
（摄影：北站照相亭，巴黎）

旅行后
蒙特利尔，1968 年
（摄影：吉姆·波尔克）

等我们在巴黎待了两天，期间靠法棍、咖啡欧蕾、柑橘、切块奶酪，以及偶尔有大量豆类的小酒馆饭菜过活之后，我已经患上了重度腹泻。我们从一间便宜的食宿公寓转到另一间；房间永远在好几段昏暗的楼梯顶上，灯在爬到一半时就会熄灭，蟑螂在脚下窸窸窣窣。这些公寓白天都不许有人待在里面；因此我便小声呻吟着躺在坚硬的法国公园长椅上，在铺满砂砾的法国公园里，艾莉森则带着弗洛伦斯·南丁格尔都会羡慕的责任感，为我朗读多丽丝·莱辛《金色笔记》里具有教育意义的长段。每十五分钟就会有警察走过来告诉我必须坐起来，因为在公园长椅上躺倒是不允许的；而每半个小时我就会冲向最近的有厕所的设施，构成厕所的不是今天已经取而代之的现代水管，而是地上一个洞外加两处脚踏，还有此前许多没能完全对准目标的访客。

吃面包喝水，加上艾莉森让我喝下的几副非常有效的法国乳剂，改善了我的状况，我尽职地徒步去了圣母院、埃菲尔铁塔和卢浮宫。在巴黎，一心想搭上你的男人不会费力气等你停下来伸长脖子；而是随时都会靠近，甚至是在你穿马路的时候。"美国人？"他们充满希望地问。他们很有礼貌——有些甚至用了虚拟式，比如"你会愿意和我睡觉吗？"——而且，被拒绝的时候，会带着毕格尔猎犬般的忧郁转身离去，我情愿认为这种表情既存在主义又法式风情。

只剩一个半星期的时候，我们三人把余下的钱凑起来，租了一辆车，开着它游览了卢瓦尔河谷城堡群，欣赏了许多十八世纪的镀金椅子，住青年旅社，吃更多的奶酪。到这个时候我已经文化超饱和了；水肿了，可以这么说。如果有人踩到我头上，一条由溶解的旅游手册汇成的小河就会涌出来。

接着，出于某种如今业已失落在历史迷雾中的理由，我决定去卢森堡。去那儿的路上，一个中年售票员在火车上满车厢地追我；在我解释说我其实不是美国人，不像他所以为的那样的时候，他耸耸肩然后说"啊"，仿佛这就说明了我不情愿的理由。到这个时候我已经多少厌烦了这种没有节制的如同狗骑消防栓一般的异性关注，还让我的气恼漫溢出来流进了文化议程；终于抵达卢森堡的时候，我没有参观任何一座教堂。而是去看了《热情如火》，字幕有佛拉芒语、法语和德语，而我是剧场里唯一在该笑的地方笑的人。

这似乎是重回北美的适当时机。实践文化才是文化，在回到英格兰、带着我自己和我的暖步士走向飞机，为机舱减压做准备的时候，我心想。

那个时候回看我的旅行，感觉非常像是在黑暗中跟跄，撞上沉重昂贵的家具，同时还被误会成了别人。然而距离会增加判断力，在接下来的几个月里，我为此努力寻求。我的灵魂提升了吗？或许，但并不是以我所期待的方式。我带回来的与其说是教堂、博物馆，和我收集的它们的明信片，不如说是各式各样的对话，在公交车上，火车上，和搭讪的男人在博物馆里。我尤其记得在发现我原来不是看起来那样，也就是说，不是美国人的时候，他们普遍的迷惑。对欧洲人而言，我的国籍本该存在的地方有一片国旗形状的空白。我所能见到的东西对他们来说是隐形的；而我也无法通过任何国际知名的建筑物来帮他们一把。唯一能够提供作为参考的大约就是一群骑马的警察，但这似乎根本不够。

不过一个人的空白就是另一个人的机会，而这正是我塞在行李箱最底层带回来的全新诗歌所能发挥的地方，或者说我是这么想的。说起这个，我的灰色法兰绒衣服 —— 现在我能看出来了——绝对必须扔掉。作为对零星男人的威慑它不称职，作为伪装不切题，作为诗歌宣言不连贯。穿着它我看起来并不严肃，而仅仅只是认真，而且还——到了这会儿——有点邋遢。我买了一件在利宝百货打折的棕色绒面背心，用它，再加上许多黑色和对发型的一些革新，就能把我改造成让人敬畏得多的形象；或者说我是这么打算的。

我确实去了巨石阵，顺便一提。它让我觉得很自在。它是前理性，前英国，且地质学般的。谁也不知道它是如何到了它所在的地方，还有为什么，或者说它为什么持续存在；但它就坐落在那里，挑战地心引力，无视各种分析。事实上，它有点像加拿大。"巨石阵。"我会对下一个表情忧伤想要跟我搭话的欧洲男人这么说。这招一定能奏效。

不那么格林：童话的持久力

才华出众的英国小说家玛丽娜·华纳也是几部饶有趣味的非虚构作品的作者，包括《她性别中的唯一》，对圣母马利亚崇拜的考察，以及《纪念碑和少女》，对女性寓言人物的分析。她的新书大致上占据同一个领域——普遍的偶像，广受欢迎的形象，广为流传的故事——但规模更加宏大。

《从野兽到金发女郎》正如其副标题所声明的，是一本关于童话故事同时也是关于讲故事的人的书。与其主题相称，这是一部辉煌的作品——非凡、怪诞、奇异——但同时又像麦片粥一样熟悉。里面塞满了好东西——拇指随便往哪儿一戳，就能带出一颗李子——还有大量插图。此外，对于任何不只对童话、神话和传说，同时也对各类故事如何得到讲述感兴趣的人来说，也绝对是必不可少的读物。

和许多孩子一样，我如饥似渴地读着童话。在未删节的《格林童话》身上小试牛刀之后——尽管父母担心烧红的鞋子和挖出来的眼珠对六岁孩子来说可能太过火——我接着又看了安德鲁·朗童话集、《一千零一夜》，还有其他任何能弄到手的东西——如果有阿瑟·拉克姆或者埃德蒙·杜拉克的诡异插图就更好了。到了上大学的时候，我已经为我更加荣格派的教授们做好了充分准备，他们在五十年代后期那些神话主导的日子里，漫不经心地把童话人物称为WOM（智慧老人）和WOW（智慧老太）之类的。

据说童话包含普世的典型，传授深刻而永恒的心灵教训。当然，WOM也完全有可能是游荡的老色鬼，而WOW，邪恶的老巫婆，如果在森林，或者比如街角的药店相遇，小女孩很难知道是要给她们自己的面包皮还是要远远地躲开。即便如此，故事仍然具有绝对的神秘性。

此后童话陷入了艰难时期。尽管有诸如布鲁诺·贝特尔海姆《童话的魅力》等充满思想性的研究，它们还是被美化和清理了——勇于冒险的女主角和可憎的行为遭到贬低，俯卧或是睡美人的姿态受到偏爱。在这之后，童话——合情合理地——被女性主义者抨击为洗脑工具，旨在将女性变成美貌又顺从的机器人，赞颂佩剑王子的男性生殖力，诋毁非亲生父母群体和年龄更长的人。就像紧身胸衣一样，它们是为限制所设计，因而也应受谴责的过时了。

但如今玛丽娜·华纳赶来营救了。胡说，她说着，用真正智慧女性的方式，一边卷起袖子行动起来，从堆满废弃物的储藏间里抢救挖掘。看！根本不是发霉的旧稻草，她喊道，是真正的金子！不过是要懂得如何去描述。而你还没来得及把侏儒怪的名字倒着念一遍，永恒典型的理论就被抛出了窗外，此外还有德国民族主义认为故事都是真实的、本土的、前文学的，由土壤灵魂中生发而出的思想。（她收集的令人赞叹的原始资料和各种变体让这种想法彻底终结。）

同样被抛弃的，还有近来的贬抑学派。如果想要女性主义的女主角，她提议，鹅妈妈怎么样？重新思考那鹰钩鼻子、好笑的系带帽子，还有幼儿园的围裙。鹅妈妈穿得像个健忘的笨蛋，和女性"游客"更爱被选来当谍报通讯员是一样的道理：都能消除怀疑。但在外表之下，多么出人意料！伪装！歧义！颠覆！

华纳对于叙述的理论，一经提出，就是极其合理的：任何讲出来的故事，都有一个讲述者，另外还有一个被讲述者。同时还有社会背景，它会随着时间而改变："历史现实主义"是她偏爱的术语。即便陈述的事件本身始终不变，加诸其上的道德导向也可能不同，因为讲者和被讲者都有自己变动的议题。

关于要对年长女性态度和善的"老太太的故事"，曾经是由需要别人能帮多少就帮多少的老年女性讲的，这是巧合吗？或者关于年轻女孩嫁给杀人犯丈夫的蓝胡子故事，在抗拒为了金钱的强迫婚姻时期达到高潮呢？或是披毛野兽的兽性，美女与野兽中的那个"他"，一度被人瞧不起，而在如今的青涩时代却被看成是优势呢？（这本书当然包括对迪士尼电影版童话最完整可靠的深度分析，假如"深度"在这里不是矛盾修辞的话。）

华纳这本书的第一部分说的是讲述者。它引人入胜地论及那些收集、改写和编撰故事的人，从玛丽－让娜·勒利缇耶到佩罗，再到勤奋的格林兄弟和忧郁的安徒生。但同时，它还以更加充满趣味的方式，斟酌想象中的讲故事的人，被认为是故事流淌源头的那个她（而且多半都是一个"她"）。谁会猜到，用滑稽形象装饰了那么多早期童话故事集的鹅妈妈，有着如此古老而庄严的血统？这位咯咯叫着的女性鸟类形象，看起来，可以一路追溯到身披羽毛的鸟身女妖。女预言家形象的谱系也是，希巴女王也同样，被中世纪艺术家认为是长着鸟爪。还有如此迥然不同的人物，比如承受巨大压力却沉着冷静的舍赫拉查德，虔诚又给人启迪的圣安妮，还有一群吵吵闹闹的丑老太婆，比如朱丽叶的乳母，言语粗俗，爱好情色。

而女性作为一个群体受社会的轻视越严重，任何敢于打破沉默的人所需要的伪装也越强烈。在压迫的时代，某些类型的智慧只有通过扮演愚者之人的口才能安全地说出来。所以才有了鹅妈妈的脸。

书的第二部分讲的是故事本身——不仅是口头形式，还有在戏剧、歌剧、电影和图像中的现身。华纳集中关注有女性主角的故事——豌豆杰克和他勇敢的弟兄们受到冷遇，而吞噬少女的巨怪、魔鬼情人和有乱伦倾向的父亲却被照亮在骇人的聚光灯下——不过话说回来，这本书也并没有假装是百科全书。书里的女孩子也并不总是讨好卖乖，不讨人喜欢的丑姐姐、坏仙女和恶毒继母也得到彻底审视，还告诫说在我们这个社会经济变化的时代后母已经不再需要恶毒。（作为后母之一，听到这一点我松了一口气。）

为什么有这么多去世的母亲？为什么有这么多金发女主角？为什么居然有一章名叫——非常吸引人的——"头发的语言"？达达主义者是从哪支长发公主那样的德国洗发水广告里偷来了这个名字？只不过是把这些列出来——亲爱的读者，华纳本人可是列清单的高手——你就都会知道了。或者如果没有都知道，至少也比你来的时候知道的多得多。

有时，你可能觉得自己有被魔法催眠的风险，在太多的老姑娘那里戳伤了手指，但这不过意味着你读得太快了。这是一张用大量纱线织成的挂毯，你不该妄想一次解开所有的线索。

尽管华纳陶醉于童话故事作为形式的生命力和蜕变特征，她却并不主张童话在政治上总是恰当的。她认识到"这一体裁截然不同的方向"，将其"一边拉向顺从另一边又拉向反叛"。因为故事——任何故事，但尤其是在如此口语范畴中存在的故事——是说书人与听众之间的谈判，听故事的人是同谋。故事的目标很可能是传授教导，但倘若不能同时带来愉悦，就只能对着空屋子讲了。正如华纳所言："讲故事的人知道，故事，如果要吸引人，就必须将听众带向喜悦、欢笑或泪水……苏丹始终在那儿，睡意蒙眬，却也足够清醒，随时能让自己醒来，想起之前扬言的死刑。"

我们听众就是集体苏丹。假如我们想要枯燥乏味的女主角，就会得到这样的女主角，顽固、偏见和热得发烫的鞋子也一样。不过并非永远如此。就像华纳同样说到的："获得掌声的东西，以及制定认可和接受标准的人从来都不确定。"我们无需满足于无力的服从或是愠怒的报复：相反，富有创意的复述、乌托邦的梦想、恶作剧的反转、正确选择的愿望，以及再次兴起的惊奇之感都可能会是我们的。

这是一个圆满结局——华纳对她的体裁如此了解，一定会给我们一个圆满结局——但它同时也是一个挑战。魔法的功用，似乎就在我们手中。

"有胸部的小伙子"

希拉里·曼特尔的第七本小说，《爱的实验》，仅仅是她第二本在美国出版的作品。这很可惜，因为曼特尔是一位超乎寻常的优秀作家。不过她作品的题目有些令人误解。"实验"暗示着不带感情的冷漠；但假如真有实验在进行的话，也更像是弗兰肯斯坦医生用身体器官捣鼓的那种：激烈、危险且混乱。至于"爱"，不准确之处在于它用了单数：这本书里有许多不同种类的爱，几乎每种都染上了污痕。《母龙登场》或许是更合适的标题，因为这是一个关于情感功夫的故事，女性版本的——只是到了最后，尽管人人都负伤或者更惨，却没有明显的胜者。

比武场地是英格兰，有着复杂难懂又经过仔细校订的等级和身份，以及区域和宗教体系；参加者是小女孩、大一点的女孩、年轻女性以及赫然耸现在所有一切之上的，母亲。兵器是衣服、学校、才智、友谊、侮辱、口音、作为战利品的男友、物质财产和食物。喊杀声是"逃命去吧！"

故事的叙述者是卡梅尔·麦克贝恩，她——不知用什么方法活到了成年——以普鲁斯特式的时间错位体验开启了情节，触发的契机是报纸上一张昔日室友的照片。她一路往回，被吸进记忆的塞孔，来到悲惨的童年。她的怪癖之一是总被在学校学到的诗句纠缠，其中就有《古舟子咏》。卡梅尔既是舟子，注定讲述，也是婚宴宾客，必然倾听；而她在揭开自己的心病，告诉我们她是如何变得更悲伤却也更聪明的同时，也将我们深深吸引。

"我想让自己脱离以卡梅尔为名的女孩的共同命运，"她告诉我们，"加入到有着普通名字的女孩中间，那些父母没太费劲去想的名字。"卡梅尔是先知以利亚砍杀巴力祭司的那座山的名字：这和被叫作琳达并不太一样。事实上，卡梅尔有时比起人来更像地理位置，交战势力在此互相消耗，无视她的存在。

给她套上这个沉重名字的人是母亲：一位令人生畏的英格兰北部工人阶级母亲，脾气暴躁，出身爱尔兰天主教家庭，让女儿全身盖满她精巧的刺绣，塞满作业，像导弹一样射向她既藐视又妒忌的社会体制。卡梅尔的母亲希望她攀上高峰："她为我定下的人生课题是造一座属于自己的山，建立一步步的成功：哪一种不重要，只要它高耸又耀眼。而且就像她对我说的，这辈子就得是冷酷无情的人才能站到最高处，因而任何想跟着我往上爬的人，我都要把他们的绳子砍了……然后一个人在山顶上蹦蹦跳跳。"

卡梅尔不得已的向上爬之路从一九五〇年代她那座破败工厂小镇上阴森的天主教小学，一直来到了赎世主堂，一所由冷嘲热讽的修女们管理的一流机构。在那里她穿着同时包括领带和塑身衣的制服，"被教育塞得饱饱的"，别的养分却供应不足。这里的目标是让女性变成"有胸部的小伙子"。"女人被迫模仿男人，而且注定不会成功。"尽管如此，卡梅尔还是获得了微薄的奖学金，以及伦敦大学新勃朗特式女生宿舍"汤布里奇院"的一个床位。在其他之外，这部作品是一部成长教育小说，其所提出的问题之一是适合女性的教育形式。

一路上，卡梅尔有个一起向上爬的同伴，她的分身和劲敌，情感冷漠又毫不妥协的卡琳娜。卡琳娜的父母是移民。他们经历过战争——书里提到了开往集中营的火车——尽管他们并不是犹太人。出于愧疚，卡梅尔的母亲坚持让两个女孩成为朋友；从此以后卡琳娜就和卡梅尔连在了一起，卡梅尔去哪卡琳娜就跟到哪。和卡梅尔的母亲一样，她也既嫉妒又鄙视，但这些情绪的对象是卡梅尔本人。凡是卡梅尔拥有的，卡琳娜就要抢走，不然就是破坏，但这并非一边倒的战争。卡梅尔也有打赢的时候，甚至还可能是她在幼儿园里踢了卡琳娜的洋娃娃而挑起了所有这一切：或许是早早就认识到妈妈和孩子的世界里并非样样都好。多年来，卡琳娜是卡梅尔的敌人，但也是——在两人进入高级修女和中产阶级南部人的陌生领域的时候——她最久的朋友和不情愿的盟友。"我从不觉得她危险，除了对我。"卡梅尔心想，结果证明她想错了。

她们是像杰克·斯普拉特和他老婆那样的一对：卡梅尔瘦削而稚气，甚至都不准帮忙把寥寥无几的家庭晚餐烧焦；卡琳娜身材圆胖，太早变得能干，十二岁就是小家庭主妇。卡梅尔又冷又饿还水汪汪的，做着被淹死的梦；卡琳娜温暖，盖着羊毛，让人联想起转轮烟花和火苗。最重要的，卡琳娜是母亲们的门徒和发声器，尤其是卡梅尔的母亲：愤怒，自以为是，毁灭一切。

尽管默默顺从且被逼就范，卡梅尔却也有反抗的办法。在学校她奉行"缄默不从"，进大学后做的第一件事就是削发，她的头发，经由酷刑般使用的卷发布，曾是母亲实施控制的工具之一。但她也接过了母亲的角色。母亲剥夺的不仅是对她的喜爱和认可，更是实际的食物滋养，而如今卡梅尔则开始自我剥夺。另一方面，卡琳娜却暴饮暴食，把自己撑成了充气飞艇的大小。正如书中一位角色所评价的："卡琳娜越来越多。卡梅尔越来越少。"

我们被警告过不要把这看成是关于厌食症的故事；太中产阶级了。相反，叙述人声称，这是关于"胃口"的故事。好吧，或许是这样。书的这一部分背景设在一九七〇年，正是厌食症变得常见，却尚未变成常识的时代；再晚任何一点卡梅尔都不可能对自己的苦难如此不自知。无论如何，卡梅尔的消瘦有着复杂的原因。有修女将进食与罪过相联系，以及她们对于自我否定的强调——但一个人究竟能放弃多少自我还继续活着？另外还有卡梅尔的贫困，以及汤布里奇院糟糕的伙食。但卡梅尔面临的困难远远超出不够用的硬币和没煮熟的蔬菜：她有胆量吃掉多少生命？多少享受？享乐原则完全没有得到培育。

但这本小说的乐趣有很多。《爱的实验》的女生宿舍部分就像《她们》中一样残酷得动人；童年段落直接而生动，风趣又凄惨，女性之间错综复杂的爱和爱恨关系，也正如叙述人所言，与性无关，直击要害。这是卡梅尔的故事，但也是她这一代人的故事：六十年代末的女孩，在两套价值观之间左右为难，有了避孕药却还在烫男朋友的衬衫。

道德困惑占据上风，道德疑问也是：是什么让坏人成为坏人？还有更加神秘莫测的，是什么让好人成为好人？为什么卡琳娜，还有为什么善良得让人心碎的丽奈特，卡琳娜富裕的室友，动辄被她回绝？卡梅尔软弱的父亲，躲进了拼图里，却找不到犹大身上缺失的部分，卡梅尔也找不到。

"描述是你的强项。"有人告诉卡梅尔，它也是曼特尔的强项。挂在暖气片上湿漉漉的紧身裤袜，还有小孩木尺子的味道从未如此精心细致地得到表达。明喻和暗喻明亮耀眼：宿舍里的床单"被捆得紧紧的塞进床架，仿佛是要缚住一个狂人"；宿舍的汤是"没打扫过的水族馆，蔬菜物质在其中悠游"。这种机敏的语言有许多都被用在了食物上，但作为叙述者卡梅尔就像母亲一样：在每件东西上面都要绣上一点小花。

要说有任何不满意的地方，那就是我们想知道更多；就像卡梅尔本人一样，这本书也可以更丰满一点。在可怕的结局之后，卡琳娜和卡梅尔身上又发生了什么？但或许这才是关键：正是永远无法得知的东西才会在心头萦绕不去；而充满才华、尖锐和头脑清醒的智慧的《爱的实验》正是一部让人难以忘怀的作品。

寻找《别名格蕾丝》：谈写作加拿大历史小说

今晚我要讲的东西与加拿大小说有关，更具体地说，是加拿大历史小说。我会在与时间和记忆奥秘相关的范围内讨论该体裁的性质；斟酌为什么近来说英语的加拿大作者创作了这么多此类小说，之后还会略谈一下我自己最近写作这样一本小说的尝试。最后我会努力说几句"所有这一切的意义"之类的名言，或者某种哲学概括，因为这是饼干盒上配料表里明确要求的东西。

小说是个人记忆和经历与集体记忆和经历的交会场，交会的规模有大有小。小说离我们越近，我们就越会接受并宣称它是个人而非集体的。玛格丽特·劳伦斯过去常说她的英格兰读者认为《石头天使》讲的是老年，美国人觉得它讲的是他们认识的某个老太太，而加拿大人觉得讲的是他们的祖母。小说里的每个角色都有自己的生活，其中充满个人的细节——吃饭、用牙线剔牙、做爱、生孩子、参加葬礼，等等——但每个个人同时也存在于背景环境中，一个由地质、天气、经济力量、社会阶层、文化参照，还有战争和瘟疫以及类似重大公共事件组成的虚构世界；你们会注意到，作为加拿大人，我把地质放在了第一位。这个由作者如此悉心勾画的小说世界与我们实际上生活的世界之间的联系可能非常明显，也可能不那么明显，但并不存在完全没有联系的选项。写作只能源于我们是谁以及身处何时何地，不管我们愿不愿意，无论我们如何伪装。正如罗伯逊·戴维斯所说，"……我们都属于自己的时代，不管做什么都无法从其中逃脱。我们写的任何东西都会是当代的，哪怕是试图写作一本发生在过去时代的小说……"[1]我们无法避免的是与现代有关的人事，就像维多利亚时代的作者——无论把作品背景设在何时——都无法避免的是与维多利亚时代有关的人事。和中土上所有活着的生物一样，我们被困在时间和环境之中。

我针对小说人物所说的这些，对于每个现实生活中的人当然也成立。举个例子：我在这里，在渥太华做这场布朗夫曼讲座。是怎样的巧合或命运转折——这些词语听起来多像在小说里用的，但又是多么忠实于真实经历——让我发现自己又回到了这个我原籍的城市？

因为我是在渥太华出生的，五十七年零三天又几个小时前。地点是渥太华总医院；日期，一九三九年十一月十八日。关于确切的时刻，母亲——在那之后让许多占星家感到绝望的——有点含糊，那是女性时常因为乙醚而昏睡过去的年代。我倒是知道我是在格雷杯橄榄球赛结束后出生的。医生感谢母亲等到了比赛结束；他们都在听广播关注赛程进展。那时候医生大多都是男的，这或许能解释他们玩乐的态度。

"那时候"——这就是了，你看，出生在那时候，和现在这时候不一样；现在没有乙醚了，还有许多女医生。至于渥太华，要不是大萧条我根本不会在那儿：我的父母是来自新斯科舍的经济难民——经济力量出现了——后来又被第二次世界大战切断了回去的路——重大公共事件。

我们住在——这里是个人细节——帕特森大街一间狭长、阴暗、火车车厢形状的二楼公寓，离里多运河不远——这是地质，差不多算是——在这间公寓里，母亲曾经因为在厕所洗尿布，堵住下水道而发了大水——那个年代没有一次性尿布，甚至没有任何尿布服务。那个年代，我肯定你们中有些人认为自己还记得，雪下得多得多——这是天气——而且比现在弄出来的任何雪都要白得多也美得多。童年时代我帮忙堆过比国会大厦还大许多的雪堡，而且甚至比国会大厦还更像迷宫——这是文化参照。我对此记得很清楚，所以它一定是真实的，这便是个人记忆。

我想说什么？我想说小说正是由此类单独的细节搭建而成的；自传也是，包括那种我们每个人一直在写，却还没开始着手写下来的自传；历史也一样。历史或许有意为我们提供宏大样板和总体格局，但没有一砖一瓦、生生世世、日复一日的基础它就会坍塌。任何一个告诉你历史无关个人，只关乎大趋势和转变的人都在撒谎。那响彻全球的枪声是在某个日子，某种天气条件下，从某一类命中率相当低的枪中射出的。一八三七年起义后，威廉·莱昂·麦肯齐穿着女装逃到了美国；我知道年份，所以能猜出他穿的女装式样。我住在多伦多以北安大略的乡村郊野时，一个当地人说："这是我们把女人和孩子藏起来的谷仓，在芬尼亚人打进来的时候。"特定的谷仓，特定的妇女和儿童。对我说起这个谷仓的人出生在芬尼亚兄弟会袭击发生大约六十年之后，但他说"我们"而不是"他们"：他将自己并未亲身在场的事件作为个人经历来回忆，我相信我们都曾做过类似的事情。正是在这样的时刻，记忆、历史和故事相互交叉；只要再多一步就能将它们全部带进小说的领域。

我们生活在一个各种记忆，包括我们称之为历史的更大范围的记忆，都在受到质疑的时期。对历史和对个人，遗忘可能都和牢记一样容易，而记起一度被遗忘的东西可能会明显让人不适。原则上，我们倾向于记住自己遭遇的坏事，而忘记自己做过的坏事。伦敦大空袭仍被铭记；对德累斯顿的火烧轰炸则不然，或者说并没有被我们记住。要挑战广泛接受的历史版本——我们认定为适合记住的——去挖掘全社会都决定还是忘了更好的东西，可能会引发痛苦和愤怒的呐喊，近期一部关于第二次世界大战的纪录片创作者就可以证明。阵亡将士纪念日，和母亲节一样，是高度仪式化的场合；举个例子，我们不准在母亲节纪念坏妈妈，甚至于承认有这样的人存在都会被看成是——在那一天——品味低劣。

难题来了，对历史和个人记忆皆然，因而对小说也是：我们怎么知道自己知道我们认为自己知道的东西？而倘若我们最终发现自己并不知道我们曾经认为自己知道的东西，我们又怎么知道我们是我们所认为的我们，或者是昨天曾经认为的，或者是——比如说——一百年前曾经认为的？在我的年纪，只要有人说起那个叫什么来着的老家伙怎么样了？这就是你会问自己的问题；这也是与加拿大历史相关联而产生的问题，或者其实是任何其他类型的历史。这同时还是在对任何曾经被称为"角色"的事物的沉思中会出现的问题；因此也是所有小说构思的核心。因为小说所关心的，首先是时间。任何情节都是一个这再接着一个那；小说必须有变化，而变化只能在时间中发生，且只有在要么是书中角色，要么至少是读者，能记住之前发生了什么的时候，这个变化才能有意义。正如亨利·詹姆斯的传记作者利昂·埃德尔所说，如果里面有时钟，你就知道那是小说。

因此如果没有某种记忆，就不会有历史，也不会有小说；但归根结底，记忆本身有多可靠——我们的个人记忆，或是我们作为社会的集体记忆？曾经，记忆是既成事实。可以丧失也可以恢复，可以丧失之后又恢复的东西，如同金币一样，坚实可靠，一模一样，是一件物体。"这下我全部想起它来了"或者类似的说法，是维多利亚时代情节剧里从失忆中恢复场面的主要内容——事实上，甚至一直到格雷厄姆·格林《恐怖部》里从失忆中恢复的场面；而且有它，有全部。如果说十七世纪以信仰为中心——换句话说，你信什么——十八世纪以知识为中心——换句话说，你能证明什么——那十九世纪可以说是以记忆为中心。除非能记得曾经有过又已经不再的那些日子，不然就不会有丁尼生"泪水，无用的泪水……哦，生命中的死亡，往日一去不返"。怀念往日时光，对曾经所作所为的内疚，对有人曾经对你所作所为的复仇，对过去可以为之却未为之的悔恨——所有这些对于上个世纪是多么重要，其中的每一项对于记忆本身的概念是多么依赖。没有记忆，及其能够完全恢复就如从沼泽中打捞宝物一般的信念，普鲁斯特著名的玛德莲就成了随口的零食。缺乏对于记忆完整的信任，十九世纪的小说就将不可想象；因为如果没有对自我几乎始终不断的记忆，那自我是什么，而没有自我的小说又是什么？或者说这是当时会有的主张。

至于二十世纪，至少在欧洲，就整体而言对遗忘更有兴趣——作为自然过程的遗忘，有时也作为有意为之的行动。达利名画《记忆的永恒》的主角包括融化的时钟和一大群搞破坏的蚂蚁；贝克特著名剧作《克拉普最后的录音带》持续不断地描述我们如何随着时间擦除又重写自己；米兰·昆德拉的小说《笑忘书》有着标准的二十世纪标题；令人毛骨悚然的电影《夜与雾》只是二十世纪关于我们如何勤奋又系统地毁掉历史，以配合自己卑劣意图的说明之一；而在奥威尔的《1984》里，文件被送去销毁的地方被叫作——充满讽刺意味的——忘怀洞。二十世纪最杰出的心理学理论——由弗洛伊德发展而来的——教导我们，我们并非自己所能记住之物的集合，而是已经忘却之物的集合[2]；我们受控于潜意识，令人不快且受到压抑的记忆藏在我们脑中，就像木桶里的烂苹果，日渐腐败但基本无从知晓，除了可疑的气味。此外，二十世纪欧洲艺术整体上逐渐失去了对时间本身可靠性的信赖。时间再也不是平稳流淌的河，而是成了定格画面、杂乱片段和跳接的拼贴[3]。

西班牙作家的英雄哈维尔·马里亚斯在一九八九年的小说《全灵》中说出如下段落的时候，代表了大量二十世纪欧洲的精神同类，

> ……我必须说起我自己和我在牛津城里的岁月，尽管说话的和曾经在那里的并不是同一个人。看起来是，但其实不然。如果我自称为"我"，或使用一个自出生以来就与我相伴，并会让一些人用来纪念我的名字……那仅仅只是因为我更希望用第一人称说话，而不是因为我相信单凭记忆能力就能确保一个人在不同时空中保持不变。在此时此地陈述当时所见和经历的人与目睹和遭遇那些事情的并不是同一个人；他也不是那个人的延伸，不是他的影子、继承人或篡位者[4]。

引文完。非常好，我们说，带着适应都市生活的精明后现代意识。然而问题还是会出现。假如现在的我与当时的我毫无关联，那现在的我又从何而来？一切皆有出处，或者说过去我们是这样相信的。而且，回到加拿大研究上——为什么是现在——过去的十五或二十年间，如此靠近碎片化和否定记忆的二十世纪末期——加拿大历史小说在作者和读者中间却变得如此受欢迎？

而我们说的"历史小说"究竟是指什么？所有小说在某种程度上都是"历史"小说；它们避无可避，因为它们不得不，它

们必须，提到一个时间，而这个时间与读者阅读作品的时间不同。（在此提到科幻小说也救不了我们，因为作者无疑是在对读者而言已成过去的时间里写下作品的。）但过去式是有的——昨天昨天和昨天，满是用牙线剔牙和给车加防冻液，不久之前的昨天——此外还有过去，大写的**过**和**去**。

查尔斯·狄更斯的史高治怯怯地问往日圣诞的灵魂，他们即将拜访的过去是否是"久远的过去"，回答是，"不是——是你的过去。"在相当长的一段时间里只有"你的过去"——作者个人的过往，以及由此引申出的读者的过往——才是加拿大小说讨论的问题。我不记得任何严肃作家在六十年代创作我们所认为的严格意义上的历史传奇，换句话说，盛装打扮有衬裙和裙撑，和苏格兰女王玛丽一世之类的主题联系在一起的那种。或许他们觉得加拿大缺少适合此类作品的穿着；或许该类型本身就被视为一种拙劣之作，类似历史艳情小说——和其他任何体裁一样，作品要么是要么不是，取决于怎么写。

曾经，我们作为一个社会集体并没有这么娇气。理查森少校大受欢迎的十九世纪小说《丛林英烈》便是——在其他各项之外——一部历史小说，类似的还有沃尔特·斯科特爵士，这种形式的老祖宗，以及费尼莫·库柏，他更加嗜好长篇大论的后裔。这些是十九世纪的小说家，而十九世纪钟爱历史小说。《名利场》《米德尔马契》《双城记》《艾凡赫》《金银岛》——都是这样或那样的历史小说，这还只是其中一些。或许要问的问题不是为什么我们现在写起了历史小说，而是为什么之前没写。

无论如何，到一九六〇年代我们仿佛已经忘记了在这片大陆上，尤其是北纬49度以北，曾经有过被扯破的胸衣，或是曾经有过意志薄弱的女士因为这段经历而歇斯底里。相反，我们的注意力被我们确实存在的重大发现所占据，在那个当下，忙着探索它的影响。

我们这一代说英语的加拿大人——在四十年代度过童年并在五十年代度过青少年的人——带着当时没有，也从来不曾有过加拿大文学的错觉长大。我说"错觉"，是因为其实是有的；只是没人告诉我们。旧式英国殖民帝国主义的坍塌也废除了旧式的课堂读本——曾经包含了某些英语文学节选，并与来自通常被称为本土男歌者和女歌者的片段混在一起。因此那时你可能上了十二年学，到头来留下的印象是加拿大作家只有一个，就是斯蒂芬·里柯克。

五十年代紧跟在四十和三十年代之后到来；大萧条连着战争的双重打击摧毁了在我们十几二十岁时正快速发展的出版业，还连同畅销书。（记得玛佐·德拉罗什吗？不记得。没人跟我们说过她。）再加上平装书行业的影响——当时完全由美国控制——以及电视的到来，节目大多也都来自边境以南，你就明白了。倒是还有广播，当然了。有加拿大广播公司。有西蒙和舒斯特还有我们的宝贝，朱丽叶。但这些并不能抗衡多少。

等我们在五十年代末上了大学，遇到了精英杂志，又被灌输了大量由我们自己的权威，甚至若干我们自己的诗人和小说作者所酝酿的焦虑和轻视，涉及我们自己的不真实，我们就文化而言的虚弱，真正文学的匮乏，以及缺少任何能用历史之名增添庄重的东西——这说的是在我们自己土地上耐人寻味和大规模的流血事件。在魁北克，人们对自己的存在更加确定，尤其是自己的不屈不挠，尽管也有许多面向巴黎的声音说着他们有多不合格。而在英语地区，厄尔·伯尼以"正是没有幽灵才让我们不得安宁"结尾的著名诗歌总结了当时的普遍态度。

但我们青年作家还是勇往直前。我们以为自己相当大胆，把诗歌和小说的背景设在多伦多、温哥华和蒙特利尔，甚至渥太华，而不是伦敦、巴黎或纽约。然而，我们还是丝毫不减的当代：历史，对我们而言，要么不存在，要么发生在别处，要么虽是我们的却很无趣。

这是年轻人中的普遍看法，但对我们来说尤其正确，这是因为我们接触自身历史的方式。魁北克一直有自己的历史版本，有英雄和反派，还有挣扎，心碎，和上帝；上帝直到不久之前仍是一大主要特征。而身处英语区加拿大的我们，在我那个年代上了高中的，并没有吃下那么猛的药。相反，传递给我们的是对过去一种尤其虚弱无力的观点，如果真有什么观点被传递出来的话。给更加动荡国家的其他人的是史诗战役，英雄，激动人心的演说，孤注一掷的最后抵抗，从莫斯科撤退时的冻死。给我们的则是小麦的统计数据，在奶牛和马铃薯之地事事如意的令人安慰的保证，更不用提——尽管确实提了——金属矿脉和成堆的木材。我们打量这些东西，看到它们很不错，尽管很乏味，却没有真正去研究它们是怎么获得的，或者是谁从中获益，是谁承担了真正的劳动，或者他们拿到了多少报酬。在欧洲白人带着火器和天花抵达之前是谁居住在这个地方也少有提及，因为我们难道不是好人吗？这还用问，而好人不会总想着那些病态的话题。我自己会对加拿大历史感兴趣得多，如果我知道我们沉闷的总理，麦肯齐·金，相信母亲的灵魂寄住在他的狗身上，还总是向它咨询公共政策的话——这能说明太多问题了——但那时候谁也不知道这种事。

我们接受的加拿大历史教育背后的主要想法似乎是安慰：作为一个国家，我们有自己小小的不同，还有一些难堪的时

刻 —— 一九三七年的起义，路易·里尔被绞死，等等 —— 但这只不过是一段漫长平静的饭后小睡期间不礼貌的打嗝。我们一直听人说加拿大成熟了。甚至还有一本教材题目就叫：《加拿大发展成熟》。我不确定这话究竟应该是什么意思 —— 我们可以投票、喝酒、刮毛和私通了，或许是；或者我们继承了遗产，现在可以管好自己的事了。

我们的遗产。啊没错 —— 在小主人成年之际由家族律师递过来的神秘密封盒子。可里面有什么呢？许多在学校里没有告诉我们的事，这就是历史写作的兴趣所在。因为正是没有提起的事情才会激起我们内心最大的好奇。它们为什么没被提起？加拿大过去的诱惑，对我这一代的作者而言，部分是不可提及之事的诱惑 —— 神秘的，掩埋的，遗忘的，抛弃的，禁忌的。

对掩埋之物的挖掘或许始于诗歌；比如 E. J. 普拉特关于泰坦尼克沉没以及法国耶稣会传教士布雷伯夫等主题的叙事诗。普拉特受到某些更年轻作者的追随；我想起格温多琳·麦克尤恩六十年代中期的诗剧《恐怖与冥土》，说的是富兰克林失败的探险。提起玛格丽特·阿特伍德一九七〇年的《苏珊娜·穆迪日记》让我脸红，但反正我之后也要提起，现在就先脸红完好了。其他诗人 —— 尤其是道格·琼斯和阿尔·珀迪，但还有别的 —— 将历史事件用作单首诗歌的主题。詹姆斯·雷尼是采用本地历史的先驱 —— 他的当纳利三部曲是在六十年代晚期写的，尽管剧本要到更晚才创作出来。一九七〇年代还有其他戏剧 —— 里克·萨鲁廷关于上加拿大起义的《农民的反抗》跃入脑海。

接着出现了小说。不是艳情小说那样的历史传奇；而是我们多半应该称为"设在历史过去的小说"，以便和能在药店找到、上面盖着遮布、标题有凸起银色漩涡花纹的那种东西区分开来。过去久远到什么时候才能被看成历史？大体上，我猜你可以说在小说作者意识到这点之前的任何时候；这么说似乎够公平了。

当时，在小说方面，我们早在一九七〇年就有了安娜·埃贝尔极为出色的《卡穆拉斯卡庄园》。书是用法语写的，不过有翻译，而且许多说英语的作者都读了。远在玛格丽特·劳伦斯一九七四年的《占卜者》和玛丽安·恩格尔一九七六年的《熊》中，来自加拿大过去的人物就被用作了加拿大当下的参考依据——劳伦斯用了凯瑟琳·帕尔·特雷尔，恩格尔则用了一个不知名且很可能是虚构的十九世纪英格兰移民。鲁迪·威伯一九七三年的《大熊的诱惑》和一九七七年的《焦木人》通常被看成是归纳在土著人的括弧内，但它们无疑也是完全以过去为背景的。此外还有蒂莫西·芬德利一九七七年的《战争》。

在八九十年代，这一趋势得到加强。格雷姆·吉布森的《永恒的运动》发表于一九八二年。在那之后的作品多如牛毛。罗伯逊·戴维斯的《谋杀和行走的鬼魂》是一部历史小说。同样——按我对历史的定义——还有迈克尔·翁达杰的《身着狮皮》和《英国病人》，以及布莱恩·摩尔的《黑袍》。同时还有爱丽丝·门罗的两个短篇《门斯特河之歌》和《旷野车站》。还有乔治·鲍林的《燃烧的水》和达芙妮·马拉特的《安娜历史》，以及简·厄克特的《旋涡》和《远走》；另外还有卡罗尔·希尔德的《石头日记》，以及蒂莫西·芬德利的《钢琴家的女儿》。仅仅是这一年，我们就有芬德利的《你走了》，安·玛丽·麦克唐纳的《跪下你的双膝》，凯瑟琳·戈维尔的《天使行》，安妮·麦珂尔丝的《漂泊手记》，盖尔·安德森-达尔加兹的《用闪电治愈死亡》，以及盖伊·范德海格的《英国人的仆童》。

所有这些作品的背景都设在过去 —— 狄更斯的久远过去 —— 但使用过去并不都是出于相同的目的。当然不是；它们的作者是单独的个体，每本小说也有各自的专注。有些努力对真实事件给予或多或少的忠实描述，或许是回答类似"我们从哪里来又是如何到了这儿"的问题。有些努力提供某种补偿，或者至少是对过去错误的承认 —— 我会把鲁迪·威伯的小说和盖伊·范德海格的书归入这类，因为它们讨论的是北美在对待土著民族方面不光彩的记录。其他作品，比如格雷姆·吉布森的，审视我们在痴迷寻找不切实际的大笔财富期间杀害和破坏的东西。还有的钻研等级结构和政治斗争 —— 翁达杰的《身着狮皮》，比如说。另有一些发掘女性在比我们严苛得多的条件下所生活的过去；还有的将过去用作家族传奇的背景 —— 关于背叛、惨剧甚至疯狂的故事。"往昔是一处异域外邦，"英语小说《送信人》[5]这样开场，"那里的人做起事来是不一样的。"没错，确实不一样，这些作品指明了这一点；但也有很多事情做起来是一样的，这些作品同样也指出了这一点。

　　那么为什么在过去二十年，尤其是过去十年间有这么一大串历史小说呢？先前，我已经就为什么这一趋势没有更早出现给出了一些可能的理由；但为什么现在出现了？

　　有人或许会说我们对自己更加自信了 —— 现在我们可以觉得自己比从前更有趣了；我认为他们说的没错。在这一点上，我们是一场全球运动的一部分，这场运动让作者和读者，尤其是前殖民地的作者和读者，回头面向自己的根基，同时也不拒绝帝国中心的发展。伦敦和巴黎依旧是美妙的地方，但它们不再被看作真善美，以及更能代表二十世纪品味的假恶丑的唯一所在地。想要肮脏、谎言和腐败？哈，我们有土生土长的，而且不只如此，我们还一直都有，这就是历史发挥作用的地方。

有人可能会说，另一方面，过去更安全；在我们国家感受到严重威胁的时刻——分裂的威胁，建立的制度，社会结构和自我意识名副其实被撕裂的威胁——逃回过去，回到这些东西并不成问题的时候，会令人感到安慰。对于过去，至少我们知道发生过什么：探访期间，我们不会被关于未来的不确定折磨，或者至少是从历史到我们之间的这段时间；因为我们已经读过了。泰坦尼克或许在下沉，但我们并不在船上。望着它沉没，让我们把注意力从自己其实正坐着的漏水救生筏上短暂移开。

当然过去并不是真的更安全。正如一位地方博物馆管理员所说，"怀旧是没有痛苦的过去，"[6]而对生活在其中的人而言，过去就是他们的现在，对他们来说就如同我们的现在对我们来说一样痛苦——或许更加严重，考虑到当时有无法治愈的疾病，没有麻醉药、集中供暖和入户水管，就提几个缺点。那些渴望回到所谓十九世纪价值观的人应该放下热衷于那个年代的花边枕头杂志，好好看看当时真实发生的事。因此安逸虽然可以是一种吸引力，却也是一种假象；我提到的加拿大历史小说中也没有多少把过去描绘成非常舒心的地方。

此外还有时间旅行的诱惑，吸引着我们每个人内心的小小文化人类学家。窥探是如此有趣，在一定程度上；从窗外偷看。那时候的人吃什么？他们穿什么，怎么洗衣服，或者给病人治病，安葬去世的人？他们想什么？他们撒了什么谎，又是为什么？他们究竟是什么人？这些问题一旦开始就没有尽头。好比询问你去世的曾祖父母——他们的所做所想有没有任何一点在我们身上得到留存？

我认为这种吸引力还有另外一个原因，与我们所处的时代有关。对一个十五岁孩子来说，没有比阿加莎姨妈漫无边际地闲扯族谱更无聊的了；但常常，也没有什么比这更让一个五十岁的人感兴趣。并不是作为个体的作者现在五十岁了——其中有些要年轻得多。我觉得是文化。

我曾上过一堂研究生课，名叫"美国革命的文学"，开课时教授说事实上并没有美国革命的文学，因为那时所有人都忙着起义，没空写作，所以我们要学的是就在革命之前，以及紧接在革命之后的文学。在革命之后出现了大量美国艺术界的忧愁焦虑和自我反省，可以这么说。现在我们经历过革命了，他们烦恼地想，理应从中迸发的伟大美国天才在哪里？令人赞叹的小说或诗歌或绘画该是什么样，才是真正美国的？为什么我们不能有美国的时尚行业？等等。《白鲸》和沃尔特·惠特曼终于出现的时候，大多数有正义感的人都用它们擦鞋；但这就是生活。

然而，正是源于这种质疑和评定的气氛——我们从哪里来，是怎么从那儿到了这儿，我们要去哪里，此刻我们是谁——纳撒尼尔·霍桑才写出了《红字》，一部以十七世纪新英格兰为背景的历史小说。十八世纪在很大程度上因为清教徒而感到难堪，尤其是他们在塞勒姆巫术审判期间的疯狂劲头，因而想要忘了他们；但霍桑又把他们挖了出来，并加以仔细审视。《红字》当然完全不是清教徒所认识的十七世纪；它以出色的十九世纪风格，对通奸的包袱，海丝特·白兰，给予了太多欣赏和尊重。相反，这是一部以新建立的十九世纪美国大众为目标而采用十七世纪英格兰殖民背景的小说。而我认为这是让加拿大历史小说作者和读者感兴趣的部分之一，你看：通过仔细审视过去，我们得以安放自己。

我答应你们的三大主要内容里有两项已经多少兑现了，现在我要转向第三件，也就是，我自己写作一部以过去为背景的小说的尝试。我并没打算写，但不知怎么最后还是写了；我的小说大体上都是这么出现的。我也没有意识到我自己刚才列出的任何动机。我认为小说家始于暗示，形象、画面和声音，而不是理论和宏大方案。小说关乎的是每个角色与他们周遭环境的互动，他们依据环境所采取的行动；是细节，而非全局模式；尽管全局模式当然也可能随之出现。

　　要谈到的书是《别名格蕾丝》，它是这样诞生的。六十年代，出于无法以理性解释的理由，我发现自己写了一系列的诗，名叫《苏珊娜·穆迪日记》，说的是一个英格兰移民，在一八三〇年代来到今天的安大略，在彼得堡以北的沼泽度过了一段非常不愉快的时光，并在一本题为《丛林中的艰苦岁月》的书里写下了她的经历，书警告英格兰上流人士不要重蹈覆辙。加拿大这个地方，在她看来，只适合双手粗糙的农民，或者真正的吃苦劳力。逃出丛林后她写了《拓荒生活》，其中也包含她对格蕾丝·马克斯故事的叙述。

　　苏珊娜·穆迪描述了她在一八五一年与格蕾丝在金斯顿监狱的会面；然后复述了格蕾丝所涉嫌的双重谋杀。杀人动机，据穆迪说，是格蕾丝对她的雇主，绅士托马斯·金尼尔的热恋，以及她对南希·蒙哥玛利的疯狂嫉妒，她是金尼尔的管家和情妇。穆迪将格蕾丝描述成事件的推动力——脸色阴沉，郁郁寡欢的少年荡妇——而谋杀共犯，男仆詹姆斯·麦克德莫特则仅仅呈现为受骗上当的人，受到自己对格蕾丝欲望的驱使，同时还有后者的奚落和劝诱。

　　托马斯·金尼尔和南希·蒙哥玛利最后死在了地窖里，格蕾丝和麦克德莫特成功渡过安大略湖到了美国，带着一马车偷来的东西。他们被捕然后送了回来，以谋杀托马斯·金尼尔的罪名受审；南希的谋杀案从未开审，因为两人都被判有罪，因杀害金尼尔而被判处死刑。麦克德莫特被执行了绞刑。格蕾丝则被判为从犯，但因为有为她祈福的人请愿，并且考虑到她更加软弱的性别和极端的年轻——她才刚满十六岁——刑罚被减为终身监禁。

穆迪再次见到了格蕾丝，这一次是在多伦多新建疯人院的暴力病房里；她的描述就止于此，带着虔诚的希望，希望这个可怜的姑娘自始至终都精神错乱了，这也能解释她令人震惊的行为，并让她在来世获得宽恕。这是我发现的故事的第一个版本，当时还年轻，还相信"非虚构"意味着"真实"的我，并没有怀疑它。

时光荏苒。此后，在七十年代，加拿大广播公司制作人乔治·约纳斯请我写一个电视剧本。我的剧本写的是格蕾丝·马克斯，用的是穆迪的版本，在形式上已经高度戏剧化了。其中，格蕾丝幽怨而执迷，麦克德莫特则受她摆布。我倒是略去了穆迪关于格蕾丝和麦克德莫特把南希切成四块，然后藏到洗衣盆下面的细节。我觉得这很难拍，而且说实在的他们干吗要费那么大的劲？

接着我又收到邀请，把电视剧本改编成一出戏剧。我确实做了尝试。希望用多层舞台，好让主楼、上层和地窖能同时呈现。我希望以监狱开场，以疯人院结尾，还有个设想让苏珊娜·穆迪的灵魂吊着金属丝飞进来，穿黑色丝裙，类似彼得潘和蝙蝠的合体；但这实在超出了我的能力，我放弃了，然后忘记了这件事。

又过了一段时间。很快就到一九九〇年代早期了，我正在巡回售书途中，坐在苏黎世的一间酒店房间里。一个场景清晰地出现在我眼前，就像场景通常会出现的样子。我在一张酒店的书写纸上把它写了下来，因为没有其他的纸；它基本上就是这本书现在实际上的开场。我认出了地点：金尼尔住宅的地窖，其中的女性人物是格蕾丝·马克斯。此后并非立刻，而是过了一阵，我继续写起了这部小说。但这一次我做了穆迪和我自己此前都不曾做过的事：回到过去。

过去是用纸构成的；如今有时是用微缩胶卷和光碟，但归根结底它们同样也是用纸构成的。偶尔有建筑或照片或坟墓，但主要都是纸。纸张必须小心爱护；档案保管员和图书管理员是纸张的守护天使；没有他们纸的数量会少得多，我和许多其他作者都欠他们一份巨大的人情。

纸上有什么？和如今印在纸上的东西一样。记录，文件，报纸新闻，目击者报告，流言，谣传，见解和矛盾。比起现在写在纸上的东西——我日益发现——没有理由更相信过去的。说到底，写下这些东西的，过去是，现在也是人，容易受到错误——无论有意还是无意，完全符合人性的放大丑闻的欲望，以及自身偏见的影响。我也常常深感沮丧，不是因为过去的记录者写下的东西，而是被他们排除在外的东西。历史非常乐意告诉我们谁赢得了特拉法尔加战役，哪位全球领袖签署了这份或那份条约，但对如今已经模糊的日常生活细节却不太愿意去提。谁也没有把这些东西写下来，因为这些人人都知道，而且觉得它们太普通也太不重要，不值得一记。因此我发现自己不仅要绞尽脑汁解决谁说了关于格蕾丝的什么，更要弄明白如何清洗夜壶，冬天要穿怎样的鞋袜，被褥花纹名称的来历，以及如何保存欧洲萝卜。假如要追寻真相，完整且详细的真相，不求其他只求真相，只相信记在纸上的东西会让你很不好过；但对于过去，这几乎是唯一能找到的东西。

苏珊娜·穆迪在叙述开始时说她是在凭记忆写这个故事，而结果证明，她的记忆力并不比大多数人好。她弄错了地点，还有一些参与者的名字，这还只是开始。不仅如此，与穆迪的讲述相比，真实故事存在更多问题，虽说少了几分有条理的戏剧性。首先，证人——即便是目击者，即便是在庭审期间——也常常意见不一；但话说回来，这和大多数审判又有什么不同呢？举个例子，一个说金尼尔的房子被犯人弄得凌乱不堪，另一个说房子很整洁，一开始都没发觉有人从里面拿走了东西。面对如此差异，我试图推测哪种描述最为可信。

接着还有核心人物的问题，在这一点上意见分歧着实严重。所有评论的人都说格蕾丝拥有罕见的美貌，却不能就她的身高或发色达成一致。有的说格蕾丝嫉妒南希，另有人说正相反，是南希嫉妒格蕾丝。有的视格蕾丝为奸诈的女魔头，其他人则认为她是头脑简单、遭受胁迫的受害者，和麦克德莫特一起逃跑仅仅是因为担心自己的性命。

我在阅读时发现，当时的报纸也有自己的政治议题。加拿大西部仍在因为一八三七年起义造成的效应而震惊不已，这既影响了格蕾丝在谋杀发生前的生活，也影响了她在记者笔下受到的待遇。大比例的人口——有人说高达三分之一——在起义后离开了这个国家；相对更贫穷和更激进的三分之一，我们可以这样假设，这或许能说明余下人口的保守党特色。大量人口出走导致用人短缺，相应地又意味着格蕾丝能比她的英格兰同行更加频繁地更换工作。一八四三年——谋杀发生的那一年——关于威廉·莱昂·麦肯齐有多坏和够不够格的社论还在写；原则上，诟病他的保守党报纸也诋毁格蕾丝——毕竟她参与了对保守党雇主的谋杀，这是严重的犯上行为；而赞扬麦肯齐的改革党报纸同样也倾向于对格蕾丝宽大处理。这一意见分歧在该案后续的作者中延续，直到十九世纪末。

我认为，为了公平起见，我必须呈现所有的观点。我为自己设计了如下指导原则：如果有确凿事实，我就不能更改；即便我想让格蕾丝目睹麦克德莫特被处决，那也做不到，因为可惜，那天她已经进了监狱。同样，书里的所有主要元素都必须在关于格蕾丝和她那个时代的文字作品中有所提及，无论这些作品有多靠不住；但在没有填满的空白处，我可以自由创造。因为有许多空白，所以也有许多创造。《别名格蕾丝》更多的是一本小说而非纪实作品。

写作过程中，我发现自己思考着迄今得到讲述的故事的数量和种类：格蕾丝自己的版本——有好几个——由报纸和她的"供词"所反映的；麦克德莫特的版本，同样有多种；穆迪的版本；后续评论者的。每个故事都有讲者，但——所有故事都是如此——也有听众；两者都受到广为接受的意见氛围影响，关于政治，但同时也关于罪行及其应有的惩罚，关于女性的天性——比如说，她们软弱和诱惑的特征——也关于疯狂；事实上是关于与案件相关的所有一切。

在我的小说里，格蕾丝也是——在无论其他什么身份之外——讲故事的人，有着强烈的叙述动机，但也有强烈的不说的动机；作为被判有罪且受到监禁的犯人，她唯一剩下的影响力就源于这两种动机的组合。她对唯一的听众，西蒙·乔丹医生——不仅是比她受过更多教育的人，还是一个男人，这在十九世纪自动给予了他优势，还是一个有可能为她提供帮助的男人——所说的，是经过选择的话，当然是。取决于她记得什么；或者还是说她自称记得什么，且两者有可能相当不同？而她的听众又如何能辨别出不同？我们在这里，二十世纪末，有着自己对记忆可信度、故事可靠性，以及时间延续性的不安。在维多利亚时代的小说里，格蕾丝会说，"现在我全都想起来了"；但因为《别名格蕾丝》不是维多利亚时代的小说，她并不会这么说；假如她说了，我们——还会——相信吗？

这些是我自己对于尽管面对上述种种却仍然真实的加拿大过往的小说写作尝试留给我去不断询问的问题。我也没有忽略，一个不同的作者，查阅完全相同的历史档案，可能会——而且毫无疑问会——写出一本非常不同的小说。我并不是相信真相不可知的人；然而我不得不得出结论，尽管毫无疑问有一个事实——确实有人杀害了南希·蒙哥玛利——但真相有时无从知晓，至少无从被我们知晓。

过去告诉我们什么？就其本身而言什么也没有。我们首先必须倾听，然后它才会说话；而且即便如此，倾听意味着倾诉，然后再去复述。关于过去，如果要说些什么的话，那也是我们自己必须去说；而我们的听众则是彼此。在我们自己也相应成为过去之后，其他人会讲述关于我们、关于我们这个时代的故事；或许也不会，视情况而定。虽然看起来不太会，但我们也可能引不起他们的兴趣。

而与此同时，趁还有机会的时候，我们自己应该说什么？或者说，我们在说什么？个体记忆，历史，还有小说，都是选择性的：谁也记不得所有的事情，每个历史学家选出他或她愿意视为重要的东西，而每本小说，无论是不是历史小说，也都必须限定自身的范围。谁也讲不完世上所有的故事。对小说家而言，他们最好把自己限制在古舟子的故事里；换句话说，抓住他们不放，折磨他们，直到他们用自己骨瘦如柴的双手攫住一批不明真相的婚宴宾客，用闪烁的眼睛或者要么是用闪光的句子吸引他们的注意，给他们讲一个他们不得不听的故事为止。

这些故事并不是要说历史中这样或那样的一部分，或这场或那场政治或社会事件，或这个或那个城市或国家或国籍，尽管这些内容当然可能会，也经常会成为故事的一部分。它们关乎人性，这通常意味着关乎傲慢、嫉妒、贪婪、色欲、懒惰、暴食和愤怒。它们关乎真相和谎言，伪装和揭露；关乎罪与罚；关乎爱与宽恕，坚忍和仁慈；关乎罪过和报应，有时甚至是救赎。

在近期的电影《邮差》中，伟大的诗人巴勃罗·聂鲁达训斥他的朋友，一个卑微的邮差，因为他偷了聂鲁达的一首诗向一个当地的女孩求爱。"可是，"邮差回答，"诗歌并不属于写作它们的人。诗歌属于需要它们的人。"关于过去的故事也是一样。过去不再仅仅属于那些生活在其中的人；它属于那些索取它们，愿意探索它们，并为了活在今天的人而为它们注入意义的人。过去属于我们，因为我们是需要它们的人。

注：

1. 罗伯逊·戴维斯，《快乐的心》，麦可兰德和斯图尔特出版社，多伦多，1996，358 页。

2. 见，如伊恩·哈金，《重写灵魂》，普林斯顿大学出版社，普林斯顿，1995。

3. 见，如保罗·福塞尔，《大战与现代记忆》，牛津大学出版社，牛津，2000。

4. 哈维尔·马里亚斯，《全灵》，哈维尔出版社，伦敦，1995。

5. L. P. 哈特利，《送信人》，企鹅现代经典，2004。

6. 加拿大广播公司地方博物馆节目，1996年夏。

我为什么喜欢《猎人之夜》

不管什么东西我都选不出唯一最喜欢的，所以我选《猎人之夜》是出于其他原因。首先，它是上映时给我留下不可磨灭印象的影片之一。那是一九五五年，我还是个少女，戏院还笼罩着香烟的青雾：男友一只手夹着烟，另一只手试图偷塞进我的小飞侠胸罩。银幕上放什么是次要的，记不得是和哪一任男友一起看的是我对《猎人之夜》的赞颂。它是如此扣人心弦，紧紧裹住我年轻的头脑，其中一些影像从那以后始终挥之不去。水下的谢利·温特斯，比如说，她遇难美人鱼的样子，在我自己的写作中已经多次改装登场。

第二个原因是"笔墨"文学节是英国的活动，而这部电影与英国有关。导演查尔斯·劳顿在伦敦有过引人注目的舞台生涯，还拍摄了多部英国电影，之后才加入了在三十到五十年代点亮好莱坞的欧洲流亡者队伍。一个困在怪异身体里的阴郁浪漫主义者，他常演怪物，这毫无疑问影响了他对《猎人之夜》的执导——同样还有他对艺术的兴趣以及广泛的文学和《圣经》背景。想必是他对素材的理解才让他得以从演员阵容中提炼出如此非凡的表演——尤其是罗伯特·米彻姆、谢利·温特斯和丽莲·吉许。

这部电影与《黑板丛林》和《无因的反叛》同年上映，因而没能产生应有的影响，尽管从那以后它收获了相当多的追随者。欧洲影评人尤其探究了它的电影影响，提供了弗洛伊德式的分析（脆弱的母亲，儿子和他们对父亲犹豫不决的忠诚，无论死的、假的，还是理想的——参见被塞进审判场景的亚伯拉罕·林肯肖像），还提到了贝特尔海姆的童话深层心理学，更不用说劳顿本人的深层心理学了。

影片和导演似乎是天生一对——矛盾的是，《猎人之夜》是如此彻底的美国电影。它也是一部作者电影，这是我选择用它来参加文学节的另一个理由。许多电影的剧情梗概只是作为骨架，让导演在上面挂上自己的想法和效果，而这部电影几乎所有的画面——每只兔子，猫头鹰等等——都在剧情梗概中得到详尽描述。类似这样的剧本今天在好莱坞多半过不了第一关：会被认为太啰唆。

影片改编自大卫·格拉布的小说，由詹姆斯·艾吉编剧，他也是《让我们来歌颂那些著名的人》与《家中丧事》，以及电影《非洲女王号》的作者。格拉布和艾吉都在大萧条期间的俄亥俄山谷长大，这也是电影发生的时间地点。两人都是一场普遍运动的一员：远离二十年代的世界主义，关注饱受贫困之苦的黑暗美国腹地。但艾吉和格拉布虽然记得三十年代，却并未在当时写作。到了他们的时代，两人已经能够借由霍桑、坡、梅尔维尔和吐温等早期作者，从一代致力于解开美国新教主义卷曲缠绕的哥特线团的文学学者中获益。这一点一望便知。

电影采用双重架构。开场是蕾切尔——一位老年女性，后来我们知道她是流浪儿童救助者——营造出睡前故事和梦的世界。（有人可能会说假如这是她所设想的为儿童提供舒缓故事，那她定是个施虐狂坏女人，因为这梦是场噩梦；可是话说回来，民间故事素来都是噩梦。作为讲故事的人，她的任务是至少让噩梦变得有少许安全。）第二大架构是社会性的：大萧条，其所引发的绝望驱使了影片开头的抢劫。

双重架构之内是宛如民间传说的故事本身，其中还有吃人的怪物（由米彻姆扮演）。他的名字是哈利，"老哈利"里的哈利，土话里说的恶魔。把理查三世和弥尔顿的撒旦混合，装进假扮成牧师的南部精神变态的身体，就有了这个角色。他无法用大萧条解释——他就是彻底的邪恶——然而，在劳顿手中，他又是一个复杂的人物，一个在美国艺术作品中反复出现的花言巧语的骗子，被社会接受，然后又被它摧毁。他是怪物，但最终是用来献祭的一个。

在一定程度上情节非常简单：父亲干了一票持枪抢劫，把钱塞进一个洋娃娃里。这个拜金的偶像，肚子里塞满现金的维伦多尔夫的维纳斯，成了善恶斗争中让人觊觎的宝藏。抢劫犯的两个孩子——一个女孩和一个大一点的男孩——被迫发誓不把洋娃娃的秘密告诉任何人，尤其是他们的母亲，耽于情欲并因此任性的薇拉。恶狼般的狱友哈利知道赃款的事，却不知道钱藏在哪里；于是在父亲被绞死后，他披上羊皮，前去和他的寡妇谈情说爱，每个毛孔都洋溢着性感之力，但尤其是下眼皮。薇拉为之倾倒并和他结婚，可哈利对她的身体没兴趣。他割断她的喉咙，把她沉到河底，然后声称她跑了，正是恶魔般的女人会做的事情。

现在他可以对孩子们下手了。他强迫他们说出了洋娃娃的秘密，但两个孩子乘船沿着俄亥俄河逃跑，愤怒的牧师一路追踪。这是典型的美国场景——两个无辜的漂流人让人想起哈克贝利·费恩和吉姆，以及，在他们身后，倍受喜爱的美国《圣经》画面，方舟带着仅存的拯救者在大洪水中前行——在这里是淹没了孩子母亲的洪水。这场特定的洪水完全与成年人的性欲，以及对性欲的压制混在一起，也是典型的美国——制造一个拒绝性欲但同时又完全具有性别特征的世界是清教主义的本质。

蕾切尔收留了孩子们（她是个好女人，因为她早过了性的年纪），追兵跟踪而至。最后发生对峙、抓捕和审判，反派死亡。但我们无法松一口气：电影的哲学含义着实令人不安。片中不时出现手的影像：靠近开头的地方，牧师用指关节扮手影戏，他的手上纹着爱和恨两个词。爱会战胜恨吗？如果会，又是哪种爱？上帝本人是爱你还是恨你，而假如你把自己交到他的手里，那双手的本质又是什么？

结尾时双手再次出现，在怪物哈利和幸存者蕾切尔唱起二重唱的时候——顺便一提，这或许是耶稣唯一一次伪装成拿着枪的可爱小老太太出现。他们唱了赞美诗《靠主膀臂歌》——两人都唱了，但各自指向不同的臂膀；在每一条臂膀的尽头都有一只手，且有右手的地方必然也有左手。

但每首经验之歌都有它的天真之歌，正是孩童之眼的视角给予了电影透明与坦诚。其关键视角来自小男孩约翰·哈珀，介于天真与经验之间。只有他从一开始就不信任牧师，只有他意识到母亲出了什么事；然而，非常能说明问题的是，他不愿出面指证杀她的凶手。父亲是被判绞刑的杀人犯，母亲惨遭屠杀，继父是个疯子，他有充分的理由不相信成人世界，但蕾切尔的家只能在他还是孩子的时候给他庇护。或许他长大后会成为一个抢劫犯。又或许，像他的名字所暗示的，鲜血四溅的史诗传奇的咏唱者和末日天启的作者？

电影有着塞满圣诞礼物的圆满结局，但我们并不相信它，约翰也不应该信。他知道了太多事情。换句话说，假如这是猎人的夜晚，等到早晨太阳升起的时候，又会是怎样的白天呢？

第三部

2000—2005

2000—2005

二〇〇〇年的新年夜开启了新千年。我们的电脑本该崩溃的，结果没有。我的母亲这时年事已高，几乎失明，但还能见到亮光。我们在她的观景窗外放了些焰火，好让她也能参与庆祝，后来妹妹不小心把后院点着了。这就是我对这场盛大活动的印象——妹妹在干草里上蹿下跳，努力把火踩熄。

在日记本上二〇〇〇年开始的那一页，我草草写下：电视上的焰火非常精彩除了愚蠢的解说。哪里都没漏水。教堂响了钟。天气很暖和。有一轮半月。天使没有降临，或者至少裸眼看不见。没有掉下炸弹。没下雪。这里没有恐怖分子。

著名的遗言。

我在几次开篇不成后写完了《盲刺客》，其中一次是在加拿大，一次是在伦敦一间奇特的线上租赁公寓。突破在法国到来，我在那里用几张拼起来当成写字桌用的茶几写作。小说在一九九九年末完笔，在二〇〇〇年二月做了编校，是在马德里，在那里我还完成了那年春天在剑桥大学做的六场演讲的讲稿，主题是作者和写作。（这些后来以《与逝者协商》为题出版。）因此二十一世纪第一年的最初几个月，是晴朗蓝天、阳光明媚和吃西班牙油条，紧跟着繁花盛开的剑桥花园，森林里的蓝铃花，还有薄雾。

《盲刺客》在二〇〇〇年秋天出版。是我第四本入选布克奖短名单的小说。我没想到的是这本书犯下了奥斯卡·王尔德会说的不可饶恕的文法失格，它居然获奖了。

二〇〇一年第一阶段我还在为《盲刺客》巡回宣传。最远到了新西兰和澳大利亚，正在昆士兰稍作休息，和朋友一起观鸟的时候，我却发现自己莫名其妙地开始了另一部小说——短文《写作〈羚羊与秧鸡〉》描述了这段过程。

回到加拿大后我继续写这本小说。在伊利湖的一个岛上写了一部分，但小说写作不幸被莫迪凯·里奇勒的早逝打断。另有几位朋友和作家同行也在这一时期去世，我为其中几个人写了文章。

我在北极的一艘船上创作了《羚羊与秧鸡》的几个篇章，这是个写作的好地方，因为电话打不进来。二〇〇一年九月，我在多伦多机场等一架纽约来的飞机，好去参加《盲刺客》平装本发布会的时候，9·11灾难发生了。

这一部分有一篇文章与该事件相连。那段时期我正在为赖德·哈格德乖张的小说《她》写序；这个堂吉诃德式企划案的编辑是个名叫本杰明·德雷尔的小伙子，我是从他那里才得知——通过电子邮件，当时电话不通——我在纽约的朋友和同事都安全。

危机时刻，很容易将一切都投入防卫模式，相信进攻就是最好的防守——这可能导致，在人体内，因自体免疫反应而死亡——并放弃最初认为自己正在捍卫的那些价值观。往往，手术成功病人却没能活下来。敦促克制和多边主义的人被视为胆小鬼，耀武扬威成为主流。写《给美国的信》是因为我答应了维克多·纳瓦斯基，《国家》杂志的编辑，要写一篇这样的文章，那还是二〇〇二年夏天，入侵伊拉克甚至都还没提起的时候。《信》

就在入侵开始前发表，得到广泛重印，在全球引发大量反响。关于拿破仑失误的文章来自我对历史的阅读和我的谨慎意识。

　　这一部分完全可以称之为"一大把编辑"，作为对多年来与我合作过的多位编辑的致敬。在应景写作中，提出由头的常常是编辑。然后他们哄骗你就此写文章，在你写的时候牵着你的手，并努力不让你犯更加难堪的错误。有杂志编辑、报纸编辑、选集编辑，还有负责序言和后记的编辑。他们都很出色。有几位新的编辑在这段时期走进了我的生活——《时代》的艾丽卡·瓦格纳，《纽约书评》的罗伯特·西尔弗斯。西尔弗斯是我认识的唯一一个，在电话上而且是在半夜里——至少是在分号的问题上——显得最优雅和最有魅力的编辑。这或许是为什么他总能让我听他的。瓦格纳则是我认识的唯一一个留着板寸还有文身的编辑。

　　每当我觉得自己变得像沉思者梅尔莫斯或者躁动的未读作品，在黑夜中徘徊，扑向没有提防的读者，或是像吸血鬼的抄书员，被铁链锁在地窖、吃着苍蝇，注定要无休止地写字——每当我决定减少写作，转去做点有益健康的事情，比如冰上舞蹈——必定就会有某个舌头上抹了蜜的编辑给我打电话，说出一个让我无法拒绝的提议。因此某种意义上这本书根本就是说"不"的能力发育不全的结果。

　　然而没有人会抵挡不住自认为没有吸引力的诱惑。究竟是什么，这种往白纸上写东西的冲动？为什么会有这样无止境的话语流出？是什么把我们推向了它？写作究竟是种疾病，或者——作为言语的视觉形式——只不过是身为人类的一种表现？

品特式

哈罗德·品特已然声名显赫，在我十七岁，走出高中课程的维多利亚半影，进入真正活着的人笔下的世界的时候。在这个世界里，在销售令人兴奋的有着柔软却光亮的新式封面作品的书店里，有贝克特、萨特、尤内斯库和加缪，还有品特。我自然认为品特的年纪很大，鉴于和他摆在一起的这些人，但他不老。只是开始得很早。

而自那以后他有着多么惊人的发展轨迹啊。犹如彗星，却是刺猬或芒刺形状的彗星。不是温暖舒适的存在，不让人安慰，不惹人怜爱，不是法兰绒。他带刺、恼人、尖锐而严厉。永远出人意料：从侧面走到你跟前，带着骇人的怒视。

但它始终坚持自己，我们如今称之为品特的这一系列作品。这是一项无与伦比的成就。还衍生出了自己的形容词：品特式。

我努力思考我们用这个形容词可能是指什么意思，或者我可能是什么意思，有两个特点出现在脑海。一是充耳不闻，二是沉默。在品特里，人们听不见彼此，或者听错，这有时是故意的，有时不是。矛盾的是，品特正是以这种方式让我们聆听；他使我们很仔细、很认真地听。至于沉默，没人比他用得更好了。漫长的停顿，不存在的回答，没有出现的意料中的发言。品特的角色常常失语，而这一缺失代表着普遍的缺失。

我又对自己说了一遍品特式，就想看看会发生什么，两个人物出现了。一是约伯，他被夺走了一切，正理所当然地向上帝抱怨他对自己的不公。为什么是我？约伯说，我不该被这么对待。上帝没有回答。反而提出了一堆自己的问题，专门用来显示他有多伟大。上帝的充耳不闻：人为一个要么对他毫不在意，要么把他像虫子一样压扁的宇宙感到愤怒不已。更不用说这片宇宙里的其他人，同样不闻不问还常常胡说八道。

另一个人物是亚伯拉罕，尤其是克尔恺郭尔文章里的亚伯拉罕。他受上帝之命，割断唯一的儿子的喉咙。面对这一残酷和反常的要求，亚伯拉罕没有反抗。也没有赞成。他沉默不语。然而这是巨大的沉默，带着萦绕不去的回响。

回响的其中之一就是品特——品特的沉默。

久久回荡的沉默。

品特式。

莫迪凯·里奇勒（1931—2001）：蒙特利尔的第欧根尼

莫迪凯·里奇勒走了，一束重要的光被熄灭了。但那是什么样的光呢？不是运动员的火炬，不是天使的光环。相反，想象一下暴躁、尖刻、住在木桶里的第欧根尼的灯笼，在大白天打着它到处行走，寻找一个诚实的人。

莫迪凯既是寻人者也是诚实的人，而且对锦衣华服也同样心存怀疑。装扮一新参加大型活动的时候，不知怎的给人的印象却是他在木桶里会更快乐。衣服皱皱巴巴，领带歪歪扭扭，一杯苏格兰威士忌夹在手肘，细雪茄烟叼在嘴里，一只手里拿着的笔既是长矛（比如骑士，比如挑水疱会用的）也是戳破气球的针——这就是他为读者所喜爱，并由好友，著名漫画家埃斯林所完善的形象。莫迪凯似乎如此永恒，如此坚固，如此尽在掌握，每当新的夸夸其谈映入眼帘时又是如此可靠，很难相信他也是凡人。

不过——和所有优秀的作家一样——凡人正是他的主题。人性，其中所有的赤裸、卑贱、愚蠢、贪婪、麻木、刻薄，以及十足的邪恶——他了如指掌，大萧条期间在蒙特利尔贫困的犹太区长大让他得以近距离观察，随后在第二次世界大战中目睹了不只暴行更有伪善，紧接着——对他而言——又在伦敦从底层见到了文学生涯的辛苦摸索。

他也是——用我们的话说——吃过苦头的。他的瞎话雷达很敏锐，对人性本善的期望不高，在这一点上他是讽刺作家，乔纳森·斯威夫特名副其实的门徒。在魁北克追随分离主义期间，他惹恼了别人；但所有的挑惹行为都是有意的——无意中伤及无辜一定会让他大惊失色。魁北克也绝对不是唯一：任何人都可以是嘲弄的对象，只要目标在他眼中犯下了终极之罪，也就是——或者我猜是——虚华自负。

他戳穿吹嘘膨胀的习惯，加上精彩的使坏念头，制造出了加拿大文学中一些最让人捧腹的瞬间。《布迪·克拉维茨的学徒生涯》里犹太教成人礼做作的"艺术"影片；《所罗门·古尔斯基曾在这里》对富兰克林探险的嘲弄，其中英雄的水手们穿戴起了女士的花边——这是最创意惊人的莫迪凯。但每个讽刺作家都珍视他所描绘的恶行和愚蠢的另一面，莫迪凯也一样。他的另一面与查尔斯·狄更斯相去不远——热心、理智、体面的人——他的这一面在小说中崭露头角，尤其是他对人易犯错误问题的悲喜剧沉思，《巴尼的人生》。在令人敬畏的公众形象背后，他是一个害羞和慷慨的人，将时间用于他所认可的努力——最近的一项是"只有最好作品"的吉勒奖，他是该奖项的缔造者和第一届评审。

他是技艺精湛的专家，标准很高，不愿为傻瓜浪费时间，但他也是一个可爱的人，被每一个熟悉他的人深深厚爱，得到其他作家的尊重，受到许多忠实读者的信任，相信他会直言不讳。对我这一代人而言，他是一位开路人，在我们国家的生活和文学领域创造并占据了独有的位置，我们将十分怀念他。

阿富汗和平时

　　一九七八年二月，将近二十三年前，我和伴侣格雷姆·吉布森，以及我们十八个月大的女儿一起游览了阿富汗。去那里几乎完全是偶然：我们在前往澳大利亚阿德莱德文学节的路上。每走一段就停一下，我们认为这样对孩子的生物钟想必更轻松一点（结果证明是错的。）我们觉得在阿富汗停留两周会非常有意思。这个国家的军事史让我们钦佩不已 —— 无论亚历山大大帝还是十九世纪的英国都没有在这里久留，因为他们的武士非常勇猛。

　　"不要去阿富汗，"父亲得知我们的计划时说，"那里要打仗了。"他喜欢读历史书。"就像亚历山大大帝说的，阿富汗打进去容易退出来难。"但我们没听说任何关于打仗的其他传闻，因而还是去了。

　　我们是最后一批目睹相对和平时期的阿富汗的人 —— 说相对，是因为即便在那时也有部落纷争和超级大国施加影响。喀布尔最大的三栋建筑是中国使馆、苏联使馆和美国使馆、据说阿富汗的首脑让他们彼此相争而坐收渔利。

　　喀布尔的房子是雕花的木制建筑，街道仿佛活着的《时祷书》：穿着飘逸长袍的人，骆驼，毛驴，装着巨大木轮的车有男人在两头一推一拉。机动车屈指可数。其中包括布满装饰繁复的阿拉伯语字母的公交车，车头上画了眼睛，好让它们看见自己要往哪开。

　　我们雇到了一辆车，以便参观英军从喀布尔到贾拉拉巴德著名的灾难性撤退发生的地带。景色动人心魄：嶙峋的山峰，还有山谷中《一千零一夜》里描述的居所 —— 半是住房半是堡垒——倒映在迷人的蓝绿色河面上。司机在颠簸起伏的盘山路上飞速行驶，因为有土匪，我们必须赶在太阳下山前回去。

我们遇到的男人都很友善而且喜欢孩子：我们一头浅色鬈发的孩子获得了许多关注。我穿的冬衣有一顶很大的风帽，因此我遮得足够严实，没有引起过分的注意。许多人想和我们交谈；有些懂英语，另一些通过司机和我们交流。但他们都只对格雷姆说话。对我说话会是不礼貌的。尽管如此，我们的翻译却设法让我们走进一间全是男性的茶室，我得到的最坏也不过是一些不安的扫视。对访客热情接待的原则高于女性不进茶室的习俗。在酒店，端来饭菜和打扫房间的都是男人，个子很高，脸上的疤要么是因为决斗，要么是得自国民竞技，这种项目在马背上开展，目标是夺取一头被砍下脑袋的牛犊。

我们在街上瞥见的女孩和女人穿着卡多尔，打褶的长袍，由钩针织出的网纱罩住眼睛，比其他任何穆斯林罩袍遮得都更完全。那时候，还常能见到时髦的靴子和鞋子从下摆探出来。当时卡多尔不是强制的；印度教的女性并不穿。它是文化习俗，而因为我从小就听说没有紧身衣和白手套就不算穿得像样，所以我觉得我也能理解这一点。我还知道衣着是一种符号，而所有的符号都是暧昧多义的，它可能象征对女性的恐惧，或是保护她们免遭陌生人注视的渴望。但它也可能意味着更加负面的东西，好比红色可以指爱，血，生命，王室，好运——或是罪过。

我在集市买了一件卡多尔。一群快活的男人聚在一起，被一个西方女人挑选一件如此非西方物品的景象逗乐了。他们主动给出关于颜色和质量的建议。紫色比浅绿或蓝色更好，他们说。（我买了紫色的。）每个作家都想要一件隐身斗篷——能观察别人而不被看见的能力——或者说我在穿上卡多尔时是这么想的。可一旦穿上，我却有种变成负空间、视野中的空白，以及某种反物质的奇怪感受——在那儿又不在那儿。这样的空间拥有某种力量，却是被动的力量，禁忌的力量。

我们离开阿富汗几周后，战争爆发了。父亲终究还是对的。接下来的几年，我们常常想起当时遇到的人，还有他们的礼貌和好奇。他们中有多少人如今丧了命，却根本不是因为自己的错？

在这趟旅程的六年后，我写了《使女的故事》，关于美国神权政体的推想小说。书中女性的着装部分源自修女服饰，部分来自女校的裙长，还有部分——我必须承认——来自"老荷兰"牌清洁剂包装上的无脸女人，但同时也有部分源于我在阿富汗购得的卡多尔和它所引发的彼此矛盾的联想。正如一位角色所说，有追求的自由和解脱的自由，但我们必须放弃多少前者才能确保后者？所有文化都不得不应对这个问题，我们自己的文化——就像我们现在所见到的——也不例外。假如从没去过阿富汗我会写这本书吗？有可能。写出来的会一样吗？不太会。

《她》序

　　第一次读赖德·哈格德赫赫有名的小说《她》的时候，我并不知道它赫赫有名。我还处于青少年时期，那是一九五〇年代，《她》也只是地下室里许多书本中的一册。父亲在无意间与豪尔赫·路易斯·博尔赫斯同样嗜好带有些许诡异、配上刺激情节的十九世纪奇闻故事；因而，在本该做作业的地下室里，我通读了鲁德亚德·吉卜林和柯南·道尔，《德古拉》和《弗兰肯斯坦》，以及罗伯特·路易斯·史蒂文森和H. G. 威尔斯，同时还有亨利·赖德·哈格德。我先读了《所罗门王的宝藏》，讲的是冒险、地道和遗失的财宝，接着读了《艾伦·夸特梅因》，讲的是冒险、地道和失落的文明。然后我读了《她》。

　　当时我完全不知道这些书的社会文化背景 —— 大英帝国是地图上粉色的部分，"帝国主义和殖民主义"尚未收获它们特有的负面指控，"性别歧视"的罪名还远在未来。我也没有在文学巨著和其他类别之间做出任何区分。我不过是喜欢读书。任何以某些刻在非常老旧的破壶上的神秘碑文开头的书我都能接受，而这正是《她》的开篇。我读的版本扉页上甚至还有图片 —— 不是壶的画像，而是照片，让这个故事十分令人信服。（壶是哈格德的嫂子为他定做的；他想让它发挥和《金银岛》开头的海盗藏宝图类似的作用 —— 希望这本书的受欢迎程度能与后者媲美 —— 它做到了。）

　　最离奇的故事会在一开始声明，接下来的内容非常不可思议，读者会觉得很难相信，这既是诱惑也是挑战。壶上的讯息令人难以置信，但破译后，《她》的两位主角 —— 俊朗却不太聪明的利奥·文希，和长得丑却睿智的贺拉斯·霍利——出发前往非洲去寻找那位美丽的不死女巫师，据说她杀死了利奥古老的祖先。好奇是他们的推动力，复仇是目标。在历经许多艰辛，勉强从野蛮的母系部落"阿玛哈格尔"手中死里逃生后，他们不但找到了一处庞大且曾经强盛的文明遗迹，和来自该文明的大量制成木乃伊的遗体，更重要的是，还找到了居住在坟墓间，和传说中一模一样的女巫师，比他们敢于想象的可爱十倍，聪明十倍，也更加冷酷。

作为阿玛哈格尔的女王，"不可违抗的她"像尸体般全身包裹着飘来荡去，以便引发恐惧；可一旦剥开她的外衣，在纱布包裹之下的却是一位绝世美人，而且是——更重要的——一位处女。"她"，原来已经两千岁了。本名叫艾莎。自称曾是埃及自然女神伊西斯的女祭司。她守身两个千年，守候着爱人：卡利克拉提斯，伊西斯一位容貌出众的男祭司，也是利奥·文希的祖先。此人违背了誓言，和利奥的女祖先私奔，艾莎随之妒火中烧将他杀害。两千年来她一直在等他转世重生；甚至还把他保存下来的尸体珍藏在一间侧室里，夜夜为之悲痛不已。经过逐一比对表明——多么出人意料！——卡利克拉提斯和利奥·文希完全一致。

凭借迷人魅力让利奥拜倒臣服，并除掉乌斯塔尼——一个更正常一些的女人，此前和利奥建立了两性配偶关系，而且还刚巧就是艾莎那个偷走卡利克拉提斯的情敌的转世之后，"她"现在要求利奥陪她一起进入附近的一座大山深处。在那里，她说，能找到极其长寿和更加丰足的生命奥秘。不仅如此，在利奥变得和她一样强大之前，他们无法合二为一——不然这场结合会要了他的命（就像续集《艾莎：她的复仇》中发生的一样）。于是

240

他们向大山进发，取道曾是皇城的古城科尔遗址。为了获得新生，唯一要做的——在哈格德惯常的冒险和地道之后——就是穿越某些对人类而言无法度量的洞穴，踏入一根隆隆作响的摇摆火柱，然后从一条无底的裂缝中逃生。

这就是"她"在两千年前获得力量的方式，为了向犹豫不决的利奥表明这有多简单，她故技重施。可这一次情况倒转，艾莎在顷刻间皱缩成了一只很老的秃毛猴子，随即化为了尘土。同样不可救药爱着她的利奥和霍利都伤心欲绝，他们跟跄着回到文明世界，坚信"她"还会回来的承诺。

作为地下室里的一本好书，这些都很让人满意，除了"她"表达自己时惯用的夸张方式。《她》是一本奇怪的书，因为它将一位近乎神奇的女性放在叙事中心：迄今为止我唯一碰到的另一个此类女性是漫画里的神奇女侠，有发亮的套索和缀满闪光条纹的短裤。艾莎和神奇女侠遇上自己爱的男人都会变得完全意志薄弱——神奇女侠被男友史蒂夫·特雷弗吻过就会失去魔力；艾莎则无法专心征服世界，除非利奥·文希加入她那靠不住的事业——而十五岁的我，涉世未深，觉得这部分不仅缠绵浪漫而且相当好笑。后来我高中毕业，发现了高雅情趣，有一段时间忘记了《她》。

一段时间，但不是永远。六十年代早期我在上研究生，在马萨诸塞的剑桥。在那里我接触到了怀德纳图书馆，一处面积大得多也更有条理的地下室版本；换句话说，里面有各式各样的书，且并不是每一本都带有文学名著的盖章认可。一旦获准在书架间自由行动，我不爱做作业的嗜好很快就回来了，没过多久我就再次在赖德·哈格德和同类的作者中探头探脑。

不过这一次我有些理由。我的专业领域是十九世纪，正忙着钻研维多利亚时代的半女神；而谁也无法指责哈格德不够维多利亚。和他的时代一样——考古几乎就是在那时发明的——他是消失文明的业余爱好者；也和他的时代一样，他醉心于探索地图上尚未标出的地区和遭遇"未发现的"土著民族。在个人层面，他完全就是标准的乡绅——尽管过去有过几次非洲旅行——很难理解他过分热情的想象来自何处，不过或许正是这种教科书式的英国当权阶级特征才让他完全绕开了理性分析。他得以将一枚中心取样的钻头径直插入辉煌的英国维多利亚潜意识，在那里，恐惧和欲望——特别是男性的恐惧和欲望——像盲眼的鱼一样在黑暗中游弋。或者说亨利·米勒是这么说的，还有其他人。

这些都是从哪来的？尤其是，"她"这个人物是从哪来的——年老又年轻，强大又无力，美丽又丑陋，坟墓间的居民，痴迷于不死之爱，与自然之力并从而与生死深深相连？据说哈格德和他的兄弟姐妹曾被一只丑布娃娃吓得不轻，它住在昏暗的壁橱里，名叫"不可违抗的她"，但还不止这些。《她》在一八八七年出版，因而正值邪恶却魅惑的女性风潮的高峰。它同时也回望这一风潮的悠久传统。艾莎的文学女祖先包括乔治·麦克唐纳《柯迪》奇幻故事里童姥般的超能女性，同时还有各类维多利亚时代的致命女郎：丁尼生《亚瑟王传奇》中一心想偷走梅林魔法的薇薇安；罗塞蒂和威廉·莫里斯在诗歌和绘画中塑造的前拉斐尔时代诱惑男人的女性；斯温伯恩的女王；瓦格纳的女恶棍，包括《帕西法尔》里极度衰老却依旧标致的孔德丽；以及，最特别的，沃尔特·佩特著名散文诗中的蒙娜丽莎，比她端坐的岩石更古老，却青春可爱，而且神秘莫测，全身充盈着明显性质可疑的经验。

242

正如桑德拉·吉尔伯特和苏珊·古芭在一九八九年的作品《无人地带》中所指出的，这些强大却危险的女性形象在艺术领域的支配地位与"女性"在十九世纪的崛起，以及受到热烈讨论的她的"本性"和"权利"，还有这些争议所引发的焦虑和想象绝非没有关系。假如女性有朝一日开始操纵政治力量——出于天性，这件事情她们注定不适合——她们会用它做什么？而假如她们是美貌又性感的女人，有能力在性和政治领域同时发起攻击，她们难道不会喝男人的血，消耗他们的精力，让他们沦为卑躬屈膝的奴隶吗？这个世纪开启时，华兹华斯的自然母亲慈祥和善，"从来不曾背弃／任何爱她的心"；可到了世纪末，自然和与她如此坚定相连的女性却完全更有可能长着血红的獠牙和利爪——达尔文式而非华兹华斯式的女神。在《她》中，当艾莎第二次盗用位于自然中心熊熊燃烧的阳具支柱时，还好它起了反作用。不然男人们就要对自己的阳具支柱说再见了。

"你是寓言讽喻和互相映射的行家。"鲁德亚德·吉卜林在写给赖德·哈格德的信中说，《她》的场景中似乎也散布着各类暗示和语言线索。比如，阿玛哈格尔（Amahagger），由"她"统治的部落，拥有一个不仅包含"哈格"（hag，意为女巫），更是将"爱"的拉丁语词根与亚伯拉罕遭到驱逐、栖身旷野的妾室"夏甲"（Hagar）合并，从而让人想起两女争一男故事的名称。古城"科尔"（Kôr）之名或许得自"中心"（core），与法语的"心"（coeur）同源，但同时也暗示着"身体"（corps），从而引申出"尸体"（corpse）；因为"她"在一定程度上正是"噩梦的死中之生"，她可怕的结局使人想起反向运作的达尔文进化论——从女人变成猴子——还有经历木桩插心之举后的吸血鬼。（布莱姆·斯托克的《德古拉》在《她》之后问世，但谢里丹·勒·法努的《卡米拉》比它更早，还有许多别的吸血鬼故事。）这些联想和其他内容指向某种核心意义，哈格德本人或许永远无法尽释，尽管他写了一部续集和几部前传作为尝试。"《她》，"他说，"是一篇巨大的寓言，我无法领会其内涵。"

哈格德自称《她》是在"一片白热"中写成的，花了六个星期——"它来得，"他说，"比我疼痛可怜的手能记下的还要快。"这暗示着催眠恍惚或是鬼魂附体。在弗洛伊德和荣格派分析的全盛时期，《她》得到大量探讨和欣赏，弗洛伊德派在于其子宫和阳具的形象，荣格派则是其阿尼玛人物和初始体验。诺思洛普·弗莱，文学原型理论的拥护者，在一九七五年的著作《世俗的经典：传奇故事结构研究》中如此描述《她》：

> 在看似死亡和入土的女主角重新复活的主题上，莎士比亚《辛白林》的主题之一，我们对世界底部的大地之母似乎正在获得更加不被取代的感受。更晚一些的传奇故事里有另一次对此类人物的短暂一瞥，在赖德·哈格德的《她》中，一位美丽又邪恶的女性统治者，埋藏在一片黑暗大陆深处，与死亡和重生的原型紧密关联……经过防腐处理的木乃伊暗示着埃及，至高的死亡和葬礼之地，而且很大程度上出于其在《圣经》中的地位，也是前往下界之地。

无论我们认为《她》象征着什么，它对出版业的冲击都是巨大的。每个人都读了，尤其是男人；整整一代人受它影响，还有他们的下一代。大约十多部电影以它为根据，还有一大堆在二十世纪前十年、二十年和三十年里炮制出来的低俗杂志小说带有它的印记。每当一个年轻但可能也年老而且/或者死了的女性出现，特别是假如她在荒野中统治着一个失落部族，还能如催眠一般勾引男人，你所看到的都是"她"的后裔。

文学作家也感到受制于她。康拉德的《黑暗之心》在很大程度上归功于她，正如吉尔伯特和古芭所指出的。詹姆斯·希尔顿的香格里拉，那古老、美丽，且最终消亡的女主角明显与她相关。像C. S. 刘易斯这样喜欢塑造甜言蜜语、美貌出众的邪恶女王的人感受到她的力量；而在托尔金的《魔戒》里，她一分为二：凯兰崔尔，强大却善良，拥有和"她"手中一模一样的水镜；以及一只非常古老、穴居吃人的蜘蛛生物，意味深长地名叫尸罗（Shelob）。

把D. H. 劳伦斯和其他人如此忌惮的毁灭性的女性意志和"她"的恶意一面相连会是天方夜谭吗？因为艾莎是一位极其有悖常理、挑战男权的女性；尽管她鞋码很小，指甲还是粉色，内心却很叛逆。倘若没有爱情阻碍，她就会运用那令人畏惧的能量推翻现有的文明秩序。而现有的文明秩序属于白人，男性和欧洲是不言自明的；因此她的力量不仅是女性化的 —— 在内心和身体上 —— 更是未开化的，而且"黑暗"。

等我们发现约翰·莫蒂默的"法庭上的鲁波尔"称呼自己尤其在意厨房清洁剂的矮胖太太为"不可违抗的她"的时候，这个曾经强大的人物已被世俗化并消除了神话色彩，退化成了玩笑和可能是它最初起源的布娃娃的结合体。尽管如此，我们绝不能忘记艾莎超凡杰出的力量之一 —— 让自己转世重生的能力。就像克里斯托弗·李电影结尾化为尘土的吸血鬼，被风吹散，却只是在下一部电影的开头重新组合，她会卷土重来。再重来。再重来。

毫无疑问这是因为她在某种程度上是人类幻想的永恒主题。

她是儿童故事的巨匠之一，险恶却又吸引人的形象，比现实生活更传奇也更美好。当然也更恶劣。而这正是她的魅力所在。

资料

玛格丽特·阿特伍德，《四分五裂的女超人：<她>的早期形态》，《字母表》杂志，第10期，1965年7月

诺思洛普·弗莱，《世俗的经典：传奇故事结构研究》，剑桥，马萨诸塞：哈佛大学出版社，1976

桑德拉·吉尔伯特和苏珊·古芭，《无人地带：二十世纪女性作者地位》，《性别交换》，第二卷，纽黑文：耶鲁大学出版社，1989

丹尼尔·卡林，《序》，出自赖德·哈格德，《她》，牛津：牛津大学出版社，1991

《格拉斯医生》序

　　此刻我坐在打开的窗前，写——为谁而写？不为任何朋友或情人。甚至也根本不是为我自己。我今天不会读自己昨天写的东西；明天我也不会读这些。写作只是为了让我的手能动，我的思绪自行涌动。写作是为了消磨无眠的时光。我为什么睡不着？毕竟，我没有犯任何罪。

　　《格拉斯医生》最初于一九〇五年在瑞典出版，在当时引发了丑闻，主要是由于它对两项常年引发丑闻的内容，性和死亡的处理。我第一次读的是瑞典朋友寄来的破烂平装本——一九六三年译本的再版，与以小说为蓝本的电影同时发行。我的这本书封底有各类实至名归的赞美词，摘自报纸书评："杰作"，"年度最佳作品"，"拥有难得品质且以真正技巧阐释的书"。尽管如此，《格拉斯医生》的这个英语版本已经绝版很久了。很荣幸能欢迎它回归。

　　围绕《格拉斯医生》的风波源于认为它支持堕胎和安乐死，甚至可能将谋杀合理化的看法。书的主角是一位医生，对自己的社会在这些问题上的伪善言辞激烈。但雅尔玛尔·瑟德尔贝里，书的作者——已经是成功的小说家，剧作家，短篇作家——对此或许多少会有些吃惊，因为《格拉斯医生》不是论战，不是鼓吹文章。而是一份典雅、有力、严密紧凑的心理研究，研究对象是一个复杂的个体，发现自己站在一道危险而又无法抗拒的敞开的门口，拿不定主意要不要走进去，或者为什么应该走进去。

小说的主角，第谷·加布里埃尔·格拉斯，是一位三十多岁的大夫，他的日记，我们站在他身后，他边写我们边读。他的声音一下子就有了说服力：睿智、伤感、固执、不满，时而理智时而荒谬，而且超前得让人心慌。我们跟着他穿过他的记忆，欲望，对社交世界习俗的看法，对天气抒情的赞扬或是乖戾的指责，他的闪烁其词，自我否定，厌倦和向往。格拉斯是个浪漫理想主义者，又转而变得孤单且悲哀，受到世纪末不安的折磨——一丝不苟的唯美主义，渴望得不到的东西，对既定道德体系的怀疑，以及厌恶真实的混合体。他只想让美的东西存在，职业的性质却将污秽强加到他身上。正如他本人所言，他是最不应该当医生的人：这让他接触到太多人类肉欲中更加令人不快的一面。

他尤其想要的是行动，实施一项能和他希望自己内心怀藏的英雄相称的丰功伟业。在传奇故事里，此类行动常常包括骑士、巨怪，以及一位受到监禁必须营救的少女，而这正是命运为格拉斯医生献上的情形。怪物是个恶心得让人起鸡皮疙瘩、道德上也令人反感的牧师，名叫格雷高瑞尤斯，这个人，格拉斯甚至在还没发现有充分的理由之前就恨他了。被囚禁的少女是他年轻漂亮的妻子海尔嘉，她向格拉斯医生吐露，自己嫁给格雷高瑞尤斯是出于错误的宗教观念，而且已经无法再忍受他的性殷勤。离婚是不可能的：一个坚信自身正派的"体面"神职人员，像格雷高瑞尤斯这样的，绝对不会同意。格雷高瑞尤斯夫人将永远受到这个长着毒蘑菇脸的妖怪摆布，除非格拉斯医生帮她的忙。

这下格拉斯医生被授予了证明自己的机会。可他将发现自己是勇敢的骑士、平平无奇的胆小无名之辈，或者不过是和格雷高瑞尤斯一样的怪物，只是还心存杀意？他体内包含着所有三种可能性。他的姓名同样有三重含义。第谷指的是丹麦天文学家第谷·布拉赫，他双眼注视着星宿，远离地面的粗俗——正如格拉斯医生在整本小说中常常做的一样。加布里埃尔是报喜天使的名字，耶稣降生的宣告者，也被认为是毁灭天使，被派来消灭索多玛和辛那赫瑞布，同时还被视为末日审判的天使。因此对掌握生死之钥的医疗从业者而言是个好名字，对必须决定是否要亲自执行审判的格拉斯医生也是好名字。

而格拉斯（Glas）则是玻璃（glass）：就像日记一样，是一个反射面，一面让人看见自己的镜子。坚硬且不可穿透，但轻易就会破碎；而且，从特定角度看过去是透明的。这最后一个特点是格拉斯的问题之一：他只会爱上已经和其他人相爱的女性，因为爱情让她们光彩照人；但她们对其他男人的爱意味着格拉斯在她们面前是隐形的。格雷高瑞尤斯太太也一样：她正和另一个男人搞婚外恋，没法"看见"格拉斯医生。她的眼光只会穿透他，让他成为通向她期望结果的手段。作为格拉斯医生的劲敌，值得注意的是尽管"格雷高瑞尤斯"是圣人和好几位教皇的名字，但也是某款望远镜的名字。和格拉斯一样，格雷高瑞尤斯也如玻璃一般；他戴眼镜，而望向其中的格拉斯见到的是戴着眼镜的自己。或许他这么憎恨格雷高瑞尤斯是因为这个人在无意间让他想起过去常常惩罚他的父亲，父亲的肉体让还是小男孩的格拉斯感到厌恶；又或许是因为格雷高瑞尤斯是他魔鬼般的分身，他无法允许自己付诸行动的欲望，那狡猾、哀叫、自私、自我辩解的化身。

初看之下，《格拉斯医生》的结构随意得让人安心，几乎是随机的。日记的手法不但让我们紧跟事件进展，同时也让我们听到格拉斯对事件的反应。小说的运作非常细微，以至于读者起初一点也察觉不到：叙述的声音如此直接，乃至生硬，我们仿佛在读一个现实中人不加删减的思想。格拉斯保证坦率：他不会样样事情都写下来，他说，但绝不会写下任何不真实的东西。"无论如何，"他说，"我不能靠说谎来驱除灵魂的苦难——如果它当真在受苦的话。"偶遇和琐碎的对话与突然发作的午夜奋笔交替；玩笑和令人愉快的欢乐用餐之后是数小时的悲痛；夜晚和梦境与白天目标明确的世界形成对比。正文不时被没有回答的问题打断——"顺便说一句，为什么神职人员进教堂都走后门？"——还有偶尔近乎戏谑的滑稽时刻，比如格雷高瑞尤斯考虑要施做成药片的圣餐酒，以避免细菌。（药片的主意不久就会以更加邪恶的形式重现。）

瑟德尔贝里读了陀思妥耶夫斯基：他同样对地下人物的不满情绪、记录冲动、寻找理由和动机，以及暴力思想和犯罪行为之间的一线之隔感兴趣。他读了遍布鬼魂的易卜生和异常迷恋行为的大师，坡。也读了弗洛伊德，知道如何运用半意识主题，运用未言明之意的激涌。正文中有两处暗示向我们指明了作品的手法：格拉斯对艺术家本质的思索，对他而言艺术家不是创作者而是风鸣琴，奏乐只是因为属于他那个时代的风从上面吹过——所以才会不着边际；以及他对瓦格纳的援引，后者用主旋律将大片迥然不同的乐章连成一个统一的整体。对所有红玫瑰的描摹——从死去的母亲到无法触及的爱人再到抛弃了的未来心上人——透露出一些彼此关联，同样还有对所有天文图像的概述，从月亮到星星到太阳，再到阳光开朗、眼中星光闪烁的格雷高瑞尤斯太太。"真相就像太阳，"格拉斯的朋友马克尔说，"其价值完全有赖于我们与它保持正确的距离。"格雷高瑞尤斯夫人，我们猜，也是一样：只有保持适当距离，她对格拉斯才具有作为理想的价值。

《格拉斯医生》就像某些梦境一样令人深深忧虑——或者像某些伯格曼的电影，这并非巧合，他肯定读过这本书。诡异幽蓝的北方仲夏夜晚与不明原因的焦虑结合，无名的克尔恺郭尔式忧虑，在最日常的瞬间向格拉斯袭来，苍白灵性与近乎滑稽的粗俗肉欲并置——它们来自同一种文化背景。小说发自十九世纪法国作家制定的自然主义，却实现了超越。瑟德尔贝里的一些技巧——风格的混合，拼贴似的片段——早于，比如说，《尤利西斯》。部分意象先于超现实主义：带着暧昧女性形象、引人不安的梦境，花朵的邪恶化用，背后没有眼睛的镜片，格拉斯医生随身携带氰化物小药片的没有指针的表盒。早几十年这本小说绝对不会出版；晚几年它就会被戏称为意识流技巧的先驱。

《格拉斯医生》是一部非凡的作品，现在读来和出版当天同样富有新意。正如英国作家威廉·桑塞姆所说："在大部分写作和大量直白思考的层面上，这本书完全可能是在未来写成的。"它出现在十九与二十世纪之交，却打开了小说此后一直在不断开启的大门。

神秘人物：达希尔·哈米特的一些线索

《达希尔·哈米特书信选，1921—1960》
理查德·雷曼，朱莉·M.里维特编

《达希尔·哈米特：女儿回忆录》
乔·哈米特著，理查德·雷曼，朱莉·M.里维特编

《达希尔·哈米特：犯罪故事和其他作品》
史蒂文·马库斯选编

进入青春期以前，在加拿大北部度夏的时候，我读了很多旧的侦探小说，因为那里正好就有。整摞都看完之后我又重读了其中的一些，因为没有图书馆能去找其他的。我没有重读厄尔·斯坦利·加德纳或是埃勒里·奎因：我觉得它们很枯燥。但我确实重读了达希尔·哈米特。

这些书里有什么让作为热心却无知的儿童读者的我着迷呢？书里的世界快速、锋利，充满敏捷的对话和我从没听人念过的词——"枪佬"之类的俚语，"谨小慎微"之类的花哨词语。这不是阿加莎·克里斯蒂那一类的故事——线索更少，而且更有可能是角色撒的谎而不是散落各处的袖扣。尸体更多，每具尸体被赋予的重要性更少：一个新角色出现，结果却只是被一把喷火的左轮手枪击倒。在"线索"小说里，一切都取决于谁在哪；在哈米特小说里，则更可能取决于谁是谁，因为这些人物都太习惯于伪装和假名了。行动很分散，不像"谁也不准离开屋子"的谜团

那样封闭：暗街陋巷里有人潜行，汽车高速行驶，人不知从哪突然抵达，藏起来避风头和跑路。奇怪的是，对衣着的描写却比许多乡间别墅杀人案都更加仔细——这个特点我很欣赏。有许多酗酒场面，我从没听过的药物，还有大量抽烟描写。十一岁的我觉得这个世界非常非常深奥。

想来奇怪，一九五一年七月，在我试图搞清楚为什么一个男人会不可思议地脸色发黄、双眼充血，一边告诉一个女人说不定他爱她说不定她也爱他，但他不会上她的当的时候，让我如此入迷的书的作者却正要被关进监狱。麦卡锡的红色恐慌正值高潮，哈米特作为民权大会保释基金的代表受到美国地区法院的传唤，就四名逃犯的问题接受质询。众所周知，他拒绝作证。甚至都不说自己的姓名。这个作品是当代传奇的人如今成了另一种不同的传奇：典型示范，不仅是对某种类型的美国小说，更是某种美国的生活。

去世四十年后，达希尔·哈米特仍在不断引人好奇。他还在世时，雷蒙德·钱德勒在一九四四年写下了著名的向他致敬之作，《简单的谋杀艺术》。他去世之后，多年的伴侣和遗稿管理人丽莲·海尔曼在一九七三年的回忆录《旧画新貌》中把他如梦幻人生肖像一般端了出来。为了把这个传奇人物控制在自己手里，海尔曼接着又授权了一本传记[1]；另外还有几本未授权的传记。二〇〇一年，关于哈米特的作品又新增了三部：《达希尔·哈米特书信选，1921—1960》，由理查德·雷曼和哈米特的外孙女朱莉·M. 里维特共同编辑；《达希尔·哈米特：女儿回忆录》，哈米特二女儿乔瑟芬的私人回忆录，乔同时还为《书信选》提供了一篇前言；以及《达希尔·哈米特：犯罪故事和其他作品》，由史蒂文·马库斯选编。

这个创作并解开了这么多谜团的人身后似乎也留下了不少关于他本人的谜：对他进行详细分析的尝试众多。他的才华从何而来？为什么要极端酗酒和无所顾忌地花钱？为什么在如此有爱国心的美国投身共产主义？为什么突然在创作领域沉默，之后又在另一个场合沉默，这一次还让自己进了监狱？丽莲·海尔曼是耗尽了他，还是正相反，是他的得力女助手和亲切的管家？这些都是随着时间而出现的问题。

哪怕读过一点点哈米特的人都知道主要的情节梗概。它在《达希尔·哈米特：犯罪故事和其他作品》的结尾以浓缩的形式呈现在我们眼前，在《书信选》分隔他人生各阶段的精彩摘要中二度出现，在乔·哈米特的回忆录中又以不同方式再次得到展示。

这最后一本和护封上说的完全一致：以"简单明了的文字，带着未受影响的魅力"所呈现的追忆。其中包含大量照片，以及关于哈米特家庭背景一些引人联想的新资料。书里还讲了照片如何被披露的故事——就是人尽皆知的那种，藏在车库里的旧纸箱结果被人发现是个宝库。乔·哈米特的写法简练，兼有许多私人逸事和挖苦的评论。她从必然的亲密视角观察父亲，尽管爱慕他，却也自然而然地怨恨他对家人的态度——她的母亲乔丝，姐姐玛丽，还有她自己。哈米特并不恶劣或暴力，也努力寄足够的钱；给女儿奢侈的款待；给她们写充满爱意的风趣的信；但他很少在她们身边。

乔·哈米特把最大程度的怨恨留给了丽莲·海尔曼，她似乎罪有应得。她尽力认可她的优点——她很聪明，品位出众，在父亲最后破产的十年里照顾了他——但写这些的代价是狠狠地咬牙切齿。海尔曼看起来近乎说谎癖，而且还是冷酷无情的操纵者；获得对哈米特著作权的控制只是她相对客气的一招。从女儿的角度看来没有一个第三者会是好的，但对海尔曼的这一描述的确引出了问题：哈米特看上了她什么？正如女儿所言，他欣赏做事过火的人，因为他自己也常这样；而他对撒谎来肆无忌惮的漂亮女人的赞赏——在《马耳他之鹰》和其他作品中如此显而易见——在海尔曼之前就有了。这是哈米特的又一大难解之谜，因为除此之外他非常看重说话诚实。

塞缪尔·达希尔·哈米特于一八九四年出生在马里兰乡村。孩提时代他想要读完巴尔的摩公共图书馆里所有的书，却不得不在十四岁时从高中辍学帮助补贴家里艰难的经济状况。（他的父亲，哈米特不喜欢他，花钱无度，嗜酒，衣着时髦，沉迷女色；但和在所有这些方面都与他相似的哈米特不同，他刻薄又吝啬。）二十一岁时，哈米特找到了一份在平克顿侦探事务所当密探的工作，接着在一九一八年离职参了军。他在那时第一次患上了此后还会得上许多次的严重呼吸系统疾病。康复期间和一个在医院结识的护士结了婚；后来他再次和平克顿签约，身体却垮了。就是在这个时候他开始给低级书刊写犯罪故事[2]。

哈米特一开始与《黑面具》杂志合作，一股令人震惊的创意就随之而来。他以惊人的速度写出作品，紧接着是五本非常成功的小说，包括《血色收获》《丹恩家的诅咒》《玻璃钥匙》，以及《马耳他之鹰》，这最后一本或许是有史以来最著名的美国犯罪小说。在名利兼收的同时，他也喝酒和花钱，都是以大肆挥霍的速度。随后是和丽莲·海尔曼的私情以及作为作家的沉默。三十年代后期，和许多因法西斯主义崛起而感到惊骇的人一样，他开始参与美国共产党的活动。在平克顿生涯期间曾经作为暴力破坏工会活动的目击者可能也是原因之一[3]。在二战中服役后——他在阿留申群岛编了一份军报——他被红色恐慌的捕网捕获，因藐视法庭而入狱。他的书和据此改编的广播剧被列入黑名单，国税局追着他收缴欠税。出狱后他的健康和钱都变少了，两者他都没能再失而复得。他在一九六一年去世，终年六十六岁。

让乔·哈米特得以拼凑起回忆录的同一批车库幸运发现也使《书信选》成为了可能。所有的信都是哈米特写的：回信不见了。它们大多都是写给女性的——妻子、女儿、丽莲·海尔曼，其他情人和女性朋友——要么是因为女性留下了这些信，要么是哈米特觉得比起男人，给女人写信更自在。读它们就像在读随便一个陌生人的信——认不出的名字，没听过的书，看不懂的只有自己人才明白的笑话——但接着又会有某句妙语或是尖刻的话再次让它变得精彩。（"一直管我借钱的布鲁斯·洛克伍德，送了我一堆他老婆画的难看水彩，指望我从里面选几幅当礼物。"）许多信件都有插图装饰，或是塞了剪报；有些则是异想天开的文字游戏。这是一个热爱写作、调情、取悦别人的人写的信。女人为什么喜欢他显而易见。

这些书信经过精心编辑，其中有些文稿对于任何研究——比方说——三四十年代美国知识和政治生活的人都会大有帮助。在给长女玛丽的信中，哈米特尝试回答她对于当代重大议题的提问——为什么在西班牙内战中支持共和派，希特勒有什么最新内幕——写得尤其冷静而深思。给丽莲·海尔曼的信则表明他们有着——不管各自有什么缺点——坚定、持久，且常常充满趣味的关系，虽然发现强悍而有野心的海尔曼被称呼为"我的小卷心菜"还是让人有点不舒服。

这批信件始于一九二一年，有一系列是写给乔瑟芬·多兰的，她不久就会成为哈米特的妻子。任何生活在二十世纪前半叶的人都会认出这种小伙子写给女朋友的文体。他逗她，甜言蜜语，吹嘘自己引起了多少骚动。想必她则数落他的身体状况，也反过来戏弄他。这是甜蜜的开端。

另一个甜蜜开端是他写给《黑面具》编辑的信。他在一九二三年就已经开始自嘲：《第十条线索》里的克蕾达·德克斯特被形容成看起来像小猫，但哈米特向《黑面具》的编辑坦白，她在原文里看起来"完全就像一头白脸小牛犊"。后来，他自称，他不够有魄力："写出这样的东西没人会信的，我告诉自己。他们会觉得你是想吓唬他们。因此，为了看起来可信，我在她身上撒了谎……"

但对体裁的委婉讽刺也与郑重其事相交替：在一九二八年写给作品出版人的信中，他说他想尝试改变"意识流手法"以适应侦探小说。"我是还算有文化的人里为数不多——如果还有的话——把侦探小说当回事的人，"他说，"我指的不是我必然重视自己或者其他任何人的作品——而是作为一种类型的侦探小说。有一天有人会用它创造出'文学'……而我自私地抱着期望……"

《达希尔·哈米特：犯罪故事和其他作品》中包含着这些期望的基础。"其他作品"是两篇短小且颇受赞赏的非虚构文章，《来自私家侦探的回忆录》以及《给侦探小说作者的建议》。前者是一连串关于人类做蠢事的逸闻，和对安布罗斯·比尔斯冷嘲热讽并不当真的零星追忆："扒窃是所有犯罪行当里最容易掌握的。任何不跛脚的人都能在一天之内成为高手。"后者——《建议》——展示出哈米特对这门技艺切实认真的观点，与此同时，批评起其他更加马虎的侦探小说作者又尖刻得引人发笑。"一把枪，要成为左轮手枪，上面必须有作为轮的东西，"他说，"'你们'是'你'的复数。""一个训练有素正在跟踪目标的侦探一般不会从一扇门前跳到另一扇……"

这种手法让人想起另一个美国的塞缪尔，塞缪尔·克莱门斯（马克·吐温），出了名地让费尼莫尔·库柏对精确标准失去了信心。的确，两位塞缪尔[4]有许多共同点：对美国肮脏底层的冷眼观察以及对美国能够做到不辜负建国原则的理想主义愿望，冷面幽默，以及最重要的对语言的专注。这最后一项，在他们两人身上，都是通过试图在文学中刻画美国方言语调和顿挫的形式展现的，在这方面，《哈克贝利·费恩历险记》无疑是第一个完全成功的范例。

从这个角度来看，收集词汇，能听懂俚语方言的哈米特[5]，是始于诺亚·韦伯斯特一七八三年的《拼写》和后续字典的美国语言自我定义的一部分。这一努力在费尼莫·库柏《皮袜子故事集》的纳蒂·班波身上得到延续，随着十九世纪的各类方言和区域作者，以及惠特曼的粗声叫喊加快了速度。欧文·威斯特和他创作的西部小说——原始情节、荒诞故事和对话——也归属其中，还有布雷特·哈特，以及许多后续作者。硬核侦探故事正适合此类探索，犯罪俚语不仅丰富而且常常源自本土。

倘若这是哈米特的文学血统，或者是其中的一部分，那么在他身后的谱系也同样值得注意。哈米特仰慕舍伍德·安德森，他简洁地描绘了迄今为止被人忽视的小镇生活的角落。他尊重福克纳，就像尊重一个非常聪明却又古怪的远房表亲[6]。他觉得海明威很气人，就像一个同时也是对手的兄弟，还小小地嘲笑了他——在《主要死亡》里他写了一个尤其空洞的富家女在读《太阳照常升起》。在一九三〇年出版商的《马耳他之鹰》广告里被说成"比海明威优秀"一定让他觉得很满意。

正如威斯特的《弗吉尼亚人》是所有西部小说的先祖，哈米特的作品也有着无法估量的影响。他是那种每个一定年龄的人都理所当然会读的作家。他自己也说："我对美国文学的影响就和我能想起的每个人一样坏。"雷蒙德·钱德勒是小弟：他继承了破旧的办公家具和浪漫的独来独往侦探典型，但菲利普·马洛比萨姆·斯佩德更像知识分子，对椅套也更感兴趣。纳撒尼尔·韦斯特可以说是他忧郁的表兄弟。埃尔默·莱昂纳德——和哈米特一样从杂志发家——有哈米特的节奏、描写的眼光和对谈话准确的听力。卡尔·海森有骇人的离谱、对滑稽古怪的欣赏和狂热的创意[7]。

在犯罪背景中实验语言的哈米特奖无疑必须授予乔纳森·勒瑟姆迷人的《布鲁克林密案》，其中的侦探有图雷特综合征。此外还有许多许多。哪怕是出洋相的尸体成堆也被想象不到的远亲继承：读一读哈米特的《黄色女尸》或者《螺丝起子》，再读托马斯·品钦《V》第一章里的酒吧暴动片段，权当是消遣。最新加入的成员是优秀的西班牙悬疑作家佩雷斯–雷维特，他直接向《马耳他之鹰》致了敬。

《达希尔·哈米特：犯罪故事和其他作品》将我们带回系列作品的最初。选入了二十四个早期杂志短篇。此外，还有《瘦子》的原稿，比出版的作品短得多而且完全不一样。（没有尼克和诺拉·查尔斯在时髦公寓里仰头大喝，也没有小狗阿斯达。）

这些故事让我们得以仔细观察年轻的哈米特如何划定自己的领地。最好一次读一篇，中间有停顿，因为一下子读太多会削弱故事的影响力。它们完全属于自己的时代和体裁——"硬核"是用在这种粗俗语调犯罪小说上的术语。（煮硬的鸡蛋是蓝领劳工午餐盒里会有的东西。）不过尽管这些故事遵守套路，却还是很容易从中看出为什么哈米特会迅速崭露头角。

下层社会和上流生活是他的兴趣所在：两个阶层都受到金钱、权力和性的驱使，也都行为恶劣，尽管过上流生活的人不太可能肤色欠佳，或许因为他们吃饭不会去廉价饭摊——而这几乎是哈米特故事里的人唯一会进食的地方。他并不关心门廊宛如诺曼·洛克威尔插画的惬意中产阶级；这一群体的代表出现的时候，很可能是乔装的恶棍，好比《特克街上的房子》里的"相爱老夫妇"，眼神闪烁，为一个犯罪团伙打掩护，或是《噩梦小镇》里伊扎德镇上的所有居民，包括乐呵呵的银行家和亲切的医生，都是一场巨大犯罪阴谋的一分子[8]。

"现实主义"这个词常被用来形容哈米特的写作，但这些故事只在自己的背景和细节——不良青年脸上的粉刺，便宜私家侦探脏到发黑的办公家具——以及对方言的直白使用上符合现实。对白受到作品时代的影响，俏皮话和歌舞杂耍里的短笑话在当时很受重视，像多萝茜·帕克这样的巧舌是一大财富。情节是詹姆斯一世时期的风格，有双重和四重复仇，还有大量死亡：仿佛多车相撞。这是启斯东警察的时代，混乱第一次在银幕上得到描绘[9]，哈米特作品里的一些斗殴和尸体大会无疑是想以这种半打闹的方式来显得滑稽。语言的激情洋溢，形容肮脏下流时的享受，对格言的妙用，稀奇古怪发明创造的快乐——想象年轻的哈米特用自己能编出来和讲清楚的随便什么耍无赖的嬉闹戏谑来摆脱束缚是一大乐事。目标不是现实主义，而是让事情看起来真实——正如一个讲故事的人形容他在看的一个离谱的夸张故事，"就像十分钱硬币一样真"。

这是因为这个时代的低级书刊冒险犯罪小说并非真正的现实主义。而是诺思洛普·弗莱所指的传奇文学，游侠骑士扮成侦探，宝藏有作为犯罪主谋的巨妖看守。怪物以下巴肥大、肉饼脸、死鱼眼或者其他生理扭曲的打手形象出现，受威胁的少女有时当真是少女——天真富家女越过了社会边界——但更可能是有着银色眼珠或者其他迷人之处的妖冶尤物。后者会在主角要她们摊牌时变成挠人的猫或是口出恶言的女鬼。破解咒语的话经常是"你是个骗子"或者类似的句子；因为就像此后的萨姆·斯佩德一样，主角始终会抗拒女性的甜言蜜语以追求更高的使命。这种使命并不完全是正义；而更像是专业水准。主角有任务要完成，而且擅长这项任务。他是劳动者，而这种敬业得到哈米特的尊重。同样还有这种坚韧，吃苦耐劳对他是最重要的美德[10]。

这些故事里最常出现的主角，也是让哈米特在读者中大受欢迎的，是一个没有名字的男人。他被称为大陆探员——为大陆侦探社工作的密探。探员的上级是"老人"——无疑是詹姆斯·邦德的M，乔治·史迈利的老总，以及《查理的天使》中查理的原型。这位主角故意避免英雄壮举，因为他的目的不是让自己丧命，而是抓住犯人。他矮胖且踏实，扮演爱发牢骚的桑丘·潘沙，陪伴潜藏在哈米特内心，大战风车假想敌的瘦削理想主义者，在他此后的人生中，这个理想主义者也将在法庭上决定性地现身。

胖瘦是故事和小说中作为区分的标识，却也是书信中反复出现的主题。哈米特一再告诉和他通信的人他又开始吃东西了，体重增长了，或者——在疾病和酗酒打败他的时候——说他什么也吃不下。从哈米特与消瘦持续搏斗的角度来看——本质上是继续活下去的搏斗——他最后一本小说的标题，《瘦子》，说不定是个挖苦的笑话，对象是他自己。书里的瘦子是个疯狂天才，在书开始之前就已经死了。他看起来还活着，只是因为其他人说他还活着；实际上，他已经瘦到不存在了。"别算我了，"哈米特或许是在说，"我已经没力气了，我已经不在了。"他是不在了，至少是在创作圈里。

这就把我们引向了那两种沉默：文学上的沉默，以及联邦法庭上戏剧性的公开沉默。对于文学上的沉默——三十年代中期之后没有任何新作——乔·哈米特说得干脆。"他没有停止写作。一直到最后一刻都没有。停了的是出版。"的确，信中穿插着他开始或持续在写的书，以及有自由时间和空间写作的可能性[11]。任何尝试写书的人读到故事的这部分都会觉得心痛，因为这些行动——带着乐观开始，逃避，目标日渐渺茫——实在太过熟悉。

所有的尝试都没有结果。酗酒被认为是理由，还有疾病，以及其他干扰了他的活动，虽然是哈米特选择让它们干扰自己的。另外还有雄心和高标准：哈米特想要进入"主流"——走出在他看来是犯罪写作的限制性圈子——这是重大飞跃。但或许，他的根本问题是语言。"我停笔是因为觉得我在重复自己，"他在一九五六年说，"发现自己有了风格就是结束的开始。"而他确实有风格，或者说有一种风格——他努力发展和改进的独特矫饰的文风，但也是完全属于他那个时代的文风。或许他是再也无法选出能够胜任这个时刻的语言；或者更准确地说，时机本身已经过了。四五十年代时环境已经完全改变，他一定觉得很不自在。他不能再用这种语言大做文章，因为这种文章已经不存在了。

接着还有另一种沉默，在法庭上的沉默。沉默作为一种计策的好处哈米特很早就想到了。"不管一个人有多精明，或者多擅长撒谎，"探员在一九二四年的短篇《背叛的曲折》中说，"假如他跟你说话，你处理得当，就能勾住他——让他帮助你给他自己定罪。但假如他不跟你说话，你就拿他没办法。"

此外，如果保持沉默，哈米特就不会牵连到其他人：只有他一个人遭殃。奇怪的是，就连这一点都有文学前身。想要读遍巴尔的摩公共图书馆所有藏书的小男孩几乎不可能忽略朗费罗，当时最受推崇的美国诗人。朗费罗的诗《孩子们的时刻》[12]被哈米特选为一部被认为是丽莲·海尔曼所写的戏剧的标题，尽管哈米特提供了情节而且还写了一大部分。因此哈米特很有可能也熟悉朗费罗的诗剧，《塞勒姆农场的吉勒斯·科尔利》。

吉勒斯·科尔利在塞勒姆审巫事件中拒不申辩有罪也不申辩无罪。一旦申辩他就会受审，而一旦受审他就会被判有罪——所有被告都会被判有罪。他的财产会随之被政府没收，家庭陷入贫困。他坚持了原则立场，但同时也为他人着想，就像哈米特自己所做的一样。对未作申辩的处罚是"石压"——往人身上压石头，直到他们求饶或者死亡。吉勒斯·科尔利选择了后者。[13]如果哈米特把塞勒姆审判视为麦卡锡"猎巫"的榜样，那他也不是唯一。许多人都用了这个比喻，包括阿瑟·米勒的剧作《塞勒姆的女巫》。

在朗费罗的剧中，科尔利死前最后提到他的台词是："现在我在想/这个老人是不是会死，是不是不会开口？他够固执也够强硬/能敌过这世上的一切。"沉默等于强硬。有没有可能是《伊凡吉琳》的作者第一次将这一语言等式注入了青年哈米特的头脑？

嗯，这是又一条线索。

注：

1. 戴安·约翰逊，《达希尔·哈米特：一生》，纽约：兰登书屋，1983。

2. "低级"这个词指的不是写作低俗，而是纸张质量。"低级书刊"印在非涂布纸上，而非更高档的"油光纸"。但许多优秀作者都从低级书刊起步，而且如果能写得快的话也是一大收入来源。

3. 他当时已经是名人了，因而显然不用承受给予理查德·赖特等次要美国共产党成员的神经麻痹和羞辱。

4. 塞缪尔三人组中的第三个塞缪尔是萨姆·斯佩德。哈米特对姓名非常在意，一定是相当有心地把自己的名字授予了这个角色。

5. 就像乔·哈米特所说："爸爸喜欢各种各样的文字游戏：盗贼黑话，犯罪行话，意第绪表达，餐厅里和牛仔们说的话，伦敦佬押韵的土话，帮派下层人说的话。"

6. 1931年他在读《圣殿》，这本书——有扭曲的金鱼眼还有和恶棍为伍的交际花——很可能是福克纳最像哈米特的书。哈米特对它评价不高，但在后来的几年改变了对福克纳的看法。

7. 海森的《贴身》中令人称奇的"魔术贴脸"和吃路上被车轧死的动物的前参议员存在于一个连续的整体中，从哈米特斜眼睛或凸下巴的丑八怪，到福克纳扭曲的金鱼眼，再到《至尊神探》漫画里石像鬼般的暴徒，比如看起来像瑞士奶酪的"随便脸"。

8. 这种张力——完美表象背后的骇人听闻——贯穿霍桑的《年轻的古德曼·布朗》，书中品德良好的镇民与魔鬼勾结，贯穿哈米特，贯穿雷·布拉德伯里的《火星纪事》，书中的小镇藏匿了凶残的火星人，还有

264

电影《复制娇妻》，其中的机器人分身取代了真正的妻子，以及电视节目《双峰》和《X档案》中特定的几集。在现实生活中它在各种版本的撒旦膜拜中上演，还有它的原型，臭名昭著的塞勒姆审巫案。

9. 哈米特是个影迷。看到他就《匹诺曹》和《白雪公主》各自相对的优点给出自己的见解让人觉得很可爱。不用说，他更喜欢《匹诺曹》。

10. 乔·哈米特描述了哈米特钦佩的各种硬派，强硬的男人，强硬的女人，艰苦的运动。它既是性格也是身体特征。"坚强，"她说，"会带他度过最后痛苦的几年。"

11. 共有三次主要尝试：《我的兄弟菲力克斯》，据说"投给杂志和电影都会非常不错"；《山谷里的羊更肥》，标题来自托马斯·洛夫·皮科克的一本小说；以及《郁金香》，这最后一本是关于一个无法再写作的作家。

12. 被没仔细读过的人认为是甜腻的庸俗作品。但哈米特是优秀的读者，一定看出了它恐怖诗歌的本质。

13. 据说科尔利唯一说出的话是："多放点石头。"但朗费罗让石压发生在幕后，因而没有用到。

关于神话和人

　　《冰原快跑人》是有史以来第一部以因纽特语制作的剧情片。也是第一部几乎完全由因纽特人制作的电影——制作包含许多方面，因为服装、长矛和皮艇之类的制品，还有房屋，都是经过精心研究，再由工匠手工制成，以重现将近一千年前，远在欧洲人到来之前的世界。对于使影片得以诞生的群体成员来说，这将是他们缺失多年的东西：对血统根基的证明。

　　此类影片的风险或许是只有作为珍奇物品的价值，但事实与此相差得不能再远了。《冰原》荣膺戛纳电影节最佳影片金摄影机奖，随后又斩获六项吉尼奖，而且一点也不让人惊讶。它已经被称为一部杰作。影片轰动一时。

　　我在三个不同场合看了这部电影，或是看了其中的一部分。让我从最近的一次开始说起。

　　电影在加拿大发行前就已经可以在英国看到，因此我在伦敦当代艺术学院看了全片。我们去了日场，但即便这样还是运气好才进去的：里面人山人海。放映期间，我的英国朋友和我——都号称是沉着冷静的大师——捏了很多次自己的手臂，而且，到最后，还不得体地抽噎了一会儿。红着眼睛，膝盖发软，踉跄着走出剧场的时候，她说："我的天！好一部电影！"无法言语是最高的赞赏。

　　我知道《冰原快跑人》会在伦敦上映是因为，在巴黎假装会说法语装不像的时候，我们碰巧打开了英国广播公司的频道，里面正在评论这部电影，还播了片段。我印象中从没听一个英国电影评论家肆意说出这种气都喘不过来的狂热赞美。"假如有人给

266

荷马一台摄影机，这就是他会拍的东西。"他这么说，而且说得有点道理。

荷马的哪一段？要我猜是阿特柔斯家族，因为它是两代人的传奇，带有许多荷马式元素——爱，妒忌，年轻竞争者之间的较量，超乎寻常的壮举，从父亲传给儿子的怨恨，多年后招致后果的罪行。希腊神话的世界是众神与人类相互作用的世界，梦境有意义，积怨始终在，复仇会实施，命运手段黑暗，食物可以施魔咒，动物也并不总是表面的样子；而如果用"鬼魂"取代"神明"这个词，那么这些内容对《冰原快跑人》也成立。

进入影片时知道一些事情很有帮助。首先，这不是一个"虚构"故事，就像荷马不会说《伊利亚特》是虚构的。它基于口述传统——一系列据说曾在真实地点真实发生过的事件。（可以在影片网站上追踪角色的旅程。）所以因为你对"情节"有哪里不喜欢而指责某个名叫"作者"的人是没有意义的。

其次，新生儿被视为死者的转世。因此，老祖母称呼一个年轻女人"小妈妈"的时候——第一次听时让人迷惑不解——不只是这个女孩和老祖母的母亲同名：她就是那个母亲。

第三，幽灵无处不在。它们能赋予额外的力量，能进入人的身体，让他们做坏事（就像被基督驱走的恶魔）。但它们也能由萨满在一定程度上加以控制，萨满还能召唤死者前来援助。因此，就像荷马一样，这个故事说的不仅是人类对手之间的冲突。它是一群幽灵和另一群幽灵之间的战争，始于恶灵出现，在一个狩猎团体中散播不和并进入其中一人体内的时候。

第四，女性不准和丈夫的哥哥说话，甚至都不准看他。因此主人公任性的第二位妻子和他哥哥之间难看的性关系场面不只是随便在毛皮里打个滚而已。是真的坏。

第五，存在各种各样的力量。有因领袖位置而被赋予的力量——注意用长短不一的熊牙串成的项链，相当于《理查三世》里的王冠——且这一位置始终由男性占据，因为这是一个狩猎群体，而狩猎的是男人。有因萨满之力而被赋予的力量，可以用来行善或是作恶；但知道把辟邪的兔脚交给哥哥的女人（后来的老祖母），以及她哥哥本人都拥有这种力量很有用。

最后，还有道德威信。可以赢得也可能失去。（注意这个瞬间，在任何西方的类型电影里，主人公——在敌人终于听凭他发落的时候——都会把他们打成碎片。这并没有发生。相反，阿潭纳鸠说，"杀戮止于此"并从而取得了道德威信。我们现在正需要一点这种精神。）不过至高的道德权威属于长老，他们很少会用，影响却是毁灭性的。留心看老祖母。

有些事情我很希望在第一次看电影的时候就能知道。那是影片在多伦多国际电影节试映前的夏天（试映定在二〇〇一年九月十二日：后来取消了）。我在北极的一艘破冰船上，和一个名叫"加拿大探险"的旅行团一起。他们请我一起去，并做几场演讲，能见到只在梦中出现过的地点，对这样的体验来说这真是很小的代价。这场旅程的一切都美妙极了，单是北极光的效果——幻景，海市蜃楼，"宝光"——就不虚此行了。在某个时刻我们都下了船站在一块冰盘上，看起来带着不祥的预兆，仿佛大卫·布莱克伍德的版画。

假如脱掉所有的衣服在浮冰上跳来跳去，我们或许会像是——从远处看——主人公阿潭纳鸠全身赤裸在碎裂的冰面上跑了很远很远的壮观场景。第一次看的时候我没有看到这里。不是因为电影是一集一集在电视机上播的，很难看清字幕。而是因为帕卡克·因纽克沙克——扮演主人公哥哥"最强的人"的演

员 —— 就和我们一起在船上。他是一个话不多却很有说服力的
人，一个来自更加遥远的北方的猎人，而且在电影里和生活中看
起来一样；更直截了当，但认得出来。所以我一直看到了帕卡克
和弟弟在兽皮帐篷里睡觉，三个心存杀意的对手偷偷接近他们的
地方。我知道帕卡克即将恐怖地被长矛刺死，觉得自己没法看下
去。（在伦敦看帕卡克被刺死没关系。那时我并没有刚和他一起
吃完松饼。）

现实与艺术之间有着可穿透的边界。我们知道它们有联系，
我们知道它们有区别，但两者之间并没有石头砌成的墙。想起
《冰原快跑人》的时候，我当然始终会想起帕卡克。某天，我们
在北极野外到处乱跑的时候，我带着些许难堪回想起，一个土著
人乐队曾经告诉我，因为没有合适的词来描述"北地旅游"，他
们想出了一个说法，意思是"白人在森林里玩"。因此我们就在
那儿，大多是白人，在石头上玩耍，而帕卡克也在那儿，站在一
处视野很好的悬崖上。

他有一把很大的猎熊枪。正在留意有没有动物出没。就像
他，和（根据传说）以他为转世的所有人数千年来一直在做的
一样。

警察和小偷

　　《蒂肖明戈布鲁斯》是埃尔莫·伦纳德的第三十七本小说。写到这个数量，你可能觉得他已经乏了，但并没有，大师正在最佳状态。假如，像格雷厄姆·格林一样，他也习惯把自己的书分成"小说"和"娱乐"——像是，比如说，《异教婴儿》和《自由古巴》是前一类，《浮华》《矮子当道》和《一酷到底》属后一类——这本书或许会归在"娱乐"一边；不过，和格林一样，那些可能被打发到"娱乐"一边的作品并不一定就相对蹩脚。

　　那些会被我奶奶所谓的"脏字"、过去冒险故事里所说的"极坏的咒骂"，以及曾经在火车的吸烟车厢里口耳相传、如今在互联网上嗖嗖来回的贬义称谓和黄色笑话冒犯的人，应该避开《蒂肖明戈布鲁斯》。不过伦纳德常常因为他对通俗口语的精通掌握获得公道的赞扬，而没有这些东西通俗就不成为通俗了。再说它们几乎总是贴切的：每个角色说起话来都符合自己的性格。以下是其中一个比较凶恶的彪形大汉：

　　　　不提黑人和那两个油头飞车党——牛顿想起了那次他问黑鬼在哪，回答说操你老婆去了的那个人。这话让他非常光火，当然了，就算知道那是假的。第一，玛娜从来不在家，这辈子天天晚上都在玩宾果。第二，哪怕是疯子都不会想上她，玛娜没宰前有四百磅。在她身上找块湿的地方试试。

　　这是一堂关于节省文字的直观教学课，值得已经停刊（网上

270

还能看）的脏话专项学术期刊《马拉迪克塔》写一篇短论文：三次种族诽谤，两句粗口，厌恶女性加上容貌歧视，以及对宾果玩家的嘲讽，都包裹在五句简短对白里。说了这些的男人想必会死。（伦纳德的"好"角色说脏话的方式和"坏"角色不一样。）

至于伦纳德除了文章格调之外还做什么，那就是做他已经做了一段时间的事。大量的任意一本伦纳德小说——或者，比如说，最近二十年来的——都由冷面社会观察构成。约翰·勒卡雷保留了这一点，至少是在二十世纪晚期，间谍小说是核心小说形式，因为只有它会处理隐秘动机的实施，这些隐秘动机——我们怀疑，晚间新闻也往往会确认——从四面八方将我们包围[1]。同样，埃尔莫·伦纳德或许会主张——假如他惯于争论的话，但他并不是这样——没有一些犯罪或骗局的小说很难自称是对当今现实的准确写照。他可能会补充说如果这种现实位于美国的话尤其如此，这里是安然和全球最大私有军火所在地，随意杀人常见到都不会有人报警，还有中情局鼓励制毒贩毒好为他们的海外行动提供资金。

不仅如此——伦纳德也许会接着说，而这也是他已经用了大量例子说明的一点——法律和违法者之间的界线，至少在他出生的国家，并非无法动摇。（这本书里的其中一个恶人之前是治安官副手，对这个职业类别几乎没人说得出好话。）事实上，这一区分的不确定——执法者对违法者，抛硬币决定谁是反派——历史久远，牢牢扎根在美国民间传说中。一七七六年的革命党本质上是在反抗他们那个时代建立的政府，自此以后，对于谁有权向谁施加何种法律法规，以及以何种方式就存在一些疑问。私自执法的三K党和动用私刑的暴民——正如伦纳德在这本书里提醒

271

我们的——就是历史上两次让人不太愉快的回应。

有一些正义的事业，为了向其提供援助而违反法律无疑是道义的行为，但要由谁来决定这些事业是什么？从处境艰难、偶尔犯法的康科德农民站立的横跨洪水的简陋桥面，到约翰·布朗作为著名废奴主义者并遭到杀害的遗体，到梭罗的经典《公民不服从》，再到著名的民歌里唱的亲爱的柯丽，不得不醒来去拿猎枪、因为缉私酒的人就要来拆她家蒸馏房，只是连续短短的几步。

像所有关注罪与罚的作者一样，伦纳德对道德问题感兴趣，但这些问题对他而言绝非清晰。生于一九二五年的他，在登场时是一个清醒的观察者，生活在质疑法律和仰慕违法者的倾向处在巅峰的半个世纪。那是三十年代，大萧条引发了大量实实在在的绝望。许多人带着极大的兴趣关注詹姆斯兄弟以及邦妮和克莱德的大胆行为一点也不奇怪——年轻的伦纳德，据他自己的说法，也是其中之一。因为假如压迫是经济上的，银行抢夺了你的农场，赶走了你的家人，难道把手塞进钱箱里至少不是稍微有些英勇的吗？在大卫·格拉布三十年代的时代小说《猎人之夜》里因为和这种犯罪有关而被绞死的父亲并不是坏人：他是好人，染上道德污点的是绞死他的制度。

然而詹姆斯兄弟以及邦妮和克莱德并不是罗宾汉，哪怕在传奇般的复述里也不是。美国版的民间英雄盗贼非常强大，但并不包括施舍穷人：这么做很愚蠢，说不定还是共产主义。对穷人最好的做法就是用任何可用的手段，让自己脱离这个群体，这也是大部分伦纳德笔下的骗子想努力实现的。因此，在伦纳德的书里常常无法在善良的非罪犯和邪恶的罪犯之间选择：相反，可以做的选择是好人或坏人，仅此而已。有许多因素决定了一个人是好是坏——更确切地说，是蠢货、自负的吹牛大王、胆小鬼、盛气凌人的混蛋、白痴，还是一个能够让人尊敬的人——但碰巧出现在法律界线的哪一边并不在其列。

任何玩过警察和小偷游戏的孩子都知道，当小偷更有意思，因为能骗人，做不被允许的事情能得逞，而且还有更多风险。在《蒂肖明戈布鲁斯》中，乐趣、风险、被禁止的行为和欺诈彼此相随。主角有两位。第一位不是罪犯。而是另一类栖身边缘且敢冒风险的人。他是专业高台跳水表演者，名叫丹尼斯·莱纳汉，谋生手段是在游乐场里从八十英尺高台上跳进一个从上面看起来和五十分硬币一样大小的水槽里。他干这行，就我们所知，有三个原因：这给他刺激，帮他搭讪女孩子，而且他也没有其他能赚钱的本事。我们走进他的故事的时候，他正开始担心自己还能在不摔断脖子的情况下继续表演多久。（或是肛门穿孔，或是毁了他的生殖器，高台跳水的另外两项危害，在第一页就适时告知了读者。）丹尼斯不是一个对股票期权或者封闭式退休社区有过任何想法的人——他的第一次婚姻失败了，因为他"太年轻"，而且，尽管将近四十岁了，他还是太年轻——因此对这个讨人喜欢的小伙子来说，这些是刚出现的令人沮丧的想法。

丹尼斯靠和好看的女人上床来缓解焦虑，她们从不拒绝他——嗯，他体格健壮——这是可能会让女性读者沉思停顿的一点。伦纳德对身体在其他方面也很精确。他的角色撒尿、拉屎、放屁、口臭，还有许多其他的行为。不像有些虚构角色，他们会吃喝，而且吃喝起来相当明确，还有牌子。（时代波本威士忌、百事和精益美食。）可丹尼斯滑上床的时候没有一点疑问，也没有一点防范：没有关于性病的念头让他热情的脑袋担忧。或许这也是准确的——多半没错，不然就不会有那么多人得疱疹，

273

更不用说艾滋病了。却让人想小声嘀咕——尤其是丹尼斯和一个心怀不满的人妻在床上打滚，她的丈夫德行恶劣，还在不卫生的监狱里服过苦刑的时候——"丹尼斯，宝贝，你就不想知道在你之前有谁进去过吗？"丹尼斯，我们担心，某天早晨醒来的时候会染上一份甩不掉的东西。但如此惨淡的未来在这本书的边界之外，沉湎于此就像是期待灰姑娘的婚礼，她会突然回过神来，意识到白马王子是个恋鞋癖。

第二个主要角色身上有更多亮点。他用的名字是罗伯特·泰勒——我们假定这是化名[2]——且他也绝对是个犯罪分子。他英俊、精明、潇洒、气派，衣着讲究，开捷豹，来自底特律。（他还拿着一只里面有枪的公文包，不过在这个国家的这个地方——蒂尼卡，密西西比——身上有枪就像大多数人有鼻子一样，因此并不会引来惊讶。）除了上述所有之外，罗伯特还是黑人。再加上情节背景和即将到来的内战战役历史重演，做炸药用的甘油就有了。

刚开始读埃尔莫·伦纳德描述的密西西比蒂尼卡时，它似乎夸张得太过头了——哪怕是单单只看建筑——我觉得自己撞见了一个虚构的地点，好比奥兹国的翡翠城，蒂尼卡与它有些相像。（奥兹也是一座幻想之城，由一个欺骗别人、作出虚假承诺的骗子控制。）但我应该想到的，因为伦纳德不会编这种东西。他不需要：它就在那儿等着让人写，带着彻头彻尾的古怪。蒂尼卡是真实存在的——它是"南方的赌场之都"。但它也是虚构的，因为赌博生意做的就是成功兜售幻想。

幻想和现实，谎言和真相之间的联系——以及它们之间的差距——是贯穿《蒂肖明戈布鲁斯》的主题之一。蒂尼卡的一切都是假的，包括假装芭比的拖车房妓女，还有"南部生活村"，一处正忙着开发的综合建筑群，里面所有的房子都是其他东西的仿制，整个项目都是贩毒的幌子。故事的焦点是蒂肖明戈度假屋和赌场。名字是从一个真正的土著美国酋长那里抄来的；外形是俗气的印第安帐篷；上鸡尾酒的女服务员穿着假鹿皮的流苏迷你裙；前厅的壁画错到令人吃惊。然而尽管蒂尼卡的布置可能是假的，危险却是真实的。

跳水的丹尼斯来到蒂尼卡是因为他说服了赌场经理雇佣他的高台跳水表演来吸引顾客。他几乎立刻就陷入了麻烦。站在高台就要试跳的时候，他看见底下有两个人开枪打死了第三个人。他们看见他看见了。正准备开枪射他，却被分散了注意力。罗伯特·泰勒，黑人罪犯，也目睹了枪击。而且他也看见了丹尼斯目睹枪击。两人建立起了一种奇特的共生伙伴关系。

他们各自想从对方身上要些什么？丹尼斯应该要的是一个再见的握手和一张去阿拉斯加诺姆的巴士票，可他有点天真，不知道自己该有多害怕。而且也不想丢下他的高台和水槽。所以他待着没走，而罗伯特·泰勒则把自己表现成能够帮助丹尼斯做到这一点的人。没有罗伯特的话，我们担心，年轻丹尼斯的脑浆，就像之前的其他脑浆一样，不久就会成为"红色的小麦奶油"。因此罗伯特就是我们要找的人。

但罗伯特想要丹尼斯的什么呢？这个问题更复杂一些。第一个版本，他想让丹尼斯和他的跳水活动作为他贩毒收入的洗钱手段，因为他打算从本地土包子迪克西帮手里接管市场。第二个版本，他想收买丹尼斯的灵魂。这一点他直接摆在台面上。"你正在紧要关头，丹尼斯。我马上要出个价买你的灵魂。""就像浮士德一样，老弟。卖了灵魂，想要什么都能有。"如果丹尼斯卖的话，他会得到的是魔咒，而这个魔咒会让他实现内心深处的梦想；但他必须真的相信——不然不会成功——而且他们只有一个抓住它的机会。[3]

因为罗伯特不只是普通帮派分子。他被赋予了更重要的意义。他是抉择关头的大师，在荆棘坎坷中出生长大的骗人恶作剧大王，一个促成一切的人。他是花言巧语叫卖自己的推销员，就靠擦鞋生意和一张笑脸[4]；他是袖子里塞满A牌的赌徒。他是你渴望改变和行动时奔向祷告的神明，虽然并不能保证会获得何种行动。他是墨丘利，盗贼、商业和沟通之神，将灵魂送往阴间的引渡人，他也是阿南西，非洲的结网之神，用陷阱抓苍蝇。他逗引丹尼斯，暗示自己是魔鬼，但果真如此的话他绝不是《圣经》里的撒旦。相反，他是民间故事里的魔鬼，和他交易结果可能对你有利，尤其是假如你像丹尼斯被规劝的那样——不管看到什么，始终闭紧嘴巴[5]。罗伯特——换句话说——是骗子形象里一个特别吸引人的例子[6]。"你会想我的，知道吗？"他在书接近结尾的时候说，既是对读者也是对他正在告别的女人。"你会想念这些乐子的。"

而且蒂尼卡结结实实是他的地盘。他的根——他自称——就在这里，密西西比河岸边，最初的河，老人的河。密西西比分割又凝结了所有元素——北方和南方，白人、黑人和印第安人，富人和穷人，旅者和赌徒。它是《演艺船》的河，而且，没错，伦纳德也尽职地提供了一个隐瞒祖籍、有四分之一黑人血统的美人。它是哈克和吉姆的河，第一对出来打败困难和坏蛋的白人—黑人组合。它是国王和公爵的河，丑恶却好笑的谋利骗子；它也是梅尔维尔《骗子》的河，一个难以捉摸、暧昧不清的人，他的伪装——有时候——会带来好的结果。

如此说来，罗伯特·泰勒是一项拥有许多分支的漫长传统的继承人。看着他行动起来开采这份富饶矿藏令人愉悦，虽然有点像是蒙提·派森对波提切利《维纳斯》的所为——一点幽默的拙劣模仿，一点直白的挑衅攻击。罗伯特，举个例子，是个历史迷。"历史能帮你的忙，"他说，"你知道怎么用它。"而他也确实知道。他上过大学——靠贩毒付了学费，但他不卖给学生，因为他觉得他们的脑袋已经太迷糊了：

> 我上了十八个小时的历史课——问我一个有关历史的问题，什么都行，比如历史上有名的杀手的名字。谁打死了肯尼迪，格罗弗·克利夫兰。我上历史课是因为我喜欢，老弟，不是为了好找工作。还没在电视上看到之前我就知道美国内战了，电视上肯·伯恩斯拍的那个。我从百仕达偷了整套录像。

罗伯特第一个和历史有关的骗局是弄到了一张一九一五年私自用绞刑的纪念明信片，然后告诉蒂尼卡的两个白人坏蛋，说被吊在桥上的是他的曾祖父，而把他吊死的是他们的曾祖父：

> 我猜你们大概已经知道你们的祖爷爷私自绞死了照片里的人，我的祖爷爷，愿他的灵魂安息。还把他的家伙切了。你能想象一个人对另一个人做出这种事吗……？……我心想，看看我们的遗产是如何绑在一起，一直上溯到祖先那里的。嗯，我要给他看看这历史的事实。

罗伯特对一个死硬派种族主义者和残暴的讨厌鬼说了这些。

这是带着复仇的《根》。"你用这个只是为了诬陷[他]。"丹尼斯这么说明信片的事。"不代表它不是真的。"罗伯特回答。

罗伯特的目标是,靠骗术成为"联盟军非洲成员"参与布莱斯交叉点战役的重演(当然不会在真正的布莱斯交叉点进行)。这样,他就能安排让他的对手被实弹打死——把历史还给历史,或许可以这么说。另一方面,迪克西帮对真实的致敬,则是试图重演明信片上的私设绞刑,让罗伯特扮演阉割尸体的角色。像往常一样,伦纳德做好了研究;他对重演活动的规则和态度了如指掌,并尽可能地充分运用。如果你不知道淘气鬼派、罗伯特·李、石墙杰克逊形象的盐和胡椒瓶,以及敷衍派和硬核派各是什么意思,你会在这里找到答案。

伦纳德不写谁是凶手的故事——我们一直都知道谁是凶手,因为我们看见他们行凶了。你可以说他写的是凶案如何发生的故事。他的情节就像下棋——所有的棋子都在外面,我们能看到布局,但出人意料的是收官阶段的快速走子。它们也像费多的荒诞闹剧,这么说绝对不是贬低。这类表演很难成功完成,而且时机掌握最是关键:费多以前常常拿着秒表创作。读者知道谁在哪个柜子里,哪张床底下,哪片灌木丛后面,但角色不知道。接着他们开始明白了,在那之后事情发展非常迅速。这本书里的妙手机关由罗伯特设计,当然了:作为首席骗子,他毕竟是假象的大师。

然而在这个游乐园、穿戏服、重演历史的世界,这个关于表象、伪装和假冒的世界里,真相在哪里,什么东西真正值得拥有,而它又在谁的手上?要我说有一样主要的东西,那就是尊重——不是来自所有人的尊重,因为想要这种尊重的人既虚荣又

278

愚蠢——而是来自一个其尊重有其价值的人。（这些是男孩子的规矩。在《蒂肖明戈布鲁斯》的世界里，女性不玩尊重的游戏：她们用其他方式获得肯定的关注。）获取和评价这种以及其他各种男性之间尊重的方式可以为一篇社会生物学论文打底——男性灵长类动物的凝视，比如说，或者说谁在看谁，怎么看，以及它代表了什么。

　　除了能够做出凝视，获得尊重——就我所能理解的——还可以靠认真对待重要的事，不说太多话，以及知道自己在说什么。这本书里有许多关于学问的交谈，关于布鲁斯和布鲁斯歌手，内战，怎么搭一个跳水用的水槽，以及，实在不那么让人陶醉的，很久以前的棒球赛[7]。假如你已经获得了尊重，而且尤其是假如你是罪犯头目，你就必须靠不犯懒和不骄傲来维持这种尊重，否则等着你的就会是小麦奶油脑浆。

　　但最重要的，获得尊重靠的是让一件困难的事情看起来容易。丹尼斯就是这样赢得了罗伯特的尊重。"我喜欢看那些让手上的活显得轻而易举的人。没有缺点，没有一点突在外面的东西。"他这么形容丹尼斯的表演。一个第三者评论说："那个在高空旋转翻滚的人，镇定自若，给人看他有多酷。而罗伯特也很酷。他把丹尼斯留在身边，是因为他尊重他这个人。"女性评价此类行为的方式不尽相同。丹尼斯往衣服上浇高功率汽油，点燃自己表演火球跳的时候，罗伯特说，"天哪。"而他的女伴却说，"多大点事儿。"女性欣赏丹尼斯的时候，看的是他的身体——看她们可能从那里得到什么。而罗伯特欣赏的是胆量和技巧。

　　比利·达尔文，丹尼斯的雇主，有他个人版本的"多大点事儿"。他误以为高台跳水很简单，因为它看起来简单。他小看丹尼斯做的事，"听起来像个好人，同时又让你知道自己有几斤几两，看不起你的谋生手段"，后来他尝试自己从高台上往下跳，以表现他有多酷，并向人展示这有多小菜一碟。他惨败收场。

而这，或许是我们对幕后，对作者潜伏的阴影的小小一瞥。有没有可能是伦纳德听说了太多次，说他到现在已经专业做了四十年，或者说做了三十七次的事情非常容易，因为他让它看起来显得容易？就因为这是一个游乐场，大家因为你做的事情而获得娱乐，就意味着它不是必须重视的技艺吗？有没有可能是他想看几个这一类的评论家试试自己从高台上往下跳？假如你曾面对过重要关头，做了交易，得到了魔咒——结果却发现它需要依靠大量辛勤努力和训练，就像戏法手腕一样——你难道不会时不时有点被这样的不公判断惹恼吗？

还不至于失去冷静，请注意。没有这么严重。

注：

1. 勒卡雷在被爱丁堡大学授予荣誉学位的获奖感言中表达了这些观点。

2. "罗伯特·泰勒"是一位演员的化名，在身为知名爱情片主演之外，这位演员还在大量犯罪和西部片中担纲主角。比如，在1941年的同名电影中扮演了比利小子。就像《蒂肖明戈布鲁斯》中的某个人说的一样，"给罗伯特干活……就像在他妈的电影里一样"。

3. 从罗伯特·泰勒嘴里听见《匹诺曹》中蓝仙女的见解有些古怪。不过话说回来，向星星许愿，无论你是谁，在一定程度上这正是让泰勒有别于其他坏人的一点：他做着一种属于自己的美国梦。

4. 罗伯特·泰勒是《推销员之死》中威利·洛曼的镜像。后者是不诚实的"诚恳"人，前者是诚实的"不诚恳"人。

5. 参见比如格林童话《魔鬼的邋遢兄弟》。在此类故事中，主角，如果幸运又敏捷，就能够在获得魔鬼奖赏的同时也守住自己的灵魂，而丹尼斯正是这样做的。

6. 更多其他例子，可见刘易斯·海德的全面研究，《骗子创造了这个世界》，纽约：法勒，施特劳斯和吉鲁出版社，1998。不过海德指出，在一个从头到尾铺满假货贩子的国家，骗子并不像平常那样起作用。

7. 这个喋喋不休说棒球的角色是故意要让人厌烦的。窍门是看他如何把自己着迷的东西插进随便什么话题。如果厌倦了你也可以像丹尼斯一样——别理他。

不可磨灭的女性

我十九岁的时候第一次读了弗吉尼亚·伍尔夫的《到灯塔去》。非读不可。我在上一门课——"二十世纪小说"，或者类似的什么。我和十九世纪小说相处得还好——狄更斯的作品，我觉得，就是这些作品该有的样子，至少是在英格兰：有许多疯子和大雾。某些二十世纪小说也还不错。海明威我多少能够体会——我小时候玩过打仗游戏，我经常去钓鱼，我懂得这两件事情的大致规矩，我知道男孩子少言寡语。加缪让青春期晚期的我相当抑郁，外加存在主义焦虑和现实，以及不愉快的性事。福克纳是我对于——嗯，我自己作为作家（这是我的愿望）可能会怎样的设想，在热气蒸腾、蚊虫滋生的沼泽地歇斯底里是我对于艺术真实性的概念。（我熟悉那些虫子。熟悉那些沼泽，或者说非常类似的沼泽。我熟悉那种歇斯底里。）福克纳同时也能出奇地好笑这一点——在我当时的年纪——完全没有引起注意。

但弗吉尼亚·伍尔夫，就十九岁的我而言，完全跑偏了。究竟为什么要到灯塔去，而且为什么要为了去还是不去吵吵闹闹？这本书是关于什么的？为什么人人都那么喜欢戴着耷拉的旧帽子在花园里闲晃，用一勺又一勺委婉默许纵容丈夫，就和我注定无趣的母亲一样的拉姆齐太太？为什么会有任何人容忍拉姆齐先生，这个引用丁尼生的暴君，尽管他可能是个失意的天才？有人下错了命令，他喊道，但对我不起作用。而莉莉·布里斯科又是怎么回事，她想成为艺术家，对这个愿望非常重视，可看起来却没法画好，或者说没法让自己满意？在伍尔夫的世界里，一切都如此脆弱。如此难以捉摸。如此没有定论。如此深深的诡谲莫测。就像某个瘦弱诗人在凯瑟琳·曼斯菲尔德的短篇里写下的诗句："为什么总得喝番茄汤呢？"

十九岁的时候，我还不认识任何已经去世的人，除了年老又疏远的祖父。也从没去过葬礼。我一点都不了解那种失去——曾经活过的生命，有形纹理的崩塌，一个地点的意义会因为曾经在那里的人不复存在而改变。我一点也不知道试图抓住这些生命——挽救他们，不让他们完全消失的绝望和必须。

尽管犯了许多艺术上的过失，真正让我尚无法认同这一切的是我的天真。莉莉·布里斯科受一个缺乏安全感的男人所害，不断告诉她说女人不能画画也不能写作，我却不明白为什么她为此这么难过：这家伙显然是个窝囊废，所以谁在乎他怎么想啊？反正还从没有人对我说过这类的话，目前还没有。（殊不知很快就会开始有了。）我没有意识到这样的声明会有多沉重，即便是出自傻瓜之口，因为它背后是几百年来备受尊敬的权威。

在刚刚过去的夏天，四十三年后，我又读了《到灯塔去》。没有特别的原因：我在一个非常加拿大的空间里，"乡间小屋"，这本书也在，而且我已经读完了所有的谋杀悬疑小说。就想着再读一次试试。

这是怎么回事，这一次，书里的一切怎都如此完美地水到渠成？第一次读的时候——尤其是，那格局，那造诣——我怎么会忽略了？我怎么会没注意到拉姆齐先生引用丁尼生的共鸣，宛如对第一次世界大战的预言般响起？我怎么会没明白画画和写作的实际上是同一个人？（"女人不能画画，女人不能写作……"）还有时间是如何似浮云般穿过一切，坚固的物体颤动和溶解？而莉莉画的拉姆齐太太——未完成，不够好，注定要被塞进阁楼里——也成了，在她最终加上联系一切的那一笔的时候，我们刚刚读完的这本书？

有些书需要等到你准备好的时候再读。在阅读上有太多东西都关乎运气。而我方才又是多么地幸运！（我轻声对自己这么说着，一边戴上我耷拉的旧帽子，出门去我高深莫测的花园里游荡……）

王女国的女王

　　《世界诞生之日》是厄休拉·勒古恩的第十本小说集。在书中她再次证明了为什么她是在位女王……但我们立刻就遇到了难题，她的王国叫什么名字才合适？或者，鉴于她对性别多义性的持久关注，她的女王国，或许——考虑到她喜欢混编——她的王女国？又或者，可否更准确地说她不止拥有一个这样的王国，而是两个？

　　"科幻小说"是她的作品通常会被放进的盒子，但这是个不好办的盒子：其他地方丢掉不要的东西把它塞得鼓鼓囊囊。里面挤满了所有不能轻松装进社会现实小说的家庭客房、历史小说更加庄重的客厅，或是其他已经划分的类型：西部、哥特、恐怖、哥特传奇，以及战争、犯罪和间谍小说的故事。其分支包括狭义的科幻小说（充满装置和基于理论的宇宙旅行、时间旅行，或者赛博旅行，前往其他世界，经常有外星人）；科学奇幻小说（龙很常见；装置不太可靠，可能会有魔杖）；以及推想小说（人类社会及其可能的未来形态，要么比我们现有的好得多，要么差得多）。不过，区分这些分支的细胞膜是可以穿透的，而且从一种分支向另一种做透析流动是常态。

　　"科幻小说"的血统从大体上来看非常悠久，且其中一些文学祖先拥有至高名望。阿尔维托·曼古埃尔在《想象地名私人词典》里编录了许多：包括柏拉图对亚特兰蒂斯的描写，托马斯·莫尔爵士的《乌托邦》，以及乔纳森·斯威夫特的《格列佛游记》。前往居住着奇异居民的未知领域，并对旅程加以记述，与更放纵一些的希罗多德、《一千零一夜》和诗人托马斯一样古老。民间故事、北欧萨迦，还有骑士冒险传奇都是这类作品不那么遥远的表亲，它们还被几百个《魔戒》以及/或者《野蛮人柯南》的模仿者用作素材——这两部作品此前也从同一口井里汲取了灵感之水，就像它们的前辈，乔治·麦克唐纳以及写了《她》的亨利·赖德·哈格德一样。

儒勒·凡尔纳大概是最有名的早期装置小说家，但玛丽·雪莱的《弗兰肯斯坦》却可被视为第一部"科幻小说"——换句话说，第一部内有真正科学的小说——其灵感来自对电的实验，尤其是电击尸体。雪莱执着关注的一些问题此后一直留在这一类型（或多个类型）中：具体来说，具有普罗米修斯精神的人从天上偷走火种必须付出什么代价？事实上，部分评论家提出，"科幻小说"是神学思辨最后的文学皈依。天堂、地狱，以及靠翅膀在空中旅行在弥尔顿之后多少已被抛弃，外层空间是余下唯一还可能发现类似神祇、天使和魔鬼等生物的地方。J. R. R. 托尔金的挚友，同为幻想家的C. S. 刘易斯甚至还创作了"科幻小说"三部曲——科学的部分很少，却有大量神学内容，"宇宙飞船"是装满玫瑰的棺材，夏娃的诱惑在金星重演，还附带甜美的果实。

经过重新安排的人类社会也是这一传统中不变的主题，既用来批评现状，也用来提出更加令人满意的选择。斯威夫特描写了一个理想文明，尽管——多么英式！——生活在里面的都是马。十九世纪受到污水系统和监狱改革成功的鼓舞，产生了一些真心满怀希望的推想小说。威廉·莫里斯的《乌有乡消息》和爱德华·贝拉米的《回顾》是其中最著名的，但这种手法太过流行，结果受到了嘲讽，不仅有吉尔伯特与沙利文的《乌托邦有限公司》，还有塞缪尔·巴特勒的《埃里汪奇游记》，书中生病是种犯罪，而犯罪是种疾病。

然而，随着十九世纪的乐观主义让位于二十世纪强求一致的社会混乱——尤其是在苏联和原第三帝国——文学乌托邦，无论严肃的还是讽刺的，都被自身更加黑暗的版本所取代。H．G．威尔斯的《时间机器》《世界大战》和《莫洛博士岛》预示了不久就将到来的事件。《美丽新世界》与《1984》无疑是这些先知先觉的恶土中最为人所知的，卡雷尔·恰佩克的《罗素姆万能机器人》和约翰·温德姆噩梦般的寓言故事紧随其后。

一个词语——"科幻小说"——为这么多不同形式所用真是太不幸了，同样不幸的是这个词还获得了一种很不光彩乃至极其邋遢的名声。的确，科幻在二三十年代的激增带来了众多遍布凸眼怪物的太空歌剧，发表在低俗杂志上，紧接着电影和电视节目也大量运用这笔散发着气味的宝藏。（有谁能忘记《魔眼惊魂》《不死之脑》或是《女巨人复仇记》？更该问的问题是：为什么我们忘不了它们？）

但在出色的作者手中，这种形式也能出彩，从库尔特·冯内古特在《五号屠场》中对通俗科幻内容的精湛使用，罗素·霍本在语言学上富于创意的《步行者里德利》，以及雷·布拉德伯里的《华氏451》和《火星编年史》中就能看出。（豪尔赫·路易斯·博尔赫斯是最后一本的书迷，这一点也不让人意外。）科幻有时只是美化了的传奇历险和出格性事的借口，却也能提供一套工具来审视一度被深情描述为人的境况的矛盾和痛苦：我们真正的天性是什么，我们来自哪里，要去哪里，在对自己做些什么，有能力走向何种极端？在科学奇幻故事常显凌乱的沙坑里，发生了上个世纪一些最高超和最具启发性的智力活动。

这就把我们引到了厄休拉·勒古恩。她的文学品质毫无疑问：优雅的文笔、充分精心构思的前提、心理洞察和睿智见解已为她赢得了美国国家图书奖、卡夫卡奖、五次雨果奖、五次星云奖、一座纽伯瑞儿童文学奖、一座木星奖、一座甘道夫奖，以及一满怀大大小小的其他奖项。她最早的两部作品，《流放星球》和《罗卡侬的世界》于一九六六年问世，自此以来她已经出版了十六部小说，以及十本短篇集。

这些作品共同创造了两个主要的平行宇宙：伊库盟宇宙，属于严格意义上的科幻——宇宙飞船，在不同世界之间旅行等等——以及地海世界。要我说后者必须被称为"奇幻故事"，因为里面有龙、女巫，甚至还有魔法师上的学校，尽管这所学校与哈利·波特的霍格沃兹相去甚远。伊库盟系列可以说是——非常宽泛的——关注人性的本质：我们能越界多远而仍然为人？对于我们的存在而言什么是必须的，什么是附带的？地海系列则专注于——同样，非常笼统地说——现实的本质以及生命有限性的必须，同时还有语言与其整体环境的关系。（这对一套以适合十二岁年龄来推广的系列来说实在过于难懂了，但或许责任在于营销总监。就像《爱丽丝漫游奇境》一样，这些故事能从多个层面与读者交流。）

勒古恩所专注的内容当然并未分成严格区别的两套：她的两个世界都极其关注语言的使用和误用；都有苦恼于社交失态和被外国习俗困住的角色；都对死亡忧心忡忡。不过在伊库盟宇宙中，尽管有许多奇异之处，却没有魔法，除了生命与生俱来的神奇。

勒古恩作为作者惊人的一点是，她不仅同步，更是同时创造出了这两个世界。第一本地海作品《地海巫师》出版于一九六八年，而《黑暗的左手》，伊库盟系列的著名经典，则是一九六九年。其中任何一本都足以确立她作为该类型大师的声誉；而两本放在一起则让人怀疑作者有神秘药物、创作双关节或是双利手的加持。勒古恩在第四本书中提到惯用手并非没有理由：一旦谈起左手，各种《圣经》中的隐含意义就会聚到一起。（虽然左手是邪恶之手，但上帝也有一只左手，所以左手也不会一无是处。右手应该知道左手在做什么吗，如果不该，又是为什么？如此等等。）正如瓦尔特·本雅明曾说过的，决定性的一击都来自左手。

自第一本小说出版以来的三十六年间，厄休拉·勒古恩持续探索描述和戏剧性地展现她主要的虚构领域。不过既然《世界诞生之日》里的故事是伊库盟的故事——有两个例外——我们不妨着重关注科幻而非奇幻的世界。伊库盟系列的总体前提如下。宇宙中有多个可居住的星球。很久很久以前它们被一个名叫海恩的种族"播种"，这个种族来自一颗类似地球的行星，在宇宙中旅行，在那之后时间停顿，混乱发生，留下每个社会独自沿着不同方向发展。

如今，一个名叫伊库盟的善意联邦成立，派出考察者去看看这些虽然遥远却仍然属于人科乃至人类的社会变成了什么样。占领并非目的，传教也不是：非入侵、非命令的了解和记录是向这些探索者或使者提出的要求，他们被称为机动特使。拥有各种装置让他们能在异邦的谷田里工作，还有一个方便的小玩意叫作"安塞波"，我们都应该拥有这种科技，因为它让信息得以即时传送，从而抵消了第四维的延迟效应。而且，它似乎从来不会像网络电邮程序一样崩溃。我完全支持。

这里需要提到，勒古恩的母亲是作家，丈夫是历史学家，父亲是人类学家；因此她这一辈子身边都是兴趣与她吻合的人。通过母亲与写作的联系显而易见。丈夫的历史知识一定派上了用场：改变被我们称之为"历史"的那一类通常是不幸的事件，在她的作品中不止一次地重现。但她父亲的学科，人类学，特别值得一提。

倘若科幻作品的"幻想"一端在很大程度上归功于民间故事、神话和传奇，那"科学"一端就要同等归功于考古学和人类学作为严肃学科的发展，有别于先于其出现并持续与其共存的盗墓和以谋利为目的的探险。莱亚德在一八四〇年代对尼尼微的发现宛如开罐器一般打开了维多利亚时代对于过去的思考；特洛伊、庞贝和古埃及同样令人着迷。通过新发现和新发掘，欧洲人对古代文明的观念得以重整，想象的大门打开，衣着的选择也扩大了。如果世界曾经是其他样子，那或许它们也可以再次变成其他样子，尤其是在服装和性事方面——这两件事情尤其令维多利亚时代居民和二十一世纪早期想象力丰富的作家神往，渴望前者更少，后者更多。

人类学出现得稍晚一些。文化在遥远的地方被发现，与现代西方截然不同，而且它们并未被摧毁或征服，而是被严肃对待并加以研究。这些人与我们如何相像？如何不同？是否可能了解他们？他们创立的传说是什么，对来世的看法呢？他们如何安排婚姻，亲属体系如何运作？他们吃什么？他们的（a）服装和（b）性事呢？通常发现的结果是——通过诸如玛格丽特·米德等形形色色也许过于热情的探究者的工作——比我们（a）更暴露而且（b）更满足？

人类学家所做的——或者说该做的——多少就是勒古恩伊库盟建构里的机动使者理应做的：前往遥远的国度，观察、探索外国社会并试图理解它们。然后记录下来，并加以传述。勒古恩懂得其中门道，也懂得其中的陷阱：她的机动使者在实地受到猜疑和误导，就像真正的人类学家曾经历的一样。他们被用作政治卒子，被蔑视为外人，因为拥有未知力量而遭人畏惧。但他们同时也是富有献身精神的专业人员和训练有素的观察者，还是有着自己个人生活的人。正是这一点让他们与他们所讲的故事变得可信，而勒古恩对他们的处理就写作本身而言也富有吸引力。

对比勒古恩的两篇序言能获得许多信息：一九七六年，在首次出版七年后为《黑暗的左手》所写的那篇，以及现在为《世界诞生之日》所写的前言。《黑暗的左手》发生在格森，又称冬星，其中的居民不是男性，不是女性，也不是雌雄同体。而是有不同时期：无性期，接着是有性期，在后一期间每个人会变为适合当时情况的性别。因此无论是谁都有可能在一生之中成为母亲和父亲，既是插入者也是被插入者。故事开始时，"国王"发了疯还怀了孕，来自伊库盟的非格森人观察者彻底糊涂了。

这本小说出现在一九七〇年代女性主义最火热的阶段开始之时，针对性别及其职能相关的话题情绪高涨。勒古恩被指责为希望人人都成为两性人，并且预言这在未来会成为现实；还反过来被指责为反女权主义，因为她用了代词"他"来表示尚未处于"卡玛"——即有性别期的人。

她给《黑暗的左手》的序言因而有些尖刻。科幻不应仅仅只是推断，她说，不应采纳一种当前的趋势并将其投射到未来，从而通过逻辑抵达先见的真实。科幻无法预测，任何小说都做不到，可变的因素太多了。她自己的书是一次"思维实验"，就像

《弗兰肯斯坦》一样。它始于"假如说,"然后是一个前提,跟着再观察看看接下来会发生什么。"在如此构想出来的故事里,"她说,"适合现代小说的道德复杂性无需被舍弃……思想和直觉能够自由流动,设定边界的仅仅是实验本身的条件,而这些条件着实可以非常宽泛。"

思维实验的目标,她写道,是"描绘现实,现在的世界"。"小说家的工作是撒谎"——撒谎以小说家通常的方式加以诠释,也就是说,一种迂回曲折的讲述真相的方式。因此她在书中所刻画的两性人既非预言也非建议,而只是描写:两性性格,以比喻的方式来看,也是所有人类的特征。对于那些不明白比喻是比喻而小说是小说的人,她恼火得不是一点点。我猜她一定收到了许多极其古怪的仰慕者来信。

《世界诞生之日》的前言则平和得多。二十六年后,作者该争的都争过了,已是科幻领域公认的重要人物。有本钱做到少一些说教、多一些讨人喜欢的坦率,稍微心不在焉一点。如今的伊库盟宇宙让她感到舒适,就像"一件旧衣服"。不过绝不要指望它前后连贯:"它的时间线就像小猫从毛线筐里扯出来的东西,构成它历史的主要是空白。"在这篇序言中,勒古恩描绘的是过程而非理论:每个故事的起源,她必须想清楚的问题。像往常一样,她并不虚构那些世界:她发现自己身处其中,然后开始探索,就好比,嗯,一个人类学家。"先去创造不同,"她说,"……然后让人类情感这道熊熊燃烧的弧线一跃而出填补空白:这种想象力的杂技带给我的着迷和满足,几乎无可比拟。"

《世界诞生之日》收录了七个短篇,另有一篇或许算得上中篇小说。前七个故事中有六个是伊库盟的故事——"旧衣服"的一部分。第七个多半也属于其中，尽管作者并未肯定。第八个故事则安排在一个完全不同的宇宙——普遍的、共有的、科幻的"未来"。除第八个故事以外，作品大多涉及——用勒古恩的话说——"性别和性别认同的特殊安排"。

所有想象出来的世界都必须为性事做些安排，不管有没有黑皮革和触手，这种安排的特殊性是科幻小说长久的主题：让人想起的不但有夏洛特·珀金斯·吉尔曼两性分开居住的《她的国》，还有W. H. 赫德逊的《水晶时代》，书中有类似蚂蚁的中性状态，或是约翰·温德汉姆同样基于蜜蜂和蚂蚁的《她者之道》，或是玛姬·皮尔西尝试绝对性别平等的《时间边缘的女人》。（男性哺乳：留意这股风潮。）但勒古恩又大大向前推进。在第一个故事，《成年于卡亥德》中，我们不是通过机动特使，而是透过一位刚刚步入青春期的格雷森居民的双眼观察格雷森/冬星：他/她会先变成哪种性别？故事不仅撩人而且欢快。为什么不呢，在一个性永远要么精彩壮观要么根本没人关心的世界里？

在《塞格里纪事》中情况就不怎么愉快了，这里出现了性别不平衡：女性比男性多出太多。女性掌管一切，彼此结婚作为人生伴侣。稀有的男性儿童被女人宠坏了，但作为男人他们必须在城堡里过隔离生活，盛装打扮，炫耀自己，上演公开打斗，并作为种马外租。他们并没有多少乐趣。就像被困在世界摔角联盟里，永无出头之日。

《别无选择之爱》和《荒山之道》发生在一个叫做O的世界，是勒古恩在《内海渔夫》中创造的。在O中，你必须和另外三个人结婚，但只能和其中两个发生性关系。四人组中必须包括一个晨之男和一个晨之女——他们不能上床——以及一个夜之男和一个夜之女——他们也不能上床。但对晨之男的期望是他要和夜

293

之女以及夜之男发生关系，而夜之女则应当与晨之男和晨之女发生关系。把这样的四个人组合起来是角色面临的困难之一，而保持四人井井有条——谁是你的，谁是禁忌——则是读者和作者的难题。勒古恩不得不画了图表。正如她所说："我喜欢思考产生和阻挠高度紧张的情感关联的复杂社会关系。"

《孤绝至上》是一个冥想式的故事，讲的是一个亲切友好严重受到怀疑的世界。女性在一个"昂特灵"也就是村庄里，在自己的房屋里独自居住，编篮子也做园艺，并练习非言语的艺术技巧"觉悟"。只有孩子会去各家串门，学习口头流传的学问。女孩成年后成为昂特灵的一部分，而男孩则必须离开去加入青少年团体，在荒野中勉强维生。他们互相打斗，幸存下来的成为可繁殖的男性，羞怯地住在隐士小屋里，从远处守卫昂特灵，等待为了交配而"物色"的女性造访。这一格局，尽管有精神上的满足，却并不适合所有的人。

《古乐与女奴》让人颇有切身之感，因为故事正是受到参观美国南部一处往日种植园的启发。在维瑞尔星上，奴隶主和反蓄奴者正在交战，而奴隶主之间的性事就是强奸奴隶。故事的主角，伊库盟大使馆的一名情报官，陷入了关于人权的争论，随后又是严重的麻烦。在所有的故事中，这一篇最接近证实勒古恩关于科幻小说描述我们自己的世界的主张。维瑞尔可以是任何一个被内战撕裂的社会：无论发生在哪，它始终残酷，而勒古恩，尽管时而是动人的抒情作者，却也从不回避必要的血腥。

与书同名的作品以印加为基础构思，外加一点古埃及。一男一女共同组成了神。两者地位均为世袭，由兄妹相婚创立；神的职责包括通过舞蹈占卜，从而让世界每年都重生一次。统治则由神的信使，又称"天使"执行。当一个外来却强大的存在进入这个高度组织化的世界，维持它的信仰体系崩塌时会发生什么？你可以想象，或者也可以读《秘鲁的征服》。无论如何，这个精妙的故事出奇地大胆，也出奇地给人以希望：世界终结了，但同时它也永远在开始。

最后一个故事，《失落的诸乐园》，延续了重生的调子。在一艘长途宇宙飞船上，许多代的人出生又死去。旅途中涌现了一种新的宗教，其追随者相信他们事实上，现在，就在天堂。（如果真是这样，那天堂就和有些人一贯担心的一样无趣。）接着飞船抵达了几个世纪前提出的目的地，船上的人必须决定是继续留在"天堂"，还是降落到一颗植物动物和微生物都完全陌生的"土球"上。这个故事最令人愉悦的部分，对我而言，是从幽闭恐惧症中释放：就算绞尽脑汁，我也想不通为什么会有人选择待在船上。

勒古恩也站在土球这边，而且引申开去，她也站在我们自己的土球这一边。无论她会做什么别的事情——无论她好奇的智慧会带她到哪，无论她会创造出怎样扭转纠结的动机、情节和生殖器——她始终不曾脱离对于无限真实的敬畏。她所有的故事，正如她所言，都是一个人类故事的隐喻；她所有的幻想星球都是这一个，无论如何伪装。《失落的诸乐园》将我们自己的自然世界展现为一个新发现的复乐园，一片奇迹之境；而在这一点上，勒古恩是典型的美国作家，对他们而言，对于和平国度的追寻仍在继续。或许，正如耶稣所暗示的，上帝之国就在心中；又或许，正如威廉·布莱克所解释的，如果看对了，天堂就在一朵野花里。

这个故事——以及这本书——以极简派的舞蹈结尾，一个老妇和一个跛脚老翁赞美，事实上是敬拜，在离开飞船后维持他们生命的泥土。"摇摆着，她把赤裸的脚从泥土上抬起又放下，而他站立不动，握着她的手。他们就像这样一起舞动。"

胜利花园

在我小时候，大家有胜利花园。那是第二次世界大战期间，其后的想法是假如老百姓自己种蔬菜，那么农户生产的食物就能腾出来给军队吃。还有另一个强大的动力：不太可能自己种的东西都在实施配给，比如糖、黄油、牛奶、茶、奶酪和肉，所以能种的越多，吃的就越好，同时士兵也能吃得更好。因此，靠挖土、锄地、除草和浇水，你也能帮助赢得胜利。

但人不只是靠蔬菜和水果活着。任何有点像是蛋白质或脂肪的东西都很宝贵。酥油、人造黄油和培根煎出来的油备受珍惜；胗、肝、脚爪和脖子不会被嗤之以鼻。今天会随手扔进垃圾桶的残羹剩饭会被囤起来当宝贝，从第一次，比如说，以烤鸡的模样出现，再到变成各种各样的化身，比如面条加剩菜的砂锅，汤和炖菜，以及菜肉馅饼里不知是什么的原料。衡量家庭主妇的本事看的是她能把同样的东西端上桌多少次而不让人看出来。

精打细算是必须；浪费让人看不惯。这意味着所有的东西都一定要用上，不只是鸡肉之类，也包括花园里种出来的，而且如果需要的话，还要储存起来。家庭冷冻尚未出现，因此罐装和腌制是主要活动，尤其是在夏末，花园的产量多到一家人吃不完的时候。家庭主妇会煮数量庞大的番茄酱、泡菜、四季豆、草莓、苹果酱——各种蔬菜和水果。这些会留在冬天吃，配上之前存放在阴凉处的卷心菜、冬南瓜和根茎类蔬菜——甜菜、胡萝卜、芜菁和土豆。

作为这个时代长大的孩子，我们懂得每根幼苗都很珍贵。我们是系统的一部分：我们除草浇水，摘走卷心菜虫、番茄天蛾和马铃薯害虫。把果皮、果核和外皮重新填进土里；抵挡土拨鼠的攻击；在地里撒木屑。如果运气好离蓝莓的来源地不远，我们就会去采；还摘豌豆和豆荚，挖土豆。我不能说所有这些都是愉快进行的自发劳动：这类工作是苦差事。但照料蔬菜和把成果吃进肚里之间的联系是明确的。食物并不是用塑料制品包着从超市里来的——而且也几乎没有超市。它们从地里来，或是长在灌木丛或者树上，而且需要水、阳光和适当的施肥。

母亲这代人从小受到严格教育：小孩子应该把盘里的东西都吃完，不管喜不喜欢，要是吃不完就必须坐在饭桌上，直到吃完为止。还经常有人告诉他们说要记住别的孩子正在挨饿——亚美尼亚的，中国的。我以前一直觉得这既苛刻——为什么要强迫小孩子在不饿的时候吃饭？——又荒唐——吃掉我的面包皮对亚美尼亚人有什么好处？但这种方式在本质上无疑有着对尊重的坚持。许多人辛苦劳动才生产出了盘子里的食物，其中也包括孩子的父母，食物要么是他们种的，要么是付了来之不易的钱换的。不能怠慢它们。要表现出应有的感激。因此才有一度普遍的饭前祷告习俗，现在已经不做了。为什么要感谢一些——如今——这么容易就能得到的东西呢？

在地球生命的情节主线上，花园是最近的转折。它可以追溯到或许是一万年前，面对不断减少的野味和野生食物储备，在百分之九十九的人类历史中作为普遍模式的采集和狩猎已经无法再维持社会生存的时候。

地球总人口不到四百万时——这是在从前，据专家估计大约是一万年前——采集和狩猎的生活方式仍然可行。黄金时代的神话似乎有些事实基础：食物就在野外，唾手可得，人类获取食物也无需花费很多时间。在那之后，情况变得困难，社区不得不采取更加劳动密集的策略来喂饱自己。"农业"有时被用来指代任何形式的耕种或驯养——放牧动物以获取肉和奶，栽培庄稼和果树，播种小麦和大麦等谷物。有时"农业"，指用犁破土耕作大片区域——传统上是男性活动——会与"园艺"，指打理较小的单片花园菜地，传统上由女性开展——进行区分。一般认为"园艺"首先出现，但各方都同意存在一段采集狩猎、园艺和农业并存的漫长过渡期。

有许多弊病被归咎于农业。在采集狩猎文化中，食物——通常——按需获取和食用。然而一旦农业得到稳固建立——一旦作物能够收获和储存，一旦盈余能够累积，且并非偶然地，能够运输、交换、破坏和盗取——社会阶层就成为了可能，奴隶在最底层，其上是农民，还有在顶层的统治阶级，不用为了吃而付出体力。军队可以靠额外的食品供给前进；宗教统治集团可以要求十一奉献；国王可以掌权；税金可以征收。作物单一种植变得普遍，仅仅依赖几种食物不仅导致营养不良，在作物歉收时更会引发饥荒。

城市居民与食物的关系——以系统来看——比起园艺-农业更接近采集-狩猎模式。我们自己不种食物，也不以动物的形式饲养。相反，我们前往食物的所在地——多半是超市。对动物性食物而言，其他人已经完成了宰杀，如果是植物的话则是首轮采摘，但购物者本质上是采集者。他或她的技能包括知道好东西在哪，以及如果少见的话靠追踪搜索把它找出来。购物体验被赋予了在魔法森林散步的所有标志——轻柔的音乐奏响，包装的色彩异常鲜艳，食物以宛如奇迹般出现的方式得到展示。唯一要做的就是伸手，就像在黄金时代一样。当然了，之后还要付钱。

这样的体系掩盖了来源。店里的食物不沾泥土,尽可能的不见血。然而我们吃下的一切全都——以这样或那样的方式——来自大地。

我记忆中的第一座花园在北魁北克,父亲在那里办了一间小型田野昆虫研究站。这片地区有冰川擦痕——冰川在数千年前刮走了表层土壤,磨得只剩底层的花岗岩。冰川消退几千年后,土地只是沙子和碎石上面薄薄的一层。父母把这片沙土作为花园的基础。幸运的是肥料有来源,来自一片伐木场——那时候,冬天还会用马把砍下的树拉到湖边,最后再走水路送到木材厂。父母把一船一船的马粪运到他们筑了篱笆的沙土地上,把它们填进土里。在这块没有希望的土地上种出了豌豆、豆荚、胡萝卜、小萝卜、生菜、菠菜、瑞士甜菜——还有其他的——甚至偶尔还有花。我记得的有旱金莲,还有红花菜豆鲜艳的花瓣,那是蜂鸟的最爱。这其中的寓意是:几乎任何一块泥地都能成为花园,只要有足够的苦干和马粪。

那座花园存在于一九四〇年代,战争还在继续,胜利花园形式的园艺仍然普遍奉行,每一丁点食物都如获至宝。

战争结束后,战后繁荣到来,观念发生了重大转变。在长时间的焦虑劳苦和悲剧之后,人们希望生活里有更多安逸。军事生产关闭,消费品制造开启。家用电器激增:户外晾衣绳被烘干机取代,手摇洗衣机被自动取代。超市迅速兴起。预包装问世。头脑简单的丰足是一时之风。

从一九五〇到二〇〇〇年的时期或许可以描述为一次性时期。浪费——包括预先计划的报废——不再被视为恶行和罪过。

它成了正面的事情，因为扔掉的越多，消费的就越多，这就能推动经济，人人都能变得更富裕。不是吗？

只要有无穷无尽的供给输送进管道的入口，这种模式就能运转良好。但在供给来源耗尽之时就会垮掉。而最根本的供给来源则是生物圈本身。不过在五十年代，这个来源看来似乎取之不尽。因而狂欢继续。多让人兴奋啊，只吃半个汉堡，把剩下的扔掉！

扔东西有着不可否认的情绪内涵。省吃俭用、节约和囤物让人感觉穷困——想想《圣诞颂歌》里的斯克鲁奇——而出手大方，无论是表现为像斯克鲁奇那样最上乘的烤鹅，还是在垃圾桶里塞满不再想要的杂物，都让人觉得富裕。节省很沉重，丢弃却轻松。我们为什么会有这种感受？人类曾是游牧民，不会带着大钢琴到处走。也不储存食物；而是迁往有食物的地方。用环保人士的话说是"轻足迹"。嗯，这是一种理论。

可我们已经无法全都去当游牧民了。没有足够的地方这么做。

许多人在战后放弃了他们的花园。我的父母则继续种着，因为他们说新鲜的食物味道更好。（这的确是真的。）全面使用杀虫剂的时代刚刚到来，这可能也是原因之一。父亲很早就反对大面积使用杀虫剂，部分是因为这是他的研究领域。照他的说法，喷洒森林杀死成群的云杉芽虫和叶蜂只会抑制它们滋生，之后昆虫会对用在它们身上的毒药产生抵抗力，就会继续肆虐。而同时你又杀死了它们的天敌，没法再和它们对抗。这些毒药对人的影响还不清楚，但也不能低估。当时他的看法被认为很奇怪。

因而我生命中第二座主要的花园是在多伦多。同样，土质并不乐观：重黏土，下雨时黏糊糊的，干燥的日子又会晒成坚硬的表面。尤其适合生长巨大的蒲公英和大丛的茅草。花了很多力气才把它变成有点类似花园的东西。厨余用来堆肥，大堆大堆的落叶埋进土里。

这时我已经十多岁了，被要求做相当多的除草和浇水工作。家长们听好了：给别人的花园除草和浇水并不像给自己的花园除草浇水一样有意思。最精彩的时刻是我用弓射中了一只到处攫食的土拨鼠（箭是比赛用的靶箭，不是打猎用的，所以弹开了），另一次是我不小心把父亲试种的菊芋全拔了。

度过青春期后，我一度放弃了园艺。我受够了。而且我待的地方也不允许：那时我是个漂泊不定的学生，有时是老师、市场研究员和作家，十年里搬了十五次家。但在七十年代初，我发现自己来到了一座农场，有谷仓还有大量完全腐烂的马粪供应，这么大的诱惑实在无法拒绝。八年的时间里，我们种了所有想得到的东西。在主食里加入玉米、球茎甘蓝、芦笋、醋栗——红的和白的——还有接骨木莓。试了新的方法——用稻草种土豆，用金盏花吸引鼻涕虫。我们做罐头、冷冻、干燥；做了德式酸菜，一次我不愿再重复的尝试。酿了葡萄酒，做了果酱和果冻，还有啤酒。养了自己的鸡鸭和羊；把防风草埋进地洞，胡萝卜塞进根菜窖成箱的沙子里。

这是繁重的工作。也是家庭园艺开展不多的原因之一。

另一个原因，当然了，是缺少土地。公寓阳台上能种出来的南瓜数量是有限的，这个地方的小麦产量也不会很大。

缺少土地。缺少可耕种的土地。我们或许还可以加上"缺少海洋"，因为海洋资源遭到破坏的速度和陆地一样快。过不了多久我们或许就不得不加上"缺少淡水"甚至"缺少可呼吸的空气"。毕竟世上没有免费的午餐。

作为一个物种，我们正因为自己的成功而受害。我们已经从一万年前的四百万人口增加到了今天的六十亿，而且还在增长。指数级的人口暴增自一七五〇年开始，在人类历史上前所未有，也不会再有。我们必须放慢作为一个物种的增长速度，不然就要面临一系列无法想象的环境和人道灾难。适于耕种的土地是有限的，且其中许多正迅速被铺平、侵蚀、污染或消耗。我们和其他动物适用同样的原则：没有一个生物群落能活过其资源根基的枯竭。这一点很容易演示给孩子们看。给他们一个蚁巢，给蚂蚁喂吃的，看着蚂蚁数量变多。然后切断食物来源。蚂蚁的末日。

对智人来说，二十一世纪的主要问题将会是，我们怎么吃？世界上百分之八十的人口已经生存在饥饿的临界线上。我们是否会目睹一场突然的巨大崩溃，就像旅鼠种群的消长周期一样？如果是的话，然后呢？

这些念头写在这本亲切动人的校园园艺著作的前言里着实让人恐慌。这本书是对关怀照料和精心计划如此令人钦佩的展示，是如此丰富多彩，是如此美好的希望象征。但我并不为这些念头道歉：我方才描述的世界正是今天的孩子们即将面对的世界，除非发生若干相当重大的方向转变。

鼓励校园园艺活动的理由很多。花园有教育意义，能像许多课程一样教导孩子。食物长在地里，不是超市里；空气、土壤、阳光和水是四大必需元素；堆肥是很好的想法；门前的草坪浪费空间又费水；个人可以是积极改变的工具；植物比石子有趣，除非你是地质学家；甲虫有各种各样的；毛毛虫是好的；必须尊重自然；我们是自然的一部分。

所有这些都是有益的观念，但在五十年前——乃至三十年前——它们都会被视为多余、装腔作势、过分讲究、假正经。即使是现在，社会中还有人会把它们归入这一类：重要的东西，要塞进小孩脑子里的东西，是如何赚到很多钱。

但没东西吃的时候钱一点用也没有。因此还有另一套技能可以从校园园艺里学到：如何自给自足。或许今天的孩子会需要这些技能。或许他们会加入某个阴森的合作社，一心忙着把高尔夫球场变回菜园子，把超级高速公路变成很长的庄稼地，把门前的草坪变成马铃薯田。或许胜利花园会因为物资的匮乏而被迫回归。

又或许人类种族会在干旱和饥荒遍地流行之前解决自己的问题。

但也可能不会。

丢脸

丢脸无止境。总有一次从没经历过的丢脸就在转角等着。就像斯嘉丽·奥哈拉可能会说的："明天又是新的丢脸。"这样的期待给我们希望：上帝还没有放弃我们，因为这些东西是派来试炼我们的。我从来都不太肯定这句话是什么意思。有脸红的地方就有生命？诸如此类的吧。

在等待尚未到来的丢脸，比如等我有了假牙，它会在某个庄严的公开场合从我嘴里喷出来，又或者我会从讲台上跌下来，或是吐在主持人身上的时候，让我来告诉你们过去的三次丢脸的经历。

早期

很久很久以前，我才二十九岁，第一本小说刚刚出版，住在加拿大阿尔伯塔的埃德蒙顿。那是一九六九年。女性运动已经兴起，是在纽约，但还没传到阿尔伯塔的埃德蒙顿。那是十一月。天气冰冷。我也浑身冰冷，于是我穿了一件二手毛皮大衣——我觉得是麝鼠毛——花二十五美元从救世军商店里买来的。还有一顶用兔毛连袖短披肩改的帽子——有点类似毛皮短夹克——剪掉袖子再把袖孔缝上。

出版人安排了我生平第一次的签名售书。我非常兴奋。等脱下了麝鼠皮和兔毛，我就会在哈德逊湾公司的百货商店里，温暖舒适——这一点本身就令人兴奋——还有一排排热切微笑的读者，等着买我的书还让我在上面乱画。

签名的桌子安排在男式袜子和内衣专柜。背后的想法是什么我不清楚。我坐在那儿，午餐时间，不停地微笑着，身边是成堆的名叫《可以吃的女人》的小说。穿戴长大衣、橡胶雨鞋、橡胶鞋套、围巾和耳罩的男人从我桌前经过，打算去买平角内裤。他们看看我，再看看我小说的题目。低声的恐慌发作。几十双橡胶雨鞋和鞋套迅速向其他方向挪动，一阵沉闷的四散奔逃。

我卖出了两本。

中期

到这时我已经获得了一星两点的恶名，足够让美国的出版人安排我上一个美国的电视谈话节目。那是一档下午的节目，在那时候——会是七十年代末吗？——意味着综艺表演。是那种会响起流行歌曲，然后你要大摇大摆地穿过珠帘，怀里抱着你训练过的考拉、日式插花，或者是书的节目。

我等在珠帘后面。在我之前还有一段表演。是一群结肠造口术协会的人，在讲他们的结肠造口术，以及如何使用造口袋。

我知道我在劫难逃。从来不会有一本书能像这样吸引人。

W. C. 菲尔兹发誓永远不和小孩或狗同台；我可以加上，"永远不要在结肠造口术协会之后上台。"（或者其他任何与可怕的身体事项有关的东西，比如在澳大利亚曾经排在我前面的波特酒渍清除术。）问题在于，你失去了对自己和你所谓"作品"的一切兴趣——"你说你叫什么名字来着？请就用几句话告诉我们你书里的情节"——完全沉浸在想象那让人毛骨悚然的盘肠交错……还是算了。

现代期

最近我在墨西哥上了一个电视节目。这时我已经有名了，就作家的范畴而言，尽管在墨西哥可能不像其他地方那么有名。这是那种他们会给你化妆的节目，我的眼睫毛就像黑色的搁板一样突出来。

采访我的是个非常聪明的男人，他曾经住过的地方——结果发现——离我家只有几条街，是在多伦多，他在那里上学，而我则在其他地方，在埃德蒙顿的第一次签名售书会上丢脸。我们愉快地进行着访谈，聊着全球大事等等，直到他向我祭出了女字问题。那个你是否自认是女性主义者的问题。我干脆利落地把球挑过网去（"女人也是人，你不同意吗？"），可紧接着他让我措手不及。是睫毛的关系：太厚了我都没看见他出这一招。

"您认为自己有女人味吗？"他问。

亲切的加拿大中年女性在被稍微比自己年轻的墨西哥谈话节目主持人问到这个问题的时候一下子变得完全不自在了，至少我是这样。"什么，在我这个年龄？"我脱口而出。意思是：过去我在一九六九年在埃德蒙顿丢脸的时候被问到过这个，三十四年之后我不该还非得要继续应付这个！可戴着这样的睫毛，我还能指望什么？

"是啊，为什么不呢？"他说。

我忍住了没有告诉他为什么不。我没有说：天哪路易斯，我六十三岁了你还指望我穿粉色，戴花边？我没有说：像女人还是像猫，兄弟？呃，喵。我没有说：这是一个可笑的问题。

我猛地把睫毛扇到一起说："你实在不该问我。应该去问我生活里的那些男人。"（暗示我有一大群。）"就像我会问你生活里的

307

女人你有没有男人味一样。她们会告诉我实话的。"

广告时间。

几天后，还在为这一题闷闷不乐的我当众说："我的男朋友都变成了秃头和胖子然后死了。"然后又说："这可以当一个很好的短篇标题。"接着又后悔说了上面两句话。

说到底，有些丢脸是自找的。

写作《羚羊与秧鸡》

《羚羊与秧鸡》始于二〇〇一年三月。我还在为前一本小说《盲刺客》做巡回售书，不过那时已经到了澳大利亚。做完与书相关的活动后，我和我的另一半还有两个朋友去了北部旅行，到了马克斯·戴维森在阿纳姆地季雨林中的营地。大多数时间我们都在观鸟，但也参观了几处敞开式山洞建筑群，那里一直有原住民居住，与环境和谐共处了成千上万年。之后我们去了凯恩斯附近由杰出的观鸟人菲利普·格里高利经营的鹤鸵之家；正是在打量着菲利普的阳台，望着红颈秧鸡在灌木丛中往来穿梭之际，《羚羊与秧鸡》几乎完完整整地出现在我眼前。当晚我就为它做起了笔记。

我原本没打算在前一部小说之后那么快就开始另一部，还觉得或许可以休息一段时间，写几个短篇，把地下室清理干净。然而当一个故事带着如此的坚持出现在眼前，那是推迟不了的。

当然万事都有起因。我这一辈子都在思考如果……会怎样的情形。我在科学家中间长大——致谢里提到的"实验室里的男孩子们"是一九三〇年代末和一九四〇年代初在父亲位于北魁北克的森林昆虫研究站里和他一起工作的研究生和博士后，那也是我度过幼年时代的地方。我有几个关系很近的亲戚也是科学家，每年家庭圣诞晚餐的话题很可能是肠道寄生虫、老鼠性激素，或者，在它们让不是科学家的人太反胃的时候，宇宙的本质。我的休闲阅读——读着玩的书，在飞机上看的杂志——多半是斯蒂芬·杰·古尔德的科普，或是《科学美国人》之类的，部分是为了跟上家庭对话，也许还能出人意料几次。（"超空化"？）因此我拿登在报纸最后几页的小文章作剪报已经好几年了，而且还忧心地注意到十年前被嘲笑为偏执幻想的趋势变成了可能的事，然后又变成了现实。生物学法则像物理学一样无可动摇：食物和水用完了人就会死。没有一种动物能耗尽其资源基础还指望活下来。人类文明也服从同样的定律。二〇〇一年夏天我继续写着《羚羊与秧鸡》。我们之前已经安排了其他一些旅行，所以我在北极的一艘船上写了这本书的几个章节，还亲眼目睹了冰川消退得有多迅速。预定要去纽约参加《盲刺客》平装版发行的时候，我已经把整本书都计划好了，而且已经写到了第七部分的结尾。

我坐在多伦多机场，幻想着第八部分。还有十分钟我的航班就会广播登机。一个老朋友跑过来说："我们不飞了。""你说什么？"我问。"过来看看电视。"他回答。那是九月十一日。

我停笔了几个星期。正在写着一场虚构的灾难，紧接着就发生了一场真实的，令人深感不安。我心想或许我该转去写园艺著作——一些更加让人快乐的东西。但后来我又开始了写作，因为在一个既没有花园又没有书的世界里，园艺著作有什么用呢？而这正是占据我脑海的场景。

和《使女的故事》一样，《羚羊与秧鸡》是推想小说，不是严格意义上的科幻。其中没有星际宇宙旅行，没有瞬间移动，没有火星人。正如《使女的故事》，它没有创造任何人类尚未发明或尚未开始发明的东西。每一本小说都从如果……会怎样开始，然后再阐述其原则。《羚羊与秧鸡》的如果会怎样很简单，如果我们继续沿着已经走上的这条路向前会怎样？一旦滑落就停不下来的斜坡究竟有多滑？我们仅有的优点是什么？谁拥有阻挡我们的意志？

多种不同力量同时出现之时，就会"屋漏偏逢连夜雨"。人类历史上的风雨也是如此。就像小说家阿利斯泰尔·麦克劳德说的，作家写的是让他们担忧的东西，而此刻让我担忧的正是《羚羊与秧鸡》的世界。问题不是我们的发明——所有的人类发明都只是工具——而是可以用它们做什么；因为无论科技有多高明，智人在本质上仍然是已经存在了千万年的样子——同样的情感，同样的忧虑。用乔治·梅瑞狄斯的诗来说：

> ……在悲惨的生活中，上帝啊，
> 无需反派！激情编造出情节：
> 出卖我们的是内心的伪善。

给美国的信

亲爱的美国：

写这封信很难，因为我再也不确定你是谁了。也许你们中的一些人也有同样的困惑。

我以为我了解你：过去五十五年来我们已经非常熟悉。你是我在一九四〇年代末看的米老鼠和唐老鸭漫画。是广播节目——杰克·本尼、我们的布鲁克斯小姐。是我会跟唱并随之起舞的音乐：安德鲁斯姐妹、艾拉·费兹杰拉、派特斯乐队、猫王。你是无穷的乐趣。

你写了一些我最爱的书。塑造了哈克贝利·费恩、鹰眼、《小妇人》里的贝丝和乔，各有各的勇敢无畏。在这之后，你是我挚爱的梭罗，环保主义之父，个体良知的见证者；沃尔特·惠特曼，伟大合众国的歌颂者；还有艾米莉·狄金森，私密灵魂的保管人。你是哈米特和钱德勒，英勇地走在穷街陋巷；再后来，你是精彩三人组，海明威、菲茨杰拉德和福克纳，勾勒你隐藏内心的迷宫小径。你是辛克莱·刘易斯和阿瑟·米勒，带着自己的美国理想主义捕捉你的虚伪，因为他们觉得你能做得更好。

你是《码头风云》里的马龙·白兰度，《盖世枭雄》里的亨弗莱·鲍嘉，《猎人之夜》里的丽莲·吉许。你捍卫自由、诚实和正义；保护无辜的人。这其中的大多数我都相信。我觉得你也一样。当时它们看起来很真实。

不过即便在当时，你也把上帝印在钱上。你把恺撒的和上帝的看成是同样的：这给了你自信。你素来希望成为山巅之城、万国之光，在一段时间里你也确实就是。把你那疲惫的穷苦的都给我，你唱道，而且一度你是认真的。

　　我们一直很接近，你们和我们。历史，古老的纠缠者，从十七世纪早期就把我们拧在了一起。部分的我们曾经是你；部分的我们渴望成为你；部分的你曾是我们。你不仅是我们的邻邦：在许多情况下——比如我的情况——也是我们的血亲、同事和私人朋友。然而尽管占据前排座位，在北纬49度线以北的我们却从来不曾完全理解你。就像罗马化了的高卢人——看起来像罗马人，穿得像罗马人，却不是罗马人——在端详着墙那边真正的罗马人。他们在干什么？为什么？他们现在又干什么？肠卜师为什么盯着羊肝？预言家为什么兜售警告？

　　或许这就是给你写这封信的困难之处：我不确定我明白究竟发生了什么。再说了，你拥有一大批有经验的内脏审查员，唯一的工作就是分析你的每一处血管和分叶。关于你的事情，我能告诉你哪些你还不知道的？

　　或许这就是我犹豫的原因：由得体的谦逊所引发的尴尬。但更有可能是另一种尴尬。我的外祖母——新英格兰出身——在面对让人反感的问题的时候，会转变话题并望向窗外。而这也是我本人倾向去做的：闭上嘴巴，别管闲事。

　　但我决定冒个险，因为你的问题已经不再只是你的问题了。改一下马利的鬼魂所说的——他明白得太晚了——人类是你的事情。反之亦然：快乐的绿巨人发狂撒野的时候，许多小一点的植物和动物都被踩在脚下。至于我们，你是我们最大的贸易伙伴：我们非常清楚假如你泡汤了，我们也会跟着遭殃。我们绝对有理由祝你一切顺利。

　　我不会叙述为什么我认为你近期前往伊拉克的冒险是——从

313

长远来看 —— 一次不明智的策略失误。等你读到这篇文章的时候，巴格达可能已经也可能还没被压成烙饼，还有更多的羊肠会得到检视。那就让我们不谈你对其他人做了什么，而是谈谈你对自己做了些什么。

你在毁掉宪法。住宅已经可以在主人不知情或不允许的情况下闯入，人可能无来由地被抓走或监禁，信件可能被偷阅，个人记录被搜查。这难道不会导致大范围的商业盗窃、政治威胁和欺诈？我知道有人告诉你所有这些都是为了你自己的安全和保卫，但你稍微想想呢。再说，你什么时候变得这么害怕了？你以前不是这么容易担惊受怕的。

你正在欠下创纪录水平的债务。继续用这种速度花钱的话，很快你就要负担不起任何大规模军事行动了。要么是这样，要么你就会重蹈苏联的覆辙：一大堆坦克，却没有空调。这会让老百姓非常恼火。在因为你缺乏远见地推翻环境保护，污染了大多数的水源又榨干了剩下的，让人没法洗澡的时候，他们甚至会更加恼火。到那时候情况就真的水深火热了。

你在放火焚烧美国的经济。还要多久所有问题的答案就会一概变成自己什么都不生产，而是用枪炮外交为代价抢走其他人所生产的？世界是否会由几位极其富有的米达斯国王组成，其余的人都是农奴，无论在你的国内还是国外？监狱系统是否会成为美国最大的商业部门？但愿不会。

假如你继续沿着这条斜坡滑入更深的深渊，全世界的人们就将不再赞赏你的优点。他们会断定，你的山巅之城是一座贫民窟，你的民主是假象，因而你也无权试图把自己败坏的未来展望强加到他们身上。他们会觉得你抛弃了法治。觉得你拆了自己的台。

英国人过去有个关于亚瑟王的传说。据说他没有死，而是在山洞里沉睡；在国家最岌岌可危的时刻就会回来。你同样也有往日的伟大灵魂可以请出来：有勇气、良知和先见的男女。立刻召唤他们，来和你站在一起，激励你，保卫你身上最好的东西。你需要他们。

爱丁堡和它的节日

一九七八至一九七九年我们住在爱丁堡，秋、冬和春天的月份。那是爱丁堡和伦敦之间的火车隧道坍塌，卡车司机罢工的一年，因而在没有食品运进来的情况下，我们不得不靠抱子甘蓝、三文鱼和羊毛过日子。当然还有羊杂碎肚，浇上许多威士忌。接着天下雪了，人人都说"从没这样过"，大家都不敢冒险出门，尽管用我们加拿大双层积雪的标准来看根本没下多少，随后鲜少有机会罢工的除雪车也罢工了。气氛就像过节。苏格兰人如鱼得水，因为生活呈现出如此难以承受却又令人振奋的长老制一般的样貌，就是它该有的样子。

当时我正在写一本书。我在卧室写作，室内有三件必须的电器却只有两个墙壁插座。所以我可以有电暖气和电灯，或者电灯和电动打字机。有暖气和电动打字机没用，因为太暗了。我会插上暖气让房间变暖，再拔掉插头，插上电动打字机，一直用到寒意出现。然后再重复这个过程。

我们会在那儿，是因为我的小说家伴侣格雷姆·吉布森是苏格兰—加拿大文学交换项目第一位来自加拿大的作家。来自苏格兰的作家是利兹·洛赫黑德。后来项目因为政治正确的问题取消了——加拿大坚持把苏格兰作家送去弗雷德里顿而不是多伦多或蒙特利尔，诸如此类的。太可惜了，因为交换是值得的。格雷姆多半时间都欣喜若狂：他在五十年代上了爱丁堡大学，那时候还有煤气灯。他唯一的任务就是参与文化生活，而他忙得不亦乐乎。他尝了所有能找到的单一麦芽威士忌，游览了高地和岛屿，在学校做了讲座。不同于他们的名声，苏格兰人大方得过分。他们不让他付酒钱，甚至还带他去了一场足球赛，并建议他穿橡胶靴，因为小便流成的河会从看台上淌下来。确实是这样。

没有靠着两个墙面插座帮忙写书的时候，我在做育儿工作，因为我们的女儿当时三岁。我常常带她去詹姆斯·辛，这绝对是第一家出现的书店咖啡馆。非常超前，虽然当时看起来并不是这样，因为顾客大多是上了年纪的女性。可以点一份司康，一边读买来的书。或者我们会去午前亲子小组，配有沙坑和游戏房，那里每个正在感冒的孩子都把感冒传给了我，最后我得了严重的支气管炎。好吧。

我还学了一首歌，自那以来一直记着：

> 这里有个盒子，盖上了盖子，
> 我在想里面是什么！
> 哎呀，是（奶牛、消防车，什叶派示威游行等等）当然啦！
> 让我们打开盒子放它出来！
> （聚在一起的小孩发出响亮的哞哞叫、消防车警笛声、愤怒的叫喊。）

在那之后我常常觉得这首歌对于理解历史事件的迅速展开很有帮助。

为了万圣节——从源头上来说是苏格兰节日，多多少少——我决心刻一个南瓜。到处都没有南瓜。"拿什么来代替好？"我问。回答是"芜菁"。我弄来一棵芜菁把它刻了——很辛苦的工作，花了好几天。随后它以一种不祥的方式渐渐凹陷，直到看起来像是最后一章里的海德先生[1]。一种苏格兰蔬菜，芜菁。我深深怀疑自己被捉弄了，被那种我本应熟悉的一本正经的样子，因为这种文化意象经由新斯科舍传到了加拿大，相当频繁地在我的亲戚中出现。

约翰逊博士错了——苏格兰人喜欢美食，如果能吃到的话。当时我们最爱的餐厅是皇家咖啡馆，有美丽的马赛克壁画，还有沙米亚纳——一家印度餐厅——以及亨德森，素食却并不清教主义的餐厅，当时正值辉煌。还有其他节日活动。比如，十二月我带女儿去了王子街上最大的百货公司找圣诞老人。已经有人提醒过我圣诞节在苏格兰不是主要节日——占据这个位置的是新年、第一个登门拜访等等——但没错，有人告诉我，有一个圣诞老人当班。他在楼上的男士外套专柜。我们像翻越灌木丛一样穿过一件件外套，发现了圣诞老人的宝座，在一个讲台上。圣诞老人自己正站在一边抽烟，因为当时没有顾客。看见我们之后，他匆忙掐灭了烟头，整理好胡子，跳上了座位。"圣诞节你想要什么，小姑娘？"他吼道。"一只羊。"我女儿说。我永远也不会知道这个答案是从哪儿来的。

当时我们没去爱丁堡艺术节。艺术节在夏天，还没开始之前我们就得回去了。我甚至都没能走进荷里路德宫去看达恩利被杀的地方。（"谋杀关门了，亲爱的。"他们告诉我。）我要很高兴地说后来我观赏到了谋杀现场，闪着幽暗的棕色光泽，令人赞叹。如果之前去看的话就是在另一个房间里，血会是红的，而且很容易就剥下来了。"谋杀还会移动，这太神奇了。"我对做了上述解

---

[1] 史蒂文森的长篇小说《化身博士》的主角。

释的导游说。"是啊，"他说，"不可思议！"

在爱丁堡生活一年后，我第一次重返当地的旅程并不吉利。是为《肉体伤害》作巡回售书 —— 那是八十年代初 —— 我预定要在一家书店开朗读会。当时朗读会还不流行，我也不流行。天下着雨。来了三个人。好吧。

不过在那之后情况当然变了。对爱丁堡来说是这样，对我也是。爱丁堡变得 —— 怎么说呢，时髦了。据说是英国的三座时髦都市之一。大片糟糕发霉的褐色长地毯、冰冷的房间和衰败的繁华已经不再。取而代之的是精品酒店，供应美味的食物，道道都撒满了芝麻。另一方面我则渐渐接近繁华落尽。好吧。

所以我们两人一起回到爱丁堡是在 —— 什么时候来着？二〇〇一年八月，一定是这时候。空气新鲜，酒店讨喜，有时下雨。我们四处闲逛寻找以前常去的地方，买苏格兰格纹背心，在酒馆怀旧。艺术节的文学部分在一顶帐篷里举行；作家休息室是一间毡房，而我爱上了毡房。（可是毡房，在爱丁堡？能有多时髦呢？）

我还能说什么？一切都很美妙。爱丁堡是欧洲最气派的城市。爱丁堡城堡闹鬼。苏格兰人棒极了。关于他们我最美好的回忆之一是在爱丁堡为《盲刺客》做巡回售书，布克奖短名单刚刚公布的时候。我在做一个电台广播，结束的时候一个身材魁梧、非常腼腆的苏格兰人拖着脚走上来，拿着一大把漂亮得让人心都化了的白玫瑰。"祝贺你。"他说，声音从喉咙里某个很深很深的地方传来。他脸涨得通红，而且不是因为喝酒。

我原谅芜菁了。

乔治·奥威尔：一些个人关联

乔治·奥威尔伴随我长大。我出生在一九三九年，《动物农场》出版于一九四五年。因此我得以在九岁的时候就读了。书就在家里随便放着，而我误以为它讲的是会说话的动物，就像《风语河岸柳》。我一点都不了解书里的那种政治——在当时，战争刚刚结束，构成儿童版政治的是"希特勒是坏人但已经死了"的简单概念。于是我如饥似渴地读完了动物们的冒险，拿破仑和雪球，聪明、贪婪、向上爬的猪，抬轿人吱嘎，拳击手，高尚却头脑迟钝的马，还有容易被带动、呼喊口号的羊，完全没把它们和历史事件联系起来。

说我被这本书吓坏是说轻了。农场动物们的命运如此凄惨，猪是如此残忍、虚伪和奸诈，羊是那么的愚蠢。儿童对于不公非常敏感，而这是最让我难受的：猪太不公平了。公马拳击手出了意外被拉去做成狗粮，没有得到之前承诺给它的牧场安静一角的时候，我哭得眼睛都肿了。

整个阅读体验都让我非常不安，但我永远感激乔治·奥威尔早早就提醒了我旗帜的危险，从那以后我一直留心着。在《动物农场》的世界里，大多数煞有介事的演讲和当众空谈都是胡扯和教唆的撒谎，而且虽然许多角色心地善良、心怀好意，却会被吓得对实际正在发生的事情视而不见。猪用意识形态威逼其他动物，然后又扭曲这种意识形态来适应自己的目的：它们的语言游戏我即便在那个年纪也能看得很清楚。正如奥威尔所教导的，具有决定性的不是标签——基督教、社会主义、伊斯兰、民主，两条腿坏、四条腿好，所有种种——而是以此为名义的所作所为。

我也能看出推翻暴政的人有多容易就会染上前者的特征和恶习。让-雅克·卢梭提醒我们民主是最难维持的治理形态，这是有道理的；奥威尔对此的认识深入骨髓，因为他亲眼见过。"所有动物一律平等"的戒律是多么迅速地就被改成"所有动物一律平等，但有些动物比其他动物更加平等"。猪对其他动物的福利所表现出的谄媚关心，掩盖的是对受它们摆布的动物的蔑视。它们是多么欣然地穿上曾经瞧不起的遭到推翻的暴虐人类的制服，还学会了用他们的鞭子。多么自以为是地在巧舌如簧的新闻代理人、用语言织网的吱嘎帮助下，为自己的行为开脱，直到将所有权利都握在蹄中，作假已不再需要，它们靠赤裸裸的暴力统治为止。革命常常只是这个意思：轮转，命运之轮的转动，之前在底部的登顶，取得上等位置，把昔日的掌权者压在身下。我们应该提防所有那些到处贴满自己大幅肖像的人，比如邪恶的猪，拿破仑。

《动物农场》是二十世纪最引人注目的"皇帝没穿衣服"的作品之一，也相应地让乔治·奥威尔惹上了麻烦。那些与时下的普遍观点相左的人，指出令人尴尬的明显事实的人，很可能会被愤怒的羊群奋力咩回去。我并没有在九岁的时候就想通所有这些，当然了——没有任何有意识的察觉。但人在掌握意义之前会先掌握模式，而《动物农场》有着非常清晰的模式。

接着《1984》问世了，出版于一九四九年。我于是在几年之后读了平装版，在上高中的时候。然后我重读了一遍，又一遍：我最爱的书里它绝对在列，和《呼啸山庄》一起。与此同时，我又吸收了它的两个同伴，阿瑟·库斯勒的《中午的黑暗》以及阿道司·赫胥黎的《美丽新世界》。我对三者都很热衷，但把《中午的黑暗》理解为一部关于已经发生之事的悲剧，《美丽新世界》

则是讽刺喜剧，其中的事件不太可能恰好以这样的方式展开。（"欢快呀淋漓"，果真是。）我觉得《1984》更加写实，多半是因为温斯顿·史密斯和我更像——一个瘦削的人，很容易就累了，还被迫在寒冷的环境里上体育课——这是我们学校的特色——默默地对提给他的想法和生活方式存有异议。（这或许是《1984》在青春期时读最好的原因之一：大多数青少年都有这种感受。）我尤其同情温斯顿·史密斯把受到禁止的思想写进一本极其诱人的秘密空白书里的渴望：我自己尚未开始写作，却能看出它的吸引力。我也能看出危险，因为正是温斯顿匆匆写下的这些——加上不正当的性行为，另一项对五十年代青少年具有相当诱惑力的东西——使他陷入了如此困境。

《动物农场》记录了一场理想主义解放运动转向以专制暴君为首的极权主义独裁的进程；《1984》则描绘了完全生活在这一体制之内是何种情况。主角温斯顿·史密斯对当前这个可怕政权到来之前的生活只有零星记忆：他是孤儿，集体的孩子。父亲牺牲在那场开启了压迫的战争里，母亲失踪了，留给他的只有在他为了一块巧克力而出卖她时投来的责备目光——这次小小的背叛既是温斯顿性格的关键，也是书中许多其他背叛的前身。

温斯顿的"国家"、一号空降场的政府十分残暴。始终存在的监视，无法对任何人直言不讳，赫然耸现、预兆不祥的老大哥形象，政权对敌人和战争的需要——尽管两者都可能是子虚乌有——用来恐吓民众，用仇恨把他们团结起来，让人思想麻木的口号，对语言的扭曲，把所有记录塞进忘怀洞以毁灭真相的做法——这些给我留下了深刻印象。让我重新说一遍：它们吓得我魂都没了。奥威尔所写的是在讽刺斯大林的苏联，一个我在十四岁时知之甚少的地方，可他写得太好了，好到我能想象这样的事情在任何地点发生。

《动物农场》里没有恋爱角色，但《1984》里有一个。温斯顿在裘莉亚身上找到了知己，她对外是党忠诚狂热的信徒，背地里却享受性爱、化妆品和其他小小的堕落。然而这对爱侣被发现了，温斯顿因为思想罪——内心对政权不忠——而受到拷打。他觉得只要能在心里保持对裘莉亚的忠贞，自己的灵魂就会得到救赎——不现实的想法，虽然我们很可能会支持。可就像所有专制政府和宗教一样，党要求你为了它舍弃所有的个人忠诚，并以对老大哥的绝对忠诚取而代之。在有着一个恶毒装置、能把装满饥饿老鼠的笼子安到眼睛上的恐怖101号房里，面对他最害怕的东西时，温斯顿崩溃了——"别咬我，"他央求道，"去咬裘莉亚。"（这句话成了我们家逃避辛苦工作时的简略语。可怜的裘莉亚——我们会让她过多苦的日子啊，假如她当真存在的话。她会被迫去参加许多场专题讨论会，比如说。）

背叛裘莉亚之后，温斯顿·史密斯成了一团可以揉成任何形状的糨糊。他真心认为二加二等于五，相信自己爱老大哥。我们最后一次见到他的时候，他在一家露天咖啡厅里醉得不省人事，知道自己已是行尸走肉，还听说裘莉亚同样也出卖了他，一边还听着一段流行的副歌："在遮荫的栗树下，你出卖了我，我背叛了你……"

奥威尔曾被指责为心怀怨恨和悲观主义——留给我们一个人没有任何机会、支配一切的党那残暴和极权的靴子会永远踩在人脸上的未来展望。但书的最后一章对于奥威尔的这种观点进行了反驳，那是一篇关于新话的文章——政权编造的双重思想的语言。删除所有可能会惹麻烦的词语——"坏"不再被允许，而是成了"加倍不好"——并让其他词语成为过去含义的反义词——让人受酷刑的地方是友爱部，销毁过去的建筑是真理部——一号空降场的统治者希望让人名副其实地无法清晰思考。可这篇关于新话的文章是用规范英语写的，第三人称，还是过去式，这只能说明政权已经倒台，而语言和个性得以留存。无论写这篇新话文章的人是谁，对他而言《1984》的世界都已经结束了。因此我的看法是奥威尔对于人类精神韧性的信心比原先所认为的要多。

多年以后，奥威尔成了我的直接范例——在真正的一九八四年，我开始创作一个稍有不同的反乌托邦，《使女的故事》的那一年。那年我四十四岁，对真实的专制统治也有了足够了解——通过阅读历史、旅行，以及成为某些国际组织的会员——因此无需只依靠奥威尔。

大多数的反乌托邦——包括奥威尔的——都由男性创作，视角也是男性的。女性出现在其中时，要么是无性的机器人，要么是违抗政权对性统治的反叛者。她们充当诱惑男主角的女人，无论男人们自己有多乐意接受这种诱惑。所以才有裘莉亚，才有《美丽新世界》里野蛮人穿着连裤紧身内衣、欢快呀淋漓的引诱者，才有叶甫盖尼·扎米亚京一九二四年影响深远的经典《我们》中的女主人公。我想尝试源自女性视角的反乌托邦——裘莉亚眼中的世界，可以这么说。但这并不会让《使女的故事》变为"女性主义反乌托邦"，除了给予女性发言权和内心生活总会被认为女性不该拥有这些的人视为"女性主义"之外。

在其他方面，我所描写的专制和所有真实的以及大多数想象出来的专制一样。有权势的小集团处在顶层，掌控着——或者试图掌控——其他所有人，同时获得可用优质物资里最大的一份。《动物农场》里的猪拿到牛奶和苹果，《使女的故事》里的精英得到可以生育的女人。在我的书里反对暴政的力量是奥威尔本人——尽管他坚信与压迫抗争需要有政治组织——始终非常重视的：普通人的尊严，他在写查尔斯·狄更斯的文章里赞扬过的那种。《圣经》对这种品质的表达或许是在这一节："这些事你们既做在我这弟兄中一个最小的身上，就是做在我身上了。"[①]暴君和有权势的人认为不打破鸡蛋就做不成蛋饼，为达目的可以不择手段。而奥威尔，在别无选择的情况下，会相信——正相反——手段决定目的。他的写作似是站在曾经说过"任何人的死亡都是我的损失"的约翰·邓恩一边，而我们——我希望——也会这样认为。

在《使女的故事》结尾，有一章在很大程度上要归功于《1984》。它叙述了一场在几百年后的未来举行的研讨会，会上，小说里描写的专制政府如今只是学术分析的主题。与奥威尔关于新话的文章的相似之处应是很明显的。

奥威尔也在另一个重要方面启发了一代代的作家——他对于清晰准确使用语言的坚持。"文字就像窗玻璃。"他说，选择了素歌而非华丽。委婉语和偏颇术语不应模糊真相。"可接受的大量死亡"而不是"成千上万腐烂的尸体，但嘿，死的不是我们"；"不整齐"而非"大规模破坏"——这正是新话的开始。正是花哨的赘语让公马拳击手不解，并成为羊群反复唱诵的基础。在意识形态导向、普遍共识和官方否定面前坚持真实：奥威尔清楚这需要诚实和许多胆量。异类的处境从来都很脆弱，但当我们环顾四周发现公共呼声中已经没有任何异类的时刻便也是最危险的时刻——因为那时我们就将步伐紧密，准备好进行三分钟仇恨。

①《马太福音》第25章第40节。

二十世纪可被视为两版人为地狱之间的竞赛——奥威尔《1984》的暴政压迫国家集权主义，对《美丽新世界》享乐主义的人造天堂，其中所有的一切都完全是消费品，人类被设计成天生快乐。当柏林墙在一九八九年倒塌，在一段时间里似乎是《美丽新世界》赢了——从此以后国家控制将会极少，我们唯一要做的就是购物和多微笑，沉湎于乐趣，消沉出现时就嗑一两粒药。

然而随着二〇〇一年家喻户晓的9·11世贸中心袭击，一切都变了。如今我们似乎同时面临两种相互矛盾的反乌托邦前景——开放市场、封闭思想——因为政府监视又变本加厉地回来了。施虐者令人恐惧的101号房伴随我们已有千年。罗马地牢、宗教裁判所、地下审判团、巴士底狱、皮诺切特司令的一系列行动，还有阿根廷军政府——全都仰仗于秘而不宣和权力滥用。许多国家都有过自己的版本——各有压制棘手不同意见的方式。民主国家传统上将自己定义为，除了其他之外，开放和法治。可眼下身在西方的我们似乎正默默将来自人类黑暗过去的手段变得合法，当然还加以技术升级并批准我们自己使用。为求自由必须放弃自由。为了向一个更好的世界前进——许诺给我们的乌托邦——反乌托邦必须首先实施统治。这种观念是典型的双重思想。同时在事件排序上异常的马克思主义。先是无产阶级独裁，期间将有许多人受罚；接着是空中楼阁的无阶级社会，却非常奇怪地永远无法实现。而我们只碰上拿着鞭子的猪。

乔治·奥威尔对此会有什么要说的？我常常问自己。

很多。

上周去世的卡罗尔·希尔兹，写了许多充满乐趣的书

深受喜爱的加拿大作家卡罗尔·希尔兹在与癌症长期抗争后，于七月十六日在不列颠哥伦比亚维多利亚的家中去世。享年六十八岁。给予她的大量媒体报道和众多读者所表达的悲痛之情体现出她在自己国家所受到的高度敬重，但她的逝世在全球都上了新闻。

像她这样意识到名气捉摸不定，且任何命运都有偶然因素的人，会带着一丝嘲讽看待这些，却也会觉得它们让人深感愉快。虽然了解黑暗，但她——既是作为作家也是作为个人——却抓紧光明。"她就是一个发光发亮的人，且这一点即便她没写任何作品也仍然重要，并且始终存在。"她同为作家的好友爱丽丝·门罗说。

在她的写作生涯早期，一些评论家错把她身上的这种光明品质理解成轻率、不严肃，依据的是喜剧——以误会和困惑为主题，却以和解，无论是多么脆弱的和解，作为结尾的形式——不如悲剧严肃，且私人生活不如公共生活重要的普遍原则。卡罗尔·希尔兹明白得很。人类生活只有对统计学家而言才是一大堆统计数字：我们其他人活在由个人组成的世界里，且其中大多都默默无闻。但他们的快乐是完全的快乐，他们的悲伤也是真实的。平凡人的非凡之处正是希尔兹的专长，在小说《斯旺》《爱情共和国》，特别是《斯通家史》中得到了最充分的表达。她将自己的渊博智慧、观察能力、人文幽默和广泛阅读全部给予了素材。作品愉悦怡人，就是这个词语最初的意思：充满了给人快乐的东西。

她了解无名和被忽视的人的生活，部分是因为她曾亲身经历：她对简·奥斯汀的研究透露出对这位女小说家困境的深刻同情：隐姓埋名辛勤写作，只受家人朋友赏识却渴望获得应有的评价。一九三五年出生在美国的希尔兹是战后北美最后一批受过大学教育，却被那个时代的风俗说服，坚信自己命中注定要结婚并生五个孩子的女性。卡罗尔确实也这么做了：终其一生她始终是深爱孩子的母亲和不变的妻子。丈夫多恩是土木工程师；他们搬到了加拿大，最初是六十年代的多伦多，正值这座城市陷入诗歌狂热之时。当时已经在写作并参加了一些朗读会的卡罗尔说起那段时期，"我一个作家也不认识。"毫无疑问她感觉自己被贬入了那个模糊的分类，"只不过是个家庭主妇"，像《斯通家史》里的黛西，也像玛丽·斯旺，那个与作品同名的诗人，在才华开始展露之际被丈夫杀害。（加拿大读者懂得其中的影射，而可能认为这一情节太离谱的英国读者会有兴趣知道确实有一位加拿大女诗人如此遇害：帕特·洛瑟，她最有名的诗集就叫《斯通家史》。）

在渥太华大学获得文学硕士学位后，希尔兹在温尼伯的曼尼托巴大学任教多年，并于七十年代开始在那里发表作品。然而那是女性主义泛滥的十年，至少是在艺术领域。她的早期作品包括《其他》《交叉》《小仪式》和《盒子花园》，审视家庭生活的变幻无常却并未完全将其摧毁，它们没有引起大的震动，尽管一些最初的读者认为它们既造诣高超又极其滑稽。她的首次文学突破——不是写作品质，而是读者规模方面——是在英国而非北美，来自一九九二年的小说《爱情共和国》。

她的荣誉作品是《斯通家史》，入选布克奖短名单，荣获加拿大总督奖，接着在一九九五年获得美国普利策奖，她的双重国籍让这一成就成为了可能。她的下一本小说《拉里的家宴》在一九九八年获得橘子文学奖。说她没有因为成功而兴奋是冤枉她了。她知道成功的价值。她为此等待了很长时间。她豁达接受并慷慨地使用新近获得的名声。关于她无比大度的心态，最近的一个例子或许并不广为人知：她为瓦莱丽·马丁优秀却考验读者的小说《财产》提供了书封推荐语——这本书后来获得了二〇〇三年的橘子文学奖。故事发生在奴隶制时期的美国南部，角色中没有一个"好人"，但正如卡罗尔在写给我的一封信中所说的，这正是作品的关键。

《除非》，她的最后一本小说，写于第一次战胜癌症且病情尚未复发前在英格兰度过的一小段时间。这是关于转瞬即逝的颂歌：幸福和安全短暂而脆弱的感受比以往任何时候都更强烈。《除非》于二〇〇二年出版；虽然入围了几乎所有重要的英语奖项，但以爱丽丝·门罗非正式命名的门罗主义在那时已经到来——在获得一定数量的奖项之后，你就会蹿升到最高层，在光芒四射的薄雾中流转，远远超出评委的理解能力。

在去世前几个月，卡罗尔出版了——与另一位编辑玛乔瑞·安德森一起——《遗漏的线索2》，二〇〇一年成果辉煌的选集《遗漏的线索》的续篇。这是一部直言不讳的女性主义作品集，采用"女性主义"最广泛的意义：撰稿人受邀写作迄今尚未被加入对话的受女性关注的话题。听过卡罗尔·希尔兹接受采访的人多半会惊讶于她性格中的这一点，还有她写给对《除非》中的女作家不屑一顾的男性权威的愤怒信件，因为她在谈话时非常谨慎和隐晦。微微皱眉，摇摇头，就说明了一切。

或许女性主义是渐渐加入的，随着她的作品获得更大范围的出版，随着遭遇到更多认为出色的酥皮点心与串在扦子上的生肉相比是肤浅的作品，以及那些反正也看不出她作品中的血脉、尽管它一直都在的评论员。光彩耀眼的问题是，光芒本身会遮蔽其亮度所依赖的阴影。

我在四月底最后一次见到卡罗尔·希尔兹。她的新家宽敞、充满阳光，窗外她挚爱的花园里郁金香盛开。像她一贯的那样，她自称不太敢相信自己有资格住在像这样又大又漂亮的房子里。她觉得太幸运了，她说。

尽管病得很重，她看起来却不是那样。她很机敏，像往常一样对各种各样的书感兴趣，一如既往地好奇。她最近在读关于生物学的非虚构类作品，她告诉我：对她来说是新的东西，新的惊奇和赞叹的来源。我们没有谈她的病情。她更愿意被当作一个正在活着、而不是正在死去的人对待。

而她也确实活过，并且仍然活着，正如约翰·济慈所言，每个作家都有两个灵魂，一个在尘世，另一个作为作品内在的声音在写作的世界里长存。正是这种声音，敏锐、怜悯、观察入微，且高度人性的声音，将继续向各地的读者诉说。

他将永驻

假如斯塔兹·特克尔是日本人，他就会是瑞宝之一。正如约翰·肯尼斯·加尔布雷斯对他的评价，"斯塔兹·特克尔不只是作家，他是国家财富。"《希望最后灭》是他自一九六七年《美国：断街》面世以来持续出版的美国口述史系列的最新作品。在从那时到现在的三十六年里，他在独立的作品中涵盖了大萧条、二战、种族关系、工作、美国梦和衰老。在每本书里他都与各类令人惊叹的人士进行了访谈——其中一些人他究竟在哪儿碰上的？——且整套作品都带着详尽无遗和重大意义，几乎让它成为未来美国二十世纪社会历史学家的必须读物。

书的主题安排起先显得更有章法而非偶然。关于青年和中年的书——成年、煎熬，运转中的日常生活——之后是关于沉思和全面审视的。倒数第二本题为《死亡：轮回是永不断的吗？》（2001）的作品将我们带入了未知：会有来世吗？（普遍共识：可能有，可能没有。）这个系列如今像是策划好的连环，就像会在中世纪城镇上演的神秘连环剧。还以为《死亡》会是终结，但随着《希望最后灭》的加入，现在的格局类似休战纪念日的仪式，降旗号，日落的信号，之后是起床号，唤醒的呼叫，象征复苏。死亡与希望在许多刻着"等待复活"的基督教墓碑上也成对出现。特克尔以向上的情绪为这本书开篇并非巧合："希望从不向下淌。它从来都向上涌。"先有遗体，然后有绿草的嫩芽。

死亡之后应有希望到来，这非常特克尔式——到这会儿他必须有专属自己的形容词了——因为特克尔的乐观主义鲜少让他失望。他九十一年的人生贯穿二十年代的繁荣、大萧条、二战、麦卡锡红色追捕时期、民权运动、六十年代末的嬉皮活动人士，直到现在。他在一九二〇年代的芝加哥长大，偷听发生在寡母经营的劳工旅店大堂里的争吵——旧世界产业工人联盟盟员对反工会分子的争吵，"对哪边都不关心"的靠劳动吃饭的普通人也插上几嘴。对一个将会成为美国卓越采访者的人而言，这是完美的训练：特克尔成了老练的倾听者。学会了估量他听到的东西，并考查它们是谁说的。

他在芝加哥大学法学院度过了沮丧的三年，随后开始出演广播肥皂剧以逃避当律师——"我一直都演芝加哥黑帮。"他说。接着他当上了DJ——古典、爵士和民谣——然后，随着电视的出现，成了非传统谈话节目主持人。在《斯特兹地盘》节目里，他上演了青年时代令人愉快的酒店大堂辩论的变体——即兴、直播拍摄、散乱、无法预料。他的这种电视节目被称为"芝加哥风格电视"；有自己的模式、混战的气氛，还有一点卡尔·桑德堡著名的芝加哥诗篇的味道："宽肩膀的城市"，"也这样昂起头骄傲地歌唱，也这样活泼、粗犷、强壮、机灵"，更不用说桑德堡放在首要位置的那种无畏、桀骜、喧闹、满脸灰尘、露出白牙齿的大笑。

在这个意义上特克尔一直是笑着的，尽管是调皮而非喧闹和露出白牙齿的那种；也从不害怕冒风险。他理所当然地加入了罢工纠察线和请愿——"从没遇见过我不喜欢的纠察线或请愿。"他带着让人发怵的匹克威客式好心肠说。不用说，在麦卡锡时期他发现自己成了被反复审查的对象。联邦调查局探员常常两人一组表情严肃地拜访他，虽然妻子对他们很冷淡，他本人却"总是热情友好。别忘了我是旅店老板的儿子"。全国广播公司派来的人出现在眼前，要他说自己"被共产党骗了"的时候，他拒绝了。"假如共产党宣布反对癌症。我们是不是必须出来支持癌症?"他问。"这并不好笑。"全国广播公司的官员说，就像在他之前的许多女学究一样。

此后特克尔有好几年被列入黑名单，期间他靠给女子俱乐部做爵士讲座为生。（他很为这些女子俱乐部骄傲，因为它们同样代表了无所畏惧的芝加哥式大笑：尽管被警告要远离他，却从没有一家俱乐部取消任何一场预约。）最终玛哈莉亚·杰克逊在五十年代中期解救了他，坚持要他当她在哥伦比亚广播公司周播电台节目的主持人。广播网的代理人带着公务员的效忠宣誓词露面，坚持要斯塔兹签名否则后果自负时，玛哈莉亚说："假如他们开除斯塔兹……就另找别的玛哈莉亚去。""通过说不，"特克尔说，"玛哈莉亚·杰克逊展示出的自尊，更别说是这个国家的真谛……比所有的赞助商和机构合在一起还多。"

那些在斯塔兹·特克尔为全国公共广播电台长期播出的书评节目里有过接受他采访的愉快经历的人会同意，这是绝无仅有的访谈经历。和某些人不同，斯塔兹一定会读这本书。然后重新再读。等你来访谈的时候，斯塔兹会在那儿，怀里抱着你的书，看起来仿佛被他拿着在地板上滚过一样，用不同的钢笔和铅笔划了线、前后对照，从头到尾都贴着彩色的小纸条。接着他开场说——"我整晚没睡在读这本书，放不下来"——你就意识到对你的书他比你自己还了解。这种了解并不是用来让你看上去像个傻瓜，而是用来支持你。带着激情所表达的热忱、活力和兴奋，让你跟跄着从那里出来，觉得自己刚刚参加了一场掀翻屋顶的音乐喜剧，而且你都没试镜，斯塔兹就把明星踢踏舞者的角色给了你。

在为他的口述史系列做访谈时，特克尔显然也运用了许多相同技巧，尽管他关心的不是书而是人。他把自己变成了传递声音的管道——熟悉的、响亮的，但同时也有默默无闻的、平凡的、要不是他或许就不会被听见的声音。这是体量巨大的工作，为此他走遍了全国。到了他晚年，这在体力上一定不容易——他感激地描述在拜访一位芝加哥大亨时，坐着电动扶手椅上楼梯的行程——而且在其他方面也必然艰辛：他记录的故事并非没有冲突和失败，其所赞美的生活常常充满苦难，且不是每一个都有圆满结局。他为这本书采访的一些人年老染病。妻子不在了，或是中过风、用助行器，或是坐轮椅。这本书题献的两个人是律师克利福德·杜尔和他的南方美人妻子弗吉尼亚·杜尔，来自亚拉巴马州蒙哥马利，在五十年代排除万难领导了当地的民权运动。两人都已去世。

是什么驱使特克尔前进？某种程度上正是一开始促成他做采访的那种敏锐和开放的好奇心。"我一直想知道弗吉尼亚和克利福德·杜尔为什么这么做。"他若有所思，却没有提出明确的看法。但这不只是简单揣测。这些问题的答案，他暗示道，就在故事里，并且让主角自己把故事讲出来。

把斯塔兹·特克尔想成是产出了沃尔特·惠特曼、马克·吐温的哈克贝利·费恩、约翰·多斯·帕索斯、约翰·斯坦贝克和许多其他人的同一种美国理想浪漫主义的继承人或许会有帮助。根据这一传统，"民主"是严肃的想法，确切来说是信仰之物，而不是选举年言论的零星片段，或是奥斯卡·王尔德关于人民用人民的大头棒打击人民的风凉话。对仍然信守早期眼神炽热的美国民主观念的人而言，人真正皆生而平等，以非人待遇对待任何人都是异端。特克尔引用十八世纪人权的权威挑战者和申辩者托马斯·潘恩，并认为他的话在二〇〇三年的美国仍然适用并非巧合：

> 自由在全球遭到围猎；理性被视为反叛；恐惧的奴役使人不敢思考。然真相的本质是如此不可压制，它唯一要求的，唯一需要的，就是现身的自由……在这种情况下，人成为他理应成为的。他视自己的同类，不是带着自然天敌的非人视角，而是作为亲族。

"我歌唱自己，一个单一、独立的个体，/尽管也蹦出民主之词，大众之词，"惠特曼写道……

> 多国之国，最小者与最大者又有何异……
> 我属于每个色彩和等级，每种地位和宗教，
> 农民、技师、艺术家、绅士、水手、贵格会、
> 囚犯、情夫、闹事者、
> 律师、医生、牧师。

这几乎可以成为特克尔毕生事业的说明简章：将形形色色的声音聚到一起，直到它们共同加入和声与对位，目标是成为统一的整体，但其中每个个体都仍然清晰。"它……就像一个大卫军团，有各种各样的弹弓。胜利并不是靠一把弹弓实现的。"特克尔说。

可大卫军团也有问题。一个被激怒且有理由气愤的社会并不等同于暴民，但要如何防止前者变为后者？而且假如大卫们赢

了，其中的一些难道不会转而变成歌利亚，就像一些联盟的历史所见证的那样？合众为一，美国的国徽上印着，却没有说从众之中会诞生何种一，或是如何防止国家成为事实上的独裁，由恐惧统治，人人相互窥探。这些是像美国这样多元、个人主义、市场驱动，但在官方名义上是民主的社会所面临的困难。"自由的代价是永远保持警惕。"托马斯·杰斐逊说。特克尔或许会将它改为，"自由的代价是永远的弹弓。"然而自由是否意味着只要不被抓住，人就可以为所欲为？在什么时候一个人的自由要依赖于对另一个人的奴役？还有大卫们要用弹弓去射的究竟是哪个歌利亚？任何忘了自由必须包含责任的歌利亚。特克尔多半会回答：只要踩在人民头上，你就是可攻击的目标。

《希望最后灭》的主题并不是普通的希望，比如"希望你好起来"，"希望有最好的结果"，甚至"我希望你去死"。关于希望有许多言论，也并不总是受到好评。对有些人而言，希望是幽灵、是蛊惑的鬼火，诱人远离真实——提前预设为是凄凉的——陷入迷人却致命的沼泽。对有些人，包括加缪，它是潘多拉魔盒盒底的卑鄙伎俩，让西西弗斯不断把石头往山上推的骗人玩意儿。"支撑我们的希望迟早会被拐杖取代。"保加利亚讽刺诗人孔丘·格罗塞夫说。"希望多的是，但都不是给我们的。"弗朗茨·卡夫卡说。"我无法继续，我必须继续，我会继续。"贝克特在《不可名状》中说。

特克尔熟知加缪、贝克特和希腊神话，但并未因为他们改变做法。他有两个采访对象提到了艾米莉·狄金森的诗：

希望是个有羽毛的

东西——

在灵魂之中栖息——

唱着无词

之曲——

始终——从不停息——

最甜蜜——是在狂风中——听见——

而令人恼怒的是风暴——

困扰着温暖了多少人的

小鸟……

这是特克尔所说的那种希望，在挫折面前持续存在的希望。他在这本书里采访的人，除了少数几个，都是因为没有放弃心灵抗争，或是不让利剑在手中沉眠而被选中：他们拿起燃烧的黄金之弓和渴望之箭，发射出去。

倘若在此有类似《圣经》的回响那也并非偶然。"斯塔兹……你嘴巴这么大，应该去当传道牧师。"特克尔引用了一个朋友的话。但他是有点像牧师。基督教的一个分支始终引向行动主义：据它所说，上帝面前一切灵魂皆平等，那在后的将要在前，而在前的将要在后，要爱邻如己，在他们生病和进监狱的时候去看望他们，如果坏事做在弟兄中一个最小的身上，就是做在上帝身上。（还有另一个基督教分支是基于说凡有的还要加给他，凡没有的连他所有的也要夺去那一节，而且这些人还用金钱的方式加以解释；但这是题外话了。）这本书里有一些采访对象从事宗教工作：其中包括牧师、神学院学生、贵格会教徒、循道宗信徒、浸礼会教徒。

至于希望，与它密切相连的——在《圣经》里——是信仰和慈善：可以说信仰是信念，希望是由它促成的情感，而慈善是必要的行动。特克尔的希望不是徒然的希望，而是有着在环绕四周的幽暗中引路的亲切灯火：是对更好的希望。书的标题来自流行在由塞萨尔·查韦斯组织起来的说西班牙语的农场劳工中的谚语——"希望最后死去"——但也被书里的其他人引用。特克尔评论说："这是对二十世纪大部分时间的隐喻。"他引用"荒野之声"计划的凯西·凯利："我在朝一个让人更容易就能举止正派的世界努力。"①

沉醉于这种有时像是鼓舞人心的培灵会气氛是有可能的。精神让你感动；撒玛利亚好心人的亲切感受充盈着你；让你想要冲出去加入什么事业。或许应该提出警告：一个人由希望激起的行动主义会是让另一个人讨厌的事。由谁来决定"更美好的世界"是什么，以及如何去实现？有一种观点可能会把各类出于好意的行动描述为误导之下的蓄意阻挠、非法干涉、颠覆动摇社会秩序、无神论的共产主义，等等。是否应以动机的诚意来评价行动？是，浪漫主义者说；否，历史学家说，相反，行动，就像战争一样，应该靠结果判断。至于好意，我们都知道黄泉路是拿什么铺成的。二战期间在德国战线后方的抵抗运动是捍卫自由的勇敢英雄还是罪犯暴徒？这取决于定名者是谁。

希望并不遵从国家边界，且任意跨越意识形态界线。特克尔的书回避了这个问题，尽管其中收录的保罗·蒂贝茨准将——扔下炸弹夷平广岛的战机艾诺拉·盖伊的飞行员——让我们坐起身

---

① 凯西·凯利（Kathy kelly, 1952— ），美国和平活动家、和平主义者、作家。

来眨眼睛。诚然，蒂贝茨说他是受到希望驱使——希望自己的行动能够结束战争并"挽救许多生命"。美国人的生命，我们知道，因为他对被炸死的日本平民的态度满不在乎："那是他们运气不好在那儿。"众所周知，列宁说过，不打破鸡蛋就做不成蛋饼，但需要的是哪一种蛋饼永远都是有争议的问题，而且无论在哪都不会有应征者排着长队等着当鸡蛋。

话虽如此，《希望最后灭》却能够抓住读者，尽管选择的访谈对象不会符合所有人的喜好。特克尔的主要重点来自他熟悉的社会阶层的人：老左派、公营住房建筑工人和穷人、二〇〇一年哈佛大学静坐示威期间代表管理员抗争的学生、工会活动人士以及反对工会腐败的活动人士、民权工作者、和平斗士，治安恶劣居民区的教师。其中相当一部分来自芝加哥并不让人意外。

但还有其他种类的意外。有一个章节——"逍遥骑士"——采访对象唯一的共同点是会骑着自行车到处走。一个是邮差，活在当下。另一个是医生，他说："每周半天骑着车带着药去金门公园……一般来说，如果在诊所工作，病人来找你。而要是在公园出外勤，你走上前主动提供服务。是不一样的环境。"

另一章，"移民"，包括一位出身伊拉克的音响师，两个没有证件的危地马拉人，他们的希望在于希望不被查到，还有一个日本后裔，描述了高中最后一年在珍珠港事件之后和家人一起被关进拘留营的经历，此后他一直与纠正对日本人伤害的运动合作。伊拉克裔美国人有朝一日会有自己的平反运动吗？9·11之后，乌萨马·阿尔沙比对特克尔说："我很担心，因为政府带走了三千个人把他们关进了拘留中心。没有正式起诉他们……假如现在他们一把抓住我就这么开始问我一大堆问题，我也不会惊讶。"

令人不快的意外包括许多骇人的叙述——关押、毒打、谋杀。其中有坐轮椅的迪尔德丽·梅里曼，正在戒酒的酒鬼，被前男友弄断了脖子，现居芝加哥一栋大公寓楼的单间，做强奸受害者律师的工作，还有莱罗伊·奥林奇，在芝加哥警局恐怖统治期间受到电击酷刑，屈打成招承认了谋杀，受冤入狱，在勇敢进行司法斗争后，最终于二〇〇三年获州长乔治·瑞安赦免。

特克尔的采访对象也绝非全都来自社会馅饼的底层。约翰·肯尼思·加尔布雷斯为题为"关于安然现象"的章节贡献了精辟的陈述：

> 就目前情况而言，我们允许有权的人极大的无能和极大的赔偿。我视其为我们这个时代重要的未解问题。且因为这些都相当合法，我称其为无罪欺诈的可能。我在有第五修正案共产主义者的时候进入了政坛，在我活到九十四岁的时候，有了第五修正案资本主义者。

在他之后是华莱士·拉斯姆森，他在大萧条期间一路晋升，当上了碧翠斯食品的首席执行官，公司在他一九七五年退休时市值七十八亿美元。"在安然和世通发生的事情 —— 做假账 —— 是犯罪。一个大国大约能延续四百年。我们处在道德衰落阶段。罗马就是这么毁灭的……贪婪……我一直都说，'上帝我信，其他的一切我都审。'"

有几类社会运动，对部分读者显而易见，在《希望最后灭》中却没有太多体现。女性运动标志着过去两个世纪最显著的社会变动之一，在书里却几乎没有出现。有对女性的访谈，没错 ——五十八人中有十七个 —— 而且还都是勇敢无畏的女性。其中提到

340

的一位不知姓名——一位老年白人女性，仅靠性格力量以及坚信有些行为实在不成体统，就阻止了纳什维尔伍尔沃斯午餐柜的一场静坐成为屠杀——礼仪小姐前来营救的一个例子。"我不过是进去买个煮蛋锅。"这就是她的故事。她在

> 坐着的学生，以及会走上去在他们身上掐灭烟头，往青年女孩脖子上吐痰等等的暴徒之间走来走去。学生们只是坐着，没有抗议。这位老太太……[会]走上前跟这些年轻的白人恶棍说话。"假如这是你妹妹你会怎么想？"而他们则会有点，"哦，我没别的意思。"然后回到团伙里，其他人会接着出来。

特克尔最勇敢的采访对象中就包括几名女性——像凯西·凯利这样的女性，因为在导弹发射井里种玉米被捕，还有莫莉·麦格拉思，努力改革血汗工厂，参加反对世贸组织的示威——但她们被收入书里是因为参与了其他类型的社会运动。为什么？特克尔并不针对女性；事实上，他对她们完全没有任何歧视，因而似乎并未将她们视为特殊分类，或者说没有将她们视为需要属于自己的运动的分类。或许他的态度有几分扭捏——在男性中一度很普遍——不愿贸然闯进女性的聚会。或许他不太能相信来自性别、关于性别，和由性别导致的压迫。书里也没有同性恋活动人士。

反全球化运动通过莫莉·麦格拉思受到关注，但也仅此而已。环保运动通过一代民谣歌手、如今忙着努力清理哈德逊河的皮特·西格，以及弗朗西丝·摩尔·拉佩谈及。许多人对拉佩的美好记忆是作为《一座小行星的饮食》的作者。没有她我们怎么能

知道大豆粉？《希望最后灭》里写满了值得引用的引语，有时候你都觉得自己是在读巴特雷警句集，拉佩就有一些类似的。"饥饿的原因不是缺少食物，而是缺少民主。"她说。

我女儿安娜喜欢说："过去我常常觉得希望是给懦夫的。"希望不是给懦夫的；是给内心坚强的人，能够认识到情况有多坏，却不会被吓倒，不会束手无策。

希望不是我们要找到的，而是我们要变成的。

这是第一代懂得我们正在做的选择会带来最终结果的人。现在是选择生还是死的时候……服从现有秩序意味着选择死亡。

我们只是一桶水里的一滴……只要有水桶，雨滴很快就能把它填满……我们的工作就是帮助大家看到水桶是存在的。世界各地有许多人正在制造这个希望的桶。

假如我们要选人组队——希望对绝望——拉佩会是我当成希望队队长的首选。她有全球观，知道人类作为物种的处境，就像放了一星期的豆粉饼干一样难啃，并且她朝前而非向后看。

斯塔兹·特克尔则是裁判。不，让我重新考虑一下：他会太偏向希望队那一边的。教练非他莫属。他会把数十年的经验、激励人心的能力、大量轶闻传说，以及能在艰难时刻帮上忙的许多能量用到这项工作上。《希望最后灭》在本质上正是如此：不仅是社会记录，不仅是吸引人的美国历史，更是教练手册，还配有若干鼓舞士气的演讲范文，也许能让你从扶手椅上起身，径直将你推入布莱克的心灵抗争。特克尔是在9·11之后、入侵伊拉克之前的日子里，在他看来仿佛是在对着大海传教的时候将这本书汇编完成的，这更是尤其了不起。不会有多少人觉得他收集的文字既鼓舞人心又非常及时：议员丹尼斯·库辛尼奇的话代表了《希望最后灭》中的许多人，"我们面临考验，需要更加强烈地坚持我们所拥有的基本自由，因为正是这些自由证实了我们的主张。假如失去这些自由，我们就不再是美国了。"

去比奇岛

游客是我们时代风景的一部分，正如中世纪的朝圣者。

——V. S. 普里切特，《西班牙性格》

朝圣之旅开始前一周，我和另一半格雷姆·吉布森在后院发现了一只死乌鸦。"西尼罗河病毒。"我们心想。我们把它放进冰柜，给人道对待动物协会打了电话。他们拿走了冷冻的乌鸦，却说不会告诉我们诊断结果，因为不想散播恐慌。差不多就在这个时候，我想起来修剪玫瑰丛之前应该喷点避蚊胺：确实有几只蚊子。

出发前一天，我注意到手腕附近有些粉色斑点。我把它们归结于之前吃的泰国春卷。说不定是过敏了。

不久斑点就多了不少，还向外扩散。我检查舌苔有没有多垢、脑袋有没有晕眩、脖子有没有僵硬。我确实觉得不舒服，虽然似乎并没有其他人注意到。这时我已经登上了飞往格陵兰的飞机，随后，忽然之间——感染微生物的时候时间过得很快——就发现自己在一艘名叫"约费院士"的俄罗斯北极科考船上了。我是一个名为"加拿大探险"的团队的临时工作人员，他们从澳大利亚旅行社"游隼"手里转租了这艘俄罗斯科考船，后者租了这船用于北极游览。和我一起在船上的有各式各样的人：俄罗斯船员、负责旅行"酒店"方面工作的澳大利亚人、为大约一百名订了这次旅程的热切冒险者策划和执行每日行程的加拿大人。我的工作是就文学和艺术观念影响下的北地探险做几次讲座——这项工作，在我被病毒弄得头脑昏沉的状态下，感觉无力胜任。

很快我们就沿着长长的桑德雷斯特罗姆峡湾航行——峡湾，正如船上的地质学家所说明的，是起初被冰川挖空后来又被海水填满的山谷。接着我们转而向北，沿着格陵兰西海岸，在巨大壮观的冰山间行驶。海蓝、天蓝，冰山也是蓝的，或者说它们刚刚切下的断面是蓝的：奇异的蓝，墨水一般，蓝得不自然。我们坐着佐迪亚克橡皮艇在其间航行时，千年冰块里压缩的空气渗出来，在水中嘶嘶冒泡。

我们要去——最终目的地——巴芬湾，接着是兰开斯特海峡，最后是比奇岛，一八四七年在劫难逃的富兰克林探险队最初三名下葬的队员埋身之处。我是命中注定要加入他们的行列吗？我望着群山在右边矗立、布满浮冰的耀眼海面在左侧展开，以及持续数小时的日落心想。我的脑袋就要因为某些让看到的人感觉蹊跷的原因而爆炸了吗？历史已经准备好重演，我会由于不明原因丧命，不久全体列名乘客和船员就会紧随其后，就像富兰克林探险队一样吗？这些想法我谁都没有告诉，尽管我觉得此时或许正合适写上几句难以辨认却辛酸悲苦的短笺，日后在罐头或者塑料药盒里让人发现，正如富兰克林的惨败中留存下来的含混碎纸片：啊，这可怕的悲哀。

然而主题是朝圣，或者说一次朝圣。我应该要写一次朝圣——这次，我正在参加的这次。但在发红斑的情况下——斑点现在已经长到了我的手腕，可能也长到了大脑——我不太能专心于这个整体概念。什么是朝圣？我以前朝过吗？我正在做的事情能被看作是朝圣吗？如果能的话，又是在何种意义上？

年轻时我做过一些文学朝圣，勉强算是。我在华兹华斯之地的路边呕吐过；仔细看过勃朗特牧师住宅，为其中知名住户的娇小身材惊讶不已；去过约翰生博士在伦敦的故居，还有马萨诸塞州塞勒姆的七角楼；可这些参观算吗？它们都是偶然去的：我正好经过。朝圣的本质有多少在于本意，而非行程本身？

字典提供了一些灵活空间：朝圣者的意思可以只是漫游者、逗留者；或者也可以指将前往圣地作为虔诚宗教活动的人。移动包含其中，圣物则不一定。但移动必须是长时间的——散步去街角小店买条面包不能算。同时还必须是——当然了——非商业性质的。马可·波罗虽是杰出的旅行家，却不是朝圣者。此外，朝圣理应对朝圣者有益：有益健康（阿斯克勒庇俄斯神庙、路德、安德烈修士的心脏外加一连串扔掉的拐杖），或者有益心灵状况（买一份赎罪券，抵扣在炼狱的时间；成为清教徒先辈，在波士顿地区某处找到真正的新耶路撒冷）。

不用说，并非所有的朝圣都像宣称的那样进行。想想十字军。

但想到朝圣的时候，我首先想到文学。我了解的大多数朝圣都是在文学中邂逅的。

有乔叟，当然了：他的坎特伯雷朝圣者是喜欢交际的一群人，集体出游是因为时值春季，他们有旅行癖，想要玩得尽兴。无论加上何种宗教粉饰，他们真正享受的都是和一群兴高采烈的人一起旅行，观察彼此的衣着和小毛病，还有讲故事。

有十七世纪的朝圣类型，以班扬在《天路历程》中所写的为代表。对这些能吃苦的新教徒而言，朝圣之旅带他们前往的不是圣地，而是越过俗世苦海和属灵争战抵达他的目标，将在死后获得的天上的家。

十八世纪开展的是壮游和感伤之旅而非朝圣，但后者又随着浪漫主义时代回来了。想想拜伦勋爵的长诗《恰尔德·哈洛尔德游记》。主角是个浪子，尽管内心充满躁动不安且自己也不知道是对什么的渴望。可他拜访的圣地不是教堂，而是壮观美景，其中有大量悬崖和深渊，诗歌也以对海洋一望无际的赞颂结尾，其中包括经常被引用的一节，

> 奔腾吧，你深不可测的深蓝色海洋——奔腾！
> 千万艘船舰在你身上驰驱，痕迹不留；
> 人用废墟点缀了大地——他的力量，
> 施展到海岸为止；——在水的旷原上头，
> 那些残骸都是你的所为，这儿没有
> 遭人破坏的丝毫痕迹，除了他自己，
> 他呀，往往像一滴雨水，一下子就
> 沉入你的深处，只几个苦痛的气泡浮起，
> 没有坟墓，不鸣丧钟，不用棺材，也无人知悉。

将所有这些类型的朝圣放在一起，我们会发现什么？乍看之下没有任何一致的东西。然而有一些联系。比如，朝圣者——似乎——永远不是第一个到的。其他人在他之前来过，而且遭遇了不幸的（尽管是英勇且圣徒般的）结局。正是为了向这些先驱表达敬意朝圣者才拾起了手杖。乔叟的欢快集体要去坎特伯雷，托马斯·贝克特的遇害现场。班扬的朝圣者追随受难耶稣的足迹；就连拜伦的恰尔德·哈洛尔德也以对无数悲剧沉船和溺水的冥想结尾。尸体通常似乎要先于活着的朝圣者。

我参加的旅行具有所有三类朝圣的要素。和快乐的人待在一

起，讲故事，也听他们的故事。目睹壮丽风景，还有壮丽海景，斟酌殒命的水手和沉没的轮船。

至于属灵争战，尽管我自己没有参加，但那些让这条路线有了闹鬼名声的人绝对参与了。我们走的海路与富兰克林和他的船员一八四七年出发去发现西北航道却从此下落不明时走的是同一条；从充满希望的启程到发现他们的银质餐具和被啃过的骨头之间，一定经历了许多痛苦。

但富兰克林并不是我朝圣的直接对象。我眼前的日程事关一位朋友，同为诗人的格温多琳·麦克尤恩。一九六〇年代早期，她在二十岁出头时为电台写了一部关于富兰克林探险的杰出诗剧，以富兰克林的两艘船命名：恐怖号与幽冥号。我在剧本第一次广播时听了，而且留下了深刻印象——格温从未去过北极、从未参观过富兰克林探险的三座悲苦坟墓这一点更是让人对她钦佩不已。她只在幻想中驶过这些海洋，而且在四十五岁左右就去世了，不曾见过冰山。

我的朝圣——如果可以这么说的话——是为她而进行的。我会去她从未能去的地方，站在她从未立足的地点，见她只用心灵之眼见过的东西。

有一丝感伤意味，但话说回来，朝圣原本就是感伤的。

旅程继续。乔叟式朝圣的部分在用餐时间以生动故事、维京装扮、苏格兰裙和假胡子的笑话，以及一次令人难忘的毛皮墨镜和毛皮护裆的形式展现。新教风格的内省心灵之旅是个人的事，而且也本该如此：船上有许多人写日记。对人类和自然状况的反思非常频繁：焦虑，不是为来世，而是为不久的将来，因为冰川正在快速消退这一点即便对外行人也显而易见。

拜伦版朝圣的体验在桥楼，或者——戴着手套——在户外甲板上，因为——形容词都去哪了？无法描述的风光缓缓掠过时——"壮观"、"盛大"和"瑰丽"完全不够用。"快看那个冰山／悬崖／岩壁，"大家会出神地说，"看起来就像劳伦·哈里斯的画。"没错，确实像，只是更美，而且那个也是，还有那边那个美极了的，在夕阳下染上紫色、绿色和粉色，然后变成靛青和奇异的黄色……你会发觉自己只是站在那儿，张大了眼睛和嘴巴，一站几个小时。

等我要在船上做第一次讲座的时候，最开始的粉色斑点渐渐退了，但又长出了更多的。（体贴地只长到领口以下。）我论述的杂乱无章多半被归结为"搞创作"的人每天生活的混乱状态。我想过解释自己古怪的病症，但那样一来大家可能会觉得他们在一艘瘟疫船上，要从甲板上跳下去，或者空运疏散。无论如何，我依旧能走能说。只不过似乎不能完全对自己嘴里说出来的东西负责。"我说得还行吗？"我问格雷姆。可他一直在桥楼上看海燕。

我说了什么？我想我是从对听众说伏尔泰会觉得他们都疯了开始的。付钱旅行，不是去某个文明中心，在那里对人类像样的研究会是——就像理所应当的那样——人本身，甚至都不是去什么受到精心照料的庄园，四周环绕着对称的植物，而是去一片有大量岩石、水和沙子的冰冷荒原——对伏尔泰而言这会是荒唐的巅峰。人不会在这样的地方拿生命冒险，除非有理由——有钱可赚，比方说。在伏尔泰和我们之间——或者说在伏尔泰和，举个例子，希拉里没有意义地攀登珠峰、斯科特没有意义地在南极把自己冻死之间有什么变了？世界观变了。柏克对崇高的概念成为浪漫主义标尺，而崇高没有危险就称不上崇高。十九世纪北极

349

探险史透过这一镜面得到观察，那些前往北方并描述和绘制这片风景的人身后有浪漫主义英雄注视的目光。

富兰克林的探险——我想我是这么说的——发生在某种时代的交接处——从事此类危险探索不再是希望有所得——到一八四七年已经没有人深信西北航道是通往中国的关键，会让英国变得非常、非常富有——而是开始本着英雄事业的精神开展，有点像是坐着木桶穿越尼亚加拉瀑布。大胆探险者和可能成为牺牲者的人反抗的不是异教徒，而是自然本身。"他们用生命建立了最后的联系。"富兰克林在威斯敏斯特大教堂的纪念碑题词上写着——遗孀简·富兰克林夫人为题词苦思冥想了很久，努力确保富兰克林被视为基督教浪漫主义模式的英雄。可这是和什么的最后联系呢？和一种信念。因为正如肯·麦古根在他的作品《致命航程》里如此出色地加以说明的——长着红斑的我乘船渡过巴芬湾时读的书——富兰克林并没有发现西北航道。相反，他发现了一处常年布满浮冰的水域；应该是不算数的。

在他死后，在他的船被冰封住三年后，他的船员出发走陆路，一边走一边烹煮吃下同伴的遗体。关于这些烹饪活动最早的消息由无畏的探险家约翰·雷带到英格兰时，富兰克林夫人无比忧虑：因为假如富兰克林参与了食人活动，他就不会是英雄了，而只是类似厨子的存在。（现在我们知道，约翰·雷关于吃人肉的说法是对的，尽管富兰克林本人在它开始之前无疑就已经不幸身亡了。）

在这场显然是漫无边际的演讲期间的某个时刻，我读了格温多琳诗剧中的一段，其中她暗示富兰克林通过想象和意志的行动建立了西北航道：

啊，富兰克林！

追随你无需地理。

至少不是绝对，而更多的是那

深入骨髓的工具知识，

它们的限度，它们的刻度。

眼睛创造地平线，

耳朵发明了风，

从风雪大衣袖口伸出的手

通过触碰强令那被触碰的事物诞生。

正符合朝圣者的主题：因为激励他们的若非地点与灵魂间纯粹想象的联系，那还能是什么？

穿过巴芬湾后，我们游览了兰开斯特海峡，最后前往荒凉——形容词又一次枯竭——且奇怪的是看起来像埃及的德文岛砂岩峭壁。德文是全球最大的无人岛。我们是在这里看见两头北极熊吃一只死海象，成群的海豹在小小的港湾里游泳的吗？我发现我记下了事件和日期——九月一日——却没写具体的地点。有几处图勒人遗址——早于现在的因纽特人——船上的考古学家给我们做了讲解。曾经作为房梁的巨大鲸鱼骨还在。

阳光照耀，清风徐来。虽然是秋天，几朵北极小花却仍然开着。因纽特文化代表人帕卡克·因纽克沙克和阿库·彼得斯击鼓载歌载舞。在这样的时刻北极无比鲜活。仿佛一片宜人风景，温和、朦胧又舒适，一个充满乐趣的地方。

第二天更冷，还起了风。我们到了德文岛最西端，在德文西头的一小块陆地比奇岛的港口下锚。富兰克林的两艘船，恐怖号与幽冥号，在这里度过了第一个冬季，没有被冰压坏。这片海岸曾是一片更加温暖的大海边缘，海洋生物茁壮繁衍，如今却布满化石、荒芜贫瘠，暴露在强风之下。自富兰克林时代以来有许多人曾经造访；许多人曾在此地的三座墓穴旁合影；许多人曾冥想幽思。

若干年前三具遗体被发掘出来，以期增加对那次探险的了解。参加该项目的科学家——根据约翰·盖格的书《时间冰封》的记录——发现了因罐头食品引起的高度铅中毒，想必是导致灾难的重要因素。那些罐头还能在沙滩上看到：封口的铅像蜡油那么厚。食用铅的危险在当时尚未得到充分了解，其症状与坏血病相仿。铅攻击免疫系统，让人迷失方向和判断失当。本该让探险队员活下去的物资事实上却在要他们的命。

我们下了约费院士号，坐上佐迪亚克橡皮艇，沿着海滩走。这时我的斑已经退了；却还是觉得轻飘飘的。参观完墓地后——现在的墓碑是复制品，原件因为朝圣者们凿下一片的冲动被破坏了——格雷姆和我坐在一间旧煤仓附近的碎石滩上，过去轮船会在这里给别的船留下物资，后来仓库被北极熊毁了。我们吃了我为这个时刻留着的巧克力，用水壶里的水敬了格温一杯，格雷姆唱了《富兰克林爵士之歌》，歌词被风声吞没。在海滩上更远的地方，有人正吹着风笛，声音微弱得几乎听不见。

关于空间、空寂、空白不成熟的想法；跳跃的缝隙，我在笔记本上写下。词语穿行其中。

和富兰克林一样，第二天我们被漂来的浮冰困住。冰块的移动速度之快和力量之大令人吃惊。我们不得不绕行了七十英里才得以脱身。

传统上朝圣者会从旅行中带点什么回来。有时是扇贝壳以表明自己去过耶路撒冷，或是号称真十字架一部分的高价碎片，或是所谓的圣人指骨。装扮成游客的现代朝圣者带回自己在埃菲尔铁塔前吐舌头的照片或者明信片，或是买来的纪念品——有城市纹章的咖啡勺、棒球帽、烟灰缸。

并没有出售探险家手指碎片或是印着比奇岛留念的T恤的摊位，因此我带回了一颗卵石。和沙滩上数百万颗其他卵石一模一样——灰棕色砂岩，没有明显特征。它装在化妆品套组里和我一起到了多伦多。

刚一到我就给医生打电话，描述了我的症状。"我觉得我感染了西尼罗河病毒。"我说。"很难说。"他回答。就算发生最坏的情况，至少我也不会被埋在永冻土里。我会被装进船上专门为这个目的保留的冰柜，好避免把遗体和俄式酸奶炖牛肉搞混。

九月中一个炎热干燥的日子，我把比奇岛卵石装进口袋，从厨房拿了一把餐勺，走去格温多琳·麦克尤恩公园，暗自想象酷爱嘲讽的诗人格温对于公园，和我即将纵容自己进行的卵石活动会怎么看。陪伴我的是大卫·杨，他的剧本——《不可想象之岛》——谈及斯科特北极探险无名英雄的作品之一——无名是因为他们有了幸存下来的不光彩经历。为了成为英雄——至少在十九世纪和二十世纪早期——死亡几乎是必须的。

等我们到了公园，大卫转过头去，而我用勺子挖了一个满是尘土的洞，把卵石嵌了进去。因而此刻，多伦多最黑暗的中心某处，具体位置只有我知道，有从比奇岛一路带回的一小片地质碎片。两地之间唯一的联系是一次想象，或者说两次——富兰克林想象西北航道，二十二岁的格温多琳·麦克尤恩想象富兰克林。

因而我追随你至此
像几十个其他人一样，搜寻遗迹
　　　你的船，你的人。
以此敬这令人厌恶的庙宇，
　　　　你，还有克罗泽死去的地方，
　　　　跟着你的所有人死去的地方，
为寻找那从幻想到现实的航道……

揭秘：美洲《伊利亚特》

假设你生长在一个文化丰富、经济稳定的社会。身边布满雕刻生动的符号，象征着渗透在你与自然和人类世界往来之中的隐形神灵。生活在你的村子就好比生活在诺曼人教堂、中世纪城堡和巨石阵能量线的混合体。家族世系所有复杂难解的波折及其与灵界的关系都 —— 名副其实地 —— 贴在家门外，仿佛木制的竖排家徽。这是一个口语社会：有高度发达的符号系统，却没有一般意义上的文字。

与所有的文化一样，孩子各有天赋。你的才能是记下故事，用出人意料的方式把它们组合起来，产生新的意义。你成了说书人。为欣赏你的观众表演，他们会在吓人的地方屏住呼吸、听出话中典故，被笑话逗笑。这些表演是你的，就好像，比如说，奥利弗的《哈姆雷特》是他的 —— 表演里有太多东西要靠音调、表情和话语间的空白传达 —— 但对你而言更是如此，因为你用独有的方式创造了这种演出。

随后灾难降临。一种神秘的疾病席卷你的族群。死亡率百分之九十五。房屋和其上的装饰坍塌破裂。与此同时，大批陌生人拥了进来，带着难以对付的武器和古怪的信仰，随时准备破坏典礼用品和镇压古老习俗，告诉你说你的故事过时或者罪恶。

你本人从疾病中幸存。虽然记得那些表演，却没有徒弟：无法把作品传下去。而且即便你可以，还有能看懂的人吗？

这正是两位因病致盲的杰出诗人，斯凯和较为年轻的甘德尔的困境。两人都来自海达，十九世纪携带天花、手捧福音书的欧洲人到来前在北美西海岸繁荣兴盛的众多文化之一。他们的土地曾经是——现在也是——温哥华以北约五百英里的岛屿群落。十九世纪初人口一万两千。到世纪末剩下约八百。

一个最后一搏的机会出现在斯凯和甘德尔面前。在斯凯七十三岁，甘德尔五十岁左右的时候，他们遇到了一位民族志/语言学家。名叫约翰·里德·斯万顿。他在无意间充当了未来的信使：他在收集故事，用作学习语言的手段。斯凯和甘德尔表演了他们的创作，不是为斯万顿——他不会海达语——而是通过一个说海达语的中间人，后者把它们的发音写了下来。

对诗人而言，这种做法一定就像把宝石放进瓶子然后扔到海里一样孤注一掷。是在西班牙人兵临城下之际写下玛雅《波波尔·乌》的人所下的那种绝境赌注。抱着万分之一的希望；然而两次都确实有一些东西幸存了下来。

斯凯和甘德尔于二十世纪初去世。他们的故事在图书馆里积了近百年的灰。随后罗伯特·布林赫斯特出现了，从美国人变成的加拿大人、本身就是优秀的诗人、字体专家、很容易和后浪漫主义小说里出现的那种强迫症吹毛求疵的博学家搞混。把夏洛克·福尔摩斯想象成自学成才的海达语音译审读人，再加上像雪莱或是肖邦这样的人提供一大把激昂热情，你大概就明白了。

十二年间，布林赫斯特——在多名助手协助下——在惊人难懂的海达语灌木丛中披荆斩棘，揉搓失去光泽的旧油灯，把瓶塞从瓶口撬出来。数数这里的比喻，想想假如没读过任何欧洲/阿拉伯神话，其中有多少对你来说会毫无意义，再评估一下不靠人帮忙就充分理解海达符号系统的可能性。无论如何，布林赫斯特付出了艰苦努力。最终，就像睡美人的故事里一样，看似已死的东西苏醒了。就像甘德尔或斯凯的故事里一样，用药草擦过的骨头复活了。就像阿拉丁的故事一样，精灵出现了。而且还是真正了不得的精灵。

　　和许多精灵一样，它是一本书。准确地说是三本。可以单独购入，也可以买题为《锋利如刀的故事：海达经典说书人杰作》的书盒套装。第一卷叫《锋利如刀的故事：海达经典说书人和他们的世界》。需要从这本开始，不然就会像是在没有任何《圣经》或基督教象征主义知识的情况下去看上文提到的诺曼人教堂和里面从创世到最后审判的一连串壁画。第二卷——《九访神话界》——专注甘德尔的作品，而《存在于存在》，第三卷，则是斯凯的作品。每一卷都包含生平和历史资料，将诗人置于特定时空之中，有助评估其成就。每一卷也都有插图——非常幸运，因为文化的视觉艺术是故事的延伸，反之亦然。

　　一个惊人的事实是：这是北美口头诗人的姓名有史以来第一次作为书中内容的作者出现在书的封面上。我们读到的大多数口语材料也是同样。一旦被写下来——一旦故事和讲述分离——个体创作者的姓名就常常消失，被归入广为人知的匿名，或是当成部落集体创作。正如布林赫斯特所言，

　　　　……其他人就口头文化的本质写了长篇大论，但此类作品中鲜少见到实际的口头原稿。接触真正讲述的人就更少了。结果是掌握口头文化的真实人物消失，被刻板印象取代。美洲原住民口头诗人常以这种方式受到不公对待，以至于他们的无名似乎已成惯例。（第一卷，第16页。）

　　布林赫斯特是这两位诗人的编辑和译者，但远不止如此。他对这项工作中包含的许多问题做了深思熟虑，而且还有议程清单。上面有一长串内容我根本没法开始概括，但以下是其中

若干。

口头诗歌是诗歌，其创作者是诗人。《伊利亚特》和《奥德赛》是写下来的口头诗歌，《圣经》的大部分也是，斯凯和甘德尔的组诗也是。口头诗歌在本质上与以书面文字为准的社会所产生的诗歌不同。它有赖于个人表演，因而也有赖于观众。它需要聆听，就像音乐需要聆听一样，而且也采用许多与音乐相同的手法。它根植于地貌，见证与我们所称的自然之间的亲密互动。它极其本土化。

这并不是说两位诗人的作品守旧，或是吸引力有限。不，它们可与最优秀的作品比肩，因为它们超越文化起源，与全球各地基于神话的精彩艺术创作并驾齐驱。因而部分声称布林赫斯特作为白人无权插手由海达族"所有"的作品的派别，其愤怒——尽管在某些方面可以理解，考虑到外来者在过去造成的破坏和实施的盗窃——是不恰当的。就像说谁也不该翻译托尔斯泰因为他归俄罗斯"所有"一样。没有俄罗斯就不会有托尔斯泰存在，没错，但为此就该不准其他人读他的作品吗？

继续布林赫斯特指令：对北美人而言，这些和其他类似的诗歌，应是构建我们称之为自我"身份"、"历史"和"叙事"的大量基石的一部分。为什么我们的根基要来自希腊、罗马、《圣经》和欧洲萨迦，而非同时来自我们事实上生活的地方？这些不是与——比如说——美国、澳大利亚、新西兰、南美和墨西哥的居民没有利害关系的问题。正如布林赫斯特所言："有没有一点可能，假如听了来自本地的故事和声音，我们在这些地方以盈利为名露天采矿、砍光树木、铺路和污染时会稍微不那么踊跃？"

此外，这些并不"只是诗歌"。它们是——尤其是斯凯的作品——哲学作品。布林赫斯特是这么说的。

等一下，你会说。你是打算告诉我，一个讲乌鸦从自己的粪便里挑小红莓吃的故事是关于存在本质的哲学冥想的一部分？嗯，老实说，是的。不过这条论点一定有比我更擅长此类论证的人在密切关注。我只想补充，虽然我们这个时代的哲学与宗教相去甚远，在过去它们却形影不离，且两者都与叙事密不可分。"存在"是它所讲的东西，且它所讲的包含在常常充满暴力又令人不安的故事，而非一系列抽象的命题里。另外也不能指望存在像你所预料的那样行动。（这套观念比斯凯和甘德尔要应付的维多利亚时代社会等级、固定风气和虔诚信仰现代多了。）如果我们能把《出埃及记》的"我是自有永有"理解为对存在奥秘的合理见解，我们就应该也能理解操纵声音的人，他们的脸看不见，他们对人就像上帝对约伯一样。

为什么加拿大产生了这么多思想家，在同样关心着吸引布林赫斯特注意的问题——还有着如此惊人，时而又如此非比寻常的成果？为什么会有埃德蒙·卡朋特和一九五〇年代的杂志《探索》，并与马歇尔·麦克卢汉和他关于读写影响的杰作《谷登堡星汉璀璨》相辅相成？（"媒介即讯息"="口语不同于书面"。）为什么莱昂纳德·科恩的第一本诗集名叫《让我们比拟神话》？为什么有诺思洛普·弗莱和他对神话与文学的彻底研究？为什么有——更近一些的——肖恩·凯恩和他广受好评的作品《说书人的智慧》，其中也涉及海达神话？

任何读着加拿大诗歌长大的人都会记得《没有神话的国家》这个标题——没有比这更大的挑战了。我们着实不喜欢被人说成是缺少一样人人向往的文化珍品。要么我们是有的，但被忽略了——布林赫斯特的回应——要么是我们必须自己创造，这是就在他之前的一代代加拿大诗人和作家所做的工作。但在创造过程中——无论何时何地——有多少其他人的"我们"应该包括进我们的"我们"?

关于"我们"这个词正有一场争吵,当然了。"我们"要变得更大还是更小?"我们"应该包含人类全体,还是说这样会把"我们"的秘密告诉一大堆会贬低和打劫我们的傻瓜?谁能进入我们的小圈子,要凭怎样的入场券?诗歌属于创作的人还是欣赏的人?此类争斗的特点之一是双方常常自损其才。

读者可以在这套三卷力作附带的小册子里追踪这场往来交锋,布林赫斯特在其中就强塞给他的尖刻问题给出了尖刻的答案。然而这些关于地盘的争吵无法掩盖布林赫斯特的成就巨大且光辉的事实。这是那种重组脑内认知的作品——是对口头诗歌与神话,及赋予其特质的思维习惯和感受的深刻思考。它复原了两位我们理应知晓的非凡诗人的人生。让我们对他们的世界——用布林赫斯特的话说,"人类思想的原始森林"——有了一些了解,同时也通过对比去了解我们自己的。在通往世俗、有序、都市和机械化的进程中,我们丢失了什么?

愿为赴死的头巾

《雪》，土耳其作家奥尔罕·帕慕克的第七本小说，不仅是引人入胜的故事编写成就，更是我们这个时代的必读作品。

在土耳其，帕慕克相当于摇滚明星、大师、诊断专家和公共事务权威：土耳其民众读他的小说就像在摸自己的脉搏。他在欧洲也极受敬重：他的第六本小说，奢华迷人的《我的名字叫红》赢得了二〇〇三年国际都柏林文学奖，加入了他长长的文学奖项清单。

他在北美理当更加知名，而且也一定会的，因为他小说的主题是"西方化"和伊斯兰之间的冲突。尽管背景设在一九九〇年代且写作于二〇〇一年九月十一日前，《雪》却先知先觉到了可怕的地步，无论是其对宗教极端态度的分析，还是对镇压、盛怒、阴谋和暴力本质的描画。

和帕慕克的其他小说一样，《雪》是对分裂、孤寂、怀抱希望和令人困惑的土耳其灵魂的深入巡礼。它讲的是卡的故事，一个忧郁却迷人、已经几年没写出任何作品的诗人。但卡不是自己的旁白：讲这个故事的时候他已经遭了暗杀，故事由一位"老朋友"拼凑出来，他的名字恰好就叫奥尔罕·帕慕克。

小说开场时，卡在柏林政治流亡，但因母亲的葬礼回到伊斯坦布尔。在他前往安纳托利亚贫困城市卡尔斯的途中刮起了严重的暴风雪。（"卡"是土耳其语的"雪"，因此作者已经给了我们一个信封里套着信封的信封。）卡自称是记者，在关注近期市长遇害和几名被学校强迫摘掉头巾的年轻女孩自杀的事件，然而这只是其中一个缘由。他还想见伊珮珂，他在学生时代就认识的美丽女子。她和成为伊斯兰政客的卡的昔日好友离了婚，住在卡下榻的破旧雪宫旅馆。

被大雪切断去路的卡，在被辉煌前身的梦魇纠缠的腐朽城市里游荡——曾经庞大的奥斯曼帝国建筑残迹；空荡矗立的宏伟亚美尼亚教堂见证着对其敬拜者的杀戮；沙俄统治者与其奢华庆典的魅影；土耳其共和国创始人和无情的"现代化"运动发起者阿塔图尔克的画像，这场运动中就包括——并非偶然的——头巾禁令。

卡假装记者使帕慕克得以展示各种各样的意见。没有活在昔日帝国萎缩残余里的人或许很难想象在这些地方，因而也是在《雪》里占据大量顶部空间的情绪，混杂着怨恨不再享有过往的特权（我们本该很强大的！）、羞耻（我们做错了什么？）、怪罪（是谁的错？）以及身份焦虑（我们究竟是谁？）。

卡试图加深对死去女孩的了解，却遭遇阻力：他来自国际化的伊斯坦布尔中产阶级背景、在西方国家流亡，穿新潮大衣。宗教信徒指责他是无神论者；世俗政府不希望他写自杀的事——那是他们名誉的污点——他因而被警方密探跟踪；普通人觉得他可疑。小个子的极端宗教分子持枪歹徒在糕饼店杀害开除那些女孩的学院院长时他也在场。他和爱人的前夫混在一起，两人被逮捕，他目睹了世俗政权的残忍。他设法躲开了一阵盯梢的人，和一个藏起来的伊斯兰极端主义者、很有说服力的神蓝见了面，据说是院长凶杀案的幕后主使。于是他就这样继续，在一次次相遇间踌躇。

在《雪》中，戏谑闹剧和骇人惨案之间只有非常细微的差别。比如，城里的报纸出版人塞尔达尔先生刊登了一篇报道，描述卡公开表演他的诗歌《雪》。卡反对说他没有写过名叫《雪》

的诗，也不会在剧院演出的时候，塞尔达尔先生回答，"您别说得那么肯定。有些人瞧不起我们，认为事情还没发生新闻就写好了……很多事情正是因为我们事先写了才发生了。现代的报业应该这样才对。"果然，受到与伊珮珂之间开始的恋情鼓舞，好几年没这么高兴过的卡写起了诗，第一首是《雪》。很快他就出现在了剧院里，可当晚还有一场阿塔图尔克时代剧目《祖国还是头巾》的荒唐表演。宗教学校的青少年起哄之际，世俗派决定向观众开枪以强行实施他们的规矩。

命运的波折、原路折返的情节、诡计机巧、越接近就越远离的谜、萧索的城市、夜晚的徘徊、失去自我的感受，流亡中的主角——这些都是典型的帕慕克，但同时也是现代文学全景的一部分。有理由可以提出一个叫作"男性迷宫小说"的类型，血统可上溯自德·昆西、陀思妥耶夫斯基和康拉德，并可包括卡夫卡、博尔赫斯、马尔克斯、唐·德里罗和保罗·奥斯特，还可额外加入哈米特和钱德勒的黑色惊悚。写作此类小说并作为其漂泊主角的主要是男性，而理由多半也很简单：让一个女人单独踏上漫游式的夜间寻访，结果很可能比男人死得多也快得多。

女性——除了作为理想化的欲望对象——在帕慕克此前的小说里并非值得注意的核心重点，而《雪》却一改常规。有两个鲜明的女性角色，情感深受打击的伊珮珂和她的妹妹，倔强的演员卡迪菲。此外还有群像：头巾女孩。争夺权力的双方都把这些死去的女孩当作代表，尽管曾在她们还活着的时候向她们施加无法承受的压力。卡则将她们视为受苦的人。

这些故事里让卡震惊的不是贫困或无助。也不是她们遭受的持续殴打，不是麻木不仁的父亲甚至都不让她们出门，不是妒忌的丈夫一刻不停的监视……（而）是她们杀死自己的方式：突然的，没有仪式或警告，就在进行每天日常事务的时候……

她们的自杀与小说里其他的暴力事件一样：是无休止的隐藏势力所激起的突发暴力。

男性对女性的态度推动了《雪》的情节，但更重要的是男性对待彼此的态度。卡总在担心其他男人是尊重他还是轻视他，且这种尊重并非取决于物质财富，而是他们认为他信仰什么。因为他本人并不确定，总在各方之间摇摆。要坚持西方启蒙思想吗？可他在德国非常痛苦。要回归穆斯林队伍吗？可是，尽管喝醉酒吻了当地宗教领袖的手，他却无法融入。

假如卡和帕慕克此前的小说人物一样，他或许会在故事里寻求慰藉。故事，帕慕克暗示道，创造了我们所以为的世界：比起"我思故我在"，帕慕克的角色也许会说，"我在是因为我陈述"。这是舍赫拉查德的立场，被推到了极点。然而被杀害的可怜人卡完全不是小说家：要由"奥尔罕·帕慕克"来充当他的霍雷肖。

《雪》是最新加入帕慕克的长期计划：把他的国家讲出来的作品。也是最接近现实主义的。卡尔斯得到精细描摹，包括所有动人的破败邋遢，而城中居民却抵制"帕慕克对他们的"小说化。其中一位要他告诉读者不要相信任何他对他们的描写，因为"谁也不能隔着这么远来了解我们"。这是对帕慕克和他丰富造诣的挑战，但也是对我们的。

《莫洛博士岛》的十种看法

H. G. 威尔斯的《莫洛博士岛》是那种一旦读过就很难忘记的书。豪尔赫·路易斯·博尔赫斯称其为"骇人的奇迹"，对其大加宣扬。谈到威尔斯的早期作品时 ——《莫洛博士岛》也在其中 —— 他说，"我认为它们，就像忒修斯或是亚哈随鲁的寓言一样，会被纳入人类整体记忆，甚至超越创作者的名声或是写作它们的语言的消亡。"[1]

这一点已经得到证实，如果电影可被视为自成一种语言的话。以《莫洛博士岛》为灵感的影片已有三部 —— 其中两部很糟 —— 毫无疑问看过的人没几个会记得原著作者是威尔斯。作品已经有了自己的生命，如同玛丽·雪莱《弗兰肯斯坦》的后代，获得了原作中并不存在的特征和意义。莫洛本人在电影化身中逐渐趋向疯狂科学家、怪异基因工程师或是培养中的暴君，一心征服世界；而威尔斯的莫洛无疑并不疯狂，只是一个活体解剖师，也没有丝毫要征服任何东西的野心。

博尔赫斯用的"寓言"一词很有提示性，因为 —— 虽然表面上有如实描绘的细节 —— 但这部作品显然不是小说，如果小说指的是对可观察到的社会生活的白话文叙述的话。"寓言"表明这部奇特著作格局中潜藏的特定民间传说特征，正如奥布里·比兹利的棕榈叶和花朵图案中可能隐藏着动物面孔。这个词也可能标志着谎言 —— 想象或虚构的东西，而非确然存在的 —— 且这种运用方式相当贴切，因为过去或未来都不会再有人靠切开再缝合来把动物变成人。在最普遍的含义上，寓言是一个故事 —— 比如伊索寓言——旨在传递某种有益的教训。但这有益的教训是什么？威尔斯显然没有说清楚。

"持久的作品总能做到无限又可塑的暧昧；每个人都能有自己的理解，"博尔赫斯说，"……且它还必须以一种转瞬即逝和不招摇的方式暧昧，几乎置作者于不顾；作者必须显得对所有象征手法一无所知。威尔斯在首次出色运用中就表现出这种清醒的无知，对我而言这是他令人钦佩的作品中最令人钦佩的部分。"[2]博尔赫斯慎重地没有说威尔斯并未运用任何象征手法：只说他看起来对此一无所知。

我希望下文将是一次同样不招摇的尝试，探究表象的背后，审视无限和可塑的暧昧，触及威尔斯或许有意运用或许没有的象征主义，努力发现那有益的教训——如果有的话——会是什么。

《莫洛博士岛》的十种看法

1. 埃洛依和莫洛克

《莫洛博士岛》发表于一八九六年，H. G. 威尔斯只有三十岁的时候。前一年他刚出版了《时间机器》，而两年后发行的《世界之战》则确立了威尔斯年仅三十二岁就成为不容忽视的创作力量。

对部分更有绅士派头的文学从业者而言——比如那些继承了财产，不一定非要靠写作取得成功的人——威尔斯一定就像个自大的售货员，而且还是不好对付的一个，因为他非常聪明。他是通过艰苦努力爬上来的。在当时等级分化的英格兰社交界，他既非工人阶级也非上流社会。父亲是个不成功的商人；他本人跟着纺织品商学徒了两年，随后才通过在学校教书和奖学金，一步步走到了师范科学学院。在那里师从著名的达尔文辩护者，托马斯·亨利·赫胥黎。他以一等学位毕业，却在上课时被一个学生弄成重伤，这件事打消了他当校长的念头。正是在此之后他才转向了写作。

《时间机器》——就写在《莫洛博士岛》之前——里的时间旅行者发现未来的人类分成了两个不同种族。埃洛依如蝴蝶般美丽却百无一用；狰狞丑陋的莫洛克住在地下，生产一切，在夜晚出动吞食埃洛依，但同时也供应它们的所需。换句话说，上层阶级成了一群上流社会叽叽喳喳的人，丧失了自理能力，而工人阶级则变得凶暴且蚕食同类。

威尔斯既非埃洛依也非莫洛克。他一定觉得自己代表了第三种模式，仅靠本事攀上阶梯的理性存在，不参与在他之上的社会阶层的愚蠢和不切实际，也不参与在他之下的野蛮粗俗。

那《莫洛博士岛》的叙述者普伦狄克呢？轮船失事时，他正在世界各地闲逛，我们猜是为了自己消遣。船名"虚无女士号"无疑是对傲慢贵族的评价。普伦狄克自己是个"有产绅士"，无需靠劳动谋生，而且尽管他——和威尔斯一样——研读过赫胥黎，却并非出于必须，而是出于半吊子的无聊——"作为安逸独立生活沉闷的缓解"。普伦狄克，虽然并不像完全的埃洛依那样无能，却绝对在成为后者的路上。因而才有他的歇斯底里、无精打采、闷闷不乐、对公平的无效尝试，以及缺乏常识——不知道怎么做木筏，因为他这辈子从没干过"任何木工或者诸如此类的活计"，而真正设法搭起点什么来的时候，位置又离海太远，而且一拉就散架了。虽然普伦狄克并不完全是个废物——如果是这样，他就做不到在讲故事的时候吸引我们注意——但他确实与后来的《世界之战》里性格软弱的副牧师，那个无助又满嘴荒唐话的"被生活宠坏的孩子"大致属于同一级别。[3]

他的名字——普伦狄克（Prendick）——让人想起"愚笨"（thick）加上"自命清高"（prig），他也被人毫不避讳地称为后者。对于精通法律传统的人，它可能暗示着"拿取"（prender），这个术语指不待交付即可取走的东西。不过它更近乎于暗示"学徒"（prentice），一个飘浮在接近威尔斯下意识顶层的词，缘于他本人当学徒的时期。现在轮到上流社会来当学徒了！是时候让其中一人经历点落魄，学到点东西了。可要学到什么呢？

2. 时代特征

《莫洛博士岛》不但出现在威尔斯绝妙创造力最丰富时期的中途，也出现在英国文学史的类似时期。冒险传奇随罗伯特·路易斯·史蒂文森一八八二年的《金银岛》突然大受欢迎，赖德·哈格德又以一八八七年的《她》更胜一筹。后者将直白冒险——船难、踏过危险沼泽和可恶灌木、遭遇故意作对的野人，在陡峭峡谷和幽暗岩洞中玩乐——与大量从早期哥特传统中延续而来，这一次又用标注为"并非超自然"的一套重新修饰过的怪诞相结合。"她"的超凡力量并非源自和吸血鬼或上帝的近距离接触，而是浸入一根旋转的火柱，并不比闪电奇特多少。"她"的力量得于自然。

威尔斯效法的正是这一融合——怪诞和"自然"。过去以与幻想中的怪物作战为主的冒险故事——龙、戈耳工、九头蛇——保留了奇异景象，但产生怪兽的力量正是被维多利亚时代晚期英格兰的许多人视为光明、崭新和闪亮的人类救赎：科学。

另一种证实让读者无法拒绝的组合出现得要早许多，且让乔纳森·斯威夫特显著获益：以浅白、坦诚的风格为难以置信的事件服务。坡，离奇的大师，用成堆的形容词营造"气氛"；而威尔斯则追随 R. L. 史蒂文森，且比海明威更早使用近乎新闻报道、通常作为极端现实主义者特征的简练写法。《世界之战》展现出威尔斯运用这一组合的最佳成效——我们觉得自己是在读一系列新闻报道和目击者陈述——但他在《莫洛博士岛》中已经对此加以磨炼。一个如此不动声色讲述且对确凿细节有如此眼力的故事想必不会是——我们觉得——虚构或幻象。

3. 科学

威尔斯被公认为我们如今视作"科幻小说"类型中最重要的创作者之一。正如罗伯特·西尔弗伯格所说，"自《时间机器》之后所写的每一个时间旅行故事从根本上都要感谢威尔斯……在这个主题，就像在科幻小说的大多数伟大主题上一样，威尔斯都是第一个写的。"[4]

威尔斯并不了解"科幻小说"一词；这个词直到一九三〇年代，凸眼怪兽和穿黄铜胸罩女孩的黄金时代才在美国出现。[5]威尔斯本人将他以科学为导向的小说称作"科学传奇"——这个词并非由他所创，而是另一位不太知名的作家，名叫查尔斯·霍华德·辛顿。

"科学"一词有多种解释。倘若意指已知和可能，那威尔斯的科学传奇就绝不科学：他很少关心此类界限。就像儒勒·凡尔纳带着不满说的，"这是虚构！"相反，这些故事中的"科学"部分，根植于威尔斯在赫胥黎指导下研究达尔文原则所衍生出的世界观，并关乎他写作生涯始终关注的宏大课题：人的本性。这或许也能解释他创作生涯期间在极端乌托邦主义（如果人是进化的结果而非神的造物，那他想必还能再进一步进化？）和至深悲观主义（假如人来自动物且与动物而非与天使相近，那他想必也有可能退回原处？）之间摇摆。《莫洛博士岛》属于威尔斯式账簿的借方。

达尔文的《物种起源》和《人类的由来》是对维多利亚体系的巨大冲击。在七天里用言语让世界诞生并用泥土造人的上帝不复存在；取而代之矗立的是数百万年的进化演变，以及一份包含灵长类的家谱。同样不复存在的还有统辖这一世纪最初年代的华兹华斯式慈祥的自然母亲；取而代之的是丁尼生的"大自然，红牙血爪/带着深沟险壑"。一八八〇和一八九〇年代极具标志性的致命女郎在很大程度上要归功于达尔文。《莫洛博士岛》中的意象和宇宙起源也是。

4. 传奇

"科学传奇"的"科学"就说到这儿。那"传奇"呢？

无论"科学浪漫传奇"还是"科学幻想小说"，科学元素都只是形容词；名词是"传奇"和"小说"。就威尔斯而言，"传奇"比"小说"更有用。

"浪漫"，在今天的一般用法里，指的是在情人节发生的事。作为文学用语它的等级稍有下滑——如今用在言情小说之类的东西上——在十九世纪却有其他理解，用来与"小说"一词相对。小说讨论已知的社会生活，浪漫传奇却能涉及很久以前和很远之处。在情节上也允许有更多选择余地。在传奇中，激动人心的事件以飞快的节奏接连发生。通常而言，这使得它们被上层文人——那些执意倾向教化而非娱乐的——视为逃避现实且庸俗不堪，这一看法至少可上溯到两千年前。

在《世俗的经典》中，诺思洛普·弗莱对传奇作为一种类型的结构和要素给予了详尽分析。传奇通常始于一般观念的中断，往往——传统上——以船难为标志，经常与被海盗绑架相连。异国情调的地带也是一大特征，尤其是异国荒岛；还有奇特生物。

在传奇凶险的部分，主角常被关押或受困，或在迷宫幽径，或是具有同样用途的森林中迷路。生物正常等级之间的边界消散：植物变成动物，动物变成半人，人沦落成动物。如果主角是女性，会出现对她贞洁的企图，而她则能奇迹般地成功将其保住。救赎，无论多么难以置信，会让主角恢复他或她此前的生活并让他或她与爱人团聚。《泰尔亲王配力克里斯》是传奇。里面什么都有，除了会说话的狗。

《莫洛博士岛》也是传奇，尽管是黑暗传奇。想想船只失事。想想主角观念的转变——事实上是多重转变。想想海盗，在这里是吐根号的邪恶船长和船员。想想吐根号的船名，指的是催吐药和泻药：观念剧变将有令人不快的生理一面，可能是具有药用的类型。想想动物和人之间不稳定的边界。想想那座岛。

5. 施了魔咒的岛

威尔斯给这座岛起名高贵岛（Noble's Island），是显而易见的讽刺和对阶级制度的又一嘲讽。说得快且略含糊一点，就成了不被祝福的岛（no blessed island）。

这座岛有许多文学前身及若干后代。后者中最重要的是威廉·戈尔丁《蝇王》里的岛——这本书在一定程度上要归功于《莫洛博士岛》和其他冒险书籍，《珊瑚岛》和《海角乐园》，当然还有杰出的轮船岛屿失事原初经典《鲁滨逊漂流记》。《莫洛》可被视为一长串孤岛漂流者作品中的一部。

不过刚刚提到的所有这些都处在由现实可能所设定的边界之内。与之相反，《莫洛博士岛》是奇幻作品，与它血缘更近的祖父母要在别处找。《暴风雨》立刻闪现脑际：一座美丽岛屿，起先属于女巫，随后由魔法师接管并颁布法律，尤其是对野兽般的恶毒卡利班，只有遭受疼痛才会服从。莫洛博士可被视为险恶版本的普洛斯彼罗，身边围绕着自己创造出来的约一百个卡利班。

但威尔斯本人将我们引向另一座被施了魔咒的岛。普伦狄克在误以为他见到的兽人曾是人类时说："（莫洛）不过是企图……让我遭遇比死亡更可怕的命运，用能设想出的最丑恶的堕落不断折磨我——把我送往，迷失的灵魂、野兽，科摩斯余下的乌合之众。"

科摩斯，在米尔顿的同名假面剧中是强大的巫师，统治着迷宫森林。他的母亲是女巫喀耳刻，在希腊神话中是太阳神之女，住在艾尤岛上。奥德修斯在漂流途中抵达此地，喀耳刻把他的船员变成了猪。她有一整群其他动物——狼、狮子——都曾经是人。她的岛是转变之岛：人变成野兽（然后又变成人，在奥德修斯占据上风之后）。

至于科摩斯，他率领着一群生物，曾经是人，从他施了魔咒的杯中饮酒，变成了杂交怪物——保留了人的身体，脑袋却成了各种动物。且经此一变而沉溺于感官狂欢。克里斯蒂娜·罗塞蒂的《精灵市场》有动物形态的精灵引诱贞洁少女，用甘美食物作为诱饵，无疑是科摩斯的晚期衍生物。

与魔咒岛相称，莫洛的岛既半活着又女性化，却并不讨人喜欢。岛上有火山，还不时散发硫磺恶臭。长有鲜花，但也有裂缝和深谷，两侧各自布满蕨叶。莫洛的兽人住在其中一侧，因为它们吃相不好，那里有腐烂的食物，气味难闻。兽人开始丧失人性，回复野兽本性时，这个地方成了道德崩溃的场所，尤其是在性方面。

是什么使我们相信普伦狄克永远不会有女友？

6. 非圣三一

莫洛博士也不会。岛上没有莫洛夫人。也完全没有人类女性。

同样，《旧约》的上帝也没有妻子。威尔斯称《莫洛博士岛》为"青春年少的渎神作品"，显而易见他想让莫洛——坚强独处、白发白须的绅士——看起来像上帝的传统画作。他还用半《圣经》的语言围绕莫洛：莫洛是岛上的立法者；他创造的生物反对他的意志就会受罚和受折磨；他是冲动和痛苦的上帝。但他并非真正的神，因为他无法真正创造；他只能模仿，且模仿拙劣。

是什么驱使了他？他的罪是傲慢之罪，兼有冷酷的"求知欲"。他想知道一切。渴望发现生命的秘密。他的目标是成为造物主上帝。在这方面，他追随在多位其他富有雄心的人物之后，包括弗兰肯斯坦博士和霍桑的各类炼金术士。浮士德博士徘徊在幕后，但他想要的是用灵魂换回青春财富和性爱，莫洛对这些东西全无兴趣：他鄙视他所谓的"物质主义"，其中包括享乐和痛苦。他涉足肉体，却想让自我与身体脱离。（他有一些文学兄弟：夏洛克·福尔摩斯会理解他无情的求知欲。奥斯卡·王尔德更早的世纪末改头换面小说《道林·格雷的画像》中的亨利·华顿勋爵也会。）

但在基督教中，上帝是三位一体，而莫洛的岛上有三个生物的姓名以M开头。莫洛将音节"莫"——无疑来自死亡，死的（mors, mortis）——和法语的"水"组合在一起，适合力求探索可塑性极限的人。整个词语在法语中意为"摩尔人"。因而十足的白人莫洛同时也是魔法故事里的黑人，某种反上帝。

蒙哥玛利，他酗酒的助手，长着一张羊脸。充当野兽和莫洛之间的调解人，在这个职能上顶替圣子。第一次出现的时候，他给了普伦狄克一杯味道像血的红色饮料，和一些煮熟的羊肉。这里是否有一丝讽刺的圣餐意味——饮血，羊的肉身？普伦狄克喝下红色饮料而进入的教会是食肉动物的教会，禁止野兽的人类教会。尽管如此他仍是其中一员。

三位一体中的第三位是圣灵，通常描绘成鸽子形象——以生物但非人类形态出现的上帝。岛上的第三个M生物是姆令，作为蒙哥玛利随从的野兽生物。他也加入了血的圣餐：在准备给人类吃的兔子时他舔了手指。这是作为畸形愚蠢兽人的圣灵？作为年轻人亵渎神明的作品，《莫洛博士岛》对宗教的不敬甚至比大多数评论家认为的还要严重。

以免我们错过他的暗示，威尔斯还把一个类似巨蛇的兽人放进了他靠不住的花园里：彻底邪恶且非常强大的生物，把枪管弯成了字母S。撒旦也能由人创造吗？如果是的话，就着实是亵渎神明了。

7. 作为猫女的新女性

莫洛的岛上没有人类女性，但他正忙着创造一个。他在书的大部分篇幅里从事的实验都与将一头雌性美洲狮变成女性外貌有关。

威尔斯对猫科成员兴趣浓厚，正如布赖恩·奥尔迪斯所指出的。在与瑞贝卡·韦斯特的恋情中，她是"豹子"而他是"美洲虎"。但"猫"还有其他内涵：在俚语中意为"妓女"。蒙哥玛利说——美洲狮正在刀下吼叫——"这地方要不是像高尔街一样糟的话……就见鬼了——还有猫。"普伦狄克本人在回到伦敦时也做了明确联系，逃避"暗中徘徊（会）在我身后喵喵叫的女人"。

"我对她的头和大脑有点希望，"莫洛这么说美洲狮，"……我会造出自己的理性生物。"美洲狮却不断抵抗。她几乎就是个女人——哭起来也像——但莫洛又开始折磨她时，她发出了"近似愤怒泼妇的尖叫"。从墙上扯下脚镣逃走了，一头巨大的流着鲜血受到创伤的受难女怪物。正是她杀死了莫洛。

和许多同代人一样，威尔斯着迷于新女性。表面上他完全支持性解放，包括不受约束的两性关系，但女性的自由显然有着令人畏惧的方面。赖德·哈格德的《她》可被视为对当代女性主义运动的反应——假如女性被授予力量，男性就将在劫难逃——威尔斯的变形美洲狮也一样。一旦怪兽般强大且有性别的猫扯下墙上的脚镣自由行动，却因为男性科学家而缺少理应拥有的更健全的大脑，就可得小心了。

8. 莫洛的白，姆令的黑

威尔斯不是唯一一个用毛茸生物来出演英格兰社会剧的十九世纪英国作者。刘易斯·卡罗尔在《爱丽丝》作品中用异想天开的手法写了，吉卜林在《丛林故事》中用了更军事化的模式。

在《丛林故事》里，吉卜林让法律听起来有几分崇高。威尔斯却不然。莫洛中由兽人咕哝的法律是对基督教和犹太教礼拜仪式的恶劣戏仿；在野兽的语言消散时便彻底消亡，表明它们是语言的产物，而并非什么上帝给予的信条。

威尔斯写作期间大英帝国仍然占据统治地位，但破绽已经开始显露。莫洛的岛是最接近地狱的那种小块殖民飞地。大多数（虽然并非所有）兽人都是黑色或棕色皮肤，起初被普伦狄克认为是"野人"或"土著"，还说一种被糟蹋了的英语绝非巧合。它们被雇佣为仆人或奴隶——暗地里有多害怕真正的"人"就有多恨他们，竭尽所能地不遵守法律，一有机会就挣脱管束。它们杀了莫洛、杀了蒙哥玛利、杀了姆令，而且，要不是普伦狄克能逃走，它们也会杀了他，尽管起初他"入乡随俗"和它们生活在一起，做了让自己满心厌恶，而且情愿不提的事情。

白人的负担，果真如此。

9. 现代古舟子

普伦狄克从岛上逃生的方式值得注意。他看见一艘带帆的小船，燃起火焰招呼船过来。船驶近了，却很奇怪：它并不靠风帆行驶，而是靠左右摇摆和顺风转向。船上有两人，其中一个长着红发。船入海湾，"忽然一只巨大的白鸟从船上飞出，可两人谁都没动，也没察觉。鸟飞了一圈，继而展开有力的翅膀从头顶掠过。"这鸟不可能是海鸥，它太大也太孤独了。通常唯一会被描述为"巨大"的白色海鸟就是信天翁。

船上的两个人死了。可正是这艘死亡船，死中之生的灵柩船，结果成了普伦狄克的救赎。

还有哪部其他英语文学作品里能找到一个陷入可怜处境的孤独人、一艘无风行驶的船、两名死者，其中一个长着奇异的头发，还有一只巨大的白鸟？这部作品无疑是《古舟子咏》，它的主题是人与自然应有的关系，结论是这一应有的关系是爱的关系。正是在得以祝福水蛇之际，古舟子才从射死信天翁招致的诅咒中解脱。

《莫洛博士岛》同样围绕人与自然的适当关系展开，结论却相当不同，因为对自然本身的看法不同。它不再是华兹华斯赞颂的大自然，仁爱慈母般的存在，从来不曾背弃爱她的心，因为在柯勒律治和威尔斯之间出现了达尔文。

射死信天翁的古舟子学到的教训由他本人在诗的末尾概括：

> 只有兼爱人类和鸟兽的人，
> 他的祈祷才能灵验。

> 谁爱得最深谁祈祷得最好，
> 万物都既伟大而又渺小；
> 因为上帝他爱我们大家，
> 也正是他把我们创造。

在《莫洛博士岛》结尾类似古舟子的模式中，"信天翁"还活着，并未在普伦狄克手中受害。但普伦狄克仍然活在诅咒的阴影中。他的诅咒是无法热爱或祝福任何活着的东西：鸟不行，野兽不行，人类当然绝对不行。他还有另一道诅咒：古舟子注定要讲述自己的故事，那些被选来听的人也会信服。然而普伦狄克选择不说，因为他试着去讲的时候谁也不会相信。

10. 恐惧和颤抖

那不幸的普伦狄克学到的教训是什么？或许最好参照《古舟子咏》加以理解。莫洛岛上的上帝很难被描述为亲爱的上帝，创造并爱着万物。假如莫洛被视为代表某个"创造"活物的上帝造物主，他做得——根据普伦狄克的最终观点——很糟。同样，假如上帝被看作近似于莫洛，假如"莫洛之于他的动物就如上帝之于人"的等式能够成立，那么上帝本人就面临残忍和冷漠的指责——造人是为了好玩，为了满足自己的好奇和骄傲，强迫人承受无法理解或遵守的法律，再任由他度过痛苦折磨的一生。

普伦狄克无法去爱岛上扭曲暴力的毛茸生物，去爱回到"文明"之后遇上的人类也同样艰难。就像斯威夫特的格列佛，他几乎见不得人类同胞。活在由持续经历的边界消解而引发的不安恐惧之中：正如岛上的野兽有时看起来像人，他在英格兰遇到的人类也显出兽性。他靠去看"精神专家"来展示现代性，但这只能提供部分解决方案。他感到自己是"一头饱受折磨的野兽……被发配去独自游荡……"

普伦狄克放弃了此前对生物学的涉猎，转而投向化学和天文。他在"天堂闪烁的星宿"中找到了"希望"——"一种无限的安宁与守护"。然而仿佛是要粉碎哪怕这一点微弱的希望，威尔斯几乎立刻就写了《世界之战》，其中恶意和破坏，而非安宁和守护，以形似怪兽却更加高等的火星人形态从天堂降下。

《世界之战》可被看作是对达尔文的进一步阐释。这是进化将要引向的吗——抛弃身体，巨型的无性吸血脑袋，庞大的大脑和手指般的触须？但它也能看作是《莫洛博士岛》令人十足胆寒的结语。

注：

1. 博尔赫斯，《探讨别集》，第87页。

2. 同上。

3. 《世界之战》，第117页。

4. 《时间之旅》。

5. "黄铜胸罩"来自理查德·沃林斯基为伯克利KPFA调频电台准备的科幻小说口述史。

书　目

第一部：1970—1989

1. 归途。《麦克林》，第86号（1973年1月），第28、31、48页。

2. 评《潜水入沉船》。评《1971—1972诗作》，艾德里安娜·里奇著。《纽约时报书评》，1973年12月30日，第1-2版。©1973纽约时报公司。

3. 评《安妮·塞克斯顿：信中的自画像》，琳达·格雷·塞克斯顿与洛伊丝·埃姆斯编。《纽约时报书评》，1977年11月6日，第15版。©1977纽约时报公司。

4. 夏娃的诅咒——或者说，我在学校所学到的。选自"女性谈女性"，安·B.施泰尔编。（多伦多：约克大学出版社，格斯坦讲座系列，1978），第13-26页。

5. 评诺思洛普·弗莱。选自《二手文字：1960—1982评论文选》，玛格丽特·阿特伍德著。（多伦多：阿南西出版社，1982），第398-406页。

6. 写作男性角色。与本文略有不同的版本1982年2月在滑铁卢大学以海吉讲座形式发表。书中版本出版于《这本杂志》，第16卷，第4期（1982年9月），第4-10页。

7. 想知道成为女性是什么感觉。评约翰·厄普代克《东镇女巫》。《纽约时报书评》，1984年5月13日，第1、40版。

8.《丛林中的艰苦岁月》序，苏珊娜·穆迪著。（伦敦：维拉戈出版社，1986），第 vii–xiv 页。

9. 被他们的噩梦纠缠。评托妮·莫里森《宠儿》。《纽约时报书评》，1987年9月13日，第1、49–50版。

10. 创作乌托邦。未发布演讲稿，1989。

11. 优秀的姨妈。选自《家庭肖像：二十位杰出作家的回忆》，卡罗琳·安东尼编。（纽约：道布尔戴出版社，1989）。

12. 序：盲读。《美国最佳短篇》序，1989，玛格丽特·阿特伍德与香农·拉文内尔编。（纽约：霍顿出版社，1989），第 xi–xxiii 页。

13. 得到男性般待遇的公众女性。评《勇士女王》，安东尼娅·弗雷泽著。《洛杉矶时报书评》，1989年4月2日，第3版。

第二部：1990—1999

14. 双刃刀：托马斯·金两部作品中的颠覆笑声。选自《原住民作者与加拿大写作》，W. H. 纽乌编。（温哥华：不列颠哥伦比亚大学出版社，1990），第243–250页。

15. 九个开头。选自《作家谈作品》，第1卷，珍妮·斯特恩伯格编。（纽约：诺顿出版社，1990，2000），第150–156页。

16. 自身解放的奴隶。评《迷宫中的将军》，加夫列尔·加西亚·马尔克斯著。《纽约时报书评》，1990年9月16日，第1、30版。

17. 安吉拉·卡特：1940—1992。

18.《绿山墙的安妮》后记。露西·莫德·蒙哥玛利著。（多伦多：M&S出版社，1992），第331–336页。

19. 序：早年。《格温多琳·麦克尤恩诗歌：早年》，玛格丽特·阿特伍德与巴里·卡拉汉编。（多伦多：流亡版本出版社，1993），第vii-xii页。

20. 手有斑点的女反派：文学创作中的女性不良行为问题。1993年10月8日发表于格鲁斯特大学切尔滕纳姆系列讲座。

21. 颓废模样。《书写一路：笔会加拿大旅途文选》，康斯坦丝·鲁克编。（多伦多：M&S出版社，1994），第1-11页。

22. 不那么格林：童话的持久力。评《从野兽到金发女郎：谈童话及其叙述者》，玛丽娜·华纳著。《洛杉矶时报书评》，1995年10月29日，第1版。

23. "有胸部的小伙子"。评《爱的实验》，希拉里·曼特尔著。《纽约时报书评》，1996年6月2日，第11版。

24. 寻找《别名格蕾丝》：谈写作加拿大历史小说。演讲发表于布朗夫曼系列讲座（渥太华：1996年11月），史密森尼学会（华盛顿：1996年12月11日），芝加哥图书馆基金会（1997年1月6日），欧柏林学院图书馆之友（1997年2月8日），城市艺术和讲座（旧金山：1997年3月5日）。重印于《美国历史评论》，第103卷，第5期（1998年12月），第1503（I）页。

25. 我为什么喜欢《猎人之夜》。评《猎人之夜》，查尔斯·劳顿导演（1955）。《卫报》，1999年3月19日，第12版。

第三部：2000—2005

26. 品特式。《品特评论》，2000年秋季。

27. 莫迪凯·里奇勒（1931—2001）：蒙特利尔的第欧根尼。《环球邮报》，2001年7月4日，第R1、R7版。

28. 阿富汗和平时。《纽约时报杂志》，2001年10月28日，第

82页。

29.《她》序。赖德·哈格德（纽约：兰登书屋，2002）第xii–xxiv页。

30.《格拉斯医生》序。雅尔玛尔·瑟德尔贝里著，保罗·布里顿·奥斯汀译。（纽约：安柯出版社，2002），第5–10页。

31. 神秘人物：达希尔·哈米特的一些线索。评《达希尔·哈米特书信选，1921—1960》，理查德·雷曼和朱莉·M. 里维特编；《达希尔·哈米特：女儿回忆录》，乔·哈米特著；及《达希尔·哈米特：犯罪故事和其他作品》，史蒂文·马库斯选编。《纽约书评》，第49卷，第2期（2002年2月14日），第19–21页。

32. 关于神话和人。评《冰原快跑人》，扎克拉尔斯·库纳克导演（2001）。《环球邮报》，2002年4月13日，第R10版。

33. 警察和小偷。评《蒂肖明戈布鲁斯》，埃尔莫·伦纳德著。《纽约书评》，第49卷，第9期（2002年5月23日），第21–23页。

34. 不可磨灭的女性。《卫报》，2002年9月7日。

35. 王女国的女王。评《世界诞生之日和其他故事》，厄休拉·勒古恩著。《纽约书评》，第49卷，第14期（2002年9月26日）。

36. 胜利花园。《一口新鲜空气：赞颂自然和校园园艺》前言，艾利斯·霍顿著。（多伦多：漆树出版社，2003），第13–19页。

37. 丢脸。选自《丢脸：作家当众蒙羞的故事》，罗宾·罗伯逊编。（伦敦：第四等级出版社，2003），第1–4页。

38. 写作《羚羊与秧鸡》。每月一书俱乐部/布克斯班书店（2003年1月）。

39. 给美国的信。《国家》杂志，2003年4月14日，第

22—23页。

40. 爱丁堡和它的节日。《爱丁堡艺术节杂志》。2003年5月。

41. 乔治·奥威尔：一些个人关联。2003年6月13日英国广播公司广播3台播出的演讲。重印为《奥威尔和我》，《卫报》，2003年6月16日。

42. 上周去世的卡罗尔·希尔兹，写了许多充满乐趣的书。选自《生活和书信：卡罗尔·希尔兹》，《卫报》，2003年7月26日，第28版。

43. 他将永驻。评《希望最后灭：在艰难时刻保有信心》，斯塔兹·特克尔著。《纽约书评》，2003年11月6日，第78—80页。

44. 去比奇岛。选自《独奏：作家谈朝圣》，凯瑟琳·戈维尔编。（多伦多：M&S出版社，2004），第201—216页。

45. 揭秘：美洲《伊利亚特》。评《锋利如刀的故事：海达经典说书人和他们的世界》，罗伯特·布林赫斯特著。《泰晤士报周末版评论》，2004年2月28日，第10—11版。

46. 愿为赴死的头巾。评《雪》，奥尔罕·帕慕克著，莫琳·弗雷利译。《纽约时报书评》，2004年8月15日，第1、8—9版。

47.《莫洛博士岛》的十种看法。《莫洛博士岛》序（伦敦：企鹅出版社，2005）。

致　谢

　　我向所有为这本书做出贡献的人致谢。感谢维拉戈出版社的兰尼·古丁斯缠着要我写；感谢维维安·舒斯特，戴安娜·麦凯，以及菲比·拉莫尔，我的经纪人；感谢艾德里安娜·里奇帮我把书串联到一起；感谢我的助理简·奥斯蒂，感谢帮助查资料的苏利亚·巴塔查里亚；感谢科琳·奎因让我保持工作状态。还有我这些年来合作过的许许多多报纸和杂志编辑：感谢你们大家。

　　也感谢格雷姆·吉布森，他常常如此明智地说，"如果我是你的话不会这么写"；感谢杰茜·吉布森，永远的读者，有时能纠正我的俚语。

　　最后，从高威到都柏林的火车上那四位爱尔兰女士，讨论我的书时无意中被我听见了。"最近的几本有点长。"她们说。紧接着我就严重不适，剩下的旅程都在上了锁的卫生间里度过——我们之中有些人对批评敏感，又或许只是太不聪明地喝了胡萝卜汁——但我想让这几位评论人知道，她们的意见我牢记在心。这本书里的一些文章很短。所以我努力了。

Margaret Atwood
CURIOUS PURSUITS
Copyright: © O. W. TOAD LTD., 2005
This edition arranged with CURTIS BROWN-U.K.
Through Big Apple Agency, Inc., Labuan, Malaysia.
Simplified Chinese edition copyright:
2024 SHANGHAI TRANSLATION PUBLISHING HOUSE
All rights reserved.

图字：09-2023-0046 号

图书在版编目（CIP）数据

好奇的追寻：阿特伍德随笔集：1970-2005 /（加）
玛格丽特·阿特伍德（Margaret Atwood）著；钱思文译.
上海：上海译文出版社，2024.11.--（玛格丽特·阿
特伍德作品系列）.--ISBN 978-7-5327-9705-9

Ⅰ.Ⅰ711.65
中国国家版本馆CIP数据核字第2024T4W767号

好奇的追寻——阿特伍德随笔集（1970—2005）
　［加］玛格丽特·阿特伍德　著　钱思文　译
　责任编辑／杨懿晶　　　　装帧设计／尚燕平

上海译文出版社有限公司出版、发行
网址：www.yiwen.com.cn
201101　上海市闵行区号景路 159 弄 B 座
苏州市越洋印刷有限公司印刷

开本 850×1168　1/32　印张 12.25　插页 5　字数 229,000
2024 年 11 月第 1 版　2024 年 11 月第 1 次印刷
印数：0,001 — 4,000 册

ISBN 978-7-5327-9705-9
定价：89.00 元

本书中文简体字专有出版权归本社独家所有，非经本社同意不得转载、摘编或复制
如有质量问题，请与承印厂质量科联系。T：0512-68180628